Gazoline

DU MÊME AUTEUR

Un empire et des poussières, Kyklos, 2014
Le Cœur à l'échafaud, Calmann-Lévy, 2021

Emmanuel Flesch

Gazoline

roman

© Calmann-Lévy, 2022

COUVERTURE
Maquette : olo éditions
Photographie : © Naum Chayer / Alamy Stock Photo

ISBN 978-2-7021-8356-4

Pour Adèle & Thessa.

AUTOMNE

I

Il arrachait des herbes hautes, par poignées, le long du chemin. Ses chaussures de foot soulevaient derrière ses mollets des nuages de poussière. De part et d'autre défilait une savane familière – églantiers, buis, aubépines, genévriers. Et en ligne de mire, au sommet de la colline, tremblait la silhouette du calvaire, brouillée par ses larmes.

Il s'appelait Samuel et vivait en bas du village. Un garçon meurtri. La rage et le désespoir bataillaient au creux de son ventre. Ce jour-là, son père l'avait privé de match ; Samuel avait quand même enfilé sa tenue de gardien de but et, en chaussures à crampons, en protège-tibias, en short, en maillot jaune et noir, les dents serrées, donnant des coups de pied dans les cailloux, il s'en allait vers la cabane.

Avant d'attaquer la côte, il s'offrit un détour par la « décharge », comme on avait baptisé ce vallon boisé, sous la route du col, qui servait de dépotoir sauvage. Une carcasse de Simca 1000 rouillait là depuis une époque antédiluvienne. Il aimait s'installer derrière le volant, assis sur les ferrailles du siège, avalant des kilomètres imaginaires dans le Grand Canyon ou la jungle africaine. À l'école, plusieurs rumeurs circulaient à propos de cette épave. Certains prétendaient qu'elle avait été balancée depuis la route par le vieux Riri, du temps où il était encore en mesure de conduire une bagnole, pour une obscure affaire de fraude à l'assurance. D'autres accusaient les Comuzzi de s'être débarrassés d'un véhicule volé. Les plus crédules s'accrochaient à l'idée qu'elle trônait là depuis la guerre, abandonnée par les FFI après une embuscade, mais du haut de ses dix ans et demi, Samuel n'était déjà plus en âge de gober pareil anachronisme.

Il farfouilla parmi les rebuts qui s'amoncelaient tout autour. Des pneus en vrac. Un congélateur empli d'une eau verdâtre. Une gazinière presque neuve. Un téléviseur Thomson dépouillé de ses composants. Des gravats de chantier. Un squelette de parasol. Quantité de bidons d'huile plus ou moins mangés par la mousse. Rien de nouveau sous le soleil, sinon cette rutilante bombe de Décap'four encore à moitié pleine. Il se souvint que sa mère l'avait mis en garde ; avec la soude qu'il contenait, ce détergent pouvait te brûler la peau au troisième degré. Un avertissement qu'il voulut vérifier en aspergeant un ver de terre qui explorait les parages. Enduit d'une pellicule laiteuse et pétillante, le ver se mit à se tordre dans tous les sens. C'était étrange, il rapetissait à vue d'œil. Samuel le regarda agonir, vaguement écœuré, regrettant presque son geste, avant de l'achever d'un coup de talon.

Il jeta la bombe dans le ventre du congélateur et reprit le chemin de la cabane. Parvenu au pied du calvaire, il obliqua vers l'est. Quelques pas dans la prairie, un zigzag entre des chênes pubescents, une muraille de buis ; il s'engouffra dans la pénombre. Frissonnant de toute sa peau, il retrouvait avec une exquise appréhension la fraîcheur du taillis et l'odeur de l'humus en décomposition. Un monde clos, hérissé d'épines, hostile aux grandes personnes, dans le cœur tranquille de la forêt. Peu d'endroits offraient à ses rêveries une si franche hospitalité. Il y venait rarement seul, chaque craquement lui figeant la poitrine.

Alex n'allait pas tarder.

Leur cabane avait des airs de tipi : une pyramide de branchages unie en son sommet par une ficelle à rôti et couverte de mousse séchée. À l'intérieur, un tronc figurait un banc, une pierre la table. C'était tout. Le reste, leur trésor, par précaution, était enfoui sous une racine, un peu à l'écart – une boîte à biscuits contenant une chignole, un canif, des allumettes, une lampe de poche et toute une collection de composants électroniques soutirés à l'achalandage de la décharge par une convoitise sans objet. Une manière de sceller leur amitié toute récente ; on était en octobre, elle datait du mois d'août.

Un craquement se fit entendre.

— C'est toi ? frémit Samuel.

Alex émergea de la muraille de buis, les yeux encore emplis de soleil.

— Qu'est-ce que tu fous en maillot de foot ?

Samuel haussa les épaules, piqué au vif. Alex le détaillait de pied en cap ; sa houppette brune, enduite de gel, luisait au-dessus d'un front plissé par l'étonnement.

— T'as aussi tes protège-tibias ? Et tes crampons ?

Samuel ne daigna pas répondre. Alex était incapable de comprendre. Primo, il n'était pas comme lui élevé par un tyran. Deuzio, on l'avait peut-être vu se démener comme un beau diable devant la surface de réparation au cours du dernier match, mais avec ses fringues perpétuellement neuves, sa coiffure de play-boy et ses vacances au Club Med, il ne se consumait certainement pas pour le football avec la même ferveur. D'ailleurs, il ne croyait pas en Dieu, probablement un signe, ça aussi.

Alex avait emménagé avec sa famille dans un de ces pavillons à peine achevés, à l'entrée du village. Pendant deux ans, tous les corps de métiers s'étaient relayés sur cette ancienne pâture, en lisière des vignes du père Berthelot, pour faire sortir de terre une demi-douzaine de maisons tout à fait détonnantes, se répétant à l'identique, pourvues chacune d'une terrasse, un garage, une baie vitrée, un étage en soupente, un jardin gazonné, des volets blancs ; les lots étaient délimités par des clôtures de grillage doublées de troènes encore lilliputiens, et l'ensemble, par défaut, avait été baptisé le « lotissement ».

— Alors ? s'enquit Samuel.

— On s'est pris une tôle. Cinq-zéro.

— C'était qui dans les cages ?

— Bouboule.

Ça se passait de commentaire. Samuel fit quelques pas dans les feuilles mortes et, avisant une branche basse, la brisa d'un coup de crampons.

II

Le soleil battait son plein au-dessus des vignes, dans un ciel sans nuages. Le père Berthelot, du haut de sa parcelle, s'absorbait en calculs. Les vendangeurs prenaient leur pause, dispersés dans les rangs. Bientôt le clocher sonnerait les coups de 15 heures ; il aurait dû prévoir les choses autrement. Cette chaleur lourde et jaune, à cette saison, c'était quand même inhabituel. Il s'accroupit pour caresser une grappe ; voilà bien ce qu'il craignait, elle était tiède.

— René, viens-y voir un peu !

Le chef de rang, en contrebas, mastiquait une bouchée de casse-croûte, qu'il fit glisser d'une gorgée de vin ; il se leva de son seau et, tout fourbu, grimaçant, les bottes crottées, remonta sans hâte le long du rang.

— Qu'est-ce qu'y a donc ?

— Faudrait songer à rentrer la remorque, ça va commencer à oxyder.

René plissa les yeux en direction de la montagne mauve, luisante, qui s'élevait au cul de l'enjambeur.

— Comme tu voudras.

« Que non, songea le père Berthelot, il n'est pas le bienvenu, ce gros soleil d'automne. Prodigue à la Saint-Gilles, funeste à la Saint-Michel. » Il fallait se résigner

13

à retrancher trois vendangeurs de la parcelle pour les envoyer à l'égrenage, ce qui contrariait ses plans ; il n'allait tout de même pas siffler aussitôt la fin de la pause. Cette année, il n'avait recruté que des « ventres jaunes », comme on appelait par ici les Bressans, de vrais mulets, surtout les femmes, durs à la besogne mais prompts à chicaner.

La Bresse, c'était pour ainsi dire un autre continent ; elle s'étendait au-delà de la Saône, sèche et plate comme une vieille femme. Impossible d'y faire pousser autre chose que du maïs et de la volaille. Les Bressans ne franchissaient le fleuve qu'une fois l'an, au moment des vendanges. Dans le vignoble, depuis la nuit des temps, on les surnommait les ventres jaunes pour des raisons à propos desquelles on n'avait jamais cessé de se chamailler. Les uns prétendaient que c'était parce qu'ils se nourrissaient du même maïs que leurs poulets, les autres parce qu'ils planquaient des pièces d'or sous leur ceinture. En tout état de cause, on ne les estimait guère ; force était pourtant de reconnaître qu'avec un sécateur à la main, une hotte sur le dos, ils ne la volaient pas, leur feuille de paie.

À part quelques anciens, voûtés, fourbus d'arthrose, poussant en silence leur seau dans les rangs, c'était surtout des familles entières, avec un père boudinant son chandail et une épouse, tête nue, guère plus âgée que l'aîné. Ça causait peu, mangeait lentement, se comprenant d'un hochement de tête. Dans le temps, une fois, le père Berthelot avait mis les pieds du côté de leur pays ; il n'avait pas vraiment goûté ce bocage à l'infini, couché sous le vent, avec pour toute forme de vie ces longères de pisée, presque sans fenêtres, à l'intérieur desquelles se mélangeaient plusieurs familles.

Les rayons cognaient de biais dans les rangs. Le père Berthelot s'essuya le front avec son mouchoir, qu'il gardait, roulé en boule, dans le creux de sa manche. Il portait une cotte verte, des bottes de caoutchouc, une ceinture de porteur ; et ses cheveux argentés, sous son béret, le faisaient reconnaître, de loin, dans la vallée. Les ventres jaunes cassaient la croûte, invisibles entre les rangs. Des murmures circulaient. De temps à autre, l'immobilité chaude de la parcelle était remuée d'un rire de femme ; le culot d'une bouteille vide tintait en heurtant un caillou ; et une voix d'homme à l'accent traînant y ajoutait son commentaire : « Encore une que les Boches n'auront pas ! »

Le père Berthelot, lui, se passerait de repas ; sa sciatique se réveillait, son estomac avait de la gêne et sa poitrine de l'impatience – si la parcelle n'était pas vendangée avant le soir, il en serait quitte pour un jour de paie supplémentaire, sans compter le gîte et la pâtée, qui étaient compris dans les contrats. Il hésitait à se raviser. « Faudrait voir, se dit-il, on pourrait bien mélanger le moût de tantôt avec celui de la veille. »

Au hasard, il cueillit un grain de raisin et, l'envoyant au fond de sa bouche, le pressa lentement sous une molaire. Le jus tiède gicla dans sa gorge, tendre, fruité, prolongé d'une note de sulfate de cuivre, coulant ensuite sous la langue, là où se révèlent les arômes dormants : un fond de chaux, les tanins de la vieille vigne – hélas, aussi, le suret d'une macération prématurée.

Il hésitait. La parcelle, à demi vendangée, descendait en pente douce jusqu'en bas du coteau. Il avait beau se perdre en arithmétiques, ses pensées se rabattaient sans cesse sur le lotissement, qui se pavanait, flambant neuf, au pied de sa vigne. Une belle affaire, pour sûr. Trois ans plus tôt, à la Toussaint 85, le conseil municipal avait converti ses trois hectares de pâture en terrain constructible ; l'année suivante, usant après tout de son bon droit, il s'était abouché avec un promoteur de Chalon, qui lui avait offert deux fois ce qu'il en escomptait. Hormis les Comuzzi, ces bolcheviks notoires, personne dans le village n'avait trouvé à y redire, mais il ne fallait pas prendre le père Berthelot pour un lapin de six semaines : on commença bientôt, ici ou là, à chuchoter que le pays s'en trouverait dénaturé, que les citadins n'avaient qu'à construire sur Châtenoy ou Saint-Rémy, qu'au village on était des gens simples, et qu'on tenait à le rester. Sa réputation en souffrait ; il ne savait plus s'il fallait se réjouir de ce profit ou s'affliger du résultat.

« Ma foi, tout ça c'est pour la ch'tiote ! » songea-t-il en rajustant son béret. Le chef de rang, assis sur son seau, était justement occupé à s'abîmer les mirettes sur le crépi des pavillons. On entendait de la musique s'échapper de l'un d'entre eux – dans le genre américain, il n'aurait trop su dire.

— René, va me réveiller tous ces ventres jaunes dans les rangs ! La remorque attendra, faudrait me nettoyer cette parcelle avant ce soir. Au bout la soupe !

III

Sandra avait ouvert en grand la baie vitrée. À l'abri des voilages, allongée dans le canapé, ne portant qu'un short en jean sous un débardeur fuchsia, elle fumait les menthols de sa mère en écoutant *One Moment in Time*, de Whitney Houston, qu'elle avait enregistrée en boucle sur les deux faces d'une même cassette ; la maison était vide, c'était si rare.

Sur l'écran de la télé, Steffi Graf et Gabriela Sabatini se disputaient la médaille d'or du simple féminin. Sandra avait coupé le son, jetant sur le match, de temps à autre, un coup d'œil distrait, toute à ses émotions. Elle venait d'avoir seize ans. Plusieurs mondes, lui semblait-il, vivaient en elle, ne s'accordant jamais les uns les autres. Elle passait en un clin d'œil du rire aux larmes ; son cœur battait fort, très souvent, pour un rien. Sa mère était une conne, son père un lâche. Et un parasite répondant au prénom d'Alex, affublé d'une houppette brune et d'un rire de débile, occupait la chambre mitoyenne de la sienne.

« *I'm only one, but not alone...* » La voix souveraine de Whitney Houston la transportait hors du salon, au-dessus des vignes – bien loin de ce bled pourri où sa famille avait échoué deux mois plus tôt, parce que son père avait décrété que ça lui redonnerait le goût de l'effort. Une maison, un jardin, zéro copine à l'horizon. Sandra se leva du canapé pour monter le son ; la chanson agissait comme un baume. Elle se mit à danser, pieds nus sur le tapis. Ses orteils s'enfonçaient dans l'épaisseur de polyamide ; elle s'abandonnait aux accords du synthé, aux envolées d'arpèges, à cet ensorcellement de diva, se sentant vibrer de tout son être comme si Whitney chantait à l'intérieur d'elle-même.

La chanson prit fin, puis recommença du début. Mais, lassée, pleine de sentiments contradictoires, ne sachant plus ce qu'elle espérait de cet après-midi de désœuvrement, elle éteignit la chaîne hi-fi et monta le son de la télé. Steffi Graf venait de remporter le premier set. Le sport, c'était un peu comme les garçons, Sandra n'y comprenait pas grand-chose et s'y intéressait de plus en plus près. L'effet jeux Olympiques. On ne parlait que de ça à la radio, à la télé, dans la cour du lycée. Depuis la rentrée, elle s'était vaguement liée avec une fille de sa classe, une déracinée, un peu comme elle ; et, suivant le sens de la pente commune, elle se surprenait à causer natation synchronisée, lancer de disque ou stéroïdes anabolisants.

Depuis sa première année de maternelle, la famille de Sandra avait déménagé à cinq reprises – autant de rentrées scolaires à échouer seule, un cartable sur le dos, dans une cour anonyme. Son père travaillait dans la télématique, ceci expliquant cela, se défendait-il en substance. Sauf que Sandra était maintenant en âge de balayer ce mensonge : son père aurait par exemple pu rester chez Bull, à Puteaux, s'il n'avait pas cédé aux sirènes de Schlumberger quand elle avait huit ans. Résultat ? Trois années d'exil à Koweït City. Soixante degrés à l'ombre, une nounou écossaise, deux domestiques tamouls, une Range Rover climatisée – avec les insolations de son petit frère et les scorpions de la cour d'école, c'étaient ses seuls souvenirs. S'ensuivirent quatre années à Lausanne, d'une interminable froideur, puis trois autres dans une lointaine banlieue de Lyon, qu'elle avait vécues comme un séjour en enfer, avant qu'elle ne se ravise en atterrissant dans ce trou paumé : la banlieue de Lyon, ce n'était peut-être que le purgatoire.

Elle s'alluma une autre menthol. À la télé, les commentateurs s'excitaient sur la performance de Steffi Graf, qui, à seulement dix-neuf ans, s'apprêtait à remporter son premier Grand Chelem. La fumée lui tournait un peu la tête, elle écrasa sa cigarette. Une page d'histoire était en train de s'écrire à l'autre bout du monde, en direct, dans le Seoul Olympic Park Tennis Center. Des mots fusaient déjà, gravant dans le marbre ces échanges de coups droits et de revers : « Panthéon !… Mythe !… Immortelle !… » Sandra observait les rebonds de la jupette blanche sur les cuisses bronzées de la championne. Un trouble la gagna. Il y avait de quoi s'émouvoir à regarder cette blonde souple et puissante, de trois ans son aînée, entrer sans effort dans l'éternité.

Au lycée, quelques jours plus tôt, entre deux portes, un garçon lui avait glissé qu'elle ressemblait un peu à Steffi Graf. Elle n'avait pas réagi, se demandant s'il était en train de se payer sa tête. Le garçon avait ensuite bafouillé qu'il la trouvait en fait plus jolie ; empourpré jusqu'aux oreilles, il avait cru nécessaire de souligner le compliment en s'attardant un bref instant sur sa poitrine. Le garçon était moche, mais c'était toujours bon à prendre. Peut-être l'annonce de quelque chose ? Son existence se résumait à une telle succession de non-évènements qu'elle s'obstinait à voir dans ce genre d'incident, aussi pathétique qu'il lui parût, le signe annonciateur d'un miracle à venir ; et si elle en jugeait par l'attitude générale des hommes à son égard, ses seins n'y seraient pas pour rien, ses cuisses non plus. À cette pensée, elle étendit les jambes dans le canapé ; son bronzage s'estompait. Dehors, un franc soleil régnait sur la vallée. Elle en aurait bien profité pour déplier un transat sur la terrasse, si la colline d'en face n'était pas envahie par cette foutue horde de vendangeurs.

IV

Samuel et Alex avaient quitté les sous-bois ; ils crapotaient des lianes au pied du calvaire, graves et contemplatifs, les yeux plissés par la fumée. La vallée s'ouvrait devant eux, déployant sur ses flancs une infinité de motifs géométriques. Blottis les uns contre les autres, autour du clocher gris, les toits du village paraissaient bien peu de chose au milieu de cette mer de vignes, embrasées par l'automne. La Jatte s'écoulait au fond du vallon, charriant écrevisses, libellules et poissons-chats à l'abri de son taillis sinueux, d'un vert encore impénétrable. Des chemins d'enjambeur, ponctués de cadolles et d'arbres solitaires, s'élançaient sur le relief, que coiffaient des chaumes pelés et des affleurements de calcaire. Au loin, dans la confusion de l'horizon, on pouvait voir s'élever deux panaches solitaires, au-dessus de Chalon-sur-Saône : les fumées de l'usine Kodak.

Depuis la rentrée, Samuel s'étonnait en secret du zèle avec lequel Alex singeait ses manières, alors qu'il avait pour lui une coiffure à la mode, une peau lustrée par le soleil, des Nike toutes neuves, une grande sœur sublime, et des expressions de citadin qui détonnaient dans la cour de l'école. Samuel, lui, maudissait les grains de son qui émaillaient ses joues, pestait contre ses fringues héritées de son grand frère, et se battait depuis deux ans pour que sa mère cesse de lui couper elle-même les cheveux. Une règle moyenâgeuse, édictée par son père, interdisait qu'on utilise du gel avant l'entrée au collège. L'un dans l'autre, il passait son temps à remonter sur son front une mèche blonde, raide comme du foin.

Les cloches se mirent à sonner – quinze coups rebondissant d'une colline à l'autre, avant de s'évanouir dans l'azur. Puis ce fut le silence à nouveau, plus net, presque irréel. Le silence et l'immobilité. Pas une voiture, aucun mouvement dans l'entrelacs des ruelles. Ils distinguaient seulement, de temps à autre, un vendangeur lilliputien émergeant d'un rang de vigne, aux abords du lotissement. La fumée des lianes leur brûlait la langue.

— Tiens, regarde, dit Samuel en pointant le rectangle de tilleuls, au centre du village. Je parie que c'est le père Comuzzi avec son fils.

Deux silhouettes traversaient la grand-place, en direction de l'épicerie ; les aboiements d'un chien s'élevèrent sur leur passage.

— Les Comuzzi ? demanda Alex. Comment tu les reconnais ?

— Impossible de se tromper. Le père, c'est le plus petit. L'autre c'est Didier.

— Tu connais tout le monde au village ?

— Presque. Tu verras, c'est facile.

— Il paraît qu'ils sont communistes.

— Bah ouais.

— Ça veut dire quoi ?

— J'en sais rien, reconnut Samuel. Ils aiment pas trop Mitterrand, je crois.

— Ah bon ? Mon père m'a dit le contraire.

— Il a voté pour qui, ton père ?

— Chirac.

— Il aime pas Mitterrand non plus, alors.

— Il le déteste ! fit Alex dans un éclat de rire. Il dit que c'est une charogne.

Samuel baissa les yeux, une légère décharge lui traversant l'estomac. La politique flottait au-dessus de son existence, à la télé, dans les conversations de ses parents, aussi décisive que mystérieuse ; il lui semblait pourtant, déjà, qu'elle avait la vertu d'organiser le monde de façon bien nette, à l'image des Évangiles, avec d'un côté le camp du Bien, les disciples rassemblés autour de François Mitterrand, réélu pour sept ans, qu'on avait vu rayonner au printemps, une rose à la main, sur les panneaux publicitaires au bord des routes, et de l'autre côté, le camp du Mal, les Païens, les Pharisiens, criant vengeance autour de Jacques Chirac.

Mais que répondre ? Il réalisait avec amertume que son nouvel ami vivait dans une famille cumulant tous les vices. Ils n'étaient pas chrétiens. Ils détestaient Mitterrand. Ils roulaient dans une voiture japonaise. Samuel fit l'effort de surmonter cet affront ; Alex pouvait en dépit de ses défauts se prévaloir d'un culot qui forçait le respect. Dès le jour de la rentrée, la maîtresse l'avait pris en grippe. Il ne savait pas ranger sa case, il se levait sans autorisation, il parlait à voix haute. Samuel l'avait d'abord vu comme un genre de benêt, avant de le considérer comme un acolyte de premier choix, sur lequel on pouvait compter aussi bien lors d'une bagarre que pour un match de foot.

— Il a réussi combien d'arrêts, Bouboule ? demanda-t-il, revenant à l'essentiel.

— Deux ou trois, pas plus. On faisait que défendre. À la deuxième mi-temps, on n'a pas eu une seule occase.

Samuel écrasa dans la poussière le bout incandescent de sa liane. Puis, ramassant un caillou, il se mit debout, ajusta ses chaussettes sur ses protège-tibias et shoota de toutes ses forces en direction du village. Le caillou disparut une trentaine de mètres en contrebas, dans un froissement de feuillages.

— Tu crois que j'ai mes chances pour le collège sport-études ?

Alex haussa les épaules.

— P't'être bien.

Ça aussi, c'était contrariant, son indifférence. Alex ne se voyait pas footballeur professionnel, c'était une chose, mais il n'avait décidément aucun idéal à partager. La vie semblait pour lui se résumer à la rigolade, alors que Samuel songeait à son destin matin et soir, de toutes ses forces. Il aimait se figurer au Parc des Princes, par un soir de Coupe du monde, dans la tenue de Joël Bats, à la quatre-vingt-douzième minute, quand les joueurs sont en nage, à bout de force, et que la foule glapissante fait trembler les tribunes ; campé sur sa ligne de but, sa mèche blonde domestiquée par un coiffeur professionnel, le brassard de capitaine autour du bras, il hurle des consignes à ses défenseurs en frappant dans ses gants ; la menace d'une contre-attaque se précise ; un centre, une reprise de volée, le ballon fuse vers sa cage, et voilà qu'il décolle du sol, le salut de la France entre ses mains, dans une prodigieuse extension ; le pays retient son souffle ; le temps se fige ; et Samuel sauve le score en interceptant le tir devant sa lucarne, avant de retomber sur le gazon, glorieux, immortel, salué par les trois coups de sifflet de l'arbitre.

— Faut que j'y aille, dit-il, sinon mon père va encore me passer un savon.

— Tu prends par le camping ?

— Non, par le lavoir, j'ai planqué mon bicloune dans les fourrés.

— Bon, j'te laisse.

Samuel, à nouveau seul, traînant en chemin, se plut d'abord à caresser ses rêves de gloire, songea ensuite à son père et se sentit mollir. Il avait l'estomac vide ; l'air tiédissait, les ombres s'allongeaient. Son père n'avait jamais acquiescé à son projet d'intégrer un collège sport-études. Samuel comptait sur les faiblesses de sa mère, ce cœur instable. Dans les bons jours, il voyait l'horizon se dégager jusqu'au centre de formation ; dans les mauvais, il avait envie de tuer son père – du moins l'imaginait-il partir au travail, un matin comme tous les autres, dans sa R9 blanche, pour mourir dans un accident de la route.

Quand il exhuma son vélo des fourrés, il avait la chair de poule. Avant chaque retour à la maison, il ne pouvait s'empêcher de passer au crible sa journée à la recherche d'un motif justifiant une engueulade, un sermon, une punition ; et comme chaque fois, il en trouva par poignées.

La mort dans l'âme, il s'apprêtait à enfourcher son vélo, lorsqu'il entendit, dans les sous-bois, quelqu'un dévaler le chemin du lavoir. Ça ne pouvait pas être Alex, songea-t-il, au moment où il vit surgir le fils Lefranc.

Haletant, éberlué, Gildas Lefranc tomba en arrêt devant Samuel, hésita sans doute à dire quelque chose, avant de lui jeter un regard empli de menaces. Samuel ouvrit une bouche de carpe, sentit sur ses joues s'enflammer ses taches de rousseur et, parcouru d'un long frisson, le regarda passer sa route les mains au fond des poches.

Gildas Lefranc, seize ans, avait une réputation de voyou. Il était chaussé de rangers et portait un jean déchiré. Ses cheveux, d'un noir luisant, tirés en arrière, tombaient sur le col d'une veste militaire. Il posait, disait-on, des pièges dans les collines, faisait griller des écureuils, fauchait des mobylettes et dégainait à la moindre occasion son couteau papillon.

La silhouette de Gildas disparut en contrebas dans un virage. Samuel sortit de sa torpeur, ses mains tremblaient encore sur le guidon. Dans son dos, l'écoulement du lavoir reprit son glouglou familier, comme s'il s'était figé lui aussi devant cette apparition. La texture de l'air avait changé. L'herbe, les feuillages, la nature tout entière baignait à présent dans une lumière voilée – saisi d'un pressentiment, Samuel se retourna et découvrit, s'élevant au-dessus du bois, sur l'écran bleu du ciel, une colonne de fumée noire.

Il ne pouvait pas en distinguer l'origine, mais quelque chose commençait à cramer du côté de la grange Berthelot, à moins de cinq minutes à pied en prenant par le chemin que Gildas, justement, venait de quitter.

V

Fils, petit-fils, arrière-petit-fils de vignerons, le père
Berthelot, né comme ses aïeux dans la chambre à coucher de la maison familiale, en face de la pesée, sur le
replat de la grand-place, n'avait pas d'héritier mâle.
Affligé par son premier mariage, qui l'avait condamné
au veuvage, il s'était longtemps consacré aux soins exclu-
sifs de ses vignes et de son chai, dont jamais il n'eut
le cœur de faire modifier l'enseigne *Berthelot & Fils*,
avant de s'engager une nouvelle fois devant Dieu, à
la Pâques 76, avec la puînée d'un vigneron de Givry,
Jeannine Lambertin, qui allait sur ses vingt-six ans, tandis qu'il tutoyait la cinquantaine.

On eut beau dire dans le village, il s'agissait d'un
authentique mariage d'amour. Réfugié dans le souvenir
de sa défunte, s'habituant peu à peu à la routine encal-
minée de son existence, et méprisant toujours les allu-
sions du curé qui l'exhortait à trouver dans la prière la
force de surmonter cette épreuve, le père Berthelot avait
commencé par repousser les avances à peine voilées de la
Jeannine. Lors des préparatifs d'une Saint-Vincent, elle
lui avait demandé, les yeux plantés au fond des siens, si
le beau veuf qu'il était ne trouvait pas le temps long, tout

seul, chez lui, sans les tendresses d'une épouse. Cueilli à froid, il avait balayé la question d'une grimace.

Il la revit quelques fois, au cours des semaines suivantes. Elle se contentait de regarder dans le vague, les bras croisés sous la poitrine, attendant sa réponse. Brune, pâle, le nez retroussé, les épaules un peu larges, la Jeannine n'était pas vilaine ; il lui trouvait du reste, chaque fois qu'il la voyait, plus d'agrément. S'exhortant au courage, il lui jetait des coups d'œil appuyés, se raclait la gorge, s'apprêtant à lui causer, parce qu'il la tenait, désormais, sa réponse – elle lui brûlait le ventre, lui interdisant la nuit de fermer l'œil, et le jour de songer à autre chose.

Un dimanche, il lui vint presque la résolution de s'en ouvrir au curé ; mais après tout, ce genre d'affaire n'avait jamais été du ressort d'un ecclésiastique, et le père Berthelot, sa conscience d'un côté, cette convoitise de l'autre, avait fini par avouer à la Jeannine que les tendresses d'une épouse lui manquaient fichtrement, que ses souffrances étaient payées, et que l'idée de s'appartenir l'un l'autre occupait à présent toutes ses pensées.

En dépit de la différence d'âge, le père Lambertin ne vit aucune objection à lui céder sa fille, dès lors qu'elle y consentait. On ne se dispersa pas en préparatifs. Au printemps, ils étaient mariés.

La Jeannine ne se montra guère compliquée. Elle tenait la maison, le secondait à la taille, au cuvage, s'occupait de fleurir la cour et de nourrir quelques volailles. Insensiblement, ils prirent ensemble de nouvelles habitudes. La journée commençait par un bol de chicorée flanqué de deux tartines au beurre, qu'il dégustait en pyjama, au lieu d'enfiler, comme autrefois, sa cotte au saut du lit. C'était le meilleur moment de la journée.

Pieds nus dans ses pantoufles, en robe de chambre azur, la Jeannine allait et venait dans la cuisine, remplissait la gamelle du chat, arrosait les géraniums et nettoyait un brin de vaisselle en lui faisant la conversation. Puis, assis du même côté de la table, ils sirotaient une tasse de café noir en commentant l'arrivée des premiers clients de la boulangerie, de l'autre côté de la grand-place.

Parfois, les soirs d'été, ils finissaient ensemble une bouteille de vin sur le balcon, la tête sous les étoiles, se laissant aller aux épanchements. Il en oubliait sa sciatique. Elle languissait contre son épaule, rêvant d'un fils à voix haute. Lui s'en remettait à la providence, posant déjà une main sur sa cuisse, et la Jeannine souriait aux astres, la poitrine gonflée d'impatience.

S'avisant de son affection pour les bêtes, le père Berthelot lui proposa d'élever quelques biquettes à proximité du village, dans une grange qui lui servait de remise pour son matériel agricole, en amont du lavoir. La Jeannine en fut comblée ; ils auraient du fromage toute l'année. Deux semaines plus tard, elle tombait enceinte, et depuis le sevrage de la petiote, pas une journée ne s'était écoulée sans qu'elles fissent ensemble une visite aux biquettes.

Si bien que René, son chef de rang, découvrant au loin les flammes qui s'élevaient de la grange, battit trois fois des paupières avant d'oser lui taper sur l'épaule :

– Voilà aut'chose !

Le père Berthelot se retourna sans hâte ; ses yeux gris-bleu s'écarquillèrent. Ce fut comme un coup en pleine poitrine. Un à un, les ventres jaunes émergeaient de la parcelle, craquant des genoux, jurant dans leur patois.

— Misère de Dieu, souffla le père Berthelot, son béret sur le cœur. Dites-moi que je rêve !

VI

À l'ombre d'un châtaignier, écartelé entre l'envie d'aller y voir de plus près et le désir de s'enfuir, Samuel contemplait la catastrophe. Il haletait encore de sa course à vélo ; son sang lui fouettait les tempes ; même à cette distance, il ressentait la chaleur de l'incendie. Quelqu'un pouvait débarquer d'un instant à l'autre. Bizarrement, cette perspective le renvoyait à sa tenue, dont il faudrait pouvoir se justifier. Qu'est-ce qu'il foutait là, à l'orée du bois, vêtu en gardien de but ?

Après le passage de Gildas Lefranc, il avait enfourché son bicloune et avalé le chemin forestier à fond de train, en direction de la colonne de fumée. Une centaine de mètres avant la départementale, l'incendie lui était apparu sur la droite, à travers les feuillages. Il avait mis pied à terre et s'était approché. La grange du père Berthelot était dévorée par les flammes. Il n'avait jamais vu une chose pareille. Le feu jaillissait des ouvertures, passant du rouge au jaune, avant de disparaître au creux d'un tourbillon de fumée noire, où virevoltaient d'énormes braises.

Le plus impressionnant, c'était le ronflement sourd, accompagné d'une mitraille de crépitements, qui s'échappait des entrailles de la grange. Samuel tendit l'oreille.

Un râle ténu, semblable à une sirène, se frayait un chemin dans le tumulte. Alors, l'évidence le glaça. C'étaient les chèvres, prises au piège du brasier, qu'on entendait bêler à tue-tête. Les chèvres de Jeannine Berthelot, autrement dit les chèvres de Delphine – son amoureuse. « Je vais aux biquettes », disait-elle avec une pointe d'orgueil. Chacune avait son petit nom, son caractère, et dans son cœur une place de choix. Avec Delphine, depuis quelques semaines, c'était officiel ; ils s'écrivaient des lettres, échangeaient des cadeaux, se promettant secrètement un amour éternel et sans divorce.

Bientôt, les bêlements cessèrent, définitivement engloutis par le grondement du feu. Une idée le percuta. Et si Delphine, elle aussi, était piégée à l'intérieur ? Samuel se mit à paniquer. Il frissonnait au spectacle du nuage noir, qui emportait au ciel le silence des biquettes en millions d'étincelles. Des flammes jaillirent tout à coup par le toit, dans un effondrement de tuiles ; elles se mirent à lécher les alentours, furieuses et affamées.

Enfin, un bruit de moteur se fit entendre du côté de la départementale. Une 205 bleue empruntait le chemin agricole qui menait à la grange, avant de s'immobiliser à bonne distance, dans un nuage de poussière. Deux hommes en sortirent, levant les bras au ciel, et Samuel reconnut les frères Millon, qui habitaient dans le haut du village. La CX du boulanger fit à son tour irruption à l'entrée du chemin. Un claquement de portière, des éclats de voix – trois silhouettes, impuissantes et affolées.

Craignant qu'on lui demande ce qu'il faisait là, Samuel regagna le chemin forestier, son vélo à la main ; puis, sautant sur la selle, il pédala à toute vitesse jusqu'à la départementale, avant de s'engager sur le chemin agricole.

— T'approche pas ! lui ordonna le boulanger comme il arrivait sur place.

Samuel coucha son vélo dans l'herbe. D'autres voitures affluaient du village. Elles se garaient en désordre au bord de la route. « Les pompiers sont prévenus ! » répétait le boulanger, tournant le cou en tous sens, les bras en l'air, interdisant à quiconque d'avancer, comme si son calot et sa tunique de fournil lui conféraient quelques droits sur la catastrophe. Qu'importe, les villageois allaient s'aligner les uns après les autres le long de la clôture de fils barbelés, à une trentaine de mètres des flammes. Sur leurs visages, l'effroi le disputait à la fascination. Les bouches s'ouvraient muettement. On entendait seulement des « oh ! », des « non ! », des murmures étouffés. La grange était à présent entièrement mangée par les flammes, qui s'enroulaient autour de la charpente incandescente, les tuiles ayant toutes sombré dans le ventre du bûcher.

Samuel avait la bouche sèche, les yeux brûlants. Il pensait à Delphine. C'était impossible ! Elle aurait eu le temps de s'échapper ! D'intolérables scénarios s'échafaudaient pourtant contre son gré. L'image de Gildas lui revenait en boucle. Aucun doute, ce cinglé venait de commettre l'irréparable. Samuel aurait voulu hurler son nom, le dénoncer sur-le-champ ; mais il restait là, hébété, engourdi, redoutant le pire.

Le maire débarqua bientôt, flanqué de son épouse. Des mobylettes se garaient n'importe comment, pourvoyant la foule de jeunes en tee-shirt et de vieux en béret-salopette. Le père Berthelot, arrivant sur son enjambeur, ravit à l'incendie l'attention des spectateurs. On l'observa se ranger le long du fossé, descendre de son engin, puis s'avancer en cotte verte et bottes de caoutchouc, droit vers sa grange. Il courait presque, en dépit de sa claudication. Le boulanger hésita à se mettre en travers de son chemin, une hésitation inutile, puisqu'un des fils Mangin l'attrapa par la manche.

— T'approche pas Berthelot, c'est de la folie.

— Lâche-moi, veux-tu.

— C'est trop dangereux. Pense à tes cuves de sulfate, tout l'engrais qu'y a là-dedans, ça risque de te péter à la gueule.

— Lâche-moi, répéta d'une voix glaciale le père Berthelot.

Un attroupement se formait autour d'eux.

— Les pompiers sont en chemin, ajouta le maire. Recule donc, il a raison, va pas risquer ta peau.

Mais le père Berthelot n'écoutait pas. Il promenait autour de lui, dans le pré, sur les visages des villageois, un regard de possédé.

— Où est ma fille ?

Un murmure se répandit dans la foule ; on s'interrogeait du regard ; la femme du maire prit la parole.

— Elle ne serait pas avec sa mère ?

— Non, la Jeannine est chez Mammouth, à Chalon, répondit-il entre ses dents. Où est Delphine ? Où est ma fille !

D'un coup d'épaule, il bouscula le fils Mangin et mit le cap sur l'incendie. À peine avait-il fait trois pas qu'il fut à nouveau entravé, cette fois par une demi-douzaine de gaillards. Alors, d'une main tremblante, il retira son béret puis, cherchant ses mots, les larmes aux yeux, il déclara d'une voix brisée qu'il allait redescendre chez lui, sa fille devait être là-bas, c'était sûr, il fallait qu'il y aille tout de suite, sans plus attendre. On acquiesça ; l'idée était la bonne ; la ch'tite Delphine devait jouer bien sagement à la maison.

Le père Berthelot rebroussa chemin, en direction de son enjambeur. Pendant qu'il manœuvrait, le maire s'adressa à ses administrés.

— Reculez ! Y a plein de sulfate là-dedans, ça peut péter d'une seconde à l'autre !

La foule s'exécuta sur-le-champ. Samuel n'avait pas quitté son poste d'observation, un peu à l'écart, à l'entrée du chemin. Ses yeux tombèrent sur Alex, qui déboulait en courant, talonné par sa grande sœur.

— T'es là depuis longtemps ? demanda-t-il.

Samuel était tétanisé. Au lieu de répondre, il se mit à détailler la foule d'un œil inquiet, comprenant soudain que Gildas Lefranc était peut-être là, lui aussi, à le surveiller. La grande sœur de Samuel lui tomba dessus à son tour.

— Qu'est-ce qui s'est passé ? demanda-t-elle dans un souffle.

Enraciné, les bras ballants, Samuel fit semblant de ne pas l'entendre.

VII

Sandra dévisageait Samuel dans l'attente d'une explication, mais le gamin regardait droit devant lui, mutique, les prunelles ardentes, comme s'il avait lui-même foutu le feu à la grange. Elle agita une main devant ses yeux.

— Hé, oh ? Qu'est-ce qui s'est passé ?

— J'en sais rien, dit-il enfin. Je viens d'arriver.

Dans son dos, le long de ses jambes, elle sentait vibrer la chaleur du brasier. Cinq minutes plus tôt, elle était allongée dans le canapé, devant la télé, dégustant un Esquimau pistache-chocolat, pendant que Steffi Graf réalisait le break à Séoul. Les voilages ondulaient devant la baie vitrée, laissant entrer l'air chaud de l'après-midi, qui venait, par bouffées, lui effleurer la plante des pieds, lorsqu'elle avait entendu du chahut dans les vignes.

Elle s'était levée. Derrière la baie vitrée se déroulait un curieux spectacle. Un type rondouillard aboyait des ordres aux vignerons dispersés dans les rangs, pendant qu'un autre, plus sec et coiffé d'un béret, dévalait le coteau clopin-clopant. Sandra était sortie sur la terrasse ; alors la cause de cette agitation lui était apparue, en lisière de la forêt – un incendie !

Parvenu en bas du coteau, le vigneron au béret s'était affairé pour dételer une remorque, avant de grimper sur le siège de son engin. Dans un hurlement de moteur, il avait mis le cap sur la grange, talonné par un nuage de poussière. Sandra l'avait observé sillonner la mosaïque de vignes, avant de se faire surprendre par une goutte de pistache glacée, qui s'était écrasée sur son orteil.

Au loin, une sirène annonça l'arrivée des pompiers. Toutes les figures étaient tournées vers l'entrée du village, au moment où la charpente s'effondra sur elle-même, dans un formidable rugissement. Il y eut ensuite presque un silence, une pause dans la catastrophe, avant qu'un magma fauve et crépitant surgisse des ruines, comme un bouquet final.

Deux camions s'engouffrèrent à tombeau ouvert dans le chemin agricole. Précis, rapides, les pompiers bondirent des cabines pour exécuter une chorégraphie millimétrée ; des tuyaux se déroulaient dans l'herbe ; les moteurs rugissaient ; des vérins, des échelles, des outils se déployèrent ; le rythme s'accélérait ; et le jet d'une lance atteignit enfin, au terme d'une parabole étincelante, le cœur de l'incendie. Dans les rangs des villageois, on entendit quelques soupirs.

Sandra remarqua qu'un groupe d'adolescents se formait, un peu en retrait de la route. Elle les connaissait tous, une demi-douzaine de lycéens qui prenaient le car ensemble, chaque matin, pour se rendre à Chalon. Ils avaient l'habitude de se retrouver près de la cabine téléphonique, à l'endroit où la grand-route fait un virage en passant devant le camping municipal, avant de devenir la grand-rue, qui s'en va mourir sur la grand-place. Un lampadaire, un renfoncement de gravillons, une enseigne délavée : « *Camping – Piscine – Deux étoiles* », accueillaient chaque matin la petite bande mal réveillée, qui, aux yeux de Sandra, semblait se connaître, s'aimer, se haïr et se rabibocher depuis la nuit des temps. Elle, au contraire, n'avait jamais gardé la même amie plus de deux années d'affilée.

Ne voulant pour rien au monde s'afficher avec son petit frère, elle se joignit à eux. On lui rendit son salut, mais le regard glissant de Maude lui rappela, l'air de rien, qu'elle était vêtue un peu court. Maude la mauvaise, avec sa permanente de cheveux jaunes, du maquillage plein la figure, et qui s'ingéniait à regarder tout le monde de biais, dans l'espoir probablement de ressembler un peu à Kelly McGillis. Sandra aurait parié cent balles qu'elle avait un poster de *Top Gun* dans sa chambre. Les autres filles étaient plus ordinaires, elles s'affublaient de jeans clairs, de grandes boucles d'oreilles et de sweats pastel comme on avait déjà cessé d'en porter à Lausanne, deux ans plus tôt. Elles zyeutaient avec envie les tenues de Sandra, ses chemisiers XL à rayures, sa veste de tweed, ses pantalons pied-de-coq. « C'est chiadé, ton look », lui avait glissé un jour Audrey, sans qu'elle sût trop quoi penser de ce compliment.

— C'est à qui cette grange ? demanda-t-elle.

— Au père Berthelot, répondit Audrey. Sa fille est dans la classe de ton ch'tit frère.

Avec quelques efforts, Audrey aurait pu passer pour jolie, mais cet accent paysan, c'était un vrai gâchis ; Sandra n'arrivait pas à s'y faire.

— Et lui, c'est qui ? chuchota-t-elle avec une moue de dégoût.

Une espèce de clochard s'avançait en titubant, un chapeau mou sur le crâne, une bouteille à la main. Il avait un nez comme une pomme bouillie, son odeur le précédait. Sandra recula d'un pas.

— C'est le Riri, répondit Maude. Le frangin au père Berthelot, il a pas dessaoulé depuis trente ans.

Des ricanements d'approbation fusèrent.

— T'approche pas trop, lui ordonna Sylvain.

— Dis donc, demanda Fabrice, c'est pas toi qu'aurais foutu le feu à la grange ?

Riri s'arrêta. Son regard aviné s'attardait sur Sandra. Il la salua bien bas d'une courbette maladroite, avant de zigzaguer en direction des pompiers, un sourire édenté lui déformant le visage.

Sandra fit le lien avec l'enseigne *Berthelot & Fils*, en haut de la grand-place. On lui apprit que les deux frères avaient hérité de l'exploitation à la mort de leur père, dans les années 60, et qu'ils possédaient alors chacun une moitié des vignes familiales. Ils s'étaient ensuite disputés pour d'obscurs motifs et le Riri s'était mis à boire en dépit du bon sens. Il avait vendu à son frère une parcelle, puis deux, et toutes les autres en fin de compte. Dix ans plus tard, il avait bu son héritage jusqu'au dernier franc. À présent, il vivait d'aumônes, traînait dans les collines, chantant ou pleurant selon l'humeur du jour, et créchait dans une demi-ruine, derrière l'église, encombrée du sol au plafond de bouteilles vides, du moins quand il parvenait à en trouver la porte.

— Tiens, voilà les gendarmes, fit remarquer Maude en arrangeant sa permanente.

Une 4L bleu marine arrivait du village, sirène éteinte, gyrophare allumé. Elle s'immobilisa à l'entrée du chemin ; trois agents en sortirent, coiffés de leur képi. Sans un regard pour les spectateurs, ils prirent langue avec les pompiers. L'incendie était éteint. Il ne restait de la grange que quatre murs détrempés, noircis au-dessus des ouvertures. La charpente s'étant écroulée, deux pignons encadraient le vide, d'où s'élevaient encore quelques fumerolles. À l'intérieur, on apercevait des masses sombres se chevauchant pêle-mêle. Sandra crut reconnaître une mangeoire, un châssis de remorque, des bidons en fer ; au sol luisaient de grandes flaques noires.

VIII

Le père Berthelot arrêta son enjambeur devant le porche, coupa le contact et descendit à petits pas pressés. Ses membres obéissaient à une nécessité contre laquelle se révoltait son esprit, enseveli déjà sous la certitude de découvrir une maison vide. Il passa la porte, gravit l'escalier de pierre. Depuis qu'il avait quitté sa grange en feu, deux images l'assaillaient tour à tour, celle d'un petit corps carbonisé, méconnaissable, et puis celle de son râtelier à fusils, devant lequel, le cas échéant, il se brûlerait la cervelle.

Il entra dans la cuisine. Tout était calme. Un grand silence à te glacer les os.

— Delphine !

Sa voix se perdit. Il n'eut pas le cœur de réitérer son appel. Ses jambes le conduisirent en claudiquant dans le séjour, puis à l'étage. Il ne sentait plus sa sciatique. Il ne sentait plus rien. Elle n'était nulle part.

Restait le chai. Il descendit les marches et traversa la cour. Le cellier n'était pas verrouillé, il respira un peu, poussa la porte. Contre le mur de droite, le râtelier attendait son heure ; le père Berthelot y jeta un regard impavide, vérifiant la présence de ses armes, avant de gagner l'entrée du chai.

43

La lumière était éteinte. Un bruit le fit sursauter. Il reconnut la course du chat, qui venait de détaler dans l'obscurité. L'acoustique, amortie par les empilements de foudres, de barriques et de fûts d'élevage, étouffa les derniers rebonds de l'animal. Un silence de catacombe lui écrasait la poitrine. Il crut pourtant percevoir quelque chose dans les ténèbres, un bruissement ; on aurait juré une paire de semelles foulant la terre battue. Il appuya sur l'interrupteur. Les néons se mirent à crépiter dans les solives, et une voix déchira le silence. « Papa ? » Il se mit à trembler, ses jambes ne le portaient plus. « Papa ? » répéta la voix, derrière une rangée de barriques. Un ange ! Un fantôme ! Sa fille l'appelait ! Il éclata en sanglots.

— Ma fille… Delphine… Où es-tu ? Ma ch'tite Delphine… répétait-il d'une voix brisée.

Il avançait dans le chai baigné de lumière, les yeux larmoyants, les bras en avant, tel un aveugle.

Delphine l'aperçut au détour d'une barrique.

Il est devenu fou ? se disait-elle. Jamais elle n'avait vu son père verser une larme, et voilà qu'il sanglotait comme un enfant. Il s'approcha sans cesser de psalmodier son prénom. Elle recula d'un pas, effrayée, prête à fuir, mais il la prit dans ses bras et, tombant à genoux, enfonça son visage dans l'épaisseur de sa chevelure. Elle était paralysée. Son père, que les inconnus prenaient invariablement pour son grand-père, ne lui faisait jamais de câlins ; c'est à peine s'il déposait une bise sur son front, le soir, avant d'éteindre la lumière de sa chambre.

Il écarta son visage sans desserrer l'étau de ses bras. Il avait pris dix ans, d'un seul coup. Un vieillard aux yeux caves, les joues fripées comme des ris de veau, labourées par les larmes.

— Qu'est-ce que tu fais là, toute seule dans le noir ?

— Je jouais avec Citron.

— Je t'avais pourtant interdit de jouer dans le chai…

Il la secoua mollement et se perdit à nouveau dans ses cheveux. Delphine réprima une grimace, l'odeur aigre de sa cotte lui envahissait les narines. En dépit de l'amour qu'elle portait à son père, ce corps à la peau flasque, aux poils blancs, la rebutait, lui inspirant même, parfois, des images de cimetière, de tombes, de putréfaction.

— Pourquoi tu pleures ? demanda-t-elle.

— Je t'ai cru morte ! Ma ch'tite Delphine, je n'ai jamais eu si peur de ma vie !

Un étrange sourire lui déformait le visage. Il s'essuya les joues dans sa manche.

— Pourquoi tu dis ça ?

— Oh, ma pauvre ! Si tu voyais, la grange est en train de brûler…

Delphine poussa un cri. Son père voulut la prendre à nouveau dans ses bras, mais elle se dégagea.

— Quoi ! La grange ? Elle brûle ? Et les biquettes, alors ! Elles sont où ?

Disant cela, elle détala vers la porte du cellier.

— Où vas-tu ? Reste là ! Delphine !

Elle entendit dans son sillage le bruit des bottes claudiquant sur la terre battue. Il n'avait aucune chance de la rattraper. Elle jaillit dans la cour, déboula dans la grand-rue et mit le cap sur la sortie du village, à toute allure. Même au volant de son enjambeur, son père ne parviendrait pas à l'arrêter. En dépassant l'église, elle aperçut la fumée de l'incendie. Ça ne semblait pas grand-chose, vu d'ici, un nuage gris, filandreux, dérivant en direction des Chaumes.

Elle arriva sur place, hors d'haleine. Il y avait un monde fou, des camions de pompiers, une voiture de gendarmes, le village au complet ; et, à l'intersection des regards, quatre murs calcinés, privés de toits. Elle s'approcha. Le feu était éteint. Autour d'elle, quelques voix prononçaient son prénom.

Un gendarme se recula tout à coup, effrayé par la manœuvre d'un pompier qui sortait de la grange. Delphine tendit le cou pour mieux voir. Le soldat du feu tirait hors des cendres, par les pattes, le cadavre carbonisé d'un animal.

— Les biquettes de la Jeannine, murmura quelqu'un, la gorge serrée.

Delphine ouvrit la bouche. Aucun son n'en sortit. Une paire de bras la souleva de terre. Autour, des voix familières l'interpellaient. Ses chèvres avaient brûlé vivantes. Impossible. Il fallait revenir en arrière, les sortir de l'incendie, arrêter le temps, stopper l'univers dans sa course. D'autres bras, d'autres mains se disputaient son contact. Dans la mêlée, elle reconnut le béret de son père, sa cotte, son odeur ; et, emportée par sa fureur, hurlant, crachant, elle se mit à donner autour d'elle des coups de pied, des coups de poing, se débattant tant et si bien qu'il fallut au père Berthelot le renfort du maire et d'un adjoint pour maîtriser la colère de sa fille, tandis qu'au ciel le nuage gris, dernier vestige de l'incendie, se dissipait dans la lumière de l'après-midi.

IX

Depuis l'instant où la silhouette de Gildas s'était dérobée à sa vue, près du lavoir, Samuel suffoquait dans la mauvaise conscience. Le soir, sur son lit, à la lueur de sa veilleuse, il embrassait son médaillon de baptême, retenant ses larmes, puis s'agenouillait longuement devant son icône de la Vierge à l'Enfant, priant à toute force le Seigneur de lui offrir son secours.

Seulement Jésus l'éprouvait en silence. Samuel désespérait. Un mot de sa part enverrait Gildas en prison, aussi sûrement que le jour succédait à la nuit. À plusieurs reprises, il fut sur le point d'en parler à sa mère, au prêtre, à Alex, se ravisant toujours, des remords plein la gorge. Dans ses cauchemars, c'était lui qu'on écrouait au fond d'un cachot, chassé du monde des hommes pour n'avoir pas eu le cran de témoigner ; ou alors, il rencontrait Gildas dans la forêt et se réveillait en sursaut à l'instant où jaillissait la lame de son couteau papillon.

Le jour, au village, il faisait tout son possible pour éviter de tomber sur lui, négligeant les parties de foot, sur la grand-place, après l'école. Ils se croisèrent cependant à deux reprises, de loin, et ce fut chaque fois comme si un arc électrique, traversant le paysage, figeant le cosmos, établissait entre eux une connexion occulte qui promettait, au prochain contact, de lui faire exploser le cœur.

Le samedi suivant, sa mère lui rappela que c'était son tour d'aller chercher le lait à la ferme. Il protesta, voulut négocier, proposa de s'y rendre à vélo, histoire de filer à toute blinde, si par malheur il croisait Gildas.

— Tu renverserais le bidon de lait, balaya sa mère. Allez, file ! Autrement, tu vas faire attendre Mme Derain, elle boit son café au lait avant 9 heures.

Les parents de Samuel avaient emménagé au village six ans plus tôt. Son père travaillait chez Framatome, à Chalon-sur-Saône. Il avait jeté son dévolu sur une vieille maison à restaurer, dans le bas du village, près du camping. La semaine, il planchait sur des circuits de refroidissement de centrales nucléaires, et le week-end, il tirait des fils dans la cave de sa maison, plantait des clous, posait un bout de parquet, s'émerveillant sans cesse de l'allure que prendraient l'ancienne écurie, les combles, le four à pain, une fois retapés. Sa mère officiait comme infirmière dans une usine de pare-brise et mettait un point d'honneur à s'intégrer à la communauté villageoise. Elle était représentante de parents d'élèves, prodiguait à l'œil quelques soins à de vieilles grands-mères, et chargeait ses trois fils de rendre mille petits services dans le voisinage, comme la corvée de lait du samedi pour Mme Derain, pas loin de cent ans, qui n'en finissait plus de vieillir dans la maison d'à côté – impossible de s'y soustraire. Samuel aurait offert à son grand frère tout le contenu de sa tirelire, la moitié de ses Playmobil, dix numéros de *Pif Gadget*, pour se faire remplacer ce matin, mais Antoine dormait encore ; il fallut se résoudre à traverser le village, seul et sans vélo.

Tête baissée, il prit le chemin de la grand-place. Sa bouche s'asséchait à l'idée de croiser Gildas, son cœur pompait de la glace. En dépassant l'enseigne *Berthelot & Fils*, la vision des biquettes calcinées s'imposa à son esprit, un spectacle déchirant, qui pourtant n'était rien, comparé à la rage et au chagrin de Delphine, dont tout le village avait été témoin.

Depuis, le visage de son amoureuse s'était éteint. À l'exception de Dorothée, sa meilleure amie, cette peste, personne n'osait lui adresser la parole à l'école. Delphine errait dans la cour comme une princesse en deuil, entourée de prévenances muettes et de regards troublés. Par son silence, Samuel avait le sentiment de la trahir ; il se trouvait indigne de leur amour, lâche à désespérer. Le souvenir de Gildas le paralysait. La famille Lefranc inspirait dans le village tantôt de la crainte, tantôt du dégoût, souvent les deux. Des sans-le-sou, des tuyaux de poêle, qui selon la légende mangeaient des écureuils et se causaient à coups de taloche. Il n'avait pas le cran de dénoncer Gildas, espérant de toute son âme que quelqu'un d'autre l'ait croisé, que les gendarmes aient trouvé dans les cendres une preuve pour le confondre, n'importe quel miracle qui le dispenserait de témoigner.

La ferme se trouvait à la sortie du village. Il marchait vite, le souffle court. Des paquets de nuages, sombres et grumeleux, frôlaient la girouette de l'église. Il se mit à penser à la mort, que tout conspirait à lui rappeler : les traînées de rouille sur le clocher, les feuilles jaunes de tilleuls craquant sous ses semelles, l'étable en ruine toute vérolée de salpêtre, le carré du monument aux morts, et, par-dessus tout, la maison des Lefranc, qu'il songea à contourner, avant de se raviser ; il la redoutait, au fond, autant qu'elle l'attirait.

Peut-être voulait-il se prouver quelque chose ?

À mesure qu'il s'en approchait, sa peur s'amenuisait, comme s'il faisait un mauvais rêve, convaincu de respirer un air factice, s'imprégnant de la texture des choses avec le sentiment qu'elles disparaîtraient, sitôt sorties de son champ de vision.

Il savait pourtant qu'il ne rêvait pas.

Non, c'était autre chose. Depuis l'incendie, il lui arrivait de penser que sa vie entière était en fait le produit d'une expérience ultra-secrète. Autour de lui, tout n'était qu'un décor. Les arbres, les voitures, les maisons, les êtres et les choses n'étaient là que pour entretenir l'illusion d'une authentique existence. Sa mère n'avait en réalité aucun lien de filiation avec lui, son père encore moins. Le monde était peuplé de comédiens. Tout s'animait sur son passage, rien ne perdurait ensuite. Et lui, cobaye aux aguets, ne devait son salut qu'à l'habileté avec laquelle il feignait d'être dupe.

Ainsi dépassa-t-il la maison des Lefranc sans encombre, persuadé que les scénaristes de l'ombre, après sa rencontre prétendument fortuite avec Gildas, après la scène de l'incendie et des fausses biquettes carbonisées, avaient prévu de faire durer l'épreuve aussi longtemps que possible, probablement dans l'idée d'étudier sa capacité de résistance, ce qui eut pour effet de le raffermir dans sa nouvelle résolution – puisqu'on espérait le faire craquer, il garderait le silence.

En arrivant devant la ferme, il aperçut au-delà du virage la silhouette de la grange calcinée ; un sourire entendu lui grimpa aux lèvres, qu'il s'empressa d'effacer.

Pour sonner, il fallait traverser une cour soumise à la tyrannie d'un troupeau d'oies. Samuel ne s'y était jamais aventuré seul. On racontait à l'école que les oies de la laiterie, dans leurs mauvais jours, devenaient carnivores. Cette menace, bien réelle à ses yeux, lui fit oublier son petit frisson paranoïaque ; finies les divagations, le sortilège était rompu. Par chance, les oies étaient occupées à picorer des céréales à l'abri d'un auvent de tôles.

Il s'avança dans la boue, jusqu'à la porte, à côté de laquelle pendait une chaîne. Il tira dessus, une cloche tinta, la grosse fermière parut.

— Tiens donc !

Elle sortit en boitant, puis, ouvrant la marche en direction de l'étable, se mit à soliloquer dans un patois lourd de mystères.

— Combien qu'il en veut ? demanda-t-elle en le précédant à l'intérieur.

— Deux litres.

La fermière se mit en devoir de remplir son bidon, poursuivant son soliloque, s'interrompant parfois, le regard de traviole, attendant peut-être une réponse ; à tout hasard, Samuel hochait la tête. Elle avait un œil translucide, des ongles jaunes, de petites veines écarlates qui faisaient comme des étoiles sur ses joues, où se détachaient des touffes de poils.

Un unique néon clignotait faiblement au-dessus de leur tête, laissant dans l'ombre les profondeurs de l'étable, d'où provenaient des bruits de mastication. Samuel craignit soudain de voir un monstre surgir des ténèbres, une bête fantastique, un Minotaure, les narines dilatées, la gueule ruisselant de bave, comme celui qui illustrait le livre de mythologie de son grand frère.

La fermière ne se pressait pas pour déboucher sa cuve, attraper sa louche, la plonger à l'intérieur. Il fallait pendant tout ce temps laisser entrer dans ses poumons un air épais, où se mêlaient les effluves des vaches, de la paille humide, du lait cru et de la blouse de la fermière.

Le retour fut pénible ; le bidon de lait lui sciait les mains. En repassant devant sa maison, c'est à peine s'il songea à Gildas. Dans le ciel, les nuages s'éloignaient vers le bas de la vallée, en direction de Chalon. Quelques envolées de merles zébraient l'éclaircie. Mme Derain attendait dans sa cuisine, comme chaque samedi, qu'on lui apporte son lait – encore une vieille qui voudrait lui faire un brin de causette.

En passant sous l'enseigne *Berthelot & Fils*, son cœur s'emballa. Delphine se morfondait sans doute, seule dans sa chambre. Il se dit qu'il était temps de se montrer à la hauteur. Il pouvait lui écrire une lettre, quand même, c'était dans ses cordes. Lui offrir un petit cadeau. Faire quelque chose !

X

Depuis quelques années, Denise Derain reste assise comme ça, devant la fenêtre, au bout de sa vie.

Elle ne songe à rien de précis.

Ses mains lissent machinalement les plis de sa blouse fleurie, le long de ses cuisses, et les souvenirs défilent pêle-mêle, sans qu'elle cherche à les retenir. Parfois une voiture passe, ou bien c'est la voix d'un enfant, et alors le fil des souvenirs se rompt.

C'est tout à coup la voix de son frère, venue du fond des âges, qu'elle croit entendre depuis la rue – *elle a peut-être neuf ans, et elle revient de l'école. Automne. Son frère traverse la grand-place en envoyant des pelletées de feuilles mortes dans les airs, à grands coups de sabot. Il y a tout autour des grappes d'enfants, des courants d'excitation qui circulent sous les tilleuls, jusqu'à la mairie dans un sens, jusqu'à la pesée dans l'autre, se propageant dans un tumulte de rires et de cris, comme des essors d'oiseaux dans une volière, les petites filles en robe claire, jambes nues, fusant à tire-d'aile, et les garçons en blouse noire, fondant sur elles.*

Mais voilà qu'une mobylette accélère à la sortie du virage, sous sa fenêtre, et tout s'étiole – un autre souvenir lui revient. *15 juin 1949. Certaines dates ne s'oublient*

53

pas. Un crépitement de motocyclette arrache un sourire à sa fille aînée, allongée sur le lit, les traits défaits par l'effort ; elle vient d'accoucher. Le moteur s'arrête. De chauds effluves d'asphalte entrent par la fenêtre, se mêlant dans la cuisine à l'odeur du café. Le nouveau-né dort sur la poitrine de sa maman. Des pas d'homme grimpent bruyamment les marches de l'escalier quatre à quatre, et le visage de sa fille, livide, marbré de fatigue, devient extrêmement beau.

Et puis voilà que tout disparaît, emporté par l'ombre d'un nuage.

Tiens, quel jour sommes-nous ? Ma foi, tout ce silence dehors, peut-être bien samedi. Mais quel besoin a-t-elle de vérifier ? Elle se lève quand même pour aller consulter le calendrier des postes, à l'autre bout de la pièce, sur lequel sa fille vient chaque soir biffer une date. C'est bien ça, nous sommes samedi. 1988. Novembre. Quelle heure est-il ? Oh ! bientôt 9 heures. Elle retourne s'asseoir à petits pas pressés, parcourue d'une légère inquiétude, pleine de joie. Elle ne voudrait pas rater ça, le petit voisin tirant à bout de bras son bidon de lait.

XI

Jeannine faisait rissoler des foies de volaille dans la cuisine, quand elle aperçut son mari par la fenêtre. La grand-place était déserte. Il rentrait bredouille de la chasse, vêtu de son ciré, le fusil cassé à la saignée du coude, les bottes lourdes, précédé de son épagneul qui courait d'un tilleul à l'autre en remuant la queue.

À la maison, depuis l'incendie, l'ambiance n'était pas à la fête, c'était le moins qu'on puisse dire. La mort de ses biquettes l'avait dévastée, mais par-dessus tout, Jeannine en voulait à son mari de n'avoir pas retenu Delphine dans le chai. Elle aurait su, elle, la tenir loin de cette tragédie, seulement le sort avait voulu qu'elle se trouvât alors à Chalon. Depuis, leur fille faisait chaque nuit des cauchemars et, incapable de songer le jour à autre chose, n'écoutait plus en classe. Venger ses biquettes, c'était tout ce qui lui tenait lieu de conversation. Elle était à l'affût de la moindre rumeur. Le soir, elle implorait son père de téléphoner aux gendarmes pour leur rapporter tel ou tel ragot, ramené de la cour d'école.

Le village entier était en proie à toutes les suspicions. La Jeannine n'aimait pas ça – à chaque jour son nouveau potin. La semaine suivant l'incendie, pourtant, rien ne fut cordial comme l'atmosphère du village. Les anciens ne se souvenaient pas d'une pareille concorde depuis la Libération. On se rendait dans la rue des salutations à rallonge ; on prenait des nouvelles de la famille Berthelot, se tenant le bras, échangeant des amabilités ; et tous offraient leurs condoléances à la Jeannine, ainsi qu'à sa fille, leur souhaitant d'acquérir au plus tôt de nouvelles chèvres, pour leur faire oublier ce malheur.

Seulement, les lignes de faille, d'ancestrales dissensions, n'avaient pas tardé à se rouvrir, et tout ce vernis était parti en écailles. C'était même à croire que certaines rancœurs avaient attendu ce drame, vétilleuses, tenaces, pour s'en donner alors à cœur joie. L'enquête n'en était qu'à ses débuts. Les gendarmes avaient entendu le père Berthelot, ainsi que les premiers témoins rendus sur place, mais quant à savoir s'il s'agissait d'un incendie volontaire ou d'un accident, ils tardaient à trancher. Les investigations suivaient leur cours – autrement dit, tous les doutes étaient permis.

Jusqu'alors, Jeannine n'avait jamais fait grand cas du qu'en-dira-t-on. Elle pensait faire partie du village, ni plus ni moins qu'une autre. Or, il n'en était rien, semblait-il, aux yeux de certaines mauvaises langues, qui savouraient l'occasion, dans son dos, de rappeler à qui voulait l'entendre qu'elle était une pièce rapportée, et qu'elle avait fait un beau mariage avec un veuf en âge d'être son père. Elle le devina lorsque Delphine, un soir, comme ça, lui demanda s'il était possible qu'un gars de Givry soit venu mettre le feu à la grange. On spéculait donc, dans certaines chaumières, sur une histoire de cœur, un amant peut-être, une vengeance ourdie contre elle depuis le village de son enfance. Jeannine enrageait. Qu'ils viennent lui dire en face, un peu voir !

Elle saurait leur river leur clou ! Sauf que ces médisants devaient probablement lui sourire chez le boulanger, à la sortie de l'école, ou à l'église. Le mieux était encore de laisser courir.

— Ça sent bon ton fricot, dit le père Berthelot en poussant la porte. Du foie de volaille ?

— Comme tu peux voir. Et toi alors ? Le gibier était en congés ?

— C'est bien ma veine, tu peux le dire, j'ai manqué deux perdrix et un faisan. Y a des jours comme ça, tout qui marche à rebours.

— Installe-toi, va.

— Dis voir, t'aurais pas croisé le Riri, ces derniers temps ?

— Ma foi non.

— Y a des rumeurs qui courent à son sujet, le maire m'en a touché deux mots. Ça viendrait du père Comuzzi que ça ne m'étonnerait pas. Bientôt, ce bolchevik ira raconter que j'ai moi-même brûlé ma grange !

— N'écoute pas, va. Ces ragots, ça ne sert qu'à se faire du mouron. Moins on en parle, mieux on se porte.

Le père Berthelot se nettoya les mains sous le robinet de l'évier. Il était songeur. Sa femme ne voulait rien savoir, et après tout, il était sans doute préférable de ne pas s'étendre sur le sujet. Au fond, cette rumeur à propos de son frère ne l'étonnait en rien ; il aurait dû la voir venir. D'aucuns prétendaient avoir aperçu le Riri maraudant dans le bois, aux alentours du lavoir, le matin du drame. Son mobile tombait soi-disant sous le sens : au moment de l'héritage, dans les années 60, le père Berthelot ne lui ayant laissé que des vignes à verjus, son frère lui aurait gardé rancune. De là à imaginer une vengeance recuite de longue date, il n'y avait qu'un pas, qu'une moitié du village sautait probablement volontiers. Et comme pour s'accabler lui-même, le Riri s'était mis depuis l'incendie à se camphrer au marc dès l'aurore ; on le retrouvait dans un fossé, au hasard d'une promenade, ou à cuver en plein midi derrière l'église. Comme les gendarmes ne se pressaient pas de l'interroger, certains se proposaient de faire avancer l'enquête à leur façon – c'était du moins ce qu'avait rapporté le maire. Ils l'invitaient chez eux, comme ça, pour l'hospitalité, lui offrant un café, ou parfois même, par souci d'efficacité, un petit verre de goutte. On causait de l'incendie, guettant les réactions du Riri. On s'énervait un peu, tapant du poing sur la table, comme font les pandores dans les films, histoire de le tisonner. On parlait des assises, on sortait les grands mots, mais n'importe comment, rien de solide ne pouvait sortir de ces mesquines manœuvres.

« Je devrais aller en causer avec le Riri », se dit le père Berthelot, sans conviction. Depuis combien de temps ne s'était-il pas retrouvé seul à seul avec son frère ? La question s'effaça derrière une autre – pourquoi les gendarmes n'avaient pas encore entendu le fils Comuzzi ? Aux yeux du père Berthelot, c'était lui, comme on dit, le suspect numéro un. Le commandant en charge de l'enquête avait d'ailleurs manifesté à son sujet une curiosité de bon augure, au moment de prendre sa déposition. Ce vieux sanglier de Comuzzi avait certes un alibi en or, confirmé pas le curé en personne – au moment où le feu avait pris, il était attablé dans sa cour avec sa femme et quelques camarades du parti. Seulement, son fils, c'était une autre histoire. Où était-il, lui qui vivait en face de ses parents, à trente ans passés, et qui avait coutume de déjeuner chaque dimanche avec eux ? Les gendarmes seraient bien avisés de s'en préoccuper ; Didier Comuzzi avait pu faire le coup pour le compte de son père, notoirement fâché avec le père Berthelot. Avantguerre, l'un et l'autre avaient usé ensemble les bancs de la communale, chatouillé les mêmes drôlesses, assisté à leurs noces respectives, mais ils ne s'adressaient plus la parole, pour ainsi dire, depuis le coup de Prague. Entre eux, la guerre froide avait creusé comme un abîme, et le père Berthelot avait toutes les raisons de penser que le changement d'affectation de ses pâtures, vendues dans la foulée à un promoteur de Chalon, avait attisé la rancœur de cet indécrottable communiste.

— Qu'est-ce qu'on mange ?

Delphine venait d'entrer dans la cuisine. Elle traînait encore son air de poupée malade ; ses parents ne l'avaient pas vu sourire depuis l'incendie.

— Du foie de volaille, répondit la Jeannine.

— Y a pas autre chose ?

— Comment ça ? Je les ai préparés exprès pour toi, comme tu les aimes, à l'ail et au beurre, avec un reviens-y de persil.

Delphine se mit sur la pointe des pieds, devant la gazinière, pour inspecter le contenu des poêles.

— Je prendrai que des pommes sautées.

— Comme tu voudras, dit sa mère, qui ne voulait pas la contrarier.

Depuis le drame, Delphine ne pouvait plus regarder un abat sans penser aux cadavres noircis de ses biquettes. La nuit, ses cauchemars étaient peuplés de visions sanglantes. Sans savoir au juste pourquoi, elle tenait son père pour responsable de cette tragédie, et cette rancune s'exacerbait chaque fois qu'elle croisait le regard d'un de ses trophées de chasse – les murs de la maison s'ornaient un peu partout de têtes empaillées, celle d'un chevreuil dans la cuisine, d'une biche dans la salle à manger, d'un sanglier dans l'escalier. Il y avait même un cygne entier, rivé sur un socle de bois, à côté de la télé.

Globalement, elle n'avait plus goût à rien. Ses pensées tournaient sans cesse autour de l'incendie, des rumeurs, des théories échafaudées dans la cour de récréation ; la plus populaire d'entre elles, ces derniers temps, accusait Gildas Lefranc, le voyou du village. Tout le monde s'accordait à trouver suspect qu'il ne soit pas venu assister à l'incendie, alors qu'on pouvait établir à son propos deux certitudes. Un, il avait été aperçu du côté du camping par plusieurs témoins, une heure environ avant le drame. Deux, il avait cette déplorable habitude de jouer avec le feu, comme en témoignait sur sa joue droite une cicatrice mauve, souvenir d'un soir d'été où il avait essayé d'épater les copains, près de la cabine téléphonique, en crachant des flammes, tel un fakir.

Un inconnu de Givry, le fils Comuzzi, un pompier pyromane, Gildas Lefranc, le Riri… toute la vallée finirait par passer dans le collimateur des enfants, répétant et déformant ce qu'ils devaient entendre le soir, à la maison, et Delphine s'épuisait à les détester tous, un à un, au seul motif d'être victimes de la rumeur.

Entre son deuil et ses rancunes, Samuel trouvait aussi le moyen de lui causer du chagrin. Depuis la mort de ses biquettes, il semblait la fuir, il était distant, bizarre. Elle n'arrivait pas à savoir s'il était triste pour elle, ou s'il était tout simplement trop lâche pour venir lui parler.

Et puis vendredi, à la fin de la récréation, il s'était approché d'elle, un drôle de rictus aux lèvres, pour lui remettre une enveloppe contenant une pièce de dix francs, ainsi qu'une lettre commençant par « Ma chérie » et s'achevant par ces mots : « Samuel, ton futur mari. » Entre les deux, il lui expliquait qu'il murmurait son prénom, les jours de match, après chaque arrêt réussi. C'était quand même déconcertant. Elle se sentit gênée pour lui. Ces formules, ce ton... à la réflexion, c'était complètement déplacé. Et cette grosse pièce de dix francs aussi, comment être sûre qu'il ne l'avait pas volée ?

XII

Sandra marchait sur la grand-route, en direction du camping. Sa main droite dissimulait la braise d'une menthol, la gauche tenait serré son Walkman, qui jouait *Tout simplement* à plein volume. Les collines se découpaient dans un pâle soir d'automne. Il n'y avait pas à dire, côté panorama, ce bled ne faisait jamais dans la demi-mesure. Depuis trois mois, Sandra suivait les variations du crépuscule, seule et morte d'ennui, à la fenêtre de sa chambre.

Il faisait froid. Des nappes de brouillard glissaient sur les vignes. Pour la première fois, elle allait rejoindre les jeunes du village à la cabine téléphonique. Avec le slow mélancolique de Bibie dans les oreilles, cette voix limpide et tropicale, elle s'efforçait de chasser son appréhension en savourant ce contraste, une mer chaude au-dedans, la morsure du soir au-dehors.

Elle reconnut de loin leur silhouette, ils étaient trois – Maude et Audrey assises sur le muret, Sylvain sur sa mobylette. Un unique lampadaire déversait sa lumière autour de la cabine téléphonique. Elle coupa le son du Walkman. Leurs voix se mêlèrent aux gargouillements de la piscine, cette présence froide et inquiétante à l'entrée du camping désert.

— Salut, dit Audrey. T'écoutes quoi ?

Sandra lui tendit son casque. Elle s'était préparée à ce moment, choisissant exprès une chanson qu'elle pensait du goût de Maude.

— Bibie ? s'étonna Audrey. Trop chiant.

Sandra ondula des hanches avec un rire un peu forcé.

— Trop la classe, tu veux dire !

Elle sentit les regards de Maude et Sylvain glisser sur ses fringues – un bomber trois-quarts Benetton, une paire de 501 déchirée, les pieds nus dans des Reebok blanches, neuves, quasi phosphorescentes. Elle avait bien compris que son intégration dans la bande était encore précaire. La principale menace, c'était Maude. Le pivot des filles. Sans doute fallait-il à la fois la craindre et la flatter. Le jour de leur première rencontre, à l'arrêt de car, devant tout le groupe, Maude lui avait demandé, du défi dans le regard, si elle n'avait pas un Tampax à lui dépanner.

— Y paraît que ton père a un téléphone dans sa caisse ? demanda Sylvain.

— Il l'a eu par son boulot.

— Il bosse où ?

— Chez Matra, à Chalon. Il travaille dans la télématique.

Sylvain éclata de rire.

— La quoi ?

— La télématique. Il fabrique des téléphones portatifs pour Radiocom 2000. C'est pour ça qu'il en a un dans sa bagnole, il l'a eu gratis, mais il s'en sert jamais, je crois que ça coûte plus de dix balles la minute.

Le père de Sylvain était vigneron, celui d'Audrey chauffeur routier. Quant à celui de Maude, c'était moins clair, il travaillait dans le bâtiment ; elle n'en parlait jamais qu'en termes obscènes et insultants, dressant de lui le portrait d'un sombre salaud, qu'elle s'impatientait de quitter à jamais le jour de ses dix-huit ans ; et cette violence assumée, parfois drôle, à l'égard de l'auteur de ses jours, n'était sans doute pas étrangère à l'onction qu'elle avait reçue des autres filles.

— Tiens, dit-elle en faisant claquer son chewing-gum, v'là le Fabrice.

La plainte lointaine d'une 103 débridée annonçait sa venue, depuis le haut du village. Le groupe se figea dans le silence, suivant mentalement le trajet de Fabrice qui mettait les gaz dans les lignes droites et décélerait dans les virages. Un faisceau jaune, projeté sur la maison de la vieille Derain, précéda son apparition dans la grand-rue, suivie d'une dernière accélération. On s'avisa alors que Fabrice n'était pas seul, sa 103 ployant sous le poids d'une seconde silhouette ; on découvrit ensuite qu'il n'était même pas aux commandes de sa bécane, mais relégué sur le porte-bagages ; devant lui, jambes ouvertes, cheveux au vent, Gildas acheva leur trajectoire par un dérapage maladroit qui faillit les envoyer dans le décor.

Fabrice se leva, chancelant, dans un grincement de suspensions.

— T'es pas un peu maboul ? s'emporta-t-il en retirant son casque. Je vous dis pas ! Ce chtarbé a conduit à gauche à travers tout le village !

Gildas se tordait de rire. Il installa la béquille et lui envoya une bourrade dans les côtes.

— Tu t'es chié dessus, ma poule ?

Fabrice cherchait en vain une repartie ; il leva un majeur à l'intention de Gildas.

— Vas-y lâche-moi, j'suis pas une gonzesse. T'as une clope, Sylvain ? La vache, ça caille à mort ! Je boirais bien une bière. Ça va, les filles ?

Deux ans plus tôt, Fabrice s'appelait encore Farid. Il avait grandi dans une famille d'accueil, en face du monument aux morts, qui avait fini par l'adopter en lui proposant de changer de prénom. Depuis, il ne s'épargnait rien pour faire oublier ses origines. C'étaient des cheveux défrisés chaque matin au sèche-cheveux, des casse-croûte jambon-beurre, de temps à autre une messe le dimanche.

Sous le regard des filles, Fabrice en faisait des caisses. La présence de Sandra semblait le troubler. Gildas feignait au contraire de l'ignorer, mais elle n'était pas dupe. Depuis qu'elle prenait le car avec eux, elle l'avait surpris en train de la reluquer à plusieurs reprises. Des échanges de regards qui duraient le temps d'un battement de cils, mais autant qu'elle pouvait en juger, il la mangeait des yeux.

Elle s'était allumé une autre menthol, un peu en retrait, adossée au muret. Le froid lui cerclait les chevilles. Elle voulait à la fois être là, parmi eux, et à mille kilomètres d'ici, seule dans l'immensité des steppes. Qu'est-ce qui n'allait pas chez elle ? Elle tirait nerveusement sur sa clope et, à défaut de participer à la conversation, soufflait au ciel d'exorbitants nuages de fumée.

La veille, elle avait brûlé son journal intime dans l'insert de la cheminée. Il n'avait pas fallu trente secondes aux flammes pour emporter quatre années de confidences. Pourtant, tout était encore intact sous sa poitrine. Puteaux, Koweït City, Lausanne, Sainte-Foy-lès-Lyon… à seize ans, elle se trouvait déjà vieille, et toujours à demi-vierge. Sa vie n'avait été qu'une longue impatience, encombrée d'échecs. Elle avait entamé la rédaction de ce journal en cinquième, alors qu'elle commençait à rougir dès qu'un garçon posait les yeux sur elle. Son corps se métamorphosait de manière affolante, certaines parties se dilatant à vue d'œil, d'autres s'éclipsant dans une dissonance grotesque. Rien ne semblait à sa place. Il fallut aussi s'accoutumer à de nouvelles odeurs, contre lesquelles elle épuisait des bombes entières de Narta.

À treize ans, elle avait passé plusieurs mois à rendre ses œillades à un garçon plutôt mignon, lunettes d'écailles, regard rêveur, qui la dévisageait depuis le fond de la classe, attendant qu'il ose enfin se déclarer, jusqu'au jour où elle avait compris qu'il s'intéressait en fait à sa voisine de table. En les regardant s'embrasser à la sortie du collège, elle avait cru mourir. Jamais, depuis lors, elle n'avait vraiment recollé les morceaux d'un amour-propre réduit en miettes.

À quatorze ans, elle s'était laissé embrasser par un garçon qui lui plaisait à moitié, sur son lit, dans sa chambre, devant *E.T.* Il l'avait dévorée de baisers mouillés pendant une bonne partie du film, jusqu'à ce qu'elle ose se décoller, au bord de l'asphyxie. Le garçon s'était alors redressé pour aller aux toilettes, chancelant un peu. Il avait l'air tellement béat qu'en passant devant la télé, il s'était pris les pieds dans les fils du magnétoscope. Celui-là, elle ne l'avait jamais revu.

L'année suivante, elle redoublait sa troisième, à Sainte-Foy-lès-Lyon. Toujours aussi seule. Toujours aussi vierge. En avril, son père lui annonça qu'ils allaient à nouveau déménager, à la campagne cette fois, au milieu des vignes. Cette catastrophe précipita sans doute les évènements. Un mois plus tard, elle se retrouvait nue, tremblant de peur, dans le lit d'un mec de dix-neuf ans, un voisin qu'elle connaissait à peine, mais dont l'audace l'avait désarmée. Il s'était pointé en plein après-midi, la sachant seule à la maison. Il portait une chemise entrouverte sur une peau tannée. Un jean blanc. Une gourmette au poignet. « Salut Sandra, ça faisait longtemps que j'avais envie de te parler. Mes parents sont pas là, je boirais bien une bière avec toi en écoutant de la bonne musique. »

Ensuite, les choses avaient vite dérapé. D'un même mouvement, il s'était débarrassé de son jean et de son caleçon, faisant jaillir la chose, petite, caoutchouteuse, tel un diable de sa boîte. Elle avait ri en la voyant tripler de volume. La suite, elle n'avait pas osé l'écrire dans son journal. Trop nul. Aucun plaisir. Un sentiment de gâchis, plombé par la hantise soudaine d'avoir chopé le sida.

Gildas lui rappelait ce garçon, en version plus sauvage. Il était, en dépit du froid, vêtu d'une veste militaire ouverte sur un tee-shirt. Jean sombre. Chaîne en argent. Cheveux gominés. Une cicatrice mauve lui barrait la joue. Au fond des yeux, un éclat sec et dur. Il ne l'attirait pas du tout – sa manière de se pencher pour lâcher de gros mollards dans la poussière lui soulevait le cœur. Elle avait entendu dire qu'il braconnait dans les collines, disparaissant parfois des jours entiers, pour revenir au village couvert de boue. Sa famille, paraît-il, c'était le quart-monde. Et depuis que la grange des Berthelot avait brûlé, personne ne semblait vouloir évoquer le sujet en sa présence.

À présent, chacun tirait sur sa cigarette. Les filles papotaient entre elles, les garçons causaient carburateur et guidon torsadé autour des mobylettes. Sandra écoutait Maude épiloguer sur les mérites comparés d'Elton John et de Michael Jackson en guettant du coin de l'œil les réactions de Gildas. Il ne l'attirait peut-être pas, mais elle attendait qu'il la regarde, troublée par cette attente. Répulsion, impatience, il fallait bien admettre qu'il soulevait en elle des vents contraires. Chaque matin, ils montaient tous les six dans le car scolaire, en direction de Chalon, le visage bouffi de sommeil, un goût de dentifrice sur la langue. Sandra descendait vingt minutes plus tard avec Audrey, Fabrice et Sylvain, devant l'entrée de Pontus-de-Tyard, le lycée général, tandis que Maude et Gildas poursuivaient le trajet vers des lycées professionnels dont Sandra ignorait jusqu'au nom. À ce moment-là, Gildas lui inspirait de la pitié, somnolant encore sur son siège, les cheveux collés à la vitre.

Les cloches de l'église sonnèrent huit coups, pendant lesquels l'impatience de Sandra fut exaucée ; Gildas la dévisagea. Un regard bref, luisant, chargé de mystères. Elle en eut des frissons dans la poitrine, et comme un grignotement dans le bas du ventre.

Sur le chemin du retour, elle remit en route son Walkman. La nuit hésitait à avaler la ligne des collines. À travers les entailles de son 501, un air humide lui mordait les cuisses ; le lotissement scintillait au bout de la route, dans son enveloppe de brouillard ; et elle fredonnait avec Bibie : « tout doucement... envie de changer d'atmosphère, d'altitude... » en dodelinant de la tête dans les bouffées de vapeur qui s'échappaient de son sourire.

XIII

Le boucher tranchait des côtes d'agneau sur son billot quand Gildas entra dans la boutique. Il était le seul client. Entre chaque coup de hachoir, on entendait grésiller une mouche dans le piège de lumière bleue suspendu au-dessus de la caisse.

— Bien le bonjour, dit Gildas. Ça sera comme d'habitude.

Le boucher ne répondit rien, débitant d'un même rythme le reste de la carcasse, le dos tourné. Pour garder contenance, Gildas affecta de s'intéresser dans l'étal aux poulets, à la bavette, aux paupiettes de veau, salivant secrètement sur ces morceaux de premier choix ; et, lorsqu'il répéta son bonjour, le boucher répondit : « Ta mère me doit au moins cinquante francs », en lui jetant un regard noir dans le miroir.

Au bout d'un long moment, il disparut dans la chambre froide, fermant la porte derrière lui. À la vue des couteaux alignés sur le mur, Gildas fut traversé par l'idée d'en faucher un ; quelques secondes lui suffiraient à se payer de cette humiliation.

Le boucher réapparut, un paquet de bas morceaux dans une main. Il jeta la viande sur la balance et s'empara du gros crayon qu'il avait coincé derrière l'oreille. Après quelques oscillations, l'aiguille s'immobilisa.

— Ça fera soixante-deux francs cinquante.

— Je réglerai le tout la semaine prochaine.

Le boucher se retourna pour nettoyer son billot.

— J'y compte bien. Autrement, y aura pas plus de viande dans la marmite que de beurre au cul des vaches.

Sur le chemin du retour, Gildas remua de sombres pensées. Comme tant d'autres au village, le boucher faisait peu de mystère du mépris dans lequel il les tenait, lui et sa famille, depuis la mort de son père. Gildas s'y était habitué – d'ailleurs qu'est-ce qu'il en avait à foutre, au fond ? Seulement, depuis quelques jours, il sentait se resserrer l'étau des soupçons et redoutait de voir s'encadrer dans la porte d'entrée, un beau matin, la silhouette d'un gendarme. Il était pourtant innocent. Blanc comme neige ! Le jour de l'incendie, il était allé relever des collets dans la forêt, au-dessus du lavoir. On l'avait vu traverser le camping, paraît-il, une heure avant le drame, ce qui était vrai, mais prouvait quoi ? Rien ! Tant qu'on ne mettrait pas la main sur le coupable, n'importe comment, les ragots continueraient de l'accabler. Sa réputation – il ne l'avait pas volée, fallait reconnaître – le précédait comme son ombre. Et il était tombé sur le ch'tit Samuel en redescendant de la forêt, qui l'avait dévisagé comme s'il était le diable. Est-ce qu'il n'aurait pas nourri la rumeur, lui aussi ? C'était possible, et même probable.

Qui avait foutu le feu à la grange, il n'en avait pas la moindre idée. Un incendie criminel, qu'il y ait ou non des victimes, ça se soldait aux assises. Alors, les commérages sur son compte, dont personne évidemment n'osait faire état devant lui, commençaient à le gonfler sérieusement. D'autant qu'il avait résolu de se tenir à carreau. Sa propre mère le soupçonnait. Elle le répétait à longueur de journée : « Un jour, on m'apprendra que t'as mis le feu à la grange. Plus rien ne m'étonne avec toi ! Et qui te rendra visite en cabane ? Personne !... Ah, non !... Ne compte pas sur moi pour consoler un criminel ! »

La vieille carne. Qu'est-ce qui le retenait de la faire taire d'un uppercut au coin de la gueule ? Il entra par la porte du garage, les poings serrés. La pièce, qui servait indifféremment de cellier, de chenil, d'atelier, de débarras, tirait son maigre jour d'une imposte couverte de toiles d'araignées. Il y avait le long d'un mur un Solex hors d'usage, et au plafond, en suspension, les cannes à pêche de son père, ses dernières reliques, qui prenaient la poussière. Au milieu, encombrant tout l'espace, une 2 CV posée sur des parpaings témoignait de cette lointaine époque où la famille partait en vacances et se chauffait en hiver. Vito, un vieux malinois, était pelotonné sur son tapis, dans la pénombre, le regard triste, la queue entre les pattes. Moins par tendresse pour l'animal que par méchanceté pour sa mère, Gildas lui jeta un morceau de tendron. Vito l'avala tout rond, éberlué de ce miracle. La porte, un peu rude à ouvrir, donnait sur la cuisine, et il était toujours surpris, arrivant du grand air, par cette atmosphère poisseuse et ce mélange d'odeurs ménagères. Chaque fois, il éprouvait la même angoisse, un symptôme aigu, comme une chignole dans l'estomac.

L'enfance, la joie de vivre, les repas en famille, tout était parti à vau-l'eau après la mort du paternel. Cancer du larynx. Il était lieutenant au service des essences, sur la base pétrolière interarmées, à Chalon. Gildas avait huit ans. Le visage de son père s'était ensuite effacé. Il avait beau orner un mur du salon, dans son cadre argenté, en uniforme de cérémonie, ses traits ne s'imprimaient plus dans son esprit. Il ne restait désormais de lui que le souvenir d'une éternelle odeur de gasoil, de quelques parties de pêche à l'écrevisse le mercredi sur les bords de la Jatte, et d'une voix d'outre-monde, enveloppante, calcinée, celle d'un ogre qui ne ferait pas de mal à une mouche.

Sa mère avait cherché à se consoler dans la première paire de bras qui s'était offerte, puis dans les suivantes. Des types plus ou moins paumés, souvent gentils, de préférence alcooliques, qui flairaient la pension militaire. Le tout-venant de l'Assedic. Elle s'était aigrie à mesure que les beaux-pères baissaient en gamme. Le dernier en date s'appelait Jean-Claude, un ancien CRS ayant pris la place du précédent deux ans plus tôt ; il était présentement en train d'équeuter au ralenti des haricots sur la table de la cuisine.

— Tu t'es perdu en route ? demanda-t-elle. Montremoi cette bidoche.

Gildas lui tendit le paquet.

— Qu'est-ce que tu m'as ramené ? fit sa mère en ouvrant le papier. Ça sent la mort et y a que du nerf !

— Le boucher tire la tronche, tu lui dois plus de soixante balles.

— Il me prend pour la poule aux œufs d'or ?

— Soixante balles ? répéta Jean-Claude, sans lever la tête de son tas de haricots.

— Oh toi, la ramène pas, veux-tu ! Il va s'écouler combien de siècles avant que t'aies fini de t'occuper de mes haricots ? Moi, j'ai eu le temps de faire le ménage là-haut. J'ai épluché les patates, deux kilos, et tu diras ce que tu voudras, t'aurais fini depuis belle lurette, si t'étais pas occupé à lire le journal en même temps. Qu'est-ce qui m'a pris de ramasser un gars pareil ? Si j'avais su ! C'est bien ma veine, ça… rien que des bras cassés qui me coûtent le gîte, le couvert, et pis tout le reste !

— Moi ? Un bras cassé ? se récria Jean-Claude en se levant de sa chaise. Viens me le dire en face, un peu voir !

Il vacilla sur ses jambes et, les yeux roulant d'un bord à l'autre, rétablit son équilibre en se rasseyant.

— Ça vaut mieux comme ça, railla la mère. Te mets pas trop en péril, va. Au rythme où tu descends ton Pernod, ça finira comme le Riri… au fond d'un fossé, le foie en bandoulière !

Les joues cramoisies, le regard battu, Jean-Claude adressa à son tas de haricots une pelletée de reproches inaudibles.

— Qu'est-ce qui lui est arrivé au Riri ? demanda Gildas.

— T'es pas au courant ? Il a canné ! On l'a retrouvé sur la route du camping. Il s'était mis son compte bien proprement, et il s'est fendu le crâne en tombant dans le fossé, pile sur un caillou.

Gildas blêmissait, immobile, les bras ballants. Le Riri avait toujours fait partie du décor, invariablement bourré, parlant aux arbres, aux fleurs, vêtu hiver comme été d'une veste élimée et d'un chapeau mou. Il vivait hors du temps, figé dans la gnôle, et Gildas n'avait jamais imaginé que cette silhouette de guingois, qu'il croisait souvent dans les collines, ces yeux de cocker et cette voix d'illuminé disparaîtraient de sa vie.

— Bah, tu dis rien ? reprit sa mère. Ça t'en bouche un coin, sans doute ! Le Riri qui buvait triple depuis l'incendie… tout ça parce qu'on le soupçonnait de s'être vengé de son frère. Tu parles d'un incendiaire ! J'en connais d'autres, moi, des voleurs de poules, qui seraient capables de telles calamités, rien que pour le frisson !

Gildas dévisageait sa mère comme s'il la voyait pour la première fois – silhouette de sauterelle vêtue d'un pull si fatigué que ses clavicules apparaissaient en transparence, la poitrine sèche, un nez d'oiseau, dans les yeux deux charbons luisants, et sur le crâne des mèches courtes, ni beiges ni grises, comme un pelage de ragondin. Il baissa le front, chaviré de haine et de dégoût.

— Reste pas comme ça ! triomphait-elle. Va me chercher tes frères et sœurs, qui sont encore à traîner du côté des potagers, à coup sûr ! Tu leur diras bien que le plus crotté d'entre eux aura droit au nerf-de-bœuf !

Sans un mot, Gildas ressortit par le garage. En longeant l'école, il songea à son grand frère. Depuis quand Francis n'avait-il pas remis les pieds à la maison ? Il s'était engagé dans l'armée de terre, cinq ans plus tôt, et passait la plupart de ses permissions à Dijon, chez sa copine. Gildas l'enviait. Encore deux ans à tenir et il s'engagerait à son tour. Seulement lui, il ferait mieux que son frangin – mieux que son père même. Les commandos de marine. À défaut, les paras. Ou peut-être les chasseurs alpins. Il verrait du pays. Il se roulerait dans l'aventure et les galons. Une gonzesse dans chaque port. De la poussière, des bêtes sauvages, des nuits sous les étoiles – il nourrissait des rêves pour cent ans, chaque vendredi soir, devant *Ushuaïa, le magazine de l'extrême*. Et plus tard, une famille, une vraie, avec une femme qui sent bon, qui l'admire, qui prend soin d'elle, et qui lui ferait trois gosses, loin, très loin d'ici.

XIV

Devant l'autel, ceint de quatre cierges, sur un cata-falque de bois sombre, le cercueil de Riri avait coûté au père Berthelot pas loin de quatre mille francs ; une somme, s'affligeait-il intérieurement, qu'il aurait pu employer du vivant de son frère pour lui payer des jam-bons crus, un baril de choucroute, du bois de chauffe, quelques attentions qui auraient rendu son existence moins misérable. La cérémonie touchait à son terme. Hébété par l'enchaînement des drames, s'y reprenant à plusieurs reprises et s'excitant en vain à trouver les bons mots, le père Berthelot avait fini par jeter l'éponge ; il ne lirait pas d'éloge funèbre.

Le père Roque, en aube crème et surplis mauve, les deux mains posées sur le lutrin, entamait donc une orai-son de son cru. Né dans la maison de ses parents, à la fin de l'hiver 1932, Henri Berthelot, bientôt surnommé Riri, avait coulé des jours heureux – c'était du moins l'avis du curé – en compagnie de son frère aîné, jusqu'à la mort de leur père, en 1964. Il raconta deux ou trois anecdotes, tenant plus de la légende, qui le figuraient en joyeux drille, en bon copain, en chasseur habile, tou-jours prompt à donner des coups de main et offrir du gibier. Il exhortait ses paroissiens à garder de lui cette image, certes lointaine, et non celle de l'homme désemparé, buveur par chagrin plutôt que par vice, parce que le deuil et la douleur l'avaient éloigné des charges de la vie terrestre comme des promesses de l'Au-delà.

Nulle mention du conflit entre les deux frères, au moment du partage de l'exploitation. Nul rappel du naufrage ayant conduit le Riri, en moins de cinq ans, de la vigne à la misère. C'était pourtant la vérité, sédimentée sous des couches de silence. Le Riri avait peut-être commencé à se consoler au goulot à la mort de leur père, mais c'était depuis la cession de sa première parcelle qu'il n'avait pas dessaoulé.

— Oh ! Marie, notre Mère du ciel, concluait le père Roque, tu sais que notre cœur est déchiré, mais nous croyons que Riri, nourri de l'amour de Dieu, est dans la paix. Notre amour pour lui, né sur cette terre, nous continuerons à le lui donner sans mesure. L'amour qu'il nous aurait donné ici-bas, il nous le donnera tous les jours de notre vie.

Le père Berthelot, sentant tout le poids que faisait peser sur ses épaules cette invocation à la Vierge, baissa le front, les doigts crispés sur son missel ; et, emporté par cette pente, son esprit roula vers les dernières nouvelles de l'enquête. Les gendarmes s'éloignaient de la piste criminelle, disait-on. Les analyses n'avaient mis en évidence aucune trace d'accélérateur de combustion ; l'origine du feu était pour le moment impossible à établir. On évoquait par exemple l'hypothèse, certes aléatoire, de l'embrasement spontané d'un tas de foin, causé par une fermentation exceptionnelle, combinée à une densité de poussière et à un taux d'humidité bien précis. Mais au grand dam du père Berthelot, on évoquait surtout l'éventualité d'une réaction chimique impliquant ses réserves d'engrais à base de nitrate d'ammonium. Autrement dit, un accident par négligence ! De qui se moquait-on ? Il avait toujours respecté à la lettre les recommandations de stockage. On ne trouverait pas dans la vallée un vigneron aussi pointilleux que lui en matière d'entretien et de propreté du matériel. « Non, non, songea-t-il, c'est forcément criminel ! Ma main au feu que c'est un coup du fils Comuzzi. Il aura su trouver un stratagème pour duper les gendarmes. Il ne serait pas le premier ! »

Une autre chose aussi le contrariait dans cette affaire. Au village, la mort des biquettes avait ému tout le monde ; en revanche, personne ne semblait faire grand cas de son enjambeur, de ses deux remorques et des fournitures agricoles, partis en fumée avec le reste de la grange. Cette indifférence était peut-être à mettre sur le compte du lotissement, bâti sur ses anciennes pâtures, et qui faisait encore jaser dans les chaumières. Mais que se figuraient-ils au juste ? Qu'il cachait des lingots sous son matelas ? C'était pourtant tout le contraire ! Comme les autres vignerons, il se remettait à peine de la récolte de 86, grevée par le mildiou. Il avait plu quatre semaines de suite en août, du jamais-vu ; ses recettes en avaient été amputées d'un bon tiers. Sans la vente de ses pâtures, il en serait à faire l'aumône au Crédit agricole pour s'acquitter de ses traites, voilà la vérité. Et l'assurance encore, qui lui faisait des chicaneries pour les indemnités, en attendant les conclusions de la gendarmerie, parce que les clauses de son contrat variaient selon qu'il s'agirait d'une cause accidentelle ou d'une intention criminelle ; ses chances de se voir indemniser un tant soit peu décemment semblaient compromises.

Au moment de l'offertoire, sa fille le tira par la manche pour lui parler à l'oreille.

— Je peux communier ?

— Bien sûr, quelle question !

Delphine se vexa ; elle avait reçu sa première communion l'été précédent – comment pourrait-elle savoir quel était l'usage, pour les enfants, en cas d'obsèques ? Elle quitta la travée dans le sillage de sa mère, pour rejoindre la procession des fidèles. Alors, son regard croisa celui de Samuel. Elle sentit le rouge lui monter aux joues, avant de se détourner pour fixer le vitrail de l'abside, où saint Michel terrassait un dragon. Elle n'avait toujours pas répondu à sa lettre. Elle l'évitait, fuyant et regrettant tout à la fois sa présence. La grandiloquence de ses formules, plus encore que cette pièce de dix francs, l'avait refroidie, mais au fond, elle aimait sentir ses yeux bleus, fixes, un peu inquiets, s'attarder sur elle. Elle avait aussi fait l'erreur de montrer la lettre à Dorothée, qui avait ri aux éclats, s'était moquée de ces grands mots, et avait fait mine de vomir, avant de lui conseiller de rendre sur-le-champ cette pièce que Samuel, de toute évidence, avait volée.

Après avoir reçu l'eucharistie, elle regagna sa place le regard rivé à ses souliers. Ensuite, le père Roque invita l'assistance à bénir le cercueil. Le village entier, communistes compris, défila sur les dalles de l'allée centrale, polies par neuf siècles de liturgie. On s'avançait tour à tour, les mains nouées, la tête basse, au son de l'orgue électrique et d'un continuel frottement de semelles. Le goupillon passait de main en main, éclaboussant d'eau bénite le couvercle du cercueil, les gerbes de roses blanches disposées de part et d'autre, et quelquefois, par mégarde, les mocassins du père Berthelot. Delphine, moins effrayée qu'intriguée par le contenu de la boîte, tentait de se figurer le corps de son oncle, étendu à l'intérieur. Cédant à ses questions, sa mère lui avait parlé des soins qu'on prodiguait à un mort avant la mise en bière. Riri allait donc rejoindre sa dernière demeure plus propre qu'il n'avait jamais été, peigné, rasé de frais, vêtu d'un costume neuf. Quelle drôle d'idée.

Quand tout le monde se fut retiré, Jeannine prit la main de sa fille et traversa la nef. En passant devant la statue de la Sainte Vierge, son mari, livide et hébété, s'inclina en prière. Delphine imita son père. La Vierge avait les mains ouvertes et son regard, perdu dans le vague, était empli d'une sensualité dont Jeannine n'avait jamais tout à fait compris la signification. Derrière elle, les vitraux de l'Annonciation, soulignant la grâce de sa silhouette, déversaient dans l'église une lumière douce et polychrome.

Au bout d'un moment, Jeannine murmura à son mari d'abréger, parce que les pompes funèbres attendaient qu'il sorte pour emporter le cercueil. Elle n'aimait pas le voir s'égarer ainsi en dévotions, appliqué, malléable, presque bête. Quand elle l'avait connu, il n'avait pas autant de soucis en lui. Il était encore bel homme. Une santé de paysan lui tenait l'échine bien droite. Et un éclat métallique, voilé, troublant, lui traversait le regard.

Dehors, le soleil de novembre, tamisé par les branches nues des tilleuls, enveloppait la foule. Quelques gosses ne tenaient déjà plus en place. On se saluait d'un petit signe de main, se murmurant un bonjour, un mot de circonstance, une invitation maladroite pour l'apéritif. Le père Berthelot demanda à Jeannine de se tenir auprès de lui, à côté du corbillard. Elle était surprise, quand même, par la présence de certains visages. Avait-on déjà vu autant de monde, devant l'église, pour des funérailles ? Lequel d'entre eux se souvenait d'une seule conversation avec le Riri, qui ne causait guère plus qu'à des personnes imaginaires ? Une fois mort, chacun tenait néanmoins à lui faire ses adieux, comme à un pauvre enfant fauché dans l'innocence, et Jeannine se disait que c'était bien commode, tout de même, cette bonne conscience à peu de frais.

Quatre porteurs, partant du fond de l'église, gagnèrent à petits pas la lumière du jour, cercueil à l'épaule. Il y eut un grand silence sur l'esplanade. Les poignées de laiton retombèrent en tintant contre les flancs de la bière, qui disparut derrière les draperies du corbillard.

On se mit en route. Le cimetière se trouvait à la sortie du village, une centaine de mètres après la silhouette de la grange calcinée. Des nuages argentés, glissant au-dessus des chaumes, nourrirent quelques commentaires. L'air fraîchissait, il fallait s'attendre à quelques gouttes dans l'après-midi. On arriva. Le corbillard s'avança lentement entre les tombes, avant de s'immobiliser à proximité du trou.

Le père Roque se tenait à côté, les mains jointes sur la poitrine, avec un sérieux souverain, face à la foule qui s'étalait en arc de cercle, pendant que les porteurs faisaient ce qu'ils avaient à faire pour descendre le Riri dans sa dernière demeure. Alors, on entendit un glissement sourd à l'intérieur du cercueil. Delphine, dressant l'oreille, tourna un regard interrogateur en direction de sa mère, qui l'ignora, tout absorbée dans la contemplation de ses chaussures. Et pendant que le curé recommandait une dernière fois son oncle à Dieu, Delphine, les larmes aux yeux, se demandait à quoi pouvait ressembler ce Royaume, depuis lequel l'observait déjà l'âme de Riri, et où, d'après les paroles du Seigneur, il n'y avait plus ni deuil, ni larmes, ni douleurs, mais la joie et la paix.

XV

Samuel se réveilla les cuisses trempées. Il bondit hors de ses draps et courut dans la salle de bains. Son père se rasait devant la glace.

— Ne me dis pas que t'as encore fait pipi au lit ?

Il se déshabilla sans rien dire. Son nez commençait à piquer ; une larme dévala sa joue, vite escamotée – se retenir, il fallait à toute force se retenir de chialer. Il enjamba la baignoire, ouvrit les robinets. Le transistor était réglé plein tube sur France Info, emplissant la salle de bains des dernières nouvelles du CAC 40, en direct du Palais Brongniart.

Les joues couvertes de mousse à raser, son père trempa un doigt dans la baignoire, avant de couper l'eau chaude ; le bain devait être tiède, presque froid. Samuel allongea les jambes sur l'émail. Il avait pour consigne de barboter cinq minutes dans sa flaque d'eau, histoire d'en prendre de la graine.

Après s'être habillé, il descendit au rez-de-chaussée, un parcours semé d'embûches et de chausse-trapes. Son père nourrissait de grandes ambitions pour l'aménagement de la maison, se prévalant de multiples compétences en matière de bricolage ; l'un dans l'autre, il fallait enjamber des fils électriques, se défier de certaines marches et traverser au jugé un corridor dépourvu d'éclairage, avant d'atteindre la cuisine. Samuel n'avait pas encore tiré au clair ce paradoxe : son père savait faire fonctionner une centrale nucléaire, mais il n'était pas foutu de poser une prise électrique dans le bon sens. Si l'on se fiait à ses discours, c'était une question de principe. Pourquoi payer des gens à faire ce qu'il était lui-même capable d'entreprendre ? Globalement, il avait toujours une bonne raison pour ne pas dépenser d'argent. Les vêtements de marques américaines étaient proscrits. Coca-Cola se voyait régulièrement accusé de complicité dans la famine en Éthiopie. Et si quelqu'un osait suggérer de remplacer le téléviseur noir et blanc par un poste couleur, il fermait aussitôt le débat en convoquant les souvenirs de sa propre enfance, quelque part entre la Seconde Guerre mondiale et la conquête de la Lune.

Samuel entra dans la cuisine. L'odeur de chicorée lui chatouilla les narines. Baptiste, son petit frère, était déjà attablé. Antoine aussi, en embuscade derrière une boîte de céréales.

— Elle est vide, l'informa-t-il, la bouche pleine. Faut que t'en prennes une autre dans le placard.

Antoine était en quatrième, au collège de Givry ; Samuel s'exécuta sans broncher. Sa grande terreur, c'était que son frère informe un jour Delphine que son futur mari pissait encore au lit. Ça le faisait bien marrer, Antoine, cette menace qu'il agitait au-dessus de sa tête. Ça lui permettait surtout de soutirer à Samuel, de temps à autre, une vignette Panini, un Malabar, de faux aveux pour s'épargner une punition.

Samuel écrasa dans son bol une galette d'avoine, qu'il arrosa de lait frais. La peur et la honte gargouillaient au creux de son ventre ; il n'avait pas pissé au lit depuis des semaines, et voilà que ça recommençait. Sa mère avait deviné, la tendresse navrée de sa voix la trahissait.

— Samuel, tu veux que je te prépare une tartine de miel ?

Elle s'agitait, comme chaque matin, de la gazinière à la table, du frigo au placard, essuyant une bouche, recoiffant un épi, dévouée, précise, habile à déminer les querelles entre ses trois fils et redoutant par-dessus tout qu'elles éclatent en présence de leur père.

— Pourquoi tu ne manges pas ? insista-t-elle.

— J'étais en train de penser à un truc.

Sa lubie le reprenait, c'était délectable et terrifiant : sa mère n'était pas sa mère. Il avait devant lui une comédienne, une inconnue payée pour tenir ce rôle dans l'expérience secrète dont il était le cobaye. Ses frères étaient-ils de mèche ? Antoine ouvrait des yeux médusés sur les ingrédients de la boîte de céréales, Baptiste organisait un duel entre sa cuiller et le couteau à beurre ; à leur sujet, le doute était permis.

Chaque matin, il accompagnait son petit frère jusqu'à la grand-place, où le petit car ramassait une partie des enfants du village, qu'il distribuait ensuite, à tombeau ouvert, dans les autres écoles de la vallée. Une règle tacite voulait que Baptiste adresse la parole à Samuel uniquement sur autorisation ; la plupart du temps, ils faisaient le trajet sans échanger un mot, à trois mètres de distance.

Une demi-douzaine d'enfants poireautait déjà près de l'abribus. Étaient-ils des comédiens, eux aussi ? Probablement que non. Il y avait du reste quelques adultes pour lesquels il ne parvenait pas à trancher. Riri, par exemple. Son ivrognerie et son odeur de chien mouillé n'avaient rien de factice. Mais se trouvait-il bel et bien à l'intérieur du cercueil, au moment de ses propres funérailles ? Samuel avait le sentiment de toucher là au nerf de l'imposture. Avec le recul, cette cérémonie n'avait absolument rien d'authentique. Encore une machination. Avait-on vu un adulte verser une larme ? Une seule petite larme ? Le père Berthelot lui-même semblait songer à tout autre chose. Il n'y avait eu que Delphine, son grand amour, pour se mettre à pleurer, au moment de jeter la poignée de terre rituelle au fond du trou.

Durant toute la messe, il l'avait dévorée des yeux – sa robe noire, ses cheveux rassemblés en chignon, sa nuque déliée, les dentelles de son col, ses jambes nues, et ce regard si mordant, qu'il avait croisé, le temps d'un battement de cils.

En sortant de l'église, elle s'était arrêtée avec son vieux père – pour autant qu'on puisse parler d'un père ! – devant la statue de la Vierge Marie. Elle lui avait paru si belle dans sa génuflexion, si féminine, qu'il en avait eu mal à l'estomac. Tout était devenu flou autour d'elle. Rien, à cet instant-là, ne la différenciait d'un songe. Elle se confondait avec la première image qu'il gardait d'elle, le jour de leur rencontre. En chemisette-bermuda, Samuel tournait dans la cour de l'école maternelle, les pouces coincés sous les bretelles de son cartable, observant les poussières en suspension dans les rayons du matin, lorsque Delphine avait franchi le portail. Elle portait une jupe plissée, sur laquelle brillait une épingle argentée. Ses cheveux bruns, coupés au carré, encadraient le visage qu'il ne cesserait jamais d'adorer. Une peau mate, des yeux emplis d'étincelles, et cette bouche pleine, un peu triste, qui s'était mise à sourire, on aurait juré que le soleil n'éclairait plus qu'elle.

Mais qu'est-ce qu'elle attendait pour répondre à sa lettre ?

XVI

Leurs cigarettes rougissaient dans la nuit. Sandra approchait du camping en cherchant à mettre un nom sur les silhouettes qui se détachaient devant le muret. La mob de Sylvain trônait sur sa béquille, dans le halo du lampadaire ; un peu à l'écart, la petite bande recherchait le bon dosage entre lumière et ténèbres, là où la conversation se faisait plus intime, et l'ennui moins criant.

Elle les salua tous les quatre – seize bises claquées dans l'air glacé du soir.

— Vous faites quoi ?

— Rien de spécial, répondit Gildas. On se branle le chou.

Il tirait sur sa clope, le cou enfoncé dans le col de sa canadienne. Sa présence mettait Sandra dans un drôle d'état. Pour rien au monde elle n'aurait voulu se retrouver seule avec lui, mais quelque chose au fond de son ventre, un orgueil, une intuition, lui disait que Gildas la regardait comme il n'avait jamais regardé une autre fille.

Les visages s'esquissaient par intermittence dans le rougeoiement des cigarettes. Personne ne parlait. Elle se demanda, un peu inquiète, si elle ne venait pas d'interrompre une conversation à son sujet.

— Vous êtes au courant pour la grange ? enchaîna-t-elle, juste pour dire quelque chose. Il paraît que ce serait un accident.

— Tu parles, dit Fabrice. Ma main au feu que c'est criminel.

— Qu'est-ce que t'en sais ? intervint Sylvain.

— Parce qu'y a p't'être des granges qui s'allument toutes seules ? railla Gildas. Moi j'dis que c'est les maçons communistes. Ma parole, il est comme un dingue le père Comuzzov, depuis la construction du lotissement. Y paraît qu'il a piqué une gueulante en plein conseil municipal, quand ils ont voté à propos des pâtures du père Berthelot. Ça fait cinquante piges qu'ils peuvent pas se saquer, ces deux-là.

— Ouais, abonda Maude. C'est sûrement à cause des pâtures.

Sandra s'en mordit les doigts ; le sujet se retournait contre les nouveaux venus du lotissement. Elle sentait le regard de Maude s'attarder sur elle avec une impatience sournoise.

— Rien à voir, protesta Fabrice. Les Comuzzi sont pas si cons. Moi, j'ai entendu parler d'une histoire un peu pareille, du côté de Mâcon. Des granges qui se mettaient à cramer sans raison. Eh bah, vous savez quoi ? C'était un pompier pyromane, un volontaire, dans une petite caserne qu'était menacée de fermeture parce qu'elle ne faisait pas suffisamment d'interventions. Alors le gars, il s'est mis à allumer des incendies pour faire grimper les chiffres.

— Je vois pas le rapport.

— Moi non plus. C'est la caserne de Givry qu'est intervenue. Jamais entendu dire qu'elle allait fermer.

— On sait pas tout, se renfrogna Fabrice.

— Y en a qui disent que c'est peut-être un amant de la Jeannine.

— Possible.

— Ouais. P't'être. Qui sait ?

— En tout cas, se marra Gildas, pour une fois que c'est pas moi !

Fabrice lui répondit d'un petit rire qui sonnait faux.

— Bah quoi ? s'assombrit Gildas. Tu me soupçonnes, toi aussi ? Vas-y, dis-le en face. Tu me crois capable d'avoir cramé les chèvres de la Jeannine ?

— Mais non ! Arrête, n'importe nawak… pourquoi tu dis ça ?

— Parce que tout le monde me regarde de travers depuis l'incendie.

— Tu deviens parano. Faut dire aussi que tout le monde t'a toujours regardé de travers.

— Pas faux, ricana Maude sans dissimuler son plaisir.

— Putain, vous avez raison. Même ma mère, elle me croit coupable. J'vous jure, elle est de plus en plus cinglée, celle-là. Si les gendarmes se pointaient pour m'embarquer, elle ne saurait pas comment les remercier.

— Ouais, c'est sûr, rigola Sylvain. En même temps, c'est pas comme si t'avais jamais allumé de feu dans l'écurie abandonnée, que t'avais pas fait exploser toutes les tomates des potagers, que t'avais pas fauché les phares de l'enjambeur Munot…

Tout le monde se bidonnait à présent, Gildas le premier. Ils égrenèrent ainsi, un quart d'heure durant, toutes les conneries qu'il avait faites depuis qu'il était gosse. Sandra n'en revenait pas. Ce garçon avait toutes les raisons d'être détesté dans le village. C'était à croire qu'il ne songeait qu'à ça, emmerder son monde. Elle l'observait discrètement s'égayer dans le contre-jour du lampadaire. Il faisait son show. La blancheur de ses dents surgissait dans de grands éclats de rire enfantins, contrastant avec la litanie de ses mauvais coups. Il s'était introduit chez l'épicier, un soir d'été, à neuf ans, pour lui voler son stock d'images Panini. Il avait brisé plusieurs vitres de l'école, par désœuvrement. On l'avait retrouvé ivre mort, un soir de kermesse, à douze ans, derrière un tonneau de vin nouveau. Il s'était demandé ce que ça ferait de balancer une poignée d'orvets, en plein mois d'août, dans le petit bain de la piscine. Ça n'en finissait pas. L'évocation de tous ces souvenirs remplissait la bande d'une joie brutale, dont Sandra se sentait exclue. Elle fit un pas de côté. Au-dessus du camping, une bise glaciale avait chassé les derniers nuages. La surface de la piscine se froissait sous la lune de reflets argentés. Il fut bientôt l'heure de rentrer.

Sur le chemin du retour, elle se repassa cette drôle de soirée, à demi déçue. D'un côté, elle se faisait une place dans la bande. De l'autre, elle n'était pas certaine, au fond, de vouloir l'occuper. Et puis Gildas, qu'est-ce qu'elle attendait de ce mec, au juste ? Il était quand même bien atteint. Troublant, bizarre, pas moche, d'accord, mais carrément immature. Elle s'était encore fait des idées. Merde. Ça faisait chier.

XVII

Denise pique du nez devant la fenêtre.

Un bruit heurte son demi-sommeil, un son lourd et métallique, enchâssé de silences, qui se répète en écho, de plus en plus massif, et qui va roulant dans sa tête, où s'agite une houle d'angoisse sans commencement ni fin, et cela tombe sous le sens tout à coup : les cloches de l'église. Elle ouvre les yeux. Quelle heure est-il ? Quel jour sommes-nous ? Le temps s'est évanoui. Ne restent que la nuit, la rue, la lune, les voix des jeunes s'emmêlant du côté du camping, et ce courant d'air encore, qui se faufile entre le plâtre et l'huisserie.

Faire quelque chose – elle s'en souvient maintenant, quelqu'un doit venir faire quelque chose pour ce courant d'air. Il serait bien temps, dites donc, parce qu'elle va finir par attraper la mort. André n'aurait pas laissé traîner, lui. C'est agaçant de ne pas se souvenir, mais elle soupçonne qu'on la fait lambiner depuis déjà trop longtemps avec ce courant d'air. Une mobylette démarre dehors. Elle guette son passage dans le virage, une comète jaune et rouge, pétaradante, qui déchire la nuit, puis s'en va hurler dans le lointain.

Elle est tout à fait réveillée à présent. Tout à fait égarée. Elle pense à André jadis, lisant le journal dans l'encadrement de la fenêtre, André qui, en apparence du moins, ne s'émouvait que pour de lointains motifs, les élections législatives, le décès d'une vedette, une guerre à l'autre bout de l'Asie, André dont elle n'a pas entendu la voix depuis quand maintenant ? Cette voix dont il ne reste plus grand-chose, un timbre d'homme râpé par le tabac – si peu – mais quand même, voilà, ce murmure, le dernier, un souvenir qu'elle emportera dans la tombe, *André allongé sur le lit, qui sourit douloureusement en lui demandant de ne pas appeler le médecin, sa main dans la sienne, et qui ne dit plus rien par des mots, qui dit tout le reste en silence, les yeux fermés. Il dit qu'il l'aime pour toujours. Il dit, prends soin de toi, va. Embrasse les enfants, les petits-enfants surtout. André qui s'éteint comme ça, avec au coin de la bouche un demi-sourire.*

XVIII

Lorsqu'il travaillait chez des connaissances, le père Comuzzi éprouvait le besoin de faire du zèle. Déjà, en amont, il tirait les devis en deçà du raisonnable, et ensuite, sur place, il ne comptait pas ses heures, bavard et obligeant, à fignoler la besogne.

Il avait eu beau insister pour ne pas lui faire payer ses services, la veuve Derain n'avait rien voulu savoir. Un soleil froid entrait par les carreaux. Elle le regardait depuis son fauteuil, à demi-somnolente, pendant qu'il piochait à la pointerolle le tableau de fenêtre.

— Dis donc, s'anima-t-elle, ça va faire combien de mois que tu devais venir me réparer ce courant d'air ?

— Madame Derain, vous m'avez fait venir y a pas quinze jours, je vous assure. Il y avait votre gendresse, la Monique, elle pourra vous confirmer. J'ai fait tout mon possible… Figurez-vous qu'on travaille sur trois chantiers à la fois, avec Didier. On ne sait plus où donner de la tête, c'est toujours ainsi en cette saison – après, le mortier risque de geler, on ne maçonne plus dehors. C'est comme l'été, tout le monde s'affole avant les vacances…

— Tu ne serais pas en train de me raconter des salades ?

— Vous m'avez vu naître, madame Derain ! Je préférerais me couper une main que de vous rouler dans la farine. Vous m'avez parlé de ce courant d'air aux obsèques du Riri, et puis je suis venu le mardi suivant, c'était entendu comme ça. Attendez voir… je crois que votre gendresse a noté quelque chose à ce propos sur l'almanach.

Mme Derain ouvrit une bouche étonnée :

— Les obsèques du Riri ? Ma foi oui, je me souviens maintenant. Il est certainement mieux là où il est.

— Oh, façon de dire ! Vous savez où est-ce qu'il est, vous ?

Elle haussa les épaules. Il se mit à sonder le mur avec le manche de sa truelle.

— Tenez voir, vous entendez ? Là aussi, ça sonne creux. C'est à cause de l'humidité qui dégouline sur les vitres par temps froid. Ça imbibe le plâtre à la longue. Il faudrait percer une aération, autrement le mal va persister.

Hochant la tête, la veuve Derain lissait sa blouse d'une main tavelée, tremblante, presque centenaire, qui n'évoquait plus rien, aux yeux du père Comuzzi, de la femme sûre de ses droits, toujours bien mise, qui lui fouettait les sens quand il avait quinze ans. André Derain, feu son époux, avait effectué trois mandats à la mairie pendant l'entre-deux-guerres ; encarté nulle part, mais socialiste dans l'âme. Un cancer du larynx l'avait emporté en 62. S'il avait encore été de ce monde, il n'aurait pas laissé le village bruisser de toutes ces calomnies. Et puis, pour sûr, il l'aurait soutenu, lui, dans ses projets de commémoration.

— Mais dites donc, madame Derain, l'été prochain, c'est le bicentenaire de la Révolution, un évènement, n'est-ce pas ! C'est un peu comme la comète de Halley, ça n'arrive qu'une fois dans une vie. J'en parlais justement avec des camarades, le jour où la grange du père Berthelot a brûlé...

— C'est-y vrai, coupa-t-elle, que tu es encore en froid avec le père Berthelot ? Qui est-ce qui m'a raconté ça, déjà ? La mémoire... si tu savais.

— Oh, des broutilles ! On est fâchés, faut reconnaître. Il a ses convictions, le père Berthelot, j'ai les miennes, voilà tout. Je n'ai hérité de rien, moi. J'ai commencé à travailler à douze ans, avec mon père, à la carrière. Pendant toute la guerre, j'ai cassé des cailloux, vous souvenez-vous ? Mais je ne vais pas me faire plaindre... Comme je vous disais, le jour de l'incendie, je causais du bicentenaire avec des camarades. Je leur rappelais comment André s'était acquitté de son devoir, en 39, pour les cent cinquante ans de la Révolution. Quel discours ! Votre mari, c'était quelque chose... Je n'avais que onze ans, mais je m'en souviens comme si c'était hier, on était venus avec mon père. Alors, j'aimerais m'assurer que notre conseil municipal ne s'asseye pas sur cette nouvelle commémoration... Qu'est-ce que vous en dites ? Les deux cents ans du 14 Juillet, ça mérite quelques lampions !

Il y eut un long silence, durant lequel le regard décoloré de la veuve Derain se perdit dans les limbes.

— Ton père ? murmura-t-elle au bout d'un moment. Je me souviens bien, oui... comment qu'il s'appelait déjà ?

— Salvatore, soupira-t-il. Il avait votre âge, à peu de chose près.

— C'est ça ! dit-elle dans un petit rire étrange. Salvatore… Avait-il de l'allure, autrefois, cet homme-là ! Il a longtemps travaillé pour le père Munot, me semble-t-il. Je me souviens aussi de ta maman… ce qu'elle pouvait être jalouse, alors ! Elle venait le décoller du zinc, chez Prieur, les jours de bal… ça faisait de ces histoires !

Le père Comuzzi, gêné aux entournures, gratta l'huisserie du bout de sa truelle.

— Je vais vous refaçonner tout ça, et puis je reviendrai la semaine prochaine, pour le coup de peinture.

— Je n'étais plus de toute fraîcheur, déjà, mais j'avais tout comme une femme, encore, des formes où il en faut… et le Salvatore, c'était à rougir comme il me regardait des fois !

— J'avais pas seize ans quand les Boches l'ont fusillé, dit-il pour couper court.

— Et ton fils, comment qu'il va ?

— Oh, Didier, que voulez-vous, c'est une autre génération. Le monde tourne.

— Ça lui fait quel âge, à présent ?

— Trente et un. Mais tenez voir, vous savez peut-être qu'on raconte des histoires sur son compte depuis l'incendie ? On vous aurait pas entretenu de certaines rumeurs, des fois ?

— Pas que je me souvienne. La rumeur, tu sais, ça pousse comme les mauvaises herbes… Trente et un ans, tu dis ? Il va bientôt te faire grand-père, peut-être ?

— On aimerait bien qu'il nous présente une femme, mais c'est à croire qu'il n'y a que la photographie qui l'intéresse. Il s'est bricolé une petite chambre noire où

100

il développe ses photos. Il y passe tout son temps. C'est un camarade de chez Kodak qui lui fournit les pellicules à moitié prix, une bonne poire, je peux vous dire ! Parce que Didier, ça fait bien trois ans qu'on ne l'a pas vu à la section. Vous pensez, moi, ça me fend le cœur ! L'autre jour, par exemple, on causait de la grève à la SNCF, et il me dit : « Où est-ce qu'il vaut mieux être cheminot, à ton avis, en France ou en URSS ? » J'en suis resté comme deux ronds de flan. Et un chômeur alors ? j'y ai dit.

Dans un lent sourire, la veuve Derain découvrit ses dents mal alignées et, y portant son verre d'eau, but une gorgée de moineau.

— Ma foi, la politique, c'est plus de mon âge.

— Je vous comprends, dit-il en se remettant à gratter le plâtre. Vous avez connu la Grande Guerre. Vous êtes la mémoire du village. André, paix à son âme, il se chamaillait parfois avec mon père, comme on se chamaille en famille, parce que, au fond, ils avaient l'un comme l'autre l'idéal socialiste chevillé au corps ! En 39, comme je disais, ils l'ont célébré côte à côte, l'anniversaire de la Révolution. Un Front populaire local, en somme. SFIO, PCF, il n'y avait qu'une feuille de gris entre les deux, face au péril fasciste. À côté, le programme commun, de quoi il avait l'air ? Le mariage de la carpe et du lapin ! Mitterrand, il avait déjà affûté son couteau, lorsqu'il a serré la pince à Marchais. Vous savez qu'il a été décoré de la francisque par le maréchal Pétain, en 43 ? Personne n'en cause jamais de cette affaire !

Le père Comuzzi se retourna, mais il n'y avait plus personne pour l'écouter. La vieille Derain s'était endormie, le menton sur la poitrine ; elle ronflait paisiblement.

XIX

Samuel avait fini son exercice de grammaire. La maîtresse était affairée à son bureau. Les autres élèves cogitaient encore sur leur cahier dans des soupirs et des froissements de gomme. Dehors, on entendait parfois claquer un coup de chevrotine, au loin dans les collines. Il tourna son regard vers les fenêtres, de telle sorte que le profil de Delphine s'invite dans son champ de vision sans qu'il paraisse la regarder, juste pour le plaisir de savourer sa présence – et qui sait, lui voler une œillade. Elle n'avait toujours pas répondu à sa lettre. Son chagrin pourtant ne semblait déjà plus qu'un souvenir. Son père lui avait racheté une chèvre, qu'elle avait baptisée Charlotte. Drôle d'idée, quand même.

Cette pensée rabattit son esprit sur l'incendie, Gildas, les gendarmes. De ce côté-ci, les choses se tassaient en douceur. Les rumeurs et les soupçons ne faisaient plus frémir les récréations, et Samuel avait abandonné ses petits vertiges paranoïaques.

Derrière les fenêtres, on apercevait les deux platanes de la cour, dépouillés par l'automne. Au-delà s'ouvrait la place de l'église, plantée de tilleuls en large demi-cercle. Le monument aux morts trônait au centre, ceint de son carré de fleurs, dans lequel Alex et Samuel avaient déterré ce matin des larves de hannetons. Pour se marrer un peu, ils en avaient glissé une dans la poche d'un petit CE2, avant l'ouverture de la grille. Le môme s'était mis à chialer. Alex avait dû se fendre d'un Malabar pour éviter de se faire dénoncer.

Mme Marrot se leva de son bureau.

— Qui a fini son exercice ?

Samuel hésitait à lever la main. Dorothée, au premier rang, avait de toute façon déjà le bras en l'air. Une blonde au visage sans grâce, toujours coiffée comme une princesse. La maîtresse lui adressa un sourire en époussetant sa blouse.

— Dorothée, tu veux bien aller taper les tampons, s'il te plaît ?

C'était une récompense, s'éclipser de la classe pour aller marteler le mur du préau dans un nuage de craie. Cette fayotte de Dorothée s'exécuta en se dandinant dans ses collants.

À deux tables de Samuel, Alex se curait le nez, ses Nike à scratch négligemment croisées sous la table. Samuel ne pouvait s'empêcher de les zyeuter, jaloux, rêveur, maudissant son éternelle paire de Nastase raidie par les lessives. Les cloches de l'église sonnèrent dix coups, c'était l'heure de la récréation.

Les élèves sortirent en courant. Une odeur de feuilles mortes et de mortier humide flottait dans la cour. Un soleil rasant enflammait les vitres de l'école. Sauf Jean-Luc, trop nul en foot, tous les garçons se regroupèrent pour choisir les équipes. Samuel était capitaine, c'était comme ça depuis le CE1, d'abord parce qu'il était le meilleur goal, et ensuite parce qu'il apportait le ballon. Les buts étaient matérialisés d'un côté de la cour par deux traits de craie, et de l'autre par la grille. Les pointards étaient proscrits. Celui qui avait le malheur d'envoyer le ballon par-dessus le mur, en plus de faire perdre un point à son équipe, devait quémander à Mme Marrot l'autorisation d'aller le chercher sur la place de l'église. Mme Marrot frisait l'âge de la retraite. Elle arrosait de bons points les meilleurs élèves et assommait les autres de punitions. Alex était son souffre-douleur. Il passait pas mal de temps au coin et recevait chaque semaine sa ration de coups de règle sur les doigts. Et si on en croyait la légende, soi-disant confirmée par les anciens du collège, elle n'hésiterait pas, en dernière extrémité, à recourir à la fessée déculottée.

Le match était bien engagé ; Samuel avait arrêté un penalty, son équipe menait deux à un. Il était en train de houspiller ses attaquants qui s'embourbaient dans une attaque, à l'autre bout de la cour, lorsque Dorothée s'approcha. Qu'est-ce qu'elle pouvait bien lui vouloir ?

— Samuel, dit-elle dans une moue dédaigneuse. Y a Delphine qui veut te parler.

— Maintenant ?

Dorothée rebroussait déjà chemin. Samuel scruta la cour. Delphine sautait à l'élastique avec d'autres filles, du côté des toilettes, n'accordant pas la moindre attention au reste de l'univers. Il se demanda si Dorothée ne s'était pas moquée de lui. C'était le côté pénible de Delphine, les greluches dont elle s'entourait à l'école. Mais tout à coup, elle exécuta un demi-tour au-dessus des élastiques et, en atterrissant, lui accorda un furtif regard. Samuel contempla une seconde les plis de sa jupe s'enrouler sur ses jambes, puis, rajustant son brassard de capitaine, se reconcentra sur le match. Son équipe venait de marquer un troisième but. Décidément, c'était son jour de chance.

À la fin de la récréation, il alla remiser le ballon sous le préau. Puis, revenant dans la cour, il eut un pincement au cœur en constatant que Delphine se tenait seule, près du platane. Ses copines babillaient en demi-cercle, dos tourné, mais ça crevait les yeux, elles attendaient de voir si Samuel allait la rejoindre. Il renifla. Il hésitait. Ou plutôt, il essayait de lutter contre le flottement de ses jambes. Seule sous son arbre, remuant des feuilles du bout du pied, Delphine lui semblait faire preuve d'un cran dont il était incapable. Il faudrait pourtant y aller. Delphine était imprévisible. Elle pouvait le faire lambiner des semaines, négligeant de répondre à ses lettres, fuyant sa présence, et puis tout d'un coup le foudroyer d'une audace. Un jour, comme ça, en CM1, elle l'avait tiré par la manche, derrière les toilettes, pour lui demander s'il avait déjà embrassé une fille sur la bouche. Samuel avait pris le temps de réfléchir, s'avisant qu'il était plutôt l'heure d'agir. Elle avait patienté, charitable, dans une lumière miraculeuse. Mais il n'avait rien dit, rien entrepris, et il s'était contenté de la regarder, ravi, pétrifié, tandis qu'elle baissait les yeux sur ses souliers, avant de tourner les talons. Comment avait-il pu manquer une occasion pareille ? La réponse lui écrasait la poitrine : il manquait de courage. Pour écrire des lettres, rêver de mariage ou contempler sans fin son profil, il se posait là, increvable, mais pour passer à l'acte, il n'y avait plus personne.

Le moment était venu de se prouver le contraire. Il traversa la cour, vouant au diable le groupe de commères qui le suivaient du coin de l'œil. La silhouette de

Delphine se découpait dans un contre-jour cuivré. Son cœur se mit à cogner plus fort. Il avançait, plissant les yeux, droit sur elle.

— Salut, dit-il, la gorge serrée.

— Salut.

Un ange passa. Elle attendait qu'il parle, il était venu pour ça, mais rien ne lui vint. Aucune inspiration. Alors Delphine tendit un bras vers lui, un geste bref, déterminé, qui se déroula pourtant au ralenti.

— Tiens, je te la rends.

Samuel ne comprenait pas. Son rythme cardiaque était suspendu au-dessus du vide. Qu'est-ce qu'elle racontait ? Il lui fallut plusieurs secondes pour réaliser que Delphine tenait dans sa paume une pièce de dix francs – de toute évidence, celle qu'il avait glissée dans la lettre dont il attendait toujours la réponse.

— Je suis sûre que tu l'as volée. Tiens, reprends-la.

— Non. Je l'ai trouvée par terre.

C'était nul comme mensonge, il s'en rendait bien compte. Poussant un soupir, elle saisit sa main droite, y glissa la pièce.

— Et arrête de m'appeler chérie dans tes lettres, s'il te plaît.

— Je te jure, je l'ai pas volée !

Mais Delphine s'éloignait déjà. Elle se fondit dans la cohue des autres élèves. Samuel restait vitrifié sous le platane. Qu'est-ce qu'elle avait voulu dire ? De deux choses l'une : ou bien elle n'était plus amoureuse de lui, ou bien elle attendait qu'il formule ses lettres différemment. L'univers vacillait. Le son était coupé. Dans sa main, la pièce de dix francs dessinait un rond tiède, lourd de mille remords.

HIVER

I

Le loyer n'était pas payé. On était le seize du mois et sa mère enrageait dans la cuisine, parce qu'elle avait déjà une échéance de retard, que ses gosses lui coûtaient la peau du cul, que l'hiver était là, et que Jean-Claude, ce propre à rien, n'avait pas provisionné un demi-stère de bois pour la chaudière.

— Je vais me tirer de toute façon ! gueulait Jean-Claude, brandissant probablement une cruche, un verre, ou n'importe quel autre objet qu'il menaçait régulièrement de fracasser contre un mur, mais qu'il finissait toujours par reposer à sa place, veule et humilié, avant de s'éclipser dans le cagibi qui lui servait de chambre. Où aurait-il pu aller, en plein janvier, sans un sou vaillant ?

À l'étage, Gildas se recoiffait devant le miroir de la salle de bains. Il s'apprêtait à rejoindre la bande près de la cabine téléphonique. Son reflet lui renvoyait une image dure et soignée. Une chemise de viscose rouge, ouverte sur sa chaîne en argent. Une petite cicatrice sur la joue droite. Des cheveux noirs, presque bleus, enduits de Pento et tirés en sillons rectilignes. Il se lançait des regards de défi, un pouce dans le ceinturon.

— Quoi ? Y a un problème ? Tu vois, c'est pas moi qu'ai foutu le feu à la grange Berthelot ! Qu'èque chose à ajouter ?

Il partit d'un grand éclat de rire. Le matin même, Sylvain lui avait appris que Didier Comuzzi était convoqué à la gendarmerie de Chalon-sur-Saône. L'enquête changeait de main et les choses reprenaient du début, semblait-il. Rien d'étonnant, les flics de Givry n'étaient que des branquignoles, des gars du pays, quasi en retraite. Gildas continuait de se marrer en songeant à la fois où il avait passé quatre heures à attendre sa mère, dans la gendarmerie de Givry, après avoir fauché une montre-robot au rayon jouets de la Coop.

Puis, redevenant sérieux, il se dévisagea par en dessous, de trois quarts. Ce front anguleux, ces pommettes saillantes, un regard de bagarreur, y avait pas à dire, il avait du chien. Et si quelqu'un en doutait, il n'aurait qu'à lui présenter son petit carnet, dans lequel il dressait la liste de ses conquêtes. Une idée de son frangin. Cinq colonnes, complétées avec soin depuis le CM2 : nom, prénom, âge, description sommaire, note entre zéro et vingt. Et, depuis deux ans, une sixième colonne pour les rapports sexuels.

Seize ans, treize filles au compteur. Gildas, pour être honnête avec lui-même, commençait à s'inquiéter ; la fréquence était en chute libre depuis l'année précédente. Les perspectives n'étaient pas bonnes. Au lieu de lui faire redoubler sa troisième, le principal l'avait relégué en CPPN, autrement dit, la classe poubelle – les mecs qui se rangent au bout de la cour, près du réfectoire, et que les filles fuient comme la peste. De vrais chtarbés, Gildas savait de quoi il parlait. Jamais il ne pardonnerait à sa mère d'avoir accepté le deal du principal : c'était ou bien la porte, ou bien les CPPN.

Résultat, il n'avait emballé qu'une gonzesse de toute l'année, un laideron de quatrième affublé de culs-de-bouteille, des bagues plein les dents. Une main sous la ceinture, c'était tout ce que cette morue avait bien voulu lui accorder. Depuis, rien. C'était la dernière ligne de son carnet. Deux sur vingt.

À la sortie du collège, on l'avait orienté en chaudronnerie. Autant dire, un bagne pour ex-CPPN, au pied de la ZUP de Chalon, où l'on avait moins de chances de croiser une fille dans un escalier que de trouver du pétrole sous le ciment de la cour. Il y dépérissait depuis le mois de septembre comme une laitue sans eau. Depuis, il ne pensait qu'à ça – les filles, les filles, les filles. Il s'excitait d'un rien. La texture de certains mots suffisait à éveiller en lui un commerce brûlant avec l'intimité féminine. Il n'y avait qu'à les articuler studieusement, en silence, pour soi-même : « cuisse, croupe, vulve… » Il se soulageait plusieurs fois par jour en répétant ce genre de mantra. Quand sa mère l'envoyait chercher le pain, il faisait un petit détour par l'entrée du village, histoire de se rincer l'œil sur le transformateur EDF, une cahute aveugle couverte d'affiches pour le Minitel rose. Chirac et Mitterrand s'en étaient disputé les murs durant le printemps, mais depuis les élections, c'était une brune à grosse poitrine qui vous dévisageait en six exemplaires, le décolleté béant. 36 15 ULLA.

Au village, il était déjà sorti avec Maude, puis avec Audrey, puis avec Caroline, puis de nouveau avec Maude. Le cheptel semblait définitivement épuisé, jusqu'à l'apparition de Sandra. Une fille venue tout droit d'un clip de Madonna, en tout cas question fringues. Son père conduisait une caisse japonaise équipée d'un téléphone. Un jour, elle finirait dans son petit carnet, il se l'était juré devant Dieu, avant d'ajouter ce prénom à ses mantras aphrodisiaques – Sandra, Sandra, Sandra. Depuis la rentrée des vacances de Noël, et en dépit du froid, elle se montrait de plus en plus souvent à la cabine.

En bas, un claquement de porte venait d'avaler les derniers échanges d'amabilités entre sa mère et son beau-père. Il disposait d'une fenêtre de tir pour s'éclipser sans encombre. Dans le miroir, il s'envoya un clin d'œil : « À tout de suite ma poule ! »

Alors seulement, tout en se donnant un dernier coup de peigne, il se rendit compte de l'état d'excitation dans lequel il se trouvait. C'était épouvantable. Il avait des picotements sous la langue et sentait monter dans son ventre une houle chaude et menaçante. Comprimée sous le jean, sa queue réclamait son dû. Il entreprit de se satis-faire au-dessus du lavabo, avant de rejoindre la bande. Une affaire menée tambour battant, les yeux fermés, son mantra sur les lèvres, jusqu'au bouquet final.

Quand il arriva au rez-de-chaussée, il avait les jambes en coton et un goût saumâtre dans la bouche. Sa mère ne fit pas d'histoires. Dans le cas contraire, il serait sorti de la même manière, le pas léger, presque joyeux, quittant ce zoo sans prononcer une syllabe. Quand même, c'était une bonne surprise de s'épargner les décibels.

Il enfila sa canadienne et gagna sans hâte la cabine téléphonique. Un froid humide lui piquait les narines. Les mains au fond des poches, le menton dans la four-rure de son col, il mâchait une allumette, ravi du petit stratagème qu'il avait mis en branle. Parce qu'il n'était pas dupe. Ses chances avec Sandra étaient proches de zéro. Un CAP chaudronnerie se chopant une fille du lotissement, qui aurait misé le moindre centime là-dessus ? On n'était pas dans un conte de fées. Avec le secours de l'alcool, un dérapage était envisageable, mais Gildas nourrissait de plus grandes ambitions. Il devait l'admettre, Sandra éveillait en lui un trouble nouveau. Ainsi s'imaginait-il parfois en uniforme de fusilier marin, dans un bungalow tahitien, sur un grand lit, des voilages blancs ondulant devant l'océan, la tête de Sandra posée sur son torse. Sur la table de chevet, un glaçon fond lentement dans un verre de whisky. D'une main douce et impatiente, Sandra défait les boutons de son uniforme, avant de parcourir le dessin de ses pectoraux. Une brise chaude balaie la pièce, elle se déshabille, et tout devient permis…

Son petit stratagème était tout simple. Un poil vicieux certes, mais Sandra, un jour, lui en saurait gré. Et pour mettre toutes les chances de son côté, Gildas avait enrôlé Maude – elle ne s'était pas fait prier, cette vipère. La première étape consistait à faire courir le bruit que Sandra était gouine, la seconde à lui offrir une chance de démontrer le contraire.

À la cabine, ils étaient là tous les quatre, fumant et grelottant dans le halo du lampadaire. Fabrice lui proposa d'emblée une Kanter.

— Tiens, j'ai piqué ça à mon père.

La bière était glaciale. Sylvain sirotait la sienne sur la selle de sa 103, les filles chacune la leur sur le muret. Le jour sombrait derrière les collines dans un dernier soupir bleu. Gildas avala une rasade. Son arrivée semblait avoir interrompu la conversation.

— Ça gaze ? demanda-t-il.

— Plutôt pas mal, gloussa Fabrice.

Quelle bande de brèles, se dit Gildas. Tous, à l'exception de Sandra, le guettaient, l'œil excité, l'air de rien, espérant probablement qu'il allait assurer le spectacle, rapport à son petit stratagème. Maude avait dû vendre la mèche, ça sautait aux yeux ; il la connaissait par cœur, entre autres choses pour l'avoir dépucelée en troisième. Sandra tirait sur sa menthol, le regard ailleurs.

— T'as toujours pas changé le pot d'échappement de ta meule ? demanda-t-il à Sylvain pour déjouer leur attente.

— Trop cher. J'ai tout claqué dans ma nouvelle fourche. Mon vieux veut rien savoir, il a failli péter une durite en tombant sur mon bulletin.

Gildas fit mine de s'intéresser à cette nouvelle fourche. La mobylette de Sylvain mutait par étapes, au gré de modifications coûteuses et maniaques. L'intention tendait vers la silhouette Chopper, mais le résultat, contraint par le modèle d'usine, n'évoquait rien d'évident ; un nouveau pot d'échappement ne serait probablement d'aucun secours.

— C'est chaud dans les virages, abonda Sylvain, faut élargir la courbe, j'ai failli me croûter en haut de la grand-rue.

Ainsi roula la conversation, éternelle et redondante, sur les mobs, l'hiver, les parents, le froid, les profs, puis, tout naturellement, les couples qui se font, se défont, se rabibochent. Leur petit théâtre tenait tout entier dans ce halo de lumière givrée. La nuit avait emporté le reste de l'univers, auquel ils ne semblaient plus reliés que par

116

cette cabine téléphonique, emplie de vide, d'ennui et d'une immémoriale odeur de tabac froid.

Gildas ne parlait guère, il contemplait Sandra, ça faisait partie du stratagème. Jusqu'à présent, il s'était contenté de l'ignorer, lui adressant parfois, au dépourvu, un regard éclair. Il cherchait maintenant à lui faire sentir toute la mesure de sa détermination. Cette façon de procéder lui avait globalement souri, lors de ses précédentes conquêtes : une longue indifférence, supplantée brusquement par une fervente convoitise.

Elle avait sur la joue droite, près de la lèvre, un petit grain de beauté qui accrochait le regard. Ses cheveux, tirés en une couette irréprochable, balayaient sa doudoune Chevignon au rythme de la conversation. Elle sentait bon, un parfum vanillé qui te montait par intermittence aux narines. Il se délectait du pincement de ses lèvres, chaque fois qu'elle y portait sa cigarette. Ses sourcils, son nez géométrique, ses cuisses évasées sur le muret, la finesse de ses chevilles, tout lui serrait le cœur et augmentait son désir.

Un paradis existait là, à portée de main, douillettement gardé par une épaisseur de plumes, l'agrafe d'un soutien-gorge, la boucle d'une ceinture. Il la matait avec insistance. Sandra tirait de plus en plus nerveusement sur sa menthol.

Il s'approcha. Elle portait un petit pendentif, au ras du cou, en forme de papillon. Il tendit la main.

— C'est joli, dit-il en l'attrapant du bout des doigts. C'est de l'or ?

Elle eut un mouvement de recul.

— T'es un peu lourd, là.

— Ça va, rigola-t-il. C'est un mec qui te l'a offert ?

Sandra lui opposa un haussement d'épaules, assorti d'un long nuage de tabac.

— Une fille alors ? insista-t-il en envoyant un clin d'œil aux garçons. Une broute-minou ?

Derrière lui, Maude laissa échapper un ricanement. Le regard de Sandra se figea sur Maude, avant d'interroger les autres, un à un.

— C'est quoi ces conneries ?

— Y a comme qui dirait une rumeur qui circule, répondit Maude, avec sur les lèvres un petit serpent de sourire. Paraît que t'en pinces plutôt pour les filles, c'est vrai c't'affaire ?

— Qui t'a raconté ça ?

— Oh, c'est rien que des bruits… des nanas de ton lycée.

Sandra se débarrassa de son mégot d'une pichenette, en sautant du muret. La braise tournoya au-dessus du grillage, avant de s'évanouir dans l'antre noire de la piscine.

— Tu parles ! Des filles de mon lycée ?

— T'énerves pas, ma belle. Je te répète juste ce qu'on m'a raconté.

Sandra se tourna vers Audrey.

— Je te jure, se défendit-elle, j'ai rien à voir là-dedans.

Fabrice ricanait bêtement en soufflant dans ses mains. Sylvain se tortillait sur la selle de sa 103. Maude et Sandra se défièrent du regard, telles deux chattes sauvages, dans la vibration du lampadaire. Gildas sentit le vent tourner à son avantage.

— Laisse béton, s'interposa-t-il, c'est rien que des ragots. Perso, j'y crois pas une seconde. Il lécha son index et le leva en l'air. Mon petit doigt me dit que tu préfères les garçons... Hé, hé ! Je me trompe ?

À présent, Sandra le dévisageait, les narines dilatées par l'offense ; il restait là, campé sur ses guibolles, le doigt en l'air, goguenard et conciliant. D'un mouvement un peu brouillon, Sandra enfila son casque de Walkman et, sans un mot, s'éloigna en direction du lotissement.

II

L'église était pleine. Venues des quatre coins de la paroisse, les familles de vignerons se serraient aux premiers rangs. On célébrait la Saint-Vincent. Depuis la semaine précédente, le froid était si dur que le bedeau avait emprunté au curé de Givry une demi-douzaine de calorifères, branchés sur des bonbonnes de propane, qui éclairaient de leur incandescence les voûtes de la nef.

La cérémonie touchait à sa fin. Le père Roque invita les vignerons à le suivre dans la chapelle du transept pour la bénédiction. Prenant la main de sa fille, le père Berthelot s'engagea derrière le curé, suivi de la Jeannine. Sa sciatique le lançait, l'obligeant à claudiquer un peu, le visage froissé par la douleur. La statue de saint Vincent trônait au milieu des bouteilles de vin, juchées sur des tonneaux de l'année. L'ensemble luisait à la lueur des candélabres. Sur une bannière d'étoffe violette, tendue devant le retable, des lettres d'or rappelaient l'inscription votive gravée sept siècles plus tôt sur la cloche de l'église : « Seigneur, protège-nous de la foudre et des tempêtes. »

Le père Roque ouvrit les bras pour bénir successivement les tonneaux, le vin, les vignerons, lesquels s'inclinèrent avec ferveur. Seule une poignée d'incroyants manquait à l'appel. On sentait l'émotion circuler dans les rangs. Le père Berthelot opina de la tête lorsque le prêtre pria le saint patron d'intercéder auprès du Tout-Puissant afin qu'il éloigne les fléaux du village. « Ainsi que les incendiaires », ajouta-t-il en son for intérieur.

À l'issue de la cérémonie, les familles de vignerons étaient invitées à venir partager le vin nouveau dans le caveau Geoffroy-Mazilly. La tradition voulait qu'on change d'hôte chaque année. Les convives apportaient quelques bouteilles fraîchement tirées, assorties de crus plus anciens, ainsi qu'un panier de victuailles. Jambons, pâtés de chevreuil, omelettes au lard, terrines de faisan, on posait l'ensemble sur des tonneaux, à la lumière d'une poignée d'ampoules. Une fois la porte refermée, soustrait aux morsures de l'hiver, on laissait dehors les vieilles querelles pour causer vigne, vin, métier, dans la tiédeur du chai, les éclats de voix répercutés, le craquement des miches de pain, la sarabande des gosses, les lourdes émanations des barriques alignées sous les voûtes ; et on n'en ressortait qu'après la nuit tombée, ivres et copains, pour s'égailler dans la vallée.

Aujourd'hui, la convocation du fils Comuzzi par les gendarmes de Chalon occupait toutes les langues. L'affaire était limpide. Le père Berthelot retenait son triomphe. Il l'avait bien dit, depuis le départ, qu'il le connaissait, le coupable. Autour des tonneaux, un verre dans une main, un casse-croûte dans l'autre, on s'échauffait les méninges. De source sûre, un cousin Mazilly, à Chalon, avait appris que la convocation était fixée pour le mardi suivant. Certains, peu nombreux, pariaient que Didier en ressortirait avec le statut de mis en examen ; la plupart, prudents par nature, penchaient plutôt pour celui de témoin assisté ; personne ne songeait à l'innocenter. Le père Berthelot laissait dire, savourant comme du petit-lait son verre de mercurey. Mais après un moment, trouvant qu'on oubliait un peu le père du suspect, il se permit un commentaire.

— Ce qui m'étonnerait fort, c'est que le père Comuzzi ne soye pas convoqué à son tour.

On trouva la remarque pertinente. Il était d'ailleurs à parier que les gendarmes, en creusant un peu, dérouleraient toute la pelote de l'affaire, depuis les lointains mobiles jusqu'aux détails de la mise en œuvre. De tous les vignerons présents, les plus à gauche avaient voté Raymond Barre aux présidentielles, et la famille Comuzzi, en dépit d'un passé vaguement résistant et d'un aïeul fusillé par les boches, ne pouvait compter dans cette réunion à huis clos sur aucun soutien. Le vin coulait. Les verres se remplissaient. Autour, dans les recoins du chai, les gosses jouaient à cache-cache, perçant de leurs éclats de voix le roulis feutré des spéculations – tous les gosses, à l'exception de Delphine. Rôdant autour des adultes, elle ne perdait pas une miette de la conversation.

— Ça veut dire qu'ils vont l'arrêter ? demanda-t-elle tout à trac.

Un rire rauque et collectif lui répondit.

— T'occupe pas, va, fit son père en lui flattant les cheveux.

— Il faut la comprendre, intervint le curé. Elle a perdu ses chèvres dans l'incendie, elle aimerait bien savoir qui a fait ça. N'est-ce pas, ma petite Delphine ?

— J'espère qu'ils vont le mettre en prison toute sa vie, répondit-elle d'un ton glacial.

Ils ne riaient plus, tout à coup. Elle avait jeté un froid. Le père Roque s'accroupit à sa hauteur, dans un craquement de genoux.

— C'est bien normal, tu sais, d'être en colère…

— Je ne suis pas en colère.

— Mais tu voudrais qu'il aille en prison ?

— Pas vous ?

— C'est compliqué, on n'en est pas encore là, tu sais.

Son père lui intima d'aller jouer avec les autres gosses. Elle s'éloigna à contrecœur, restant toutefois dans les parages, à portée de la conversation.

— À propos, dit son père au curé, pendant que j'y pense, avez-vous eu vent des initiatives du père Comuzzi, au sujet du bicentenaire ?

— Ah ! Le bicentenaire ! s'indigna le père Roque en acceptant une remise à niveau de son verre de vin. On ne cause plus que de ça depuis la nouvelle année… à la télé, dans le journal, à la radio. Ils n'ont rien d'autre à la bouche. Bientôt, on nous demandera de chanter des messes à Robespierre.

— Justement. Le père Comuzzi a vu le maire. Il voudrait consacrer une partie du budget de la Saint-Jean à la célébration du 14 Juillet. Vous voyez un peu ?

— Et qu'est-ce qu'il veut en faire de cet argent ?

— Oh, pour ce qu'on en sait ! Avec les communistes, il faut s'attendre à tout.

— Miséricorde ! Des drapeaux soviétiques sur la grand-place ? plaisanta le curé. Pourquoi pas une parade de l'Armée rouge ?

Delphine était déçue. On s'éloignait du sujet. Jeannine, qui avait tout suivi de son manège, la prit par la main.

— Viens, ma bichette. Je vais te faire un sandwich au fromage.

Cette convocation n'était pas pour déplaire à la Jeannine ; elle avait le mérite d'éteindre les rumeurs au sujet d'un je-ne-sais-quel amant éconduit, venu de Givry pour se venger. En même temps, Jeannine s'en voulait parce que, au fond, elle n'aurait pas misé un sou sur la culpabilité de Didier Comuzzi. Il fallait être de bien mauvaise foi pour imaginer ce garçon faire une chose pareille. Un brave maçon, honnête et travailleur, qui devait prendre la relève de son père. Jeannine était à peine plus âgée que lui. Didier avait retapé l'ancienne écurie qui jouxtait la cour de ses parents, et il vivait là, derrière ses voilages et ses géraniums. On ne lui connaissait aucune histoire de femme ; et si les soupçons s'étaient si vite portés sur lui, c'était qu'au village d'aucuns le considéraient comme suspect par nature, eu égard à certains penchants inavouables. Le comble de la bêtise et de la veulerie. Une fois, son propre mari s'était permis une mauvaise blague à ce sujet, mais à la façon dont Jeannine l'avait rabroué, il avait bien compris que c'était la dernière.

Delphine mordit à pleines dents dans son sandwich et, sur l'injonction de Jeannine, disparut dans le dédale des foudres et des barriques, où piaulaient les autres gamins. Alors, le père Roque s'approcha pour engager la conversation. Il voulait en savoir davantage sur la convocation du fils Comuzzi. Cette curiosité, de la part d'un ecclésiastique, ne la mettait pas à son aise, d'autant qu'elle n'avait rien à lui apprendre de plus. Didier était convoqué dans le cadre de l'enquête préliminaire, c'était tout ce qu'on pouvait en dire. Et puis, au reste, tant que le procureur ayant la main sur l'enquête ne désignait pas un juge d'instruction, il était impossible aux

Berthelot de présenter une demande de constitution de partie civile, laquelle devait ensuite être agréée par le parquet de Chalon. Alors seulement, ils auraient accès aux pièces du dossier.

Robuste quinquagénaire, le père Roque avait officié comme aumônier des armées, en Algérie, à la sortie du séminaire, avant de servir dans plusieurs évêchés d'Afrique équatoriale, autant d'expériences dont il répugnait à parler, mais qui lui conféraient une aura martiale, aventurière, qui infusait parfois le ton de ses prêches. Il portait présentement un gros chandail à col roulé, un pantalon de toile, des brodequins cirés, et tirait pensivement, par petites saccades, sur le tuyau de sa pipe. Jeannine voulut s'éclipser, mais le curé la relança.

— Dites-moi, il aura probablement mis au point une jolie combine, ce maçon pyromane, pour que le feu prenne à retardement. Parce que autrement, il aurait eu toutes les chances de se faire surprendre dans les parages. Les gendarmes auraient-ils parlé d'un mécanisme à retardement ? D'une solution chimique ? De quelque chose ?

Ses joues pompaient de la fumée à mesure qu'il échafaudait ses questions, enveloppant sa tête d'un épais nuage, tandis que de sa main libre il faisait tournoyer le vin dans son verre.

— Il ne s'agirait pas d'aller trop vite en besogne, répondit Jeannine. Sauf votre respect, mon père, le fils Comuzzi n'est pas mis en cause pour le moment.

Le père Roque se fendit d'une moue dubitative, puis ralluma le foyer de sa pipe, avant de se lancer dans une curieuse homélie. Il y était question des tentations du Christ, selon l'Évangile de saint Matthieu. Le Diable avait éprouvé ce pauvre maçon, c'était du moins son avis, comme il avait éprouvé le Christ en lui promettant du haut d'une montagne de lui donner tous les royaumes que son regard pouvait embrasser, s'il acceptait de se prosterner devant lui. L'analogie plongeait Jeannine dans une perplexité grandissante. Quel rapport entre le désir de régner sur les hommes et celui d'incendier une grange ? Le père Roque, ayant déjà vidé son verre, se resservit tout en filant sa métaphore, qui touchait à présent à la faiblesse de la chair et à la vertu de la prière, si l'on ne veut pas entrer en tentation.

Le sacerdoce du père Roque ne s'opposait certes pas à ce qu'il s'intéresse à l'enquête, mais tout de même, au goût de Jeannine, ces indiscrétions ne faisaient pas bon ménage avec son habituelle réserve apostolique. À l'évidence, il avait déjà bu un canon de trop. Elle se grattait la nuque, sous le chignon, à la recherche d'une échappatoire. Et puis tout à coup, le curé sembla se rappeler quelque chose. Il posa son verre, s'essuya la bouche du revers de la main et prit la porte. La seconde suivante, il disparaissait dans la nuit. Enfin, l'heure était venue de ramener Delphine à la maison.

III

Ça ne faisait pas l'ombre d'un doute, Samuel allait passer un sale quart d'heure. Il était allongé sur son lit, attendant l'orage, les mains derrière la nuque, lorsque la porte s'ouvrit.

Son cœur se serra, sa vue s'obscurcit, mais ce n'était que son grand frère.

— Qu'est-ce tu fous ? demanda Antoine en refermant la porte derrière lui.

— Bah j'attends.

— J'ai tout entendu. Tu vas t'en prendre une belle quand papa va rentrer.

— Je sais.

— T'as bien fait de mentir. Cette maîtresse, c'est rien qu'une salope.

Samuel tiqua ; il ne l'aurait pas formulé comme ça, tout de même.

— Quand j'étais en CM2, elle m'a piqué mes pointes de flèche. Je les avais trouvées dans les vignes, sous les chaumes, quatre pointes en silex taillées par des hommes préhistoriques. Je les ai amenées en classe et elle les a prises en me disant qu'elle voulait les montrer à je n'sais qui. Je les ai jamais revues.

— Sérieux ?

Antoine opina gravement, puis s'assit sur le lit, en face de Samuel, jambes ramassées sur la poitrine. Il portait un jean rouge défraîchi aux genoux, des socquettes de tennis qui tombaient sur les chevilles et son sweat Best Montana fétiche, obtenu de haute lutte pendant les derniers soldes. Leur père n'allait pas tarder à rentrer. La maison entière semblait figée dans cette attente. Entre les deux frères, la hache de guerre était enterrée, comme chaque fois que l'un ou l'autre s'apprêtait à boire jusqu'à la lie le calice paternel. Ils faisaient bloc, hantés par le même sentiment d'injustice, la même houle intérieure, cette sourde vindicte qui transformait leur rivalité en une complicité à la vie à la mort.

— Qu'est-ce que tu vas lui dire ?

— J'sais pas.

— Faut pas chercher à te justifier. De toute façon, y a rien à faire, c'est un catho de gauche.

— Qu'est-ce que ça veut dire ?

— Ça veut dire qu'il est chrétien mais qu'il n'aime pas le pape, et qu'il est de gauche mais qu'il n'aime pas les communistes.

— Je vois pas vraiment le rapport.

— Le rapport, c'est qu'il n'aime personne, mais que ça l'empêche pas de faire la leçon à tout le monde. C'est compliqué, tu comprendras plus tard.

— T'as trouvé ça tout seul ?

— C'est Frank qui me l'a expliqué.

Là-dessus, on entendit la R12 du père se garer dans la cour. L'orage était là. Samuel jeta un regard mouillé à son frère, qui lui répondit en se mordant la joue. Le grincement du frein à main lui affouillait encore la poitrine lorsqu'on entendit s'ouvrir la porte palière, au rez-de-chaussée. Rien qu'à la voix de sa mère, lointaine et conciliante, Samuel pouvait se figurer le visage de son père s'obscurcir à mesure qu'elle lui rapportait les faits.

— Samuel, descends !

Il se figea. L'heure était venue.

— Bonne chance, murmura Antoine. Tu sais, moi, dans ce cas, je me dis qu'il n'est pas mon père.

— Ah. Toi aussi ?

— L'autre fois, quand j'ai ramené deux heures de colle, au lieu d'écouter son sermon, je regardais flotter les grains de poussière dans un rayon de soleil et je me disais que c'étaient des milliers de petites soucoupes volantes qui venaient me chercher, parce que j'étais né sur une planète lointaine, en fait, et qu'on m'avait enlevé…

La voix paternelle réitéra son grondement, depuis le rez-de-chaussée.

— Samuel !

Il quitta sa chambre et descendit l'escalier.

— Alors comme ça, tu as menti à la maîtresse ?

Samuel baissa les yeux.

— Regarde-moi quand je te parle. Pourquoi tu mens ?

C'était toujours la même colère, fixe et maîtrisée. L'acier de son regard le cueillait à l'estomac et Samuel sentait comme de la vase lui remonter dans la gorge. On pouvait deviner à la pression de l'air que tout s'achèverait par une bonne paire de claques. Derrière l'intolérable proximité du visage de son père, dans le flou de la profondeur de champ, il devinait le supplice de sa mère, qui se rongeait les sangs en espérant que Samuel, d'un mot, accepte d'abréger les préliminaires.

Mais il ne desserrait pas les dents. Ses yeux s'embuaient. Un cri se tenait coincé au fond de sa gorge,

Frappe-moi ! Vas-y, frappe-moi enfin, qu'on en finisse ! À l'étage, il entendit les pas d'Antoine qui s'approchait de la cage d'escalier, pour le soutenir dans l'ombre. Un souvenir lui revint. Il devait avoir six ans. C'était à l'occasion d'une fête de mariage, du côté de Mercurey, dans une somptueuse propriété. Livré à l'ennui, Samuel s'était offert une petite visite du parc, des écuries, de la grange et du garage, où il était tombé sur un antique vélo d'enfant, rouillé, splendide, en état de marche. Il n'avait pas résisté à l'envie de l'essayer. Discrètement, il s'était éclipsé derrière un bosquet de buis, où il pourrait pédaler en toute tranquillité. Quelqu'un avait dû le dénoncer. Son père, mort de honte, tremblant de colère, avait surgi d'un rideau de peupliers. Samuel était tombé du vélo. Son père l'avait relevé par l'oreille ; ses doigts lui écrasaient les cartilages, et il avait sifflé entre ses dents : « Où as-tu pris ce vélo ? » Alors, Antoine avait surgi : « C'est moi qui l'ai trouvé ! » Et Samuel, muet d'effroi, perclus d'admiration, avait regardé son grand frère encaisser à sa place trois paires de gifles.

— Pourquoi tu mens ? Réponds !

Samuel ne répondit rien. Il pensait à Alex avec une amertume galopante ; tout ça, c'était sa faute, et maintenant il en subissait seul les conséquences. Qu'est-ce qui l'avait poussé à se mettre dans ce pétrin ? La réponse ne faisait bien sûr pas un pli, elle rebondissait sous son crâne comme une boule de flipper : Delphine. Depuis qu'elle lui avait rendu sa pièce de dix francs, il désespérait. Convalescent, paralysé, il attendait d'elle un regard, un sourire, n'importe quel signe auquel se raccrocher. Mais tout ce qu'il obtenait en retour de ses œillades inquiètes, c'étaient les rires de Dorothée, qui se tenait en embuscade, avide et médisante. À force, il s'était imaginé que le père Berthelot avait interdit à Delphine de lui adresser la parole, après être tombé dans sa chambre sur une de ses lettres. Il songeait par exemple à celle qu'il avait accompagnée d'un dessin, décalqué dans une bande dessinée, et qui figurait un homme et une femme en maillot de bain s'embrassant devant un coucher de soleil ; en guise de légende, il avait simplement noté : « Toi et moi. » Il n'était pas difficile d'imaginer la tête du père Berthelot découvrant ce dessin.

Ce matin, Alex s'était pointé à l'école avec des baies de cynorhodon dans les poches. Regarde, avait-il déclaré, un sourire de conspirateur au coin de la bouche, j'ai apporté du gratte-cul. Sa cible tombait sous le sens. Lui non plus ne pouvait pas saquer Dorothée, qui riait sous cape chaque fois que la maîtresse lui tirait les oreilles – autant dire, dix fois par jour.

À la fin de la récréation, deux secondes leur avaient suffi pour se répartir les rôles. Alex s'était approché des filles qui remballaient leurs élastiques pour les divertir d'une pitrerie de son cru, pendant que Samuel s'occupait discrètement du manteau de Dorothée, posé sur la volée de marches qui menait à la salle de classe.

Ensuite, grammaire. La maîtresse avait distribué les exemplaires du Bled, réservant aux cancres, selon son habitude, ceux qui sentaient le moisi et partaient en lambeaux. Pendant que tout le monde phosphorait en silence sur les accords du participe passé, Samuel surveillait Dorothée du coin de l'œil. Elle ne tarda pas à se gratter. La nuque d'abord, puis les côtes, les bras, partout. Alex l'observait lui aussi, se pinçant le gras du ventre pour éviter de glousser. Les démangeaisons devinrent bientôt si intenables que Dorothée lâcha son crayon pour se soulager à deux mains. Elle se grattait comme une malade. Mme Marrot lui demanda ce qui n'allait pas. La pauvre fille éclata en sanglots. Elle était incapable de répondre, continuant de se labourer en tous sens.

— Qui a fait ça ? explosa la maîtresse.

Un silence de fin du monde s'abattit sur la salle. Même Dorothée s'arrêta de chialer. La maîtresse fixa son regard sur Alex.

— Je vous jure ! se défendit-il. C'est pas moi !

— Évidemment.

Elle se mit à tapoter la paume de sa main du bout de sa règle, furax et impuissante. Ses yeux fusillaient un à un les garçons de la classe. Puis elle recourut au genre de chantage dont elle était coutumière : si quelqu'un avait le courage de se dénoncer maintenant, il n'aurait droit qu'à trois coups de règle et cinquante lignes. Dans le cas contraire, le châtiment serait doublé.

Son stratagème fit chou blanc. Alors, elle demanda aux garçons de s'installer en ligne au fond de la salle.

— Et maintenant, à l'appel de votre nom, vous allez venir à mon bureau et soulager votre conscience dans le creux de mon oreille. Si vous avez vu quelque chose, je vous exhorte à m'en faire part. Vous contribuerez à rétablir la justice dans cette classe, vous m'aurez aidé à faire reculer la lâcheté, et vous serez récompensé d'une manière ou d'une autre, croyez-moi, sans que quiconque en sache rien.

Tour à tour, les garçons défilèrent sur l'estrade. Le masque de la colère ne quitta pas le visage de la maîtresse, jusqu'au moment où Jean-Luc se pencha à son oreille ; alors, son regard s'illumina. Un murmure circula dans la classe. Ce lèche-cul de Jean-Luc, une femmelette que personne ne prenait dans son équipe, avait cafté. Samuel frissonnait, d'autant qu'il venait lui-même de murmurer à l'oreille de la maîtresse qu'il n'avait rien vu, absolument rien du tout. Elle remercia tout le monde et, dans une effusion de joie mauvaise, annonça la correction de l'exercice de grammaire.

La classe n'avait jamais été si sage, on entendait seulement le plancher craquer sous les talons de Mme Marrot. Samuel se dévorait les ongles, le front collé à son Bled.

À l'heure de la sortie, tandis que chacun s'empressait de ranger son cartable, la maîtresse le convoqua à son bureau.

— Tu as quelque chose à me dire ?

— C'est pas moi, je vous promets.

Elle vida sa grosse poitrine d'un long soupir.

— Ne t'enfonce pas dans le mensonge. Tu as été dénoncé par plusieurs camarades.

À présent, son père insistait.

— Je répète. Pourquoi as-tu menti ?

Sa colère était tout entière ramassée dans son regard. Il se tenait baissé, fléchi, à hauteur d'enfant, mais Samuel était déjà loin. Il avait fermé les écoutilles. Son esprit flottait au-dessus de la scène, se laissant aller à ses songeries rituelles : ce père de carton-pâte, cet individu au regard de brochet tiré hors de l'eau, ce piètre tragédien ne soupçonnait pas que son fils avait depuis longtemps tout compris, et que, partant, rien n'avait plus d'importance.

— Pour la dernière fois. Pourquoi as-tu menti ?

Samuel haussa les épaules. La gifle claqua comme un coup de fouet – une brûlure sur la joue, un écho dans la boîte crânienne – et Samuel se sentit envahi d'une noire jubilation.

— Monte dans ta chambre ! Ta punition est doublée.

Deux cents lignes. Une seule gifle. Samuel remonta l'escalier, emplissant ses poumons d'un air neuf. Tout bien considéré, il s'en tirait à peu de frais. Il repensa à Alex, qui s'en était sorti sans dommages, et toute amertume à son égard l'avait déserté, parce que, l'un dans l'autre, ils s'étaient bien marrés.

Le soir, sa mère se glissa dans l'obscurité de sa chambre ; elle s'accroupit à la tête de son lit.

— Samuel, murmura-t-elle, ton père n'aime pas que tu racontes des mensonges, tu le sais bien.

Sa voix était chaude, son haleine parfumée au dentifrice. Elle avait dénoué son chignon. Dans la pénombre, ses longs cheveux formaient comme un voile tombant sur ses épaules. Elle ressemblait à une statue de la Vierge. Il se contenta de hocher la tête, la gorge serrée.

— Tu me promets que tu ne recommenceras pas ?

Il ne distinguait pas son visage ; sa voix venait de nulle part.

— Je te promets.

Elle se pencha pour déposer un baiser sur son front. L'instant suivant, un rai de lumière avalait sa silhouette à l'autre bout de la chambre ; et Samuel, d'une manche de pyjama, essuyait les larmes qui roulaient sur ses joues.

IV

Il neige. Dehors, tout est blanc. Elle ravaude des souvenirs devant sa fenêtre. Des souvenirs de neige. Hier – ou peut-être la semaine dernière –, le fils Comuzzi est venu mettre un dernier coup de peinture. Ce qu'il peut être prévenant ce garçon, et surtout moins bavard que son père. Et puis, ah oui, c'est ça, elle retrouve le fil à présent, ce qu'il peut ressembler à son grand-père, comment s'appelait-il déjà, elle a son prénom sur le bout de la langue… Salvatore ! C'est bien ça, Salvatore. Pourquoi faut-il qu'elle repense à lui si souvent ? Ça remonte aux années 20, cette histoire, ils n'étaient somme toute que des gamins. Elle le revoit dans la neige, en sabots, tirant à travers la grand-place un plein charroi de foin, haut comme les tilleuls. Il y avait des chevaux un peu partout, au village, à cette époque. Les portes des écuries fumaient l'hiver, on se réchauffait ainsi, au-dessus des bêtes. Salvatore. Elle s'en excuserait presque auprès de son défunt André. Oh ! ça ne risque rien, le rassurerait-elle. Salvatore a cassé sa pipe il y a si longtemps. Et puis André, c'est pour l'éternité, en témoignent leurs petits-enfants, qui passent quelquefois apporter une tarte, du café, un petit rien, sous le regard souriant de son portrait. Salvatore, ce n'est qu'un souvenir. Quelques

137

baisers. Une insouciance. On les emporte dans la tombe, ses petits secrets de jeunesse. Mais tout de même, ils palpitent au seuil de la mort comme des oisillons, tout chauds, innocents, bien vivants. Quel mystère. La mémoire, ça vous hante drôlement, quand il n'y a plus rien qui tourne rond dans l'existence, sinon les aiguilles de l'horloge. Quel jour sommes-nous ? Quelle importance. C'est l'hiver, voilà tout.

Les voitures ont laissé des traces boueuses dans la neige de la grand-rue. Au-delà, ce sont les potagers, drapés de blanc, méconnaissables, qui se confondent avec le ciel. Et puis voilà quelqu'un qui descend de la grand-place. C'est le père Berthelot. Il avance en envoyant au ciel, de son pas de traviole, des panaches de neige. Il a l'air pressé. Il expire de gros nuages, les bras marquant la cadence, le poumon large, comme s'il allait en découdre du côté du camping. Drôle de démarche. Il a l'air de se faire du mauvais sang. Ma foi, il n'a jamais cessé de se tourmenter, celui-là, depuis qu'il est tout gosse. Et l'âge n'arrange rien à l'affaire. Oh non, elle en sait quelque chose.

V

Le père Berthelot allait où le menait sa colère. Nulle part. Au camping. Vers le lavoir. Dans les collines. Il avait pris l'habitude de faire d'amples promenades, à grands pas, sur les chemins de la vallée, depuis que Didier Comuzzi avait été innocenté par les gendarmes. La veille, vingt centimètres de neige avaient enseveli le paysage. Il traçait son sillon entre deux parcelles, trempé jusqu'aux cuisses, les pieds brûlés par les ampoules, en maudissant son sort.

« Les gendarmes ne sont rien d'autre que des jean-foutre, se lamenta-t-il en attaquant le coteau des Chaumes, au-delà des dernières vignes. Rien de plus facile que de les rouler dans la farine ! »

Ses propres conclusions ne souffraient aucune objection. Il s'agissait d'un incendie criminel, un point c'est tout. De quoi avait-il l'air désormais ? Les Comuzzi triomphaient, hors de cause. On s'accordait presque, au village, à leur reconnaître comme une dette, après les avoir ainsi gardés dans le collimateur. Les gendarmes avaient tranché – incendie accidentel. L'affaire était close. Aucun coupable, sinon sa propre négligence ! Le père Berthelot ruminait depuis trois jours et trois nuits. Adieu les dommages et intérêts. Tous ses calculs s'en trouvaient faussés. Les indemnités de l'assurance ne couvriraient qu'une petite moitié des pertes. Le fruit de la vente de ses pâtures avait été entièrement englouti par l'acquisition de deux parcelles en cru « village », hypothéquées au profit du Crédit agricole, une extension qui l'avait conduit à investir dans une quatrième cuve inox. Le nouvel enjambeur, qui remplacerait celui qui avait brûlé, serait livré en mars ; il faudrait alors commencer d'honorer les traites, et ses liquidités se réduiraient comme peau de chagrin. Il se voyait à la merci de la moindre intempérie. Si les vendanges étaient mauvaises, il devrait vendre une ou deux parcelles – à vil prix, vu les circonstances.

« Ça, jamais, par exemple ! Et croyez-moi, je n'ai pas dit mon dernier mot ! »

De fait, une petite lueur clignait encore au creux de ces sombres perspectives. À aucun moment Gildas Lefranc n'avait été inquiété par les investigations. C'était comme si les gendarmes avaient oublié l'existence de cette canaille. Mais le père Berthelot, rappelant ici et là cette hypothèse, avait senti qu'elle était toujours en faveur, elle aussi. D'une discussion à l'autre, on lui avait aussi appris que le classement de l'affaire n'avait rien de définitif ; si d'aventure surgissaient de nouveaux éléments propres à relancer la piste criminelle, les gendarmes rouvriraient aussitôt le dossier. Mais comment procéder ? Sur quel indice se fonder ? Quelle gageure ! Il n'avait pas le moindre début de piste, et il donnait des coups de pied dans la neige, trempé, fumant, aigri jusqu'à la moelle.

En arrivant sur les Chaumes, il s'apaisa cependant. Le panorama rachetait ses efforts. Un ciel limpide comme un vitrail régnait sur la vallée. Nulle voiture ne filait sur les routes. Personne à l'horizon. Seule trace de vie, de minces filets de fumée, s'échappant des conduits de chaudière, s'élevaient au-dessus du village en moutonnant dans l'air glacial. La neige couinait sous ses pas. Parvenu au calvaire, il déblaya d'un revers de manche la maçonnerie au pied de la croix pour s'y asseoir. Une à une, il détailla ses parcelles de vigne, pétrifiées sous la neige, qui s'étalaient à flanc de coteau. C'est alors qu'il perçut, en amont du lavoir, un mouvement ; une poignée de gosses jaillissaient de la forêt. On les voyait se courir après pour se lancer des boules de neige. Ils n'étaient pas si loin, mais le grand manteau de l'hiver étouffait leurs cris.

Au bout d'un moment, la petite troupe se regroupa en haut de la prairie. Ils avaient probablement apporté avec eux des sacs plastiques, parce qu'il les vit dévaler un à un la pente vierge dans de longues glissades. Ça réchauffait le cœur, de voir que les usages se perpétuaient génération après génération. À son époque, la neige vous fondait dans les sabots. On descendait la prairie sur des capotes de toile cirée, et on rentrait se réchauffer devant le poêle à la nuit tombée, les joues en feu et les orteils tout bleus.

VI

Gildas était inquiet. Il traversait le village, les mains au fond des poches, en direction du lavoir. De une, son stratagème avec Sandra avait foiré – au lieu de la pousser dans ses bras, il l'avait tout simplement convaincue de ne plus remettre les pieds à la cabine. Et de deux, les gendarmes, en classant l'affaire de l'incendie, n'avaient pas du tout éteint les bruits qui circulaient sur son compte. Bien au contraire ! Depuis que le fils Comuzzi était hors de cause, c'était comme si la rumeur communale n'avait plus que lui à se mettre sous la dent. Le boucher, la boulangère, les gamins à l'école, personne ne voulait croire à un accident ; sa mère était la première à grommeler que les gendarmes faisaient fausse route. Il leur fallait à tous un coupable et, sa réputation étant ce qu'elle était, mieux valait dissuader une bonne fois pour toutes le ch'tit Samuel d'aller raconter qu'il l'avait croisé non loin de la grange, le jour du drame. On n'était jamais trop prudent. Des enchaînements de circonstances analogues avaient conduit, paraît-il, plus d'un innocent au bagne, sinon à l'échafaud.

On était samedi. Avec cette épaisseur de neige, il avait toutes les chances de trouver les gosses du village dans la prairie. Il progressait maintenant dans le bois, à pas prudents ; au-dessus de sa tête, les ramures des arbres ployaient sous la neige, laissant parfois chuter, le temps d'un souffle, un lourd paquet glacé. Après cinq minutes de marche, son intuition se vérifia. Les enfants s'époumonaient de joie dans le panorama.

Tout de suite, il repéra Samuel. Le petit frère de Sandra était là lui aussi ; il remontait une luge le long de la pente – une vraie luge en bois, c'était bien la première fois qu'on voyait ça ici.

— Ça gaze les gonzes ? cria-t-il.

Sa voix se perdit dans l'épaisseur ouatée de la prairie. Tous les enfants se figèrent, une demi-douzaine de garçons transformés en statues de sel. Le plus âgé n'avait pas douze ans. Il s'avança dans leur direction.

— Tiens donc, mais c'est le ch'tit Alex. Comment va ta sœur ?

Alex sembla se démener avec un truc coincé dans sa gorge.

— Bah alors, t'as perdu ta langue ? s'esclaffa Gildas en tirant sur le pompon de son bonnet.

— Elle va bien, bredouilla-t-il.

— Tant mieux, tu lui passeras le bonjour de ma part. Puis, sifflant d'admiration : Mais c'est une luge de compétition ce machin, je peux l'essayer ?

— Bah oui, vas-y.

D'un regard circulaire, Gildas fit mine de s'étonner de l'effarement qui se lisait sur leurs visages.

— Je vais pas vous croquer, les mômes !

Il s'approcha de Samuel, qui le fusillait du regard à travers sa mèche blonde, la tête saucissonnée dans une cagoule.

— Allez viens, on fait un tour. Tu montes devant ou derrière ?

Samuel consulta son copain, qui se dispensa du moindre commentaire.

— Je préfère monter derrière, dit-il entre ses dents.

— Hé hé ! J'savais que t'allais pas te débiner. À vos marques, prêts… partez !

D'un coup de talon, il engagea la luge dans la pente. Sous le poids de ce double gabarit, elle se mit à accélérer de manière affolante. Gildas poussa un cri de joie. Il sentait sur ses flancs les cuisses de Samuel se serrer de frayeur. Les patins fendaient la neige, bondissant sur les mottes de terre gelées, qui menaçaient à chaque instant de les renverser. À mi-pente, ils filaient au moins à cinquante kilomètres-heure ; il devenait tout à fait improbable que le replat, en ligne de mire, suffise à ralentir leur course avant qu'ils atteignent la haie de mûriers qui fermait la prairie. Gildas n'eut pas le temps de réfléchir. Tout se passa en un éclair. Il sauta sur le côté, laissant Samuel s'enfoncer seul dans l'épaisseur des ronces. On les vit disparaître, la luge et lui, dans un effroyable bris de branches. Une clameur se fit entendre en haut de la prairie, puis le silence retomba sur la vallée.

— Merde.

Gildas courut jusqu'à la haie. L'accident avait ouvert un large trou dans l'entrelacs des ronces ; au fond, il aperçut Samuel, qui tâchait de se retourner. Il fit un pas à l'intérieur.

— Ça va ?

Samuel ne répondit rien. Il s'extirpait de cette nasse en déchirant ses vêtements. Ses lèvres tremblaient. Les larmes n'étaient pas loin. Des épines de mûrier étaient fichées un peu partout, dans son blouson, sa cagoule, son pantalon. Il en avait même une dans la joue, tout près de l'œil gauche. Gildas lui tendit la main. Samuel hésita à la saisir.

— Allez ! insista Gildas. Tu vas pas te mettre à chialer, non plus. Viens donc que je t'aide à sortir de là. J'ai merdé, c'est ma faute. M'enfin, on a bien rigolé, t'as battu ton record, non ?

Samuel promenait un regard affolé sur ses habits.

— Tiens, bouge pas, dit Gildas, t'as une épine dans la joue. Les vêtements, c'est rien de méchant. Vu sa tronche, ton blouson a dû appartenir à ton frangin, peut-être même à ton père, je m'trompe ?

Disant cela, il lui donna pour rigoler une petite tape sur le crâne. Derrière, on pouvait entendre les autres gosses dévaler la pente. Dans quelques secondes, ils seraient là. Gildas n'avait pas envisagé les choses ainsi, il fallait faire vite.

— Regarde-moi, Samuel. T'as dit à quelqu'un que tu m'avais croisé près du lavoir, le jour de l'incendie ?

Samuel le dévisageait, les yeux écarquillés, il était sur le point de chialer. Gildas lui envoya une seconde tape, un peu plus ferme, derrière la cagoule.

— Alors ? T'as parlé ? T'as dit que tu m'avais vu ?

— Non.

— T'es sûr ?

— J'suis sûr.

— Très bien, mon grand. Alors maintenant, motus et bouche cousue, tu m'entends ? C'est pas moi qu'ai foutu le feu, je le jure sur la tête de ma mère, mais si jamais tu vas raconter que tu m'as vu, y risque de m'arriver des bricoles. Et si y m'arrive des bricoles, ça te retombera dessus d'une manière ou d'une autre. Tu vois ce que je veux dire ?

Samuel opina sans desserrer les lèvres. Les autres arrivèrent. On s'inquiéta de son état. Gildas était maintenant cerné de gosses, beaucoup moins peureux tout à coup, qui se posaient même un peu en justiciers.

— Ça va les trolls, se défendit-il, conciliant, en levant les mains en l'air. Je me rends. Rien de cassé ! Vous pouvez être fiers de votre copain. Un dur à cuire, j'vous jure !

Puis, fouillant les poches de sa canadienne, il dénicha un vieux paquet de Hollywood Chewing Gum et se fendit d'une distribution générale.

VII

Comme chaque soir, Sandra hésitait. Elle aurait voulu téléphoner à Audrey pour en avoir le cœur net, seulement elle craignait que Maude soit avec elle. Depuis l'incident, elle n'allait plus à la cabine téléphonique. Elle leur faisait la gueule, tous autant qu'ils étaient. Le matin, elle traînait des pieds sur la grand-route pour arriver au point de ramassage en même temps que le car ; puis elle s'installait près du chauffeur, rencognée dans son siège, le casque de Walkman vissé sur les oreilles.

Il était presque 21 heures. Elle écrasa sa menthol sur une tuile et referma la fenêtre de sa chambre. Dehors, la neige tenait ; les collines infusaient la nuit de leurs pâles radiations. Elle descendit au rez-de-chaussée, résolue à appeler. Son père regardait un match de foot. Sa mère était probablement occupée à lire dans sa chambre. Elle s'empara du combiné sans fil avant de remonter l'escalier à pas feutrés.

— Tu appelles qui ? demanda son père depuis le canapé.

— Une copine, un numéro local.

— T'as cinq minutes, montre en main. Après, je débranche.

Son père avait remplacé l'ancien combiné par un modèle dernier cri, une acquisition qu'il se reprochait chaque fois qu'il recevait la facture téléphonique, puisque Sandra pouvait désormais palabrer à son aise dans sa chambre, au lieu de s'enfermer dans le dressing de l'entrée.

Elle s'étendit sur son lit et composa le numéro ; la communication s'établit aussitôt après la première sonnerie.

— Allô ?

— Salut Audrey, c'est Sandra. Je te dérange pas ?

— Un peu.

— T'es toute seule ?

— Bah, je regarde la télé avec mes parents.

— Je peux te parler cinq minutes ? C'est à propos… j'osais pas trop… ça fait longtemps que je voulais te parler…

Audrey poussa un soupir dans le combiné.

— C'est à propos de Gildas, lâcha Sandra. Tu vois ce que je veux dire ?

— Bah, vas-y. Dis.

— Ce qu'il a raconté l'autre jour. Les rumeurs comme quoi je préfère les filles. C'étaient des conneries, n'est-ce pas ?

— Pourquoi tu me parles de ça au téléphone ?

— S'te plaît Audrey ! Maude est avec toi, peut-être ?

— Bah non.

— Toi aussi, tu crois que je suis gouine ?

Audrey baissa d'un ton :

— Chut ! Qu'est-ce que tu veux que je te dise ? C'est des rumeurs…

— Qui raconte ces conneries ? Je suis sûre que c'est Maude.

— Non, c'est pas elle. Mais aussi, pourquoi que tu nous causes jamais de garçons ?

— Hein ? Mais si... enfin, je sais pas.

— T'as un copain ?

— Bah non.

— Un flirt ?

— Même pas.

— Et Sylvain ? Fabrice ? Ils te plaisent pas ? T'as remarqué comme ils te matent depuis que t'es arrivée ?

— J'suis pas débile, non plus.

— Et Gildas ?

— Gildas !

— Bah oui. Il est mignon, non ?

— J'sais pas. Il est un peu flippant.

— Pfff !... Je suis sortie avec lui l'année dernière.

— T'es sérieuse ?!

— Il est aussi sorti avec Maude, deux fois, et pis avec Caroline.

— Ah. Et t'as couché avec lui ?

— Je t'en pose des questions ?

— Pardon.

Un gloussement s'échappa du combiné :

— Bien sûr que j'ai couché avec lui. Et pas qu'un peu.

— Ah... mais... vous faisiez ça où ?

— Partout, dans les collines, chez moi, dans la grange Berthelot, où c'est qu'on pouvait.

Sandra marqua un silence ; elle se laissait envahir par un étrange sentiment de jalousie, pas désagréable, presque excitant.

— Pourquoi vous n'êtes plus ensemble ?

— Je l'ai plaqué. Il me trompait. Tu m'appelles pour me causer de Gildas ?

— Non.

— Si tu veux savoir, y paraît qu'il tient un petit carnet avec toutes ses conquêtes. C'est son truc, choper le plus de filles possible. Et à mon avis, c'est lui qui fait courir le bruit comme quoi t'es gouine.

— Mais pourquoi ?!

— J'sais pas, c'est son genre. Comme j'te dis, c'est un obsédé. Y paraît qu'il découpe les poches de ses jeans pour se tripoter en classe. Il te tourne autour, lui aussi, à sa manière. Et vu que t'as pas l'air de mordre à l'hameçon, il te cherche des noises.

— C'est tordu, quand même.

Depuis le rez-de-chaussée, la voix de son père lui demanda de raccrocher. Elle remercia Audrey et coupa la communication. La lumière fantomatique de l'hiver se déversait par la fenêtre. S'affalant sur son oreiller, elle se mit à contempler les lignes du papier peint. Progressivement, ses doutes s'étaient dissipés, cédant la place à un sentiment de gratitude ; il avait suffi d'un coup de fil – merci Audrey.

C'était donc ça, tout simplement, Gildas en pinçait pour elle au point d'inventer cette combine bizarre. Gildas qui sortait de la CPPN, Gildas qui ne se baladait jamais sans son couteau papillon, Gildas qui s'efforçait à sa manière de ressembler à une publicité pour cigarettes américaines… Gildas avait lancé cette rumeur pour la séduire. Elle était allongée sous un poster du *Grand Bleu*, en pull jacquard et pantalon à chevrons. Gildas était né dans ce bled paumé, comme la quasi-totalité des gens du coin. Elle était tombée là par le plus mauvais des hasards. L'abîme qui les séparait se réduisait pourtant à rien lorsqu'elle surprenait son regard.

Et ce rien, à son corps défendant, revenait la troubler. Gildas s'était peut-être tapé toutes les filles de son âge, Sandra avait maintenant la certitude qu'il la regardait différemment, elle. Tout bien considéré, son stratagème était aussi minable que touchant. Elle se repassa mentalement la conversation téléphonique. Les aveux d'Audrey lui gonflaient la poitrine, ces mots si simples, si gros de mystères : « Partout, dans les collines, chez moi, dans la grange Berthelot, où c'est qu'on pouvait... »

Elle se plut alors à imaginer la scène dans la grange. Il suffisait d'abord de se représenter les lieux, l'épaisseur des murs, le volume de la charpente, l'odeur de la paille, les silhouettes des engins agricoles se profilant dans la pénombre. Elle convoqua dans ce décor l'image de Gildas tirant Audrey par la main. La présence des chèvres ajoutait à l'exotisme de la scène. Ils allaient maintenant se déshabiller l'un l'autre – c'était tout ce que Sandra trouvait à se figurer, elle aurait tant aimé savoir comment les autres filles se comportent dans l'intimité. Excitée, enhardie, elle commença par dévêtir Audrey. C'était une brune assez grande, bien proportionnée, avec des seins charnus, la taille marquée, de fines épaules. Ses yeux ne semblaient jamais exprimer rien de précis, et c'est ce qui lui plaisait chez elle, cette distance tranquille. Il lui manquait peu de chose, au fond, un certain maintien, une application dans les gestes, pour atteindre le degré de volupté auquel Sandra la hissa dans son rêve.

Voilà, Audrey se tenait debout dans la pénombre de la grange, sous le regard ébloui de Gildas, parée seulement de ses sous-vêtements. En ce qui le concernait, les choses se compliquaient. Sandra sentait où les manières de Gildas risquaient d'emmener son imagination. Un soir, près de la cabine, par plaisanterie, Gildas et Fabrice avaient échangé quelques bourrades en parlant de filles, et puis d'un coup, Gildas avait retourné son copain d'une clé de bras, pour le coincer contre le muret. « Viens là, ma p'tite lope », avait-il gloussé, rauque et obscène, en mimant un accouplement à grands coups de reins. Ravis du spectacle, Sylvain et Maude se tordaient de rire. Fabrice implorait Gildas d'arrêter, le bras luxé, la tête dans les rosiers de la piscine. Et Sandra avait mis quelques secondes à détacher son regard de ce mouvement souple et brutal, les fesses de Fabrice pilonnées par le va-et-vient de celles de Gildas.

Confuse, elle hésita à mettre fin à sa petite saynète intérieure. Un vertige la gagnait. Une envie. Des picotements dans l'entrejambe. Un souffle chaud, irrépressible, la poussait non seulement à poursuivre, mais encore à prendre la place d'Audrey. Elle voulait maintenant que Gildas la regarde, elle, nue et offerte. Elle entrevoyait ses yeux brûlants de convoitise, ses mâchoires fermées, ses muscles tendus, et elle se laissa happer par cette vision, une main glissant le long de son ventre, vers ses cuisses, sous le revers de sa chemise de nuit. Elle ferma les yeux. La rumeur de la télé, à travers la porte, s'effaçait sous les soubresauts de sa respiration. Gildas la regardait, le visage congestionné. Elle retenait ses soupirs. Un tremblement monta soudain du sol, secoua le matelas, l'envahit tout entière.

VIII

On était mercredi. Samuel regardait Alex tartiner de
Nutella des tranches de pain de mie. La cuisine était
claire, moderne, intimidante. Aucune vaisselle ne traînait dans l'évier. De temps à autre, il jetait un coup
d'œil à la mère d'Alex, qu'il avait aperçue quelquefois à
la sortie de l'école, et qui le regardait en souriant, depuis
le frigo, dans un cadre Polaroïd. C'était une grande
blonde, impeccablement bronzée, avec de larges boucles
d'oreilles, des yeux noisette, rieurs, rehaussés de maquillage, et de belles dents blanches, qu'un sourire de speake-
rine découvrait jusqu'aux gencives. Le cadre était resserré
sur son visage, mais on devinait, aux volutes de fumée
qui s'enroulaient dans ses cheveux, qu'elle tenait une
cigarette ; et son charme, aux yeux de Samuel, en était
décuplé.

— Elle fume, ta mère ?

— Ouais.

— Personne ne fume chez moi.

Alex haussa les épaules. Le sujet ne l'intéressait pas. Il
rangea le pot de Nutella dans un placard et tendit une
tartine à Samuel.

— Viens, on va regarder la télé.

Ils s'installèrent dans un profond canapé. La maison était à eux. Alex alluma le téléviseur. TF1. Le Club Dorothée. C'était bientôt l'heure d'*Albator*. En attendant, les Musclés interprétaient sur le plateau de l'émission une chanson de leur cru. Samuel les détestait. Il avait honte pour eux chaque fois qu'il assistait au spectacle de ces musiciens beuglant et grimaçant devant la caméra comme des gamins attardés.

— Tu me montres ta chambre en attendant ?

— Maintenant ? protesta Alex. Tu rigoles ! Regarde, c'est des dingos !

Samuel mordit dans sa tartine en remâchant l'idée qui le hantait plus que jamais depuis l'accident de luge : Gildas avait bel et bien mis le feu à la grange et son silence faisait de lui son complice. Il brûlait de tout raconter à Alex. Cent fois, les aveux lui étaient montés aux lèvres, et cent fois, sous l'effet de la peur, il les avait ravalés.

Outre l'engueulade de sa mère, l'épisode de la luge lui avait valu à l'école quelques honneurs. On se repassait l'évènement en boucle, à mi-voix, entre garçons, se promettant comme les Trois Mousquetaires de s'unir un jour pour se venger de Gildas. Delphine aussi avait eu vent de l'évènement. Elle se drapait encore de cette inexplicable froideur de princesse, mais Samuel avait cru déceler, dans ses regards, comme une vibration nouvelle, le signe d'un réchauffement.

Il gloutonna la fin de sa tartine pendant que les premières mesures du générique d'*Albator* envahissaient le salon, c'était divin. Chez lui, il n'y avait jamais de Nutella. Il détaillait le séjour avec avidité. La peinture des murs, le mobilier, les bibelots, tout semblait neuf.

Une immense baie vitrée faisait entrer dans la pièce le soleil de l'hiver. On avait envie de se rouler dans l'épaisseur du tapis couleur crème, où l'aspirateur avait laissé de belles traces régulières. Un magnétoscope futuriste était branché sous la télé, dans un meuble dédié. La cheminée se résumait à un quadrilatère blanc lévitant au-dessus d'un âtre de béton aussi propre que le tapis. Un large buffet laqué était couvert d'objets design, de bouquets de fleurs séchées et de photos de vacances dans des cadres dorés. Il y avait aussi, chose extraordinaire, un bar à roulettes en bois tropical, qui laissait voir, à travers ses portes à claire-voie, une composition multicolore de liqueurs et d'apéritifs, comme dans un film américain.

À la fin du dessin animé, Alex proposa une visite de la maison ; il crânait un peu, ayant deviné l'effet qu'elle produisait sur Samuel. Ils commencèrent par la chambre parentale, au rez-de-chaussée, une vaste pièce tapissée d'une moquette saumon, avec en son centre un lit à baldaquin. De hauts miroirs coulissants couvraient tout un mur.

— Ils ont leur salle de bains, là-bas au fond, fit Alex en désignant une porte d'un coup de menton.

Il conduisit ensuite Samuel dans un corridor qui menait au bureau de son père. Il régnait là-dedans une forte odeur de tabac froid. Un portrait d'Alain Prost ornait un mur. Trônant sur le bureau, un cube de plastique doté d'un écran et d'un clavier frappa l'imagination de Samuel ; le père d'Alex possédait chez lui un ordinateur personnel, un Macintosh, relié à une imprimante. Des disquettes s'étalaient en vrac, autour d'un cendrier hérissé de mégots de cigarillos.

— Tiens, regarde-moi ça.

Alex ouvrit un placard, dévoilant des piles de magazines. Il en choisit un au hasard.

— C'est à mon père, y a plein de femmes à poil.

Samuel hésitait à prendre la revue que lui tendait Alex. Sur la couverture, une brune en robe rouge, photographiée de dos, juchée sur des talons vernis, le dévisageait d'un air de reproche tout en relevant sa robe au-dessus des hanches, pendant qu'un personnage de bande dessinée en costume sombre, la cravate défaite, une cigarette au coin des lèvres, étudiait d'un œil connaisseur l'anatomie de la fille. Le tout était surmonté d'un bandeau jaune où s'inscrivait, en lettres noires, *L'Écho des Savanes*. D'étranges formules se déclinaient de part et d'autre de la photo : « Paparazzi, la fesse cachée de la Une », « Navet spatial », « Les cauchemars de Gainsbourg », « Minitels en chaleur ».

Alex feuilleta le magazine sous le nez de Samuel. Des publicités pour voitures, montres, cigarettes. Des articles. Des photos de voyage. Des planches de bande dessinée. Et soudain, en double page, deux femmes à poil. Elles regardaient Samuel, elles aussi, avec un air cette fois nettement moins réprobateur. Celle de gauche se tenait debout, au bord d'une piscine. Ses cheveux blonds, tirés en chignon, flambaient dans la lumière du couchant. Un peignoir de satin rose bâillait sur la nudité de son corps. Samuel s'attarda bouche bée sur la motte sombre, à la fourche des cuisses, avant de dévorer des yeux la photo adjacente. Il lui fallut quelques secondes pour comprendre qu'il s'agissait de la même femme. Elle avait cette fois les cheveux détachés. Alanguie sur des draps défaits, les jambes ouvertes, elle ne portait qu'une paire de talons aiguilles et une culotte de dentelle, dont le contenu se dévoilait en transparence. Samuel avait cessé de respirer. C'était un choc, une épiphanie, ça lui brûlait les yeux.

— Hé ! fit Alex. T'as jamais vu une femme à poil ?

— Bah si, mentit Samuel, la gorge sèche.

Alex remit le magazine à sa place.

— Et ta mère ? Tu l'as jamais vue à poil ?

— Je vois pas le rapport, c'est dégueulasse.

Alex eut un rire moqueur.

— Mes parents font du naturisme.

— Ils font quoi ?

— Attends, tu vas voir.

Alex scruta le contenu d'une étagère et en tira un album de photos. « Été 87 » s'étalait en lettrage doré sur une couverture turquoise. Il se mit à tourner les pages cartonnées en fronçant les sourcils. Arrivé vers le milieu, son visage s'éclaira et il présenta à Samuel, qui n'en demandait pas tant, la photo d'une troisième femme à poil. Un cliché noir et blanc, cette fois.

— Tu la reconnais ?

Samuel en eut le souffle coupé. C'était la blonde du frigo, et par voie de conséquence, la maman d'Alex. Elle était allongée sur une plage, au pied d'un cocotier, ne portant rien qu'une paire de sandales à semelles tressées, et elle adressait à Samuel un sourire ni gêné, ni suggestif, ni racoleur. Un sourire qui lui papillonnait dans le ventre.

— Bon ça va, arrête de te rincer l'œil, c'est quand même ma mère.

Samuel réalisa qu'il avait trop chaud, tout à coup. Sans un mot, il suivit Alex dans le couloir, les jambes en coton, déglutissant avec difficulté, et il grimpa derrière lui l'escalier qui menait à l'étage.

— Tu veux voir la chambre de ma sœur ?

— Pourquoi pas.

Il suivit Alex à l'intérieur, se disant qu'avec un peu de chance, d'autres surprises l'y attendaient. La chambre de Sandra était bizarrement saturée de lignes, dont les trajectoires discordantes heurtaient l'œil : un papier peint aux motifs parallèles, une moquette à carreaux, une couette à larges bandes roses et blanches, et sur les murs, des rayonnages de livres. Sandra devait passer beaucoup de temps dans cette pièce, jugea Samuel, puisqu'en plus de sa bibliothèque, elle disposait d'un petit poste de télé, d'une chaîne hi-fi et d'une coiffeuse, comme dans une loge d'artiste, au-dessus de laquelle s'exposait une collection de parfums.

— Si ma sœur nous voyait là, elle nous tuerait.

Alex fit coulisser la porte d'une penderie, dévoilant un assortiment de vêtements multicolores, suspendus à des cintres. Des piles de sweats et de jeans savamment pliés se superposaient sur des étagères. Alex ouvrit un tiroir.

— Regarde, ses culottes et ses soutifs.

Plongeant une main à l'intérieur, il en sortit un soutien-gorge d'un blanc éclatant et une culotte de dentelle rose. Sans l'avoir prémédité, Samuel s'empara de la culotte et, du bout des doigts, étourdi d'admiration, en étudia la texture. Rien à voir avec les sous-vêtements de sa mère, rêches, lourds comme des draps, ternis par les lessives. La tête lui tournait. Il se passait dans sa poitrine, au creux de son ventre, des mouvements contradictoires. Les choses allaient trop vite. Alex venait tout simplement de lui révéler l'existence d'un nouveau continent. Le monde tel qu'il se le figurait encore cinq minutes plus tôt vacillait sous le poids de cette découverte – un continent de douceur, de dentelles, de chairs inquiétantes.

Au rez-de-chaussée, on entendit un bruit de clé dans une porte.

— Merde ! paniqua Alex. Tirons-nous !

La seconde suivante, Samuel découvrait, le cœur battant, la chambre de son copain. Elle ressemblait à un magasin de jouets dévasté par un attentat.

— C'est ta mère ? chuchota Samuel, qui ne songeait plus maintenant qu'à déguerpir au plus vite.

— Non, à mon avis, c'est ma sœur, t'inquiète. Viens, je vais te montrer un truc.

Alex dégotta dans le foutoir de sa chambre une effigie de Goldorak capable de bouger ses membres et de tirer des missiles bêta à l'autre bout de la pièce.

— Je crois que je vais y aller, dit Samuel.

Il était terrorisé à l'idée de croiser la sœur d'Alex, ou pire, sa mère, qu'il venait de reluquer, toute nue sur une plage. Alors la porte s'ouvrit. Sandra parut.

— Petit con ! hurla-t-elle. T'as fouillé dans ma chambre !

Ses yeux clignèrent un instant sur Samuel, dont elle n'avait pas relevé la présence au premier coup d'œil, et elle sembla se calmer un peu.

— Bonjour, articula-t-il dans un filet de voix.

Elle ne répondit rien. Ses yeux harponnèrent à nouveau son petit frère.

— T'as emmené ton copain dans ma chambre ?

— Bah non, répondit piteusement Alex.

— Tu riras moins tout à l'heure, dit-elle avant de claquer la porte.

Alex changea d'expression, il semblait prendre la menace au sérieux. Toute trace de gloriole avait déserté son visage, une ombre s'abattit sur son regard, et il partit ramasser ses missiles à l'autre bout de la chambre, tel un soldat vaincu. Samuel restait là, les bras ballants. Trente secondes plus tôt, il se sentait à l'égard d'Alex envahi d'une immense jalousie, en raison de sa maison, de sa télé, du Nutella, de l'ordinateur de son père, de la nudité de sa mère et des culottes de sa sœur. Maintenant tout fondait dans une flaque de compassion. Le décor s'écroulait. Alex redevenait le cancre du fond de la classe, le souffre-douleur de la maîtresse, le clown dont se moquent les filles.

— Faut que je te dise un truc, dit Samuel. Le jour de l'incendie, j'ai vu Gildas traîner pas loin de la grange.

Alex continuait de ramasser ses missiles, comme s'il n'avait rien entendu.

— C'est pour ça qu'il m'a fait monter sur la luge, insista Samuel. Quand il m'a aidé à sortir de la haie, il m'a fait promettre de rien raconter. C'était comme du chantage, des menaces quoi.

Alex s'assit à son bureau, les mâchoires serrées, lui tournant le dos. Un silence s'installa. Samuel l'observa recharger les fulguro-poings de Goldorak avec l'amertume d'un petit roi que plus rien ne divertit.

— Bon, dit-il tout à coup. J'y vais.

Sur le palier, la chambre de Sandra était fermée, de la musique s'en échappait ; il marqua un temps d'arrêt. Un reste de parfum embaumait l'atmosphère, un mélange d'agrumes et de vanille.

Avant de quitter la maison, il s'autorisa un détour par la cuisine pour jeter un dernier coup d'œil à la maman d'Alex, sur le frigo. C'était un peu décevant. Le temps d'un vertige, il caressa l'idée de revenir dans le bureau du père, histoire de se rincer l'œil une dernière fois, mais il poursuivit son chemin, ouvrit la porte d'entrée et s'éloigna dans le lotissement.

IX

Une petite cour séparait la maison des parents Comuzzi de celle de leur fils. Le père se demanda depuis combien de temps il ne l'avait pas traversée. Quinze mètres à peine. L'impression pourtant de parcourir une steppe désolée. La neige, transformée par le regel, grinçait sous ses semelles. Didier vivait là, dans cette ancienne écurie coquettement retapée, abritée de voilages et parfumée d'encaustique, depuis maintenant quatre ans, en parfait étranger. Lorsque son frère venait déjeuner le dimanche avec la Michèle, sa mère devait le tanner pour qu'il accepte de se joindre à eux. Quant à l'idée d'inviter ses parents à prendre ne serait-ce qu'un apéritif dans sa tanière, elle ne l'effleurerait probablement jamais.

Le père Comuzzi frappa à la porte.

— Didier, c'est moi !

Son fils entrouvrit.

— C'est pourquoi ?

— V'là une paie qu'on s'est pas croisés sur un chantier. Faudrait que je te cause un brin. Je peux entrer ?

— Maintenant ?

— Sauf si t'es occupé, dit le père d'un air taquin. Tu reçois peut-être du monde ?

Didier ouvrit la porte. Le séjour baignait dans une lumière tamisée. La radio diffusait une chanson de Sylvie Vartan à bas volume. Le père Comuzzi aurait préféré avoir cette discussion chez lui, dans son salon, au coin de la cheminée. La solitude de son fils le mettait mal à l'aise. Son gîte de vieux garçon sentait le propre. Il avait disposé dans une vitrine sa collection de curiosités glanées dans les collines : des fossiles aquatiques, une poignée de silex préhistoriques, des pièces de monnaie remontant, paraît-il, à l'Empire romain.

Les murs s'ornaient de clichés flous, énigmatiques, que le père Comuzzi détailla d'un œil rond, pendant que son fils allait chercher des bières dans la cuisine ; il y avait du mouvement, des éclairs dans la nuit, ici ou là une silhouette. À l'armée, Didier s'était pris de passion pour la photographie.

— Tiens, pendant que j'y pense. Ton frère m'a téléphoné, la Michèle a vu le gynécologue. Il paraît que ça sera un garçon. Qu'est-ce que t'en dis ? Ils peuvent tout voir, maintenant, avec leurs scanners.

— C'est pas des scanners, c'est des échographies.

— Au temps pour moi.

— De quoi tu veux causer ?

Le père Comuzzi attrapa la canette de Kronenbourg que son fils lui offrait, puis attendit qu'il s'asseye pour l'imiter. Didier était un taiseux, tout le contraire de son paternel, ce qui le désarmait complètement.

— Tu sais bien de quoi je veux te causer.

— Encore ton bicentenaire.

— Ma foi, oui. À la section, ils organisent tous quelque chose, dans leurs communes. À Chalon, on parle d'une grande fête populaire, un hommage aux volontaires de

Valmy. De quoi on aura l'air, au village, si le maire tire trois fusées comme chaque année ?

— J'suis plus à la section. Ça fait quatre ans que j'ai rendu ma carte. On en a déjà causé cent fois.

— T'es p't'être plus au parti, mais t'es encore mon fils. Je ne te demande pas la lune, juste un coup de main. J'ai des idées, ça se précise. Faudrait monter un comité, oh pas grand-chose, une demi-douzaine de concitoyens. Trois ou quatre anciens, pas de problème de ce côté, mais il nous faudrait aussi des jeunes, une ou deux familles...

— Je suis p't'être ton fils, comme tu dis, mais cette histoire de comité, ça sent le parti à plein nez. Je passe mon tour.

— Le parti ? s'emporta le père Comuzzi en renversant un peu de bière sur son pantalon. À plein nez ? Mais comment tu parles, Didier ! C'est pas héréditaire, le communisme, j'veux bien. C'est une affaire de conviction, une espérance. Ton arrière-grand-père, il ne savait pas écrire son prénom, il a quitté les Pouilles au siècle dernier, poussé par la misère, pour finir métallo au Creusot ! Il a perdu deux doigts sous une presse... il a fait les grandes grèves... et c'est avec les camarades de la CGT qu'ils ont eu raison des Schneider ! Ton grand-père, lui, il a connu toutes les galères, journalier, manœuvre, carrier... Il a grandi avec le parti, mais ça ne l'empêchait pas d'avoir un portrait de Jaurès dans sa chambre à coucher, à côté de celui de Lénine, voilà comment c'est dans la famille. Et Georges Marchais, tu peux en dire ce que tu voudras, il n'a jamais mangé dans la main de Brejnev... Allons bon, les choses évoluent, chacun s'adapte, et toi, je ne te demande pas de penser comme nous autres, mais tout de même, il s'agirait de voir les choses telles qu'elles sont ! Tiens, ils menacent de privatiser les PTT à présent... Et puis la CEE ? Les technocrates ? Parlons-en ! Combien de tonnes de beurre ils ont détruites ? Avec tous ces éleveurs qui crèvent de faim, ils vont encore mettre en friche un million d'hectares de bonnes terres agricoles. On veut imposer la libre circulation des capitaux... Eh bien, tiens, moi j'appelle ça la liberté du renard dans le poulailler. Les profits augmentent aussi vite que le chômage, on réinvestit tout dans la spéculation, voilà ce qu'il en est, le pourquoi du comment, et le pire est encore devant nous... Les instituts de prévision sont formels, on parle de quatre millions de chômeurs à l'horizon 90, c'est pour dire !

Cependant, Didier ne bronchait pas. Quand son père eut fini sa tirade, il attrapa sa canette et but en silence, à grandes lampées, jusqu'à la dernière goutte ; ensuite, il fit tinter le culot sur la table et croisa les bras en regardant droit devant lui.

Vexé, refroidi, le père Comuzzi se leva du sofa pour faire quelques pas dans la pièce. Il fallait entreprendre son fils autrement, ce n'était pas la politique qui allait lui délier la langue. Mais alors, comment le toucher ?

— C'est joli, tes photos, dit-il, d'un ton plus calme.
— Merci.

Il aurait bien voulu ajouter quelque chose d'original, mais il avait beau se creuser la tête, rien ne venait. En dehors du métier, que restait-il pour les relier l'un à l'autre ? Gamin, pourtant, Didier voulait tout faire comme lui. Les choses avaient commencé à se gâter quand il était revenu de la conscription – dix-huit mois dans le 11e régiment de chasseurs, à Berlin-Ouest. En tout et pour tout, ses parents avaient reçu de lui trois cartes postales, dans lesquelles il s'émerveillait de la bière allemande ou des strudels aux pommes, et un unique télégramme, qui réclamait d'urgence un assortiment de chaussettes en laine et de caleçons Damart, parce qu'il se gelait les miches dans ses sous-vêtements réglementaires. À son retour, ils avaient découvert que sa solde de bidasse était passée dans l'acquisition d'un appareil photo Leica. Son attitude avait changé, ainsi que ses convictions. Il causait de la RFA comme d'un pays de cocagne, et de la RDA comme d'un purgatoire.

X

Didier sentait la moutarde lui monter au nez ; il se leva pour aller chercher deux autres bières à la cuisine. Son père lui cachait quelque chose, ça ne faisait aucun doute, derrière ce rafistolage de vieilles lunes et de faux compliments.

— Pourquoi t'es pas allé en parler directement au maire, de ce bicentenaire ? demanda-t-il en réapparaissant dans le séjour.

Son père accepta la bière d'un air dolent.

— Oh, j'ai pas encore trouvé le temps, voilà tout. Puis, faisant craquer ses doigts : J'ai les articulations qui me lancent, tu peux pas savoir. Ça remonte jusqu'aux coudes, des fois même jusqu'aux épaules. Je dis pas ça pour me faire plaindre. À la tienne ! C'est qu'on se voit pas vieillir, on s'oublie à la tâche, et puis d'un coup, y a tout qui se détraque. Mais dis-moi, t'aurais pas forci des fois ?

Didier haussa les épaules, avant de se rasseoir.

— Au fond, dit-il, ses yeux plantés dans ceux de son père, ton problème dans cette affaire, c'est pas tellement le maire, ce serait bien plutôt le père Berthelot.

— Ah, mais pour sûr ! Entre autres difficultés, y aurait à le convaincre, lui et deux ou trois adjoints, de réduire le budget de la Saint-Jean, c'est l'objectif du comité. Si je suis tout seul, c'est cuit d'avance.

— T'as donc dans l'idée de te rabibocher avec lui ?

— Ma foi, c'est un bien grand mot. Disons qu'il tient un peu les cordons de la bourse.

C'était donc ça. Après trente ans de brouille pour des motifs soi-disant politiques, après mille discours infusés de rancunes et des grands mots définitifs, après les rumeurs à propos de l'incendie, l'opprobre rejeté sur Didier et sa convocation à la gendarmerie, son père était soudain prêt, au nom du parti, à parlementer avec le père Berthelot.

— Et tu me demandes pas ce que j'en pense ?

— Pardi ! Je suis venu pour ça.

— Parce que c'est quand même moi qui me suis retrouvé chez les gendarmes.

— Justement, c'est l'occasion de laver ton honneur. On peut faire d'une pierre deux coups. Le père Berthelot nous en doit une. Bien sûr, c'est lui qui a fait courir cette rumeur à ton sujet ! Incriminer mon propre fils, l'occasion était trop belle. Mais vois-tu, à présent, on peut les faire cracher au bassinet, lui et le conseil municipal. Parce qu'il a l'air de quoi, ce vieil hibou de Berthelot, maintenant que les gendarmes ont conclu à un accident ?

Posant sa bière, son père se pencha au-dessus de la table basse pour lui pincer le genou, comme s'il avait encore douze ans. Ce culot le laissa sans voix. Didier avait grandi dans la crainte et l'admiration de ce tyran flamboyant, puis, faute de perspectives, il était à son tour devenu maçon. Son père l'avait pris sous son aile, comme apprenti, à quatorze ans. Didier tenait de lui un coup de truelle sec et précis, des épaules larges, le goût de

172

l'effort et du travail soigné — mais c'était tout. Au-delà, ils ne partageaient rien. Didier vivait dans un monde intérieur. L'écrasante figure de son père, à la maison, sur les chantiers, il n'avait jamais su la conjurer autrement que par le silence ou l'esquive, du moins jusqu'au service militaire, où il avait fait pêle-mêle la découverte du monde, des femmes, de l'ennui et de la photographie.

Les premières semaines, il les avait passées confiné dans une caserne, à Berlin-Ouest, avec le 11e régiment de chasseurs, à monter et démonter des tourelles de chars. Cette initiation lui avait laissé un goût amer. Il venait d'avoir dix-huit ans. Bizutages, échanges de revues porno, blagues de casernes, il avait pris le parti de se rallier à l'esprit de corps en comptant secrètement les jours qui le séparaient de sa libération. Les autres troufions venaient des quatre coins de l'Hexagone ; ceux qui renâclaient aux coutumes du rang récupéraient le matin leur brosse à dents au fond des chiottes, sans que les sous-officiers y trouvent rien à redire. Ses bons souvenirs des classes se résumaient à des parties de tarot avec un caporal de Montélimar et deux soldats du Pas-de-Calais. Un soir de permission, il avait suivi au bordel le gros de la troupe. Il s'était déniaisé avec une blonde un peu dodue, qui n'avait pas cessé, pendant qu'il se démenait, de lui causer en allemand, sans se soucier qu'il y comprenne quelque chose. « Französisch », avait-il pourtant précisé en dépliant ses billets de dix marks. Elle avait semblé trouver ça formidable, mais elle s'était ensuite comportée comme la professionnelle qu'elle était, avec distance et application. Une expérience décevante. Il était quand même revenu quelquefois, cédant à l'appel du ventre.

Certaines filles étaient plus douces que d'autres, il tâchait de retenir leur prénom pour la fois suivante.

Au bout de trois mois, Didier avait pris du galon ; on lui donnait du « caporal Comuzzi », et il pensait souvent à son grand-père, fusillé en 43 par les boches, mais surtout à son père, qui avait craché par terre quand il avait découvert son ordre d'affectation. « Ils n'ont pas le droit de me faire ça », avait-il ajouté, la gorge serrée, comme si c'était lui qu'on envoyait croupir dix-huit mois en Allemagne.

Son nouveau grade lui avait permis, en dépit de son misérable niveau d'anglais, de participer à des patrouilles conjointes, le long du Mur de Berlin, avec des appelés de la British Army. L'occasion de faire la connaissance de bidasses écossais qui avaient pactisé avec leur sergent-chef pour se réchauffer au scotch durant les nuits glaciales, au nez et à la barbe des miradors est-allemands. Durant ses permissions, il allait les retrouver au *Niederlassung*, un bar à militaires, où le spectacle était régulièrement assuré par des crétins de Liverpool qui se mettaient sur la gueule avec des abrutis du Midwest. De fil en aiguille, il s'était attiré la sympathie d'un adjudant des transmissions britanniques, qui l'invita un soir à visiter le labo photo du foyer interarmées. La proposition avait de quoi le faire tiquer, mais le gars n'avait pas l'air louche.

Ils s'étaient retrouvés tous les deux, dans l'obscurité pourpre du labo, à développer d'étranges clichés pris dans les boîtes de nuit berlinoises, sans flash, avec un petit boîtier Leica. C'était une révélation. « Bioutifoul… Bioutifoul… » s'émerveillait Didier à la vue des spectres émergeant du néant, dans le bain de bromure de potassium. L'adjudant se faisait appeler Marcus-Marcus, parce qu'il obligeait ses soldats du rang à répéter deux fois leur requête avant de consentir à y répondre. Il était ingénieur. Il adorait la France – ses vins, surtout. Didier passa donc le reste de ses permissions au *Niederlassung* avec des sous-officiers britanniques, une pinte à la main, un Leica autour du cou.

Le retour au village fut une douche froide. Il avait dix-neuf ans. En découvrant son appareil photo, ses parents s'étaient demandé quelle mouche l'avait piqué. Inutile de leur causer de ses projets de chambre noire. Il avait remonté ses manches et pris son mal en patience, gâchant du plâtre, tirant des joints, déchargeant des palettes de parpaings, avant de déclarer à son père, au bout de quatre ans, qu'il refusait de vivre plus longtemps sous son toit et qu'il comptait retaper l'écurie de la cour en attendant de voir venir.

— Voir venir quoi ? avait répliqué son père.

Comme à son habitude, Didier s'était contenté de hausser les épaules. Son temps libre, il le passait dans les collines avec son Leica. Il se levait à l'aube pour saisir l'éveil de la nature, diaphragme grand ouvert. Il scrutait les jeux d'ombre et les variations de lumière, tantôt l'objectif collé aux racines d'un arbre, tantôt allongé sur un rocher, embrassant toute la vallée dans son viseur. Ce qu'il aimait par-dessus tout, c'étaient les soirs d'orage. Il partait s'installer dans un affût de chasseur, en ciré de régiment, et il tentait de surprendre les arabesques de la foudre à travers le feuillage.

Et maintenant, à trente ans passés, ravalant sa colère, il était sur le point de céder une nouvelle fois aux extravagances de son père.

XI

On était samedi. L'hiver marquait le pas. Une semaine de redoux avait eu raison de la couche de neige et Gildas avait réussi à convaincre la bande de grimper dans les collines, pour la première fois depuis l'automne.

Ils avaient traversé le camping désert, chargés comme des baudets, et attaquaient le chemin du lavoir. Sandra était venue. Elle cheminait devant lui. Il se forçait à ne pas trop regarder ses fesses, les yeux rivés à ses pompes, dans le fin sillage de son parfum, réduit à ce pénible état d'impatience et d'excitation qu'il tâchait de dissiper en échangeant des vannes avec Sylvain. Elle ne lui avait toujours pas adressé la parole, mais d'après Audrey, sa rancune n'était qu'un souvenir.

L'après-midi déclinait. Une odeur de calcaire humide et d'herbe pourrie leur montait aux narines. En face, le soleil rasait déjà la crête des Chaumes. Gildas portait un carton de bières, Sylvain son ghetto-blaster et Fabrice un sac rempli de quoi passer une bonne soirée – Chamallow, Malibu, Passoã.

Après avoir dépassé le lavoir, ils bifurquèrent en direction du calvaire par l'un des chemins de coupe qui sabraient la forêt. Le froid devenait mordant. De part et d'autre, des taillis squelettiques alternaient avec de hautes futaies de conifères. Le craquement des brindilles, sous leurs pas, résonnait dans l'atmosphère immobile des sous-bois. Ici et là se détachaient des reliquats de neige.

— On y est, dit Gildas, lorsqu'ils atteignirent un replat.

Rien n'avait bougé depuis l'automne, des rondins de bois encerclaient l'empreinte d'un foyer dans lequel scintillaient des tessons de bouteilles. Divers détritus émergeaient de l'épaisseur de feuilles mortes : canettes, sacs plastiques, emballages à différents stades de putréfaction.

— Vous êtes vraiment crades, les mecs, remarqua Maude. Vous pourriez descendre vos poubelles.

— C'est aussi les tiennes, rétorqua Gildas. T'étais avec nous la dernière fois qu'on est venus. Je suppose que tu t'en souviens pas trop, puisque t'avais gerbé un peu partout dans le décor.

— N'importe quoi.

— Pas vrai, Fabrice ?

— Ouais, t'étais pas la seule, d'ailleurs.

— Ça caille, fit Audrey. On fait un feu ?

Tout le monde s'égailla aux alentours pour ramasser du bois mort. Gildas voulut mettre à profit cette occasion. Sandra enjambait les grosses branches avec des précautions de danseuse. Elle portait une paire de leggings versicolores merveilleusement moulée sur ses courbes et des tennis blanches.

— T'aurais pas dû t'habiller comme ça. C'est la première fois que tu fais un feu en forêt ?

— Un peu, répondit-elle bizarrement.

— T'as toujours habité en ville ?

Elle opina du chef.

— Moi c'est le contraire, continua-t-il. Je pourrais pas vivre ailleurs qu'au grand air. Je me demande ce que les gens trouvent d'épatant à vivre comme des lapins, les uns sur les autres, au milieu des bagnoles. Rien qu'à Chalon, ils ont tous l'air malade.

— Je trouve pas.

Gildas voulut rebondir, mais l'inspiration lui fit défaut. Sandra s'éloigna de quelques pas dans les sous-bois. L'affaire était mal emmanchée.

— T'as un peu voyagé, j'crois ? dit-il en la suivant.

— J'ai vécu trois ans au Koweït.

— T'es allée dans le désert ?

— Des fois.

Elle ne l'avait toujours pas regardé. Sa gorge se serrait. Il se demandait pourquoi elle lui faisait tant d'effet. Il glana encore quelques morceaux de bois, de grosses sections qu'il brisait à coups de rangers. Comment s'y prendre ? La faire rire ? Lui raconter un truc perso ? La mort de son père ? Il s'approcha encore, voulut lui proposer de porter son bois, se ravisa. Elle allait bientôt rejoindre les autres. Lui balancer direct un compliment ? Un hululement résonna dans la colline, Sandra leva le nez en l'air, étonnée.

— Un chat-huant, déclara Gildas.

Elle rigola :

— Un quoi ?

— Un chat-huant. On appelle ça aussi une chouette hulotte.

Elle le dévisagea enfin, sceptique.

— Comment tu sais ? C'est peut-être un hibou.

— Je te dis que c'est une chouette hulotte. Un mâle.
Tu les reconnais à leur chant. D'abord un « ouuuuu »
prolongé, suivi deux secondes plus tard d'un « ou… ou,
ou, ou, ou » avec la première syllabe bien détachée des
autres.

Sandra pouffa.

— Et les femelles, elles font comment ?

— Elles répondent au mâle avec des « kiwit !…
kiwit !… » très puissants.

— Tu connais plein de trucs sur la nature ?

— Ouais, un peu. Parfois, je passe des nuits tout seul
dans la forêt. J'aime bien. Plus tard, je voudrais m'engager dans les paras, ou les chasseurs alpins. P'têtre les
fusiliers marins.

— C'est marrant, je pensais pas ça de toi.

— Et tu pensais quoi ?

Elle se détourna.

— Rien de spécial.

— J'ai quand même mon idée. Tu te disais que j'étais
rien qu'un fouteur de merde, un branleur de lycée pro,
un truc dans ce genre ?

Elle s'offusqua d'une grimace, puis secoua la tête. Ça
semblait sincère. Elle sortit une menthol de sa poche.

— T'as du feu ?

Il lui passa son Zippo. La flamme illumina son visage.
Il la trouva d'une beauté à couper le souffle.

— Mais quand même, dit-elle, avec toutes les
conneries que t'as faites, ils vont pas un peu tiquer à
l'armée ?

Gildas se rembrunit.

— J'ai un casier vierge.

— T'as quand même fini plusieurs fois au poste, à ce qu'il paraît.

— J'avais moins de seize ans. Ça laisse pas de traces.

— Hé ! sourit-elle en lui flattant l'épaule. Te vexe pas, je demandais juste !

Ils rejoignirent les autres sans ajouter un mot. Gildas sentait s'attarder la chaleur de sa main. Fabrice était déjà en train d'arroser d'essence une brassée de bois, au milieu du foyer.

— Attention les filles, déclara-t-il doctement, ça va chier.

Il recula de deux pas et craqua une allumette, qu'il lança d'un geste maladroit. La flamme s'éteignit avant d'atteindre sa cible.

— Laisse béton, fit Gildas.

Il s'empara d'une branche imbibée d'essence, l'enflamma avec son Zippo, la fit tournoyer d'une main à l'autre, à plusieurs reprises, tel un fakir, avant de la balancer devant lui.

— Abracadabra !

Un souffle brûlant leur balaya le visage. Sandra recula, la main devant les yeux. Les flammes montèrent à cinq mètres de haut, avant de se ratatiner dans le ventre du foyer. Le bois était humide, il fumait plus qu'il ne flambait.

Sylvain mit en marche son ghetto-blaster à plein volume – une cassette de REM. On s'assit sur les rondins. La nuit montait depuis les sous-bois. Maude déboucha le Malibu.

Un long moment se passa dans l'écoute recueillie de l'album, tandis que le feu gagnait en puissance ; la bouteille passait de main en main ; les têtes remuaient en mesure ; de temps à autre, un garçon rotait, les filles gloussaient, et tous regardaient droit devant eux, tournant le dos aux ténèbres glacées de la forêt, la face bouillante, les pupilles lustrées par les flammes.

Le Passoâ succéda au Malibu. La fumée de cigarette avait un goût de foin. Sylvain retourna la cassette. Fabrice confectionnait des brochettes de Chamallow. Maude et Audrey s'étaient mises à ricaner dans leur coin. Et Gildas, indécis, tourmenté, estimant du coin de l'œil l'ennui dans lequel semblait se consumer Sandra, se sentait partir dans une mauvaise ivresse, ce qui l'incitait à avaler de plus longues lampées au lieu d'y aller mollo. Elle regardait les flammes, paupières mi-closes, comme un lézard assoupi, et ne prêtait aucune attention aux escarbilles qui lui frôlaient parfois les cheveux.

Rassemblant son courage, Gildas se leva.

— Hé ! Tu t'endors ou quoi ?

Elle eut un rire gras, avant de se reprendre.

— T'as pas une clope ? bafouilla-t-elle.

Alors, Gildas comprit sa méprise : Sandra ne s'emmerdait pas, elle avait tout simplement son compte.

— T'as pas trop l'habitude de boire, toi.

— Hein ?

Elle vacillait, la main tendue, en attendant sa cigarette. Gildas s'assit à côté d'elle.

— Tu vas finir par fondre, à mater le feu comme ça.

Elle éclata de rire, éveillant la curiosité des autres filles.

— Qu'est-ce qu'y a de drôle ? demanda Maude.

— Je vais fondre !... se marrait Sandra. Je vais fondre !...

Elle ne s'arrêtait plus, oscillante, hilare, sous le regard éberlué de Gildas. À son tour, Audrey trouva la blague à se damner ; elle se cogna la tête contre l'épaule de Maude.

— Elle va fondre, putain !... C'est maboul !... Elle va fondre !...

Ils riaient tous à présent, pris d'une folle connivence, se tenant les côtes, comme si les alcools, emplissant leur estomac par petites gorgées anodines, s'étaient tout à coup déversés dans le reste de leur organisme. Ils s'esclaffaient, se montraient du doigt, tordus, exaltés, mimant tour à tour des silhouettes se liquéfiant devant le feu. Rien n'aurait pu les arrêter. Ils dansaient de rire.

Autour, la nuit avait tout englouti. De petites braises éphémères tourbillonnaient dans les ténèbres. Gildas se laissa emporter par la ronde. Ils tournaient en titubant, dans un sens, dans l'autre, au rythme du ghetto-blaster. Gildas fut le premier à tomber le pull et la chemise. Fabrice l'imita aussi sec. Les hésitations de Sylvain furent vaincues par les glapissements des filles. Ensuite, la fête continua de déraper : concours de gages. Des soutiens-gorge apparurent à la lueur des flammes. Des culottes. Des caleçons. Finalement, tout le monde se retrouva en sous-vêtements, dans une danse un peu grotesque, où personne, encore, n'osait se frotter aux autres.

Gildas s'émerveillait de ces corps de filles, presque nus, ondulant dans une lumière sauvage. Il était probablement le moins ivre de tous. On dansait encore, mais l'euphorie allait s'amenuisant. La fin de la chanson approchait, son instinct se réveilla. Il fit quelques pas en direction de Sandra, glissa une main dans ses cheveux et l'embrassa. Elle se laissa faire. Son ventre était brûlant. Sa langue avait un goût de noix de coco. Elle l'embrassait et reculait en même temps. Il resserra son étreinte. Les jambes de Sandra semblaient vouloir le fuir, et sa bouche le rappeler, tant et si bien qu'ils se trouvèrent bientôt enlacés dans une semi-obscurité, loin de la chaleur du foyer. Elle le repoussa alors avec douceur et fermeté. Son visage, en contre-jour, était indéchiffrable, noir comme la nuit. Les flammes découpaient la ligne de ses épaules nues. Derrière, Maude et Sylvain s'embrassaient, eux aussi. De même que Fabrice et Audrey.

— Regarde ! dit Gildas. C'est chaud par là-bas !

Sandra se retourna. Elle éclata de rire. Il la prit à nouveau dans ses bras. Elle promenait maintenant ses mains le long de son dos, l'embrassant, pouffant, jetant par-dessus son épaule des coups d'œil enivrés en direction des autres couples, tandis que Gildas réalisait que le ghetto-blaster s'était tu. Le feu crépitait. On entendait le frottement de leurs peaux, se délectant l'une de l'autre. L'amour. Pour la première fois, Gildas se sentait envahi par une émotion qui devait porter ce nom-là. L'amour. Sandra enflammait son imagination au-delà de tout ce qu'il avait connu jusqu'alors. Il ne savait plus s'il avait froid ou chaud. Elle se tortillait contre lui. Ils tournaient maladroitement sur eux-mêmes, leurs yeux s'emplissant tour à tour des ténèbres de la forêt et de l'éclat des flammes. Alors le corps de Sandra devint plus lourd dans ses bras. Elle souriait toujours, ses dents cognant contre les siennes, tandis

que de tout son poids elle l'attirait vers le sol où, tâtonnant, au jugé, elle rassembla sa doudoune, son pull, ses
leggings, pour s'y allonger d'un mouvement si lent que
Gildas eut le temps de bénir sa bonne étoile avant de
l'y rejoindre.

XII

Qu'est-ce qui m'a pris ? se lamentait-elle entre deux spasmes. Ses mains se cramponnaient à la faïence des toilettes. Des relents de vinaigre et de fruits avariés emplissaient la salle de bains. Elle se raidit, vomit une nouvelle fois. Son estomac la remerciait, sa tête menaçait d'exploser. De l'autre côté de la cloison, sa mère était dans tous ses états. Elle hurlait sur Alex, qui renâclait à ranger sa chambre, mais du fond de son supplice, Sandra comprenait qu'elle n'était pas étrangère à cette crise d'hystérie. Oh non… bien sûr que non. Elle ne se souvenait pourtant de rien. Comment était-elle rentrée chez elle ? Qui l'avait couchée, déshabillée, sinon sa mère ? C'était le trou noir. Un haut-le-cœur l'avait réveillée. Elle avait jailli de son lit, couru vers la salle de bains, et maintenant elle se vidait dans la cuvette des toilettes. Sa mère l'avait certainement entendue, depuis la chambre de son frère. Peut-être l'avaient-ils aperçue, tous les deux, traversant le palier, complètement nue. Quel cauchemar.

Après un moment, elle se rinça la bouche et enfila son peignoir. Une atroce fanfare lui pilonnait les tempes. Elle dénicha dans un tiroir un cachet d'aspirine, qu'elle avala en se dévisageant dans le miroir. Mon Dieu, quelle horreur ! Elle avait une tête de zombi, des yeux vitreux, une peau exsangue. Ses cheveux étaient tout poissés, far-cis de feuilles mortes. On frappa à la porte.

— Sandra ? Ça va ?

Le ton de sa mère hésitait entre l'inquiétude et la fureur.

— Oui maman, ça va, répondit-elle dans un filet de voix.

— Sors de la salle de bains.

Sandra ouvrit la porte. Sa mère tenait dans sa main un paquet de vêtements ravagés. Le fluo de ses leggings disparaissait sous des traînées de boue, les plumes de sa doudoune s'échappaient par une large entaille.

— Qu'est-ce qui s'est passé ?

Sa mère était au bord des larmes.

— Rien de grave, je t'assure.

— Rien de grave ? explosa-t-elle. Tu reviens ivre morte à 2 heures du matin ! Dans des vêtements com-plètement déchirés ! Pas même fichue de grimper l'es-calier ! Et tu me dis qu'y a rien de grave ? Tout va bien maman ! Rien à signaler !

Derrière elle, dans l'entrebâillement de la porte, Alex épiait la scène.

— Dégage ! fit Sandra.

La gifle partit sans prévenir. Sa mère poussa un petit cri, s'étonnant elle-même de la brutalité de son geste. Sandra crut défaillir – l'impression que son cerveau lui sortait par les yeux. Elle vacilla sur son axe, rétablit son équilibre en posant une main sur le mur, et repartit vomir dans les toilettes.

Sa mère tira la porte, seulement elle restait sur le seuil, jacassant, l'abreuvant de mille reproches et d'autant de menaces. Sandra comprit qu'un enfer s'ouvrait devant elle. Son père commencerait par lui passer le savon du siècle avant de faire le vide dans sa chambre, à l'exception de ses affaires de lycée, mais au-delà de cette perspective, ce qui assaillait à présent son esprit, c'étaient plutôt les bribes de souvenir qui se réveillaient en vrac – le feu, la nuit, Gildas.

De l'autre côté de la porte, sa mère lui intima de prendre une douche et de s'habiller, avant de descendre discuter avec son père, qui l'attendait dans son bureau. Ensuite, elle ordonna à Alex, pour la douzième fois, de ranger sa chambre.

Sandra obtempéra. Sous le jet brûlant, elle tâchait de recoller les morceaux de la soirée. Qu'est-ce qui m'a pris ? Qu'est-ce que je vais dire ? On était dimanche. Le lendemain, elle allait retrouver la bande à l'arrêt de bus… Impossible ! Ce n'était pas réel. Des images de corps enlacés, à moitié nus, lui revenaient par flashes. Elle avait couché avec Gildas – c'était presque sûr, ça ! Des impressions remontaient par vagues, ses mains sur son corps, un baiser sans fin, des brindilles lui éraflant les fesses… Elle ouvrit la bouche et, en désespoir de cause, y colla longuement le pommeau de douche, comme si l'eau brûlante pouvait la purger de ces souvenirs, les emporter dans le siphon de la baignoire, loin, par les égouts, jusqu'à la mer.

Ensuite, elle s'habilla, la mort dans l'âme. Il était midi passé. Lorsqu'elle poussa la porte du bureau, son père s'allumait un cigarillo, assis devant son ordinateur.

— C'est qui Gildas ? demanda-t-il en soufflant par les narines deux filets de fumée rectilignes.

Les bras lui en tombèrent.

— Hein ?

— T'es sourde, peut-être. C'est qui Gildas Lefranc ?

— Bah, un gars du village. Pourquoi tu me demandes ça ?

— J'sais pas, comme ça. Il vient d'appeler.

— Hein ?

— Arrête de dire « hein » et regarde-moi quand je te parle. Tu le fréquentes ? C'est ton petit copain ?

Derrière son père, les yeux d'Alain Prost, dans son cadre, lui semblèrent avoir bougé. Elle se ressaisit.

— Non.

— Je ne connais pas grand monde dans ce village, mais je me suis laissé dire que les Lefranc étaient une famille d'alcooliques et de crève-la-faim. La mère change de bonhomme tous les quatre matins. À ce qu'il paraît, elle se serait même déjà prostituée. Qu'est-ce que t'en dis ? Comment je dois le prendre, moi, de décrocher le téléphone, un dimanche matin, dans ma propre maison, pour entendre dans le combiné un fils Lefranc qui demande à parler à ma fille ?

— J'te jure, je comprends pas pourquoi il m'appelle…

— Tais-toi. Je veux pas entendre tes mensonges. Quoi qu'il se soit passé hier, ça ne risque pas de se reproduire, puisque tu ne sortiras plus de cette maison jusqu'à la fin de l'année. Le matin, c'est moi qui t'emmènerai au lycée, et c'est moi qui te ramènerai le soir. Point final.

— Hein ?!

— Sors d'ici. Monte dans ta chambre.

— Mais papa…

— Sors d'ici, je te dis !

XIII

Elle attend devant la fenêtre. Le voilà. C'est encore si mignon, un garçon, à cet âge. Il tire son bidon de lait à bout de bras. La porte n'est pas verrouillée. Elle sent un sourire lui déplier les joues, quand il monte l'escalier.

— Te v'là pile à l'heure, comme toujours. C'est-y pas trop lourd, tout ce lait ?

— Ça va, madame Derain. Je vous le verse comme d'habitude ?

Le pot à lait attend sur la table. L'enfant se met en devoir de le remplir lentement, en tirant la langue.

— Dis-moi, ça te fait quel âge à présent ?

— Dix ans, madame Derain.

Le ton qu'il adopte semble indiquer qu'elle lui a déjà posé la question la semaine dernière, et qu'il lui a déjà fait cette réponse. Elle s'en gourmande intérieurement, un petit rire lui échappe.

— Et ça fait quelle classe ça, dix ans ?

— CM2.

— Pardon ?

— CM2, répète-t-il d'une voix plus forte.

— Ah ! De mon temps, on disait la septième, j'crois bien.

Le garçon finit de remplir le pot ; il rebouche son bidon.

— Au revoir, madame Derain ! À samedi prochain !

— Attends, mon ch'tit. Te sauve pas comme ça. Je voudrais te faire voir quelque chose. C'est par là-bas, dans le fond du couloir, l'atelier d'André. Y a des bricoles pour toi, si ça t'intéresse. Tiens, donne voir ma canne.

Il l'accompagne dans le couloir. Elle s'applique, appuyée sur le pommeau, une jambe après l'autre, à petits pas.

— Voilà, c'est pas fermé. Ouvre donc !

Il pousse la porte. Les volets sont clos. Il allume.

— Tu aimes bricoler ? C'est tous les outils d'André. Fais pas attention aux toiles d'araignée, va, personne n'y met jamais les pieds. Voilà vingt ans qu'il a passé, tu sais.

Le garçon promène des yeux éblouis dans la pièce. Quatre murs couverts de vieux outils, savamment agencés. Rien n'a bougé depuis la mort d'André. Rabots, marteaux, chignoles, serre-joints, tenailles, ciseaux-à-bois... le garçon s'approche de l'établi pour examiner le mécanisme de la perceuse à colonne.

— C'était à votre mari tout ça ?

— Je savais que ça te plairait. Y aurait-il quelque chose pour t'intéresser ?

— Je peux regarder ? demande-t-il en désignant les tiroirs de l'établi.

— Mais vas-y donc !

Il se met à farfouiller. Elle le regarde faire, tremblotant sur sa canne, réjouie, le souffle court. Le garçon semble oublier sa présence, tout à son affaire. Ce qu'on peut être sérieux, aussi, à cet âge ! Elle se revoit, à dix ans, choisissant un col de robe parmi les échantillons étalés sur la table de la cuisine, sous le contrôle de sa mère. La colporteuse venait deux fois l'an. Il n'était pas question de se tromper. On ne demandait jamais rien pour soi, à cette époque. Pas même à Noël. Un vêtement, il fallait avant tout que ça fasse de l'usage. Sa mère passait de longues soirées, penchée sur l'ouvrage, à repriser les chaussettes, les culottes, les chemisiers, modeste, effacée, un point à l'endroit, un point à l'envers…

— Je peux prendre ça, madame Derain ?

Elle s'arrache à sa rêverie.

— Pour sûr, mais qu'est-ce que c'est ?

— Un vieux briquet.

Elle se penche et plisse les yeux pour examiner l'objet à travers ses lunettes.

— Oh, tu peux le garder ! Seulement crois-tu qu'il fonctionne encore ? André, je l'ai toujours connu avec. Garde-le précieusement, il a sans doute fait Verdun, ton briquet !

Samuel le fait disparaître dans sa poche de pantalon, comme s'il s'agissait d'un louis d'or.

— Merci, madame Derain !

Et ils repartent en sens inverse, progressant à petits pas dans le couloir. Elle est ravie. Un sourire édenté lui traverse le visage. Quel jour sommes-nous ? Ah oui, le pot de lait lui apparaît, là-bas, sur la toile cirée de la cuisine. On est samedi. Le petit voisin vient toujours le samedi. La prochaine fois, il faudra qu'elle songe à lui offrir autre chose.

— Dis-moi, ça te fait quel âge à présent ?

— Dix ans, madame Derain.

Le ton qu'il adopte semble indiquer qu'elle lui a déjà posé la question la semaine dernière, et qu'il lui a déjà fait cette réponse.

— Dix ans. Alors, tu vas à l'école du village ?

— C'est ça.

— Tu sais qu'à ton âge, j'y allais aussi. On appelait ça la septième, j'crois bien. L'instituteur s'appelait M. Guyennon, je m'en souviens de cet homme-là ! Nous autres, les enfants, on le craignait autant qu'on l'adorait. L'école n'a pas changé de trop, depuis. J'ai une photo quelque part, tu me rappelleras de te la montrer, samedi prochain. Le platane a poussé, depuis... mais tiens, alors, tu ne serais pas dans la classe de la ch'tite Berthelot, des fois ?

Il acquiesce. Elle ne s'est pas trompée, il faut croire qu'elle est encore capable de se souvenir de certaines choses de temps à autre, c'est réconfortant.

— Elle est mignonne, la ch'tite Berthelot, tu ne trouves pas ?

Il baisse les yeux, s'empourprant jusqu'aux oreilles. Comme c'est drôle, à cet âge, les garçons, comme c'est loin.

— Au revoir, madame Derain. À la semaine prochaine.

Il disparaît dans l'escalier.

— Au revoir, mon ch'tit Samuel. Bien le bonjour à ta maman !

XIV

Ça n'en finissait pas. Samuel écoutait d'une oreille lasse le père Roque gloser sur la première épître de saint Paul aux Corinthiens. Ses paroles se répercutaient d'une voûte à l'autre, dans l'air glacé de l'église. « Si vous vivez selon la chair, vous mourrez ! Si par l'Esprit vous faites mourir les actions du corps, vous vivrez... »

La semaine précédente, Samuel avait surpris une conversation entre ses parents, le soir, dans la cuisine, à propos du curé. Il avait changé, trouvait sa mère ; un passage à vide, présumait son père, les prêtres étant somme toute des hommes comme les autres. Et c'était vrai qu'il avait l'air fatigué, le père Roque. Il s'interrompit un instant pour farfouiller dans son aube, qui disposait sur les flancs de sortes de poches. Il en sortit un mouchoir, avec lequel il s'essuya les commissures des lèvres, avant de poursuivre : « Adam n'a pas été séduit, nous dit saint Paul. Pourquoi reprocher uniquement à la femme, alors, ce qui revient aussi à l'homme ?... »

Du coin de l'œil, Samuel guettait Delphine. Elle était assise entre son père et sa mère, au premier rang. Il attendait que le curé en termine enfin, qu'on passe à l'eucharistie, et que Delphine quitte sa place pour aller communier. Il prendrait lui aussi la direction de

195

la travée centrale et, qui sait, peut-être croiserait-il son regard. Le père Roque pria les fidèles de se lever. L'espoir était permis, puisqu'un miracle s'était produit pas plus tard que vendredi. À la sortie de l'école, Delphine lui avait tendu une enveloppe, assortie de ce bref commentaire : « Tiens, c'est pour toi. » Il l'avait immédiatement enfoncée dans sa poche, avant de courir la lire, derrière le bureau de poste. Il ne s'agissait certes pas d'une lettre d'amour, mais elle l'invitait tout de même à son anniversaire, le mercredi suivant. Un retour en grâce. Une perspective. Plus que trois jours à attendre.

Le père Roque reposa le saint ciboire sur l'autel. Samuel caressait sur sa joue la petite cicatrice laissée par l'épine de mûrier, songeant que sa mésaventure avec Gildas n'était sans doute pas étrangère à ce regain de faveur. Le curé bénit le vin, levant au ciel le calice, et avala trois gorgées sonores. Le moment était venu. Les fidèles du premier rang se mirent en mouvement. Delphine approchait de la travée. Samuel se leva, à la surprise de sa mère : « Attends ! chuchota-t-elle. Ce n'est pas encore à nous ! » Et alors, leurs regards se croisèrent – une seconde, un éclair, une brève éternité pendant laquelle ils échangèrent un sourire, elle de surprise, lui de béatitude.

Le mercredi suivant, il s'habilla en pensant à elle. Un pantalon de velours et un sweat blanc, parce que ça faisait plus riche, trouvait-il. La matinée s'écoula en compagnie de son petit frère, devant le Club Dorothée. Pendant le déjeuner, il prit grand soin de ne pas tacher son sweat de sauce bolognaise, et à 15 heures, pour la dernière fois, il s'inquiéta de sa coiffure en se mirant dans la glace des toilettes.

Sa mère lui confia le cadeau qu'elle avait acheté pour Delphine, un jeu de Mille Bornes qui l'accablait de honte, mais il avait aussi prévu une surprise de son cru, emballée dans du papier crépon.

Il remonta la grand-rue. Le printemps n'était pas loin, à en juger par les trilles d'oiseaux qui perçaient le silence, du côté des potagers. La vieille Derain était à sa fenêtre. Il la salua d'un signe de tête, se disant que seule la mort l'empêcherait un jour de s'installer là, à ne rien faire d'autre que regarder passer les saisons.

Il arriva sur la grand-place. *Berthelot & Fils* – l'enseigne au-dessus de la cave piquait chaque fois sa curiosité. À quoi rimait une telle formule, alors que le père Berthelot n'avait qu'une fille ? Espérait-il encore, à son âge, faire un fils à la Jeannine ? Un jour, Samuel avait posé la question à Delphine ; elle lui avait tout bonnement répondu de se mêler de ses affaires. Il tira sur la sonnette.

— Entre donc !

Dans la cour caquetaient quelques poules. Un vieil escalier de pierre menait à la porte d'entrée. La Jeannine lui ouvrit.

— Qu'est-ce que c'est encore que ça ? Un cadeau ! Fallait pas se donner cette peine, tu remercieras bien ta mère.

Samuel lui tendit le jeu de Mille Bornes. Il ne trouvait rien à répondre. La Jeannine le débarrassa de son manteau.

— C'est par là.

Samuel la suivit dans un corridor qui sentait un peu comme chez la vieille Derain, un mélange d'encaustique, de détergent et de mille repas qui avaient fini par se confondre en une seule odeur. Son rythme cardiaque s'emballait ; il découvrait l'intimité familiale de Delphine, et ça ne sentait pas bon. Des regrets lui venaient. Il entra dans le séjour. Alors, son sang reflua de ses membres. Une demi-douzaine de filles étaient réparties de part et d'autre d'une longue table en bois – mais pas un seul garçon ! Il les connaissait presque toutes : Dorothée, comme de juste, le méchant faire-valoir de Delphine, deux autres filles de la classe, et encore deux inconnues, qui ouvrirent sur lui des yeux de poisson de roche, et qu'on lui présenta comme des cousines de Givry.

C'est à peine si Delphine lui adressa un regard. Il fut saisi d'une envie de fuir, mais déjà la Jeannine lui offrait une chaise.

— Servez-vous les enfants. Tout le monde est arrivé.

La table était couverte de sodas et de bols remplis de bonbons. Samuel se servit timidement une poignée de crocodiles. Les filles bavardaient dans des bruits de mastication, oubliant déjà sa présence. Il se mit à détailler la pièce. Des scènes de chasse se répétaient à l'infini sur le papier peint. Une biche empaillée jetait par la fenêtre un regard sévère. Les couleurs étaient rares. Au-dessus d'un buffet à napperon était accroché un calendrier illustré d'une vue des Champs-Élysées. Une cheminée occupait la moitié d'un mur, sur laquelle s'alignait une collection de vieilles casseroles en cuivre. Son amoureuse vivait donc là, dans ce triste musée. Samuel s'étouffait de crocodiles en évaluant la situation. Qu'est-ce qui avait pris à Delphine de l'inviter, lui, seul au milieu de toutes ces filles ? Cette extravagance devait sauter aux yeux de tout le monde, y compris de sa mère. Sur ces considérations, le père Berthelot fit son entrée dans la pièce.

— Bien le bonjour, les enfants, dit-il en ajustant son béret.

Son regard était soucieux. Il avait l'air de chercher son chemin dans sa propre maison, promenant devant lui des yeux hébétés, s'arrêtant sur chaque visage, avant de s'étonner à haute voix de la présence de Samuel.

— Dis donc, Delphine, t'as invité un seul garçon ? C'est le ch'tit Samuel, ou je me trompe ?

— Non… si… oui, rougit Samuel.

— Tu vas pas t'ennuyer, tout seul avec c'te charretée de filles ?

— Bah… j'sais pas.

— Jeannine ! Viens-y voir un peu. Pourquoi qu'il est tout seul ?

La Jeannine sortit de la cuisine en s'essuyant les mains dans son tablier.

— C'est vrai ça, eut-elle l'air de s'étonner. T'es le seul garçon. Dis donc, Delphine, t'as pas pensé à inviter un autre copain ?

Delphine haussa les épaules, elle rougissait à son tour. Samuel se perdait dans la contemplation des tomettes du salon, lustrées par douze générations de pères Berthelot, en priant pour qu'elles l'absorbent tout entier.

— T'as qu'à l'emmener voir un peu tes machines, suggéra la Jeannine. On souffle les bougies dans un quart d'heure.

À son grand soulagement, Samuel suivit le père Berthelot dans la cour, puis dans une grange.

— T'aimes les tracteurs ?

Samuel acquiesça ; et, comme ils s'enfonçaient dans l'obscurité, le père Berthelot alluma une rangée de néons fixée sous la charpente. Les chromes d'un enjambeur étincelèrent au milieu d'un bric-à-brac d'outils agricoles, s'effaçant plus ou moins sous la poussière. Il fit à Samuel la présentation de son nouvel engin, il l'avait ramené la semaine précédente de la zone industrielle de Chalon. Les pneus dégageaient une odeur de caoutchouc neuf. L'enjambeur, perché sur ses quatre fers, pourvu d'une cabine, d'un long réservoir, de rétroviseurs en saillie, avait l'allure d'une grosse sauterelle. Le père Berthelot l'avait acheté pour remplacer celui qui avait brûlé avec sa grange. Samuel baissa les yeux. Son secret faisait des nœuds dans son ventre. Le père Berthelot ne lui pardonnerait pas, s'il apprenait un jour qu'il s'était tu pendant tout ce temps. Et que dire de la Jeannine ? de Delphine ?

— Grimpe donc ! proposa-t-il en ouvrant la portière de la cabine. Va regarder là-haut ! C'est tout neuf, c'est moderne, c'est l'enjambeur de l'an deux mille !

Samuel obtempéra. Il feignit de s'amuser à tenir le volant et à manipuler des leviers, blême, souriant, cerné de remords.

Après un moment, le père Berthelot le raccompagna dans la maison. La Jeannine s'affairait en cuisine. Elle lui indiqua où se trouvait la salle de bains, à l'étage, pour se laver les mains. Les filles jacassaient dans le séjour. Il grimpa l'escalier ; deux pièces s'ouvraient en vis-à-vis, de part et d'autre d'un couloir. Il s'arrêta pour jeter un coup d'œil à l'intérieur de celle de gauche. Au mur, un énorme crucifix, piqué d'un rameau de laurier, veillait sur un grand lit de bois, couvert d'une étoffe brodée. De chaque côté se dressaient deux tables de chevet, pourvue chacune d'une lampe et d'un missel ; sur celle de droite était posée une photo encadrée, un visage en noir et blanc, que Samuel mit quelques secondes à reconnaître.

Riri. C'était le visage de Riri qui le regardait depuis une époque révolue. Aucune ride. Une chevelure claire et fournie. L'œil qui frise. Un sourire de bon copain. Rien qui permette d'imaginer que tout allait si mal tourner.

— Qu'est-ce que tu fais ?

Samuel se figea. Delphine venait de sortir de l'autre pièce.

— Oh rien, je regardais.

— Tu veux voir ma chambre ?

Elle paraissait s'adresser à lui comme si rien de spécial ne les liait, comme s'ils ne s'étaient jamais promis l'un l'autre un amour éternel et sans divorce.

— Pourquoi tu m'as invité ? demanda-t-il.

Le regard de Delphine tomba sur ses chaussures. Il y eut un silence. Elle se gratta la joue. Puis, plongeant soudain ses yeux au fond des siens :

— Tu sais bien pourquoi je t'ai invité.

— Bah, non.

Il attendait un éclaircissement, or elle le dévisageait, muette, tranquille, un demi-sourire lui flottant sur les lèvres. Son regard devenait difficile à soutenir. Il se détourna, traversé par l'idée que Delphine, tout compte fait, était peut-être elle aussi une comédienne, un rouage parmi les autres dans cette grande farce expérimentale, chargée en l'occurrence de jouer avec ses sentiments, comme un chat avec une souris. Dans sa chambre, de l'autre côté du couloir, au-delà de son carré de cheveux bruns, il pouvait apercevoir une gravure représentant une femme voilée, à genoux, en prière. Samuel eut le temps de lire qu'elle s'appelait sainte Thérèse de Lisieux, avant que Delphine, tendant le cou, dépose un baiser sur sa joue.

L'instant suivant, elle disparaissait dans l'escalier ; et il demeura là, vacillant, incrédule, les joues en feu, découvrant au fond de sa poche le briquet de la vieille Derain, enveloppé de crépon, qu'il avait oublié de lui offrir.

XV

Le père Berthelot n'y était pas. Sa petite Delphine soufflait ses bougies d'anniversaire, des étincelles dans les yeux, déjà si grande, et son esprit continuait à battre la campagne. Il y avait des semaines comme ça où le cours de l'existence semblait se précipiter en désordre. Samedi, il avait convoyé de Chalon son nouvel enjambeur, en même temps que douze années de traites afférentes. Lundi, un courrier de l'hôpital l'informait que le disque lombaire responsable de sa sciatique était pour ainsi dire sur le point de se faire la malle ; il faudrait voir à consulter un chirurgien au plus tôt. La veille, il avait appris le décès d'un cousin, au Creusot, qui faisait de lui le dernier représentant de sa génération, chez les Berthelot. Et voilà que ce tantôt, après les bougies d'anniversaire, il s'apprêtait à consommer chez le maire un évènement dont il se serait volontiers passé avant d'être conduit au cimetière : les retrouvailles avec le père Comuzzi, après trente ans de rupture.

Les enfants applaudissaient. On ouvrit les cadeaux. Le père Berthelot s'excusa auprès de la Jeannine avant de grimper dans leur chambre à coucher ; ses vêtements de ville tenaient sur trois paires de cintres, à côté des robes. Il choisit un bourgeron de toile grise, qu'il enfila par-dessus son chandail. Sur la table de chevet, la photo du Riri semblait approuver son choix. Pourquoi songeait-il si souvent à son frère, ces derniers temps ? D'un geste agacé, il chassa cette question de son esprit. C'était une idée de la Jeannine, cette photo du défunt dans leur chambre, une bien drôle d'idée. « Oh non, se dit-il, ça n'donne jamais rien de bon, de remuer les souvenirs du temps jadis. »

En bas de la grand-place, la mairie du village tenait dans une petite maison, dont la façade, percée d'une paire de fenêtres, se rehaussait d'un drapeau tricolore. On entrait par un vestibule carrelé de tomettes ; à gauche s'ouvrait la salle du conseil municipal, encombrée d'une table, d'une demi-douzaine de chaises vides, et d'un bahut d'acajou, sur lequel veillait une Marianne de plâtre ; à droite, le bureau du maire.

Tandis que 16 heures sonnaient au clocher, le père Berthelot y fit son entrée. Le père Comuzzi était déjà là, assis, lui tournant le dos, mais il n'était pas seul ; Didier l'accompagnait. Première déconvenue, force lui fut de constater que les trente dernières années lui avaient fait oublier les tours et les astuces de ce vieux bolchevik. Le maire se leva, la main tendue, Gitane au bec :

— On attendait plus que toi ! dit-il, faussement ravi. Assieds-toi, prends c'te chaise.

Le père Berthelot esquiva la poignée de main que semblait espérer le maire, de crainte qu'il ne fallût ensuite s'en acquitter avec le père Comuzzi.

— T'es pas venu seul, à c'que je vois, lança-t-il.

— Salut Berthelot, répondit le père Comuzzi dans un sourire de courtisan. Je suis venu avec Didier, parce que ça le regarde un peu cette affaire, voilà tout. Veux-tu qu'il s'en aille ?

Le fils Comuzzi ne bronchait pas, immobile sur sa chaise, comme s'il attendait son tour chez le médecin.

— Penses-tu, qu'il reste ! lâcha le père Berthelot.

Le maire croisait les bras sur son bureau, la nuque dans les épaules, les yeux rebondissant d'un vis-à-vis à l'autre. Il avait quoi, peut-être quarante ans, le père Berthelot l'avait vu grandir dans les pas de son paternel, qui avait présidé à ce même bureau dans les années d'après-guerre.

— Parfait ! déclara-t-il de sa voix de chanteur. Nous y voilà ! Comuzzi, tu veux peut-être commencer ? Dire un mot ?

Le père Berthelot se demandait d'où lui venait cette désinvolture ; ça frisait le toupet, de s'adresser sur ce ton à des anciens.

— On sait tous de quoi il retourne, me semble-t-il, commença le père Comuzzi. Berthelot, sache avant toute chose que je voudrais te remercier d'être venu. Au fond, rien ne t'y obligeait. Et pour ma part, ce que j'y vois, dans cette affaire, c'est une bonne occasion de se causer un peu. On se fait la tête depuis combien de temps maintenant ? Y a prescription, comme on dit, non ?

— Ça m'a jamais gêné de causer un brin. J'suis là pour ça.

Le maire se renversa dans son fauteuil, réjoui, soulagé, en s'allumant une autre cigarette.

— Comment va la Jeannine ? embraya le père Comuzzi. Didier m'a dit qu'elle avait de nouvelles biquettes. Si c'est pas malheureux, cette histoire d'incendie ! À ce qui s'dit, les gendarmes seraient dans le brouillard ? Aucun suspect en vue ?

— Comme tu dis, grimaça le père Berthelot.

— Ce serait donc un accident ?

— Ma foi, ils finiront par trouver ! intervint le maire, les bras en l'air. Ils trouvent toujours ! Ce serait un étranger, un forain, que ça m'étonnerait pas !

— Tout est possible, renchérit le père Comuzzi, avant d'ajouter, d'un air finaud : Au moins, on sait désormais que certaines rumeurs n'étaient rien que des calomnies. Mais au fait, à ce propos, ta grange, maintenant que tu l'as rasée, si c'est pas indiscret, qu'est-ce que tu comptes faire de la parcelle ? Elle est constructible, ou je me trompe ?

Demandant cela, le père Comuzzi se tourna vers le maire ; et, n'obtenant pas de réponse, il interrogea du regard le père Berthelot, lequel, mis en défiance, se mit à se gratter sous le béret. Ça sentait le traquenard. Ce joueur de bonneteau avait officiellement réclamé cette rencontre pour parler du bicentenaire, et voilà qu'il feignait de s'intéresser au sort de sa parcelle. La pente était glissante.

— Ce que je vais y faire ? Ma foi, j'en sais trop rien pour le moment.

L'humeur du maire s'était refroidie, elle aussi. Il devait penser à la même chose que le père Berthelot, derrière son nuage et sa grimace, à savoir l'affaire du lotissement. Le père Comuzzi était-il en train de leur faire un numéro de maître chanteur ? Personne, pourtant, en dehors du maire et du père Berthelot lui-même, ne pouvait avoir eu vent de leurs accommodements, sauf à imaginer que l'édile les ait éventés, par bêtise, en se poussant du col.

XVI

Le père Comuzzi buvait du petit-lait. Il avait vu juste. Quelque chose de pas très catholique se cachait derrière cette opération foncière, peut-être des pots-de-vin – après tout, le maire ne roulait-il pas, depuis cette époque, en Renault Fuego ? L'hameçon avait pris. Restait à ferrer le poisson.

— Ma foi, ça ne me regarde pas, après tout, ce que tu vas en faire, de ta parcelle. On n'est pas venus pour causer du plan d'occupation des sols, n'est-ce pas ?

Le maire attrapa la perche au vol :

— Bien sûr ! Le bicentenaire, voilà ce qui nous occupe.

— Je ne te le fais pas dire, acquiesça le père Comuzzi. C'est pourquoi je m'étonne de ne l'avoir vu nulle part évoqué dans le dernier compte rendu de ton conseil municipal.

— *Mon* conseil ? s'assombrit l'édile en croisant les bras sur son ventre.

— Ne chicanons point. C'est toi le maire, c'est à toi de mettre ça sur la table.

— Eh bien, je t'écoute ! Qu'est-ce que tu voudrais qu'on y mette, sur cette table ?

Le père Comuzzi entreprit de lui exposer son idée. Sur le mur d'en face, Mitterrand lui souriait dans son cadre et, s'étonnant lui-même, il crut y lire un encouragement. La France entière, pour commencer, s'apprêtait à célébrer les deux cents ans de la prise de la Bastille, et il ne voyait pas comment les élus du village pouvaient se désintéresser de l'évènement. En guise de commentaire, le maire se contenta d'écraser sa cigarette dans le cendrier en soufflant un long nuage à la surface de son bureau.

Pour le tisonner, le père Comuzzi se proposa de lui raconter comment le père Derain, ayant occupé ce fauteuil avant-guerre, sous le portrait d'Albert Lebrun, s'était illustré à l'occasion du cent cinquantième anniversaire de la Révolution française, quelques semaines tout juste avant l'invasion de la Pologne. D'une voix lente et assourdie, il lui décrivit cet étrange 14 Juillet, sur la grand-place pavoisée comme jamais, au cours duquel le père Derain, hissé sur une remorque, l'écharpe tricolore en bandoulière, avait prononcé sans artifices ni trémolos une ode à tous les hommes de bonne volonté qui avaient entretenu le flambeau de la liberté, de l'égalité et de la fraternité depuis la prise de la Bastille. Le petit Comuzzi qu'il était avait bu chacune de ses paroles, du haut de ses onze ans, ému aux larmes, tenant la main de son père, un journalier qui se saignait aux quatre veines pour l'instruction de ses enfants et que les Allemands assassineraient quatre ans plus tard, parce qu'il planquait dans sa remise des fusils pour les FTP.

Il entremêlait son récit de références au Front populaire, à la traîtrise de Daladier et aux démocrates de salon qui s'étaient ensuite jetés dans les jupons du maréchal Pétain, références auxquelles le maire n'objecta rien ;

rallumant une Gitane, celui-ci se racornissait dans sa chemise à carreaux bien repassée.

Puis, au bout d'un long silence, avec sa bonne foi de camelot :

— Si c'est pas malheureux, cette époque-là. Une drôle d'affaire. Le village a payé le prix du sang. Ton père est mort pour l'honneur de la France, et tu sais tout comme moi qu'aucun conseil municipal, depuis la Libération, n'a manqué d'honorer sa mémoire. Je ne saisis pas bien, cependant, le rapprochement avec le bicentenaire de l'été prochain.

— Tu ne saisis pas ? Il serait peut-être temps que j'éclaire un peu ta lanterne, puisque personne n'aura songé à le faire ! À qui le dois-tu, ce fauteuil ? Je vais te le rappeler, pour ta gouverne : aux sans-culottes, aux soldats de l'an II, aux ouvriers de 48, et à tous les résistants, les maquisards, les partisans de la liberté qui ne se sont jamais tenus pour battus... Et la moindre des choses, vu les circonstances, ce serait de nous rendre quittes à leur égard.

— On va organiser le 14 Juillet, c'est prévu. Un bal et un feu d'artifice. Qu'est-ce qu'il te faut de plus ?

— Ma foi, il suffirait de se creuser un peu la cervelle, mon brave ! Je ne sais pas – un méchoui, un spectacle avec les gosses de l'école, un concert, des animations... un grand raout populaire digne de l'évènement !

— Et où je le trouve, l'argent que ça nous coûterait ? Je n'ai pas le budget d'une préfecture. Et puis y a déjà la fête de la Saint-Jean, à la fin juin, et la fête du camping, au 15 août. Ça ferait doublon.

— Ah ! Dieu vous bénisse, vous et votre fête de la Saint-Jean ! Voilà trente ans qu'il mange la moitié du budget de la commune, le curé, avec ses bigoteries de la Saint-Jean !

Le maire eut l'air piqué.

— Ce n'est pas la fête du curé, elle appartient à tous les vignerons. Va donc en causer dans le pays, tu ne trouveras pas un particulier pour songer à la supprimer.

— J'ai parlé de supprimer quelque chose ? Voilà bien une façon de discuter ! Didier ? J'ai parlé de supprimer la Saint-Jean ?

Émergeant de ses rêveries, son fils répondit non de la tête.

— Tu vois ? Rien de tel, reprit le père Comuzzi, moins querelleur, et faisant mine de retourner ses poches de pantalon. Je suis venu à toi comme le citoyen que je suis, sans carte de parti, sans rancune, sans couteau entre les dents... On devrait pouvoir en causer tranquillement, entre anciens. Combien qu'elle a coûté, la fête du camping, l'année dernière ? Dix millions ? Y avait quand même Annie Cordy.

— En nouveaux francs, quatre-vingt mille. Et encore, je suis large.

— Allons bon ! s'exalta le père Comuzzi. Du diable si on ne peut pas puiser là-dedans, rien qu'une fois, pour honorer nos ancêtres !

Il jouait la fin de sa partition sur la corde raide, mais tout finaud qu'il était, le maire n'allait pas se risquer à relever que les ancêtres Comuzzi, en 1789, remuaient des cailloux dans les Pouilles.

XVII

Sur sa chaise, Didier rongeait son frein. Il avait encore cédé à son père, vaincu par sa méthode. Toujours la même. Le verbe cajoleur, une voix servile, des yeux de cocker, et puis soudain des éclats de voix. Exactement celle qu'il était en train d'employer avec ses deux interlocuteurs, qui semblaient l'un comme l'autre avoir rendu les armes. Didier n'en revenait pas. Trente ans de guerre froide, et voilà qu'un sourire, deux escarmouches et trois propos inutiles les réduisaient à rien. Ils l'écoutaient palabrer sur son bicentenaire, éteignant et rallumant leurs cigarettes, comme si c'était lui le maire, et eux ses administrés.

À présent, son père s'enflammait. On s'éloignait du sujet. Enhardi par son avantage, il fit une sortie contre l'évêque de Dijon, qui avait comparé les prêtres réfractaires à des martyrs. Le maire se permit tout de même un commentaire.

— Allons bon, Comuzzi, pourquoi mêler la religion à cette affaire ? Tu ne voudrais pas déterrer la hache de guerre, tout de même ?

— Ne me dis pas que tu crains M. le curé. La République n'est pas un sacrilège.

— Tu te fais des idées, tempéra le maire. Je ne crains personne. Ici, entre ces murs, M. le curé n'est ni plus ni moins qu'un citoyen, figure-toi.

— Si tu le dis. Mais c'est quand même lui qui te donne la communion, chaque dimanche. Je ne pense pas à mal, simplement, pour le budget, il faudra traiter d'égal à égal, comme tu dis.

— Le budget… Oui, le budget, répéta le maire en se tortillant les doigts. Justement, j'ai sondé les adjoints à ce propos, et, vois-tu, ce qu'il en ressort, c'est que ça ne fait pas l'unanimité, ton idée de ponctionner celui de la Saint-Jean…

— Ah ! Qu'est-ce que je disais !

— Rien à voir avec le curé, crois-moi.

Didier jeta à son père un regard noir, dans l'espoir qu'il change de ton ; au lieu de quoi, vibrant d'impatience, la figure sanguine, il se mit à dévisager le père Berthelot.

— Alors, où c'est qu'il est le problème ?

Un silence vieux de trente ans s'installa dans la pièce. À voir comme son père serrait les dents, Didier conjectura qu'il avait tenu à revoir le père Berthelot en présence de tiers pour éviter que d'anciennes querelles ne les incitent à en venir aux mains.

Avant de répondre, le père Berthelot rajusta son béret :

— Si c'est à moi que tu songes, tu te trompes. Voilà trois mandats que je ne siège plus au conseil.

— Me prends pas pour un lapin de six semaines, Berthelot, c'est encore toi qui organises la Saint-Jean.

— Ça oui, seulement je suis loin d'être tout seul.

— Et alors ? Ton avis sur la question ?

— Si tu veux savoir… hésita le père Berthelot. Mon avis, il est qu'on peut y réfléchir.

— Très bien ! Mais ensuite ? Toi, dans ta caboche, au fond de ton cœur, t'en penses quoi ?

— J'suis pas contre, voilà, je te l'dis comme je le pense. On pourrait p't'être faire un geste, cette année. Tu parlais de la fête du camping, là aussi, y aurait moyen de trouver un arrangement.

D'un hochement de tête, le maire sembla se ranger à son avis. Didier se consumait de stupeur. Son père se frotta les mains, soudain réjoui.

— En voilà une parole, Berthelot ! On n'est pas raccord sur tout, mais on se retrouve sur l'essentiel. Ça fait trente ans, nous deux, qu'on ne se dit plus guère que des bonjour-bonsoir… Sache quand même que pour ma part, tout est oublié. Je te sais gré d'être venu c'tantôt. Et pour dire vrai, crois-moi, j'ai été sincèrement affecté par l'incendie de ta grange, ainsi que par la mort du Riri. Voilà, c'est dit, ça vient du cœur, serrons-nous la pince ! Tiens… Ça soulage, non ? Didier m'est témoin que j'attendais ce moment depuis longtemps… Ah ! Aussi, un dernier mot pendant qu'on y est, au sujet de ton lotissement, figure-toi que j'ai révisé mon jugement. Faut aller de l'avant ! C'est une bonne chose, après tout, de mélanger la ville et la campagne, les ouvriers, les paysans, les ingénieurs… On a besoin de tout le monde pour faire tourner un pays, voilà c'que je pense ! Et pis d'ailleurs, à ce propos, je dois passer dans le lotissement pour un devis. Le gars qui roule en japonaise, il veut se construire un barbecue en dur, sur sa terrasse. Tu vois, le profit des uns, tant qu'il n'est pas mal acquis, fait aussi le salaire des autres ! Nulle rancune. On ne partage pas les mêmes opinions, mais on se lève chaque matin pour aller travailler, c'est tout c'qui compte ! N'est-ce pas, Didier ?

Et il lui envoya une bourrade dans les côtes. Didier se leva de sa chaise, c'était trop pour lui. Mais son père prenait le temps d'achever son numéro ; il regarda sa montre, fit mine de s'étonner de l'heure et prit soudain congé, poussant Didier vers la sortie.

XVIII

Ce qui s'était passé avec Sandra dans les collines, près des flammes, sous les étoiles, lui revenait en boucle, du matin au soir. Des images crues, vivaces, célestes, qu'il se repassait en s'astiquant trois fois par jour. Or depuis, elle avait disparu, bouclée dans sa chambre par son père, qui l'emmenait au lycée le matin et la ramenait le soir. Gildas était sans nouvelles. Il descendait la grand-rue, en direction de la cabine, dans le déclin du jour. Sa bouche, ses seins, ses cuisses, tout le corps de Sandra roulait sauvagement dans son esprit. Elle était belle à en crever. D'étranges symptômes le prenaient au dépourvu, en plein cours, à l'atelier, des absences, une gêne dans la poitrine, l'envie de piquer un sprint. Le soir, c'était pire. Il pouvait se mettre à chialer en entendant Goldman à la radio, tout seul dans sa chambre.

À la cabine, il ne trouva que Sylvain. Assis sur sa 103, il se dandinait en fumant une cigarette, un casque de Walkman enfoncé dans l'épaisseur de sa brosse.

— Écoute-moi ça, dit-il en lui tapant dans la main.

Gildas approcha son oreille de la mousse des écouteurs. C'était *Bad*, de Michael Jackson.

— T'en as pas marre d'écouter ça ?

— Putain, mecton ! Le roi de la pop !

Gildas haussa les épaules pendant que Sylvain, descendu de sa bécane, tentait d'effectuer sur les graviers quelques pas de moonwalk.

— Laisse tomber. Tu danses comme une autruche.

Sylvain poussa un petit cri aigu en exécutant sur la pointe des pieds un tour complet. Il portait depuis peu une queue de lapin à la ceinture, d'un effet discutable.

— Qu'est-ce qui te met en joie comme ça ? demanda Gildas.

— Rien ! Tout ! Je fête l'arrivée du printemps. T'as vu l'heure qu'il est ? Il fait encore grand jour !

— Je le dirais pas comme ça, dit Gildas en levant le nez vers les collines qui s'estompaient dans le crépuscule. Tu sors toujours avec Maude ? C'est pour ça que t'es tout jouasse ?

— Whaou ! lâcha Sylvain en s'attrapant le paquet à l'entrejambe. Exactement, t'as tout pigé !

— Beurk. Elle me débecte, celle-là.

— Tu disais pas ça, quand tu sortais avec elle.

— Bah si, en fait, c'était déjà le cas.

Sylvain se rassit sur sa bécane, contrarié pour la forme. Il guignait Maude depuis au moins deux ans. De l'avoir vue sortir avec Gildas, puis avec Fabrice, puis de nouveau avec Gildas l'avait un peu aigri. Son visage grêlé d'acné n'arrangeait rien à ses affaires, et il tâchait de s'acheter une dignité à coups de pot Polini, de selle chopper, ou de poignées à franges. Sylvain avait toujours évoqué de vagues aventures, qui auraient eu lieu pendant les vacances, et Gildas se crut fondé à en déduire que cet accès d'euphorie tenait au fait que Sylvain s'était tout bonnement dépucelé l'autre nuit, près du feu, entre les cuisses de Maude, et qu'il ne touchait plus terre depuis qu'il trempait son poireau.

S'étonnant lui-même, Gildas en conçut une vive jalousie. Depuis le dérapage collectif dans les collines, plus aucune fille ne se montrait à la cabine. Audrey avait signifié à Fabrice que ce qui s'était produit cette nuit-là était un malentendu à mettre sur le compte du Malibu, et qu'il ne fallait surtout pas qu'il s'imagine un prolongement. Maude faisait mine de snober Sylvain, chaque matin, en montant dans le car, mais de ce que Gildas pouvait à présent en juger, elle se montrait moins bégueule en d'autres circonstances.

Ils allumèrent une cigarette, silencieux, avant de se lancer dans le récit détaillé de cette soirée autour du feu, qui leur semblait encore tout droit sortie d'un rêve. La discussion, hachée de brefs éclats de rire, se prolongea jusqu'à la nuit. Gildas se détendait. C'était toujours ça de pris, un peu de réconfort, et la confirmation aussi que ce miracle était advenu dans la vraie vie. Le lampadaire s'alluma dans un long grésillement.

— T'en pinces pour elle, déclara Sylvain.

— Sandra ? N'importe quoi, je vois pas le rapport.

— T'as le béguin, me raconte pas d'histoires.

Gildas envoya la braise de son mégot tournoyer dans la nuit, avant de lâcher entre ses cuisses un gros mollard.

— T'as de ces idées, des fois. Je m'en fous de cette fille. Laisse béton, c'est l'heure de se rentrer. À demain, ma caille.

— Ouais, à demain.

PRINTEMPS

I

Sandra était allongée sur le lit de ses parents. Pour la millième fois, elle plaidait sa cause auprès de sa mère, qui se regardait dans le miroir de la salle de bains, moins concernée par le sort de sa fille que par celui de ses seins. Un début de ventre, des vergetures ici et là, partout l'effet de la pesanteur, Marianne avançait avec angoisse dans la quarantaine. Guy, son mari, lui répétait qu'elle était toujours aussi belle, mais Sandra savait qu'il collectionnait des piles de revues érotiques dans son bureau, ne rentrait jamais avant 19 heures, et passait ses journées « à la boîte », en compagnie d'une unique secrétaire ; il venait d'intégrer une petite entreprise de consulting en télématique, le dernier rebondissement de sa carrière.

À plusieurs reprises, Sandra avait déjà surpris sa mère en larmes, seule dans sa chambre. La dernière fois, elle avait voulu la consoler, la prenant dans ses bras. Sa mère s'était épanchée. Au fond, ce qu'elle redoutait, ce n'était pas les aventures passagères, mais le coup de foudre pour une jeunette. Guy s'entretenait, il vieillissait bien et ne manquait jamais une occasion d'en faire la remarque. Sa peau à elle commençait à se relâcher. Les miroirs devenaient cruels. Elle avait beau s'enduire matin et soir de crème au lait d'ânesse, c'était une cause perdue.

— Maman, je t'en prie. Juste une sortie, deux heures, pas plus, je suis sûre que tu peux faire quelque chose.

— J'ai déjà tout essayé. Ton père ne veut rien savoir. Et puis franchement, tu ne m'aides pas beaucoup. Huit en math ? Onze en bio ? Avec des notes pareilles, c'est mission impossible.

Sandra insista. Elle avait réussi à utiliser le téléphone dans le dos de son père ; Audrey lui avait appris qu'elle n'allait plus à la cabine, elle non plus, depuis son dérapage avec Fabrice. Sandra n'avait obtenu aucune nouvelle de Gildas. Elle ne savait pas pourquoi il avait téléphoné chez elle, le lendemain de cette folle nuit. Ce qu'elle voulait, au fond, c'était qu'on l'aide à comprendre où elle en était. Son cœur battait quand elle pensait à lui, mais son esprit se révoltait contre l'idée de le revoir. Ce mec n'était pas fait pour elle. C'était une évidence, il suffisait d'y réfléchir trois secondes. Il avait pourtant réussi à allumer dans son ventre un appétit qu'elle n'assouvissait jamais pour très longtemps. Enfermée dans sa chambre, qu'elle appelait son donjon, privée de tout, elle devenait experte en caresses.

On sonna. Qui ça pouvait bien être ? Sa mère ouvrit la fenêtre, qui donnait sur la terrasse.

— Guy ! Ça sonne à la porte !

— J'ai entendu, pas la peine de hurler.

Il se leva du transat dans lequel il lézardait en jogging.

— Tu attends quelqu'un ?

— Le maçon, s'agaça-t-il. Pour le devis du barbecue.

Marianne s'habilla en hâte, une jupe droite, un chemisier de viscose, et elle sortit de la chambre conjugale. Sandra la suivit. Dans l'entrée se tenaient non pas un, mais deux maçons.

— Comuzzi, père et fils ! se présenta le plus âgé.

Ils n'avaient en commun qu'un vague air de famille. Le père était petit, large d'épaules, campé sur des reins puissants, tandis que la silhouette du fils dégageait une énergie plus souple, moins résolue. On échangea des poignées de main.

Guy les conduisit vers la terrasse, Marianne fermait la marche. En traversant le salon, Comuzzi père jetait autour de lui des regards de connaisseur.

— Vous avez du goût, dites-moi. C'est charmant ! C'est moderne !

Le fils occupait son embarras en regardant ses chaussures, comme s'il craignait de salir les tapis. On sortit sur la terrasse. Guy commença à leur détailler son projet, un grand barbecue en briques réfractaires, une hotte en forme de cloche, un conduit s'élevant au-dessus de la rive du toit, le tout enduit d'un crépi un ton au-dessus de celui du mur.

— Vous êtes sûr, pour la différence de teinte ? sonda le père, ce qui flatta Marianne, puisqu'elle manifestait à ce propos, depuis des semaines, la même réserve.

— Vous avez raison ! dit-elle. Ça va faire ressortir la cheminée, on ne verra plus qu'elle.

— C'est toi qui le dis, coupa Guy.

Et il changea de sujet. Les maçons furent instruits de sa profession d'ingénieur, avant d'être bombardés de questions à propos du ciment qu'ils envisageaient d'utiliser, des épaisseurs, du temps de séchage, de l'armature en ferraille, des finitions, selon qu'ils lisseraient à l'éponge ou à la taloche. Sandra voyait bien que sa mère maugréait contre son mari, qui s'obstinait à vouloir défigurer leur terrasse avec ses crépis bigarrés. Comme s'il y connaissait quelque chose, lui qui travaillait dans les télécommunications, et qui ne savait pas faire fonctionner une perceuse.

Le fils fut chargé par son père de prendre les cotes. Sandra le regardait faire, de plus en plus intriguée par cet homme, la petite trentaine, sec et brun, un regard un peu absent, des mains comme des battoirs, un œil pratique, l'autre rêveur. Il leva la tête pour estimer la hauteur du pignon, et son regard s'attarda quelques instants sur Sandra, qui faisait mine de regarder ailleurs. Dans son ventre, une envie se réveillait. C'était inquiétant, délicieux, de se sentir à la merci de cette brûlure.

— Alors, t'en as fini avec les cotes ? intervint le père. Puis, se tournant vers Guy : Pour le chantier, dans le cas où on ferait affaire, je vous laisserai entre les mains de Didier, mon cadet. N'ayez crainte, il va vous fignoler l'ouvrage, j'en réponds comme de moi-même !

On se quitta là-dessus. En traversant le salon, Guy jugea le moment venu de proposer un arrangement en liquide, pour tirer un peu le devis vers le bas. Le père Comuzzi répondit qu'il n'était pas contre le principe, alors que son fils hâtait le pas vers la sortie. Sandra, du coin de l'œil, vaguement déçue, les regarda disparaître.

II

Delphine avait accepté l'invitation ; elle se tenait derrière Samuel, avec deux copines, près de ses cages. À cause d'une averse tombée le matin, les joueurs étaient couverts de boue. Samuel grelottait un peu dans son équipement de goal qui lui collait à la peau. Son équipe menait deux à un. Il avait effectué trois arrêts pendant la première mi-temps, mais il venait d'aller récupérer le ballon au fond de ses filets, sous le regard de sa bien-aimée. Hors de question que ça se reproduise, fulminait-il, en observant sa défense cafouiller face à la percée d'un ailier adverse, ce grand blond, souple et vicieux, qui avait déjà envoyé deux boulets de canon s'écraser sur les poteaux. La menace se précisait. Passe en retrait, remise de la tête, centre, reprise de volée – par chance, complètement ratée. Rajustant son brassard de capitaine, il houspilla ses défenseurs, qui ne s'émouvaient même plus de sa mauvaise foi. Effet garanti, pensa-t-il, Delphine mesurerait de quel bois il se chauffait sur un terrain.

La veille, il avait prié Jésus, à genoux sur son lit, de l'aider à arrêter tous les tirs en lui promettant qu'il ne Lui demanderait plus rien, aucune intervention, jusqu'à la fin de la saison ; et, le feu aux joues, il avait ajouté qu'il Lui serait infiniment reconnaissant de bien vouloir intercéder auprès de Delphine pour qu'elle accepte son invitation à venir l'encourager.

Son équipe menait une contre-attaque à l'autre bout du terrain. Samuel fit quelques pas solitaires dans la surface, au prétexte de se dégourdir les jambes ; et, se retournant, l'air de rien, il tomba sur Gildas Lefranc. Qu'est-ce qu'il foutait là, lui, derrière ses cages ? Les mains au fond des poches, debout derrière Delphine, il tirait sur une cigarette.

— Ça gaze ? demanda-t-il, les yeux plissés par la fumée.

Samuel détourna le regard.

— C'est quoi le score ? insista Gildas.

— Deux à un, répondit Delphine à sa place.

— Pour qui ?

— Pour nous, dit-elle encore.

Des cris retentirent sur le terrain, rappelant Samuel à l'ordre. Le ballon fendait l'air, en direction de ses cages. Il courut pour l'intercepter. Un arrêt facile, immédiatement suivi d'un dégagement loupé, direct en touche.

La fin du match se déroula comme dans un mauvais rêve. Samuel s'efforçait de rester concentré, s'empêchant à toute force de penser à Gildas, aux gendarmes, à la grange, aux chèvres carbonisées.

Aux trois coups de sifflet, le score était inchangé. Son équipe célébra la victoire autour de l'entraîneur, mais Samuel resta en retrait. Il ne voulait ni se mêler aux effusions ni se retourner. Il traînaillait dans sa surface, se grattait les cheveux, les cuisses, en espérant que Delphine l'interpelle ; mais l'entraîneur, plus rapide, lui cria : « Viens Samuel ! Qu'est-ce qui t'arrive ? »

Il obtempéra de mauvaise grâce. Après quelques accolades, il se retourna enfin. Delphine était partie. À côté des cages, la silhouette de Gildas Lefranc se dressait seule, immobile, aiguisée comme une lame, dans un panorama de fin du monde : un Algéco en guise de vestiaire, trois bagnoles aux ailes maculées de boue, un barbecue rouillé et, au-delà, le silence des coteaux détrempés.

Comme l'équipe commençait à rejoindre le vestiaire, Gildas s'approcha, mais ce n'était pas Samuel qu'il voulait voir.

— Hé, Alex ! Viens par là, s'te plaît !

L'entraîneur tiqua.

— Qu'est-ce que tu veux, Gildas ?

— Rien de grave, chef ! Je suis venu voir le match. Bravo ! Bien joué ! Ça me rappelle de bons souvenirs. Pis j'ai un truc pour la frangine d'Alex, je voulais lui faire passer.

— Pourquoi que tu vas pas lui donner directement, à sa frangine ?

— Pourquoi ? répéta Gildas dans un large sourire. Parce qu'elle n'a pas le droit de sortir. Pas vrai, Alex ?

Alex, aussi médusé que Samuel, mit quelques secondes à répondre.

— Bah oui, elle est punie.

Dans un haussement d'épaules, l'entraîneur en conclut que ce n'était pas ses affaires et s'éloigna vers l'Algéco. Samuel restait là, à trois mètres, ses protège-tibias dans une main, ses gants dans l'autre, le souffle court.

— Tiens, fit Gildas en tendant à Alex une enveloppe. Tu pourras donner ça à Sandra, s'te plaît ? C'est

important. J'te revaudrai ça. Tu lui diras aussi que je
pense bien à elle. Tu te souviendras ?

— D'accord, répondit Alex en prenant l'enveloppe.

— Tu l'ouvres pas, hein ? On est d'accord. Et pas un
mot à tes parents, bien sûr.

Alex opina.

— Tapes-en cinq ! insista Gildas.

Alex s'exécuta, puis s'éloigna vers le vestiaire. Alors,
Gildas fit mine de s'étonner de la présence de Samuel.

— Tiens ! Tu tombes bien, toi aussi. Viens voir.

Samuel le dévisagea sans bouger.

— Viens, j'te dis ! répéta Gildas, en partant d'un rire
brutal. J'vais pas te bouffer !

Il fit quelques pas dans sa direction.

— Dis-moi voir, t'as tenu ta langue à propos de ce
que tu sais ?

— Oui.

— T'en es bien sûr ?

— Pourquoi tu me demandes ça ? osa Samuel.

— Oh, mais pour rien mon ch'tit ! Je voulais savoir,
c'est tout. Tiens, prends ça, champion. Fais-en ce que
tu veux, c'est notre secret. On est copains, toi et moi.

Gildas sortit quelque chose de sa poche qu'il glissa
dans la main de Samuel, avant de s'éloigner en direction du village. Lorsqu'il eut dépassé les voitures, que sa
silhouette eut commencé à rapetisser sur le chemin de
terre, Samuel découvrit au creux de sa paume, plié en
quatre, un merveilleux billet de cinquante francs.

III

Sandra commençait à dépérir. La journée, au lycée, elle se traînait d'un cours à l'autre, piquant du nez, les paupières lourdes, l'esprit en miettes ; le soir, claquemurée dans sa chambre, sans télé ni téléphone, elle s'abîmait dans les classiques du XIXe, happée par ces intrigues au long cours et ces personnages plus grands que nature qui lui semblaient vivre auprès d'elle, dans sa chambre, son donjon, en chair comme en pensée, et dont les aventures la tenaient éveillée jusqu'aux heures les plus fraîches de la nuit.

Son sort la rendait-elle triste, résignée, en colère ? Elle n'aurait su dire. Tout dépendait du chapitre qu'elle venait d'entamer. La lecture suppléait à tout ce dont son père l'avait privée. En un mois, elle s'était enfilé *La Chartreuse de Parme, Crime et Châtiment, Madame Bovary.* Elle vivait dans un monde parallèle, peuplé de crinolines, de trahisons, de sentiments grands comme l'empire russe. En ce moment, elle était plongée dans *Anna Karénine.* De la drogue dure. Il lui arrivait même de s'enfiler un chapitre pendant un cours, à l'abri de son pupitre.

À présent que le dénouement approchait, elle ralentissait sa progression, alanguie sur son lit, le livre ouvert contre son ventre, étudiant d'un œil vague les motifs qu'esquissaient les gouttes de pluie sur le double vitrage. On était samedi après-midi. Elle s'étira longuement, posa son Tolstoï sur la table de chevet, puis entreprit de se curer les ongles de pied, l'esprit divaguant du roman à son propre destin, et se reprochant, non sans une certaine délectation, sa niaiserie.

C'était ridicule, elle venait d'avoir dix-sept ans, et ce maçon avait surgi dans sa claustration, tel Vronski dans la vie d'Anna. Son cœur s'était emballé au premier coup d'œil, sans rime ni raison. Il était simplement là, sur la terrasse, à prendre des mesures avec son père ; et il l'avait matée quelques secondes, à la dérobée. Elle l'avait trouvé beau, sans distinguer au juste ce qui lui plaisait dans son physique ; ses mâchoires peut-être, saillantes, rasées de près ; la courbure de ses épaules ; les ondulations de ses cheveux sur sa nuque ; la force et la précision de ses mains ; mais surtout, ce je-ne-sais-quoi dans son regard, un mélange de surprise, de timidité, d'exigence, qui lui étaient apparu comme un présage. Depuis que son père avait signé le devis, il lui fallait à tout prix se frotter de nouveau à ce regard, y chercher une confirmation, s'offrir à son jugement. Elle attendait son retour.

On frappa à la porte, trois coups rapides, deux coups lents – Alex.

— Entre.

Son frère sortait de la douche, il avait les joues cramoisies, ses cheveux perlaient sur la moquette. Un quart d'heure plus tôt, Sandra avait entendu sa mère se lamenter parce qu'il revenait du foot couvert de boue. À son air finaud, elle devina qu'il s'apprêtait soit à lui annoncer une mauvaise nouvelle, soit à lui proposer un deal foireux.

— J'ai un truc pour toi.

— C'est quoi ?

— Une lettre.

— De qui ?

— À ton avis ?

— Putain, tu me gonfles avec tes devinettes.

— Je t'aide, c'est un garçon.

Elle leva les yeux au ciel.

— T'as eu ça où ?

— Allez ! s'excita-t-il. Dis un nom, vas-y !

— Mais j'en sais rien ! On s'en fout, donne-la-moi !

Alex recula de trois pas.

— Tu me proposes quoi en échange ?

Sandra poussa un soupir, avant d'aller attraper sous son matelas un paquet de M&M's que sa mère lui avait refilé en douce.

— Je t'en donne la moitié.

— Non, je veux tout.

— Marché conclu, dit-elle en balançant le paquet aux pieds de son frère, qui agitait la lettre devant son sourire de tête à claques.

— C'est Gildas Lefranc qui me l'a donnée. Tu sors avec lui ?

Elle lui arracha la lettre des mains, avant de lui claquer la porte au nez.

Manquait plus que ça. Gildas. Elle s'efforçait de penser à lui le moins possible. Ce dérapage dans les collines ne faisait plus partie de sa vie. Une erreur. Un mauvais délire à mettre sur le compte du Malibu. Depuis quelques jours, elle se sentait salie chaque fois qu'elle y songeait, et cependant, contre son gré, en décachetant l'enveloppe, son cœur cognait à plein régime.

« *Chère Sandra, je me souvien à chaque minute de cette nuit près du feu, je pense tout le tant à toi, et j'espère te revoir bientot. Je t'ai dans la peau, si tu veut écrit moi et donne la lettre à ton frangin, il sait ou me trouver. Gildas.* »

Après Tolstoï, ça piquait un peu les yeux. Et pourtant, elle ne pouvait rien faire contre cette chaleur qui se levait dans son ventre. On toqua à la porte – trois coups rapides, deux coups lents.

— Qu'est-ce que tu veux encore !

Alex ouvrit. Il avait la bouche pleine de M&M's.

— J'ai oublié de te dire un truc important.

Elle le dévisageait, furax, la lettre dans son dos.

— Bah, vas-y, balance ton truc.

— T'as autre chose à me donner en échange ?

— Tu te fous de ma gueule ?

— Nan. C'est un secret, j'te jure, un truc hyper important à propos de Gildas. Y a que moi qui le sait. Et pis aussi Samuel.

Sandra soupira. Il avait réussi à piquer sa curiosité, ce petit saligaud.

— Une canette de Coca, proposa-t-elle.

— Pfff ! Elles sont même pas fraîches, tes canettes.

— Deux paquets de Mentos.

— Trois.

— C'est bon. Trois. Vas-y, balance.

Alex tendait la main. Elle s'acquitta de la transaction en pestant.

— C'est Samuel qui me l'a dit, commença Alex, comme s'il n'était soudain plus très sûr de la valeur de sa révélation. Il a croisé Gildas près de la grange, le jour de l'incendie. Il paraît qu'il s'enfuyait en direction du camping.

— C'est ça ton info toute pourrie ? Rends-moi mes Mentos !

Alex avait déjà décampé. Sandra n'avait aucune envie de le poursuivre, et cette information, somme toute, valait bien son pesant de friandises.

IV

Delphine n'avait encore jamais embrassé un garçon sur la bouche. Cette pensée l'occupait souvent, tous les jours, et même, pour tout dire, à une fréquence de plus en plus entêtante. Samuel s'était enfin décidé à lui faire des avances moins évasives que ses promesses d'amour éternel et sans divorce. Un mot glissé de main à main, au moment de la récréation, lui avait annoncé qu'il désirait l'embrasser. Dans la foulée, elle avait rédigé sur un emballage de chewing-gum cette brève réponse, qu'elle avait glissée dans sa trousse : « D'accord. »

Seulement, depuis, rien. Samuel se donnait en spectacle pendant les récrés dans son rôle de capitaine de foot, en s'assurant du coin de l'œil qu'elle suivait la partie, et le reste du temps, il semblait se consumer dans la gravité de sa promesse, blême et fuyant.

Avec Dorothée, elles avaient déjà échangé des baisers, dans sa chambre, pour de faux, histoire de s'entraîner. Une tentative un peu décevante. Un sentiment d'inachevé. On disait que les vrais amoureux se roulaient des pelles. Il fallait mettre la langue et tourner dans le sens des aiguilles d'une montre. Delphine n'avait pas osé demander à sa copine de pousser l'expérience jusque-là, mais ce n'était pas l'envie qui lui manquait ; elle aurait bien voulu savoir.

Et puis alors, à force d'attendre, elle se décida un jour à prendre les devants. On était vendredi. Il faisait frais. Le grand soleil d'avril dessinait des silhouettes bien nettes sur le goudron de la cour. Samuel était adossé au muret, les mains dans le dos, à observer son équipe harceler ses adversaires à l'autre bout du terrain. Un dégagement hasardeux envoya le ballon dans la rue. Profitant de ce répit, elle marcha vers lui.

— Alors, qu'est-ce que t'attends ?

— Hein ?

Il devenait écarlate.

— Il paraît que t'as une cabane dans la forêt.

— Comment tu sais ?

— J'aimerais bien la voir. Tu veux pas m'y emmener ?

— D'accord.

— Tout à l'heure, après l'école ?

— D'accord.

Il hochait la tête, visiblement bouleversé par cet échange. Delphine frissonna de fierté, elle avait obtenu ce qu'elle voulait. Elle allait enfin savoir.

Le vendredi, à la sortie de l'école, quand le temps le permettait, la plupart des enfants avaient coutume de jouer ensemble sur la grand-place. Quelques parents s'installaient sur un banc. On papotait. Un vent de liberté soufflait sur le village. Certains gamins jouaient du côté du monument aux morts, un peu plus haut, devant l'église. Les parties de cache-cache débordaient dans les ruelles alentour, où l'on entendait résonner des cris d'enfants jusqu'à l'heure de l'apéritif.

Après l'école, Samuel et Delphine profitèrent de ce moment de flottement pour s'éclipser dans la ruelle du bureau de poste. Ils n'avaient pas beaucoup de temps, la mère de Delphine risquait de s'inquiéter. Ils marchaient vite, en direction du lavoir. C'était grisant, braver l'interdit, suivre Samuel, s'éloigner du village. Leur souffle accusait progressivement l'effort. On entendait rouler les cailloux sous leurs chaussures. Parvenu dans la forêt, Samuel se retourna.

— T'es déjà allée à la décharge ?

— Non.

— Si tu veux, on peut y faire un tour en passant, je vais te montrer, y a une vieille bagnole, c'est trop classe.

— Je préfère aller à la cabane.

— D'accord.

Delphine ne put réprimer un sourire ; c'était facile, au fond, Samuel était toujours d'accord. Parvenus au pied du calvaire, il bifurqua vers une petite prairie, avant de s'engouffrer dans la pénombre d'un bosquet de buis. Elle le suivit à l'intérieur. Ça sentait l'humus. La fraîcheur lui donna un peu la chair de poule. Des brindilles craquaient sous leurs pieds.

— C'est là.

La cabane évoquait vaguement un tipi. Quelques branches, un peu de mousse, un segment de tronc couché à l'intérieur.

— Faut qu'on la répare, constata Samuel comme s'il lisait dans ses pensées. Y a presque plus de mousse. Tiens, assieds-toi, ajouta-t-il en lui désignant le tronc. Je vais te montrer un truc.

237

Delphine obtempéra. Samuel partit déterrer quelque chose un peu plus loin, derrière un arbre, avant de revenir avec une boîte à biscuits. Il s'assit à côté d'elle.

— C'est notre trésor, tu diras surtout pas à Alex que je te l'ai montré.

— Promis.

La boîte contenait une poignée d'objets hétéroclites, un canif, des composants électroniques, de la ficelle, une lampe de poche. Delphine ne savait pas trop quoi faire de sa déception.

— Je peux pas rester longtemps, dit-elle. Ma mère va se demander où je suis passée.

— D'accord.

Ça devenait un peu crispant, cette manie d'acquiescer à tout. Samuel referma la boîte à biscuits ; et ils restèrent là, côte à côte, en silence, à regarder droit devant eux.

— Bon alors, dit-elle, qu'est-ce qu'on fait ?

Après une seconde d'hésitation, il se tourna vers elle. Delphine ferma les yeux, inclinant légèrement son visage. Un craquement de brindille brisa le silence ; il y eut un froissement de vêtements ; elle sentit soudain les lèvres chaudes de Samuel s'écraser sur les siennes. L'éclair de ce baiser lui embrasa les joues. Elle ouvrit les yeux. Samuel avait déjà retrouvé sa place.

— C'était bien ? demanda-t-il, l'air un peu perdu.

Elle lui sourit sans savoir quoi répondre, un grand sourire irrépressible, qui disait oui, très bien, mais peut-être un peu court.

V

— Gildas !

— Qu'est-ce qu'y a encore ?

— Descends !

Sa mère l'apostrophait depuis le rez-de-chaussée, sur le ton qu'elle adoptait quand elle voulait en découdre.

— Deux minutes. J'me brosse les dents.

— Non ! Maintenant !

Il lui adressa un doigt d'honneur dans le miroir et poursuivit son brossage.

Cinq minutes plus tard, il entrait dans le séjour. Jean-Claude était affalé devant le poste – *Interglaces* à plein volume, présenté par Guy Lux et le vieux Léon Zitrone. Sa mère fouillait la pièce, les yeux jetant des flammes, retournant tout sur son passage.

— On m'a piqué un billet de cinquante francs ! Où qu'il est ? Dis-moi, Gildas !

— Qu'est-ce que j'en sais ? T'as demandé à Jean-Claude ?

— Oh là !… Tout doux, mon grand, protesta l'intéressé, tiré de son hébétude. Un peu de respect, s'te plaît. On vit p't'être sous le même toit, mais j'ai encore l'âge d'être ton père.

— Raconte pas trop de conneries Jean-Claude, coupa la mère. Je m'doute bien que c'est pas toi.

— Pourquoi tu m'accuses ? fit Gildas.

— Parce que je ne vois pas d'autre vaurien dans cette baraque, voilà pourquoi ! Tu vas me rendre chèvre, avec tes conneries. Un départ de feu dans les toilettes du lycée, cette histoire de shoot à la colle, une convocation du principal... Je vais finir par t'emmener chez les gendarmes, moi ! Tenez, que je leur dirai, faites-en ce que vous voulez ! Mettez-le à la Légion ! Au mitard ! N'importe où, qu'on m'en débarrasse ! Et puis, après tout, c'est p't'être bien ce qui va t'arriver, mon grand nigaud. Sais-tu que les gendarmes sont passés chez les frères Millon, pas plus tard que tantôt ? M'étonnerait pas que ça soye encore à cause de l'incendie, vu que c'est eux qui sont arrivés les premiers sur place, à ce qu'on dit. Le fils Comuzzi est hors de cause, tu le sais ça ? Alors moi, on me fera pas changer d'avis, j'ai mes doutes, toujours les mêmes, si tu vois ce que je veux dire.

Disant cela, elle s'était approchée de Gildas, ses yeux de fouine plantés dans les siens.

— Me cherche pas trop, dit-il entre ses dents.

La tension grimpait dangereusement ; Gildas était à deux doigts de lui en coller une.

— Tu crois que tu me fais peur, siffla-t-elle, tout voyou que tu es ?

Jean-Claude allait se lever. Gildas posa une main sur son épaule.

— Bouge pas, va. Je m'casse.

Il sortit par le garage. Sur son tapis, Vito remua la queue sans enthousiasme, comme par réflexe, sachant déjà que Gildas allait partir sans lui.

Dehors, l'averse avait cessé. La nuit était froide. Quelques fenêtres jetaient sur le bitume des flaques de lumière jaune. Il marcha droit devant lui, en proie à de vives angoisses. Qu'est-ce que c'était encore que ces histoires de gendarmes ? Les frères Millon, ils n'avaient rien vu, c'était garanti ; mais on parlait aussi de la belle-fille Derain, depuis quelques jours, qui aurait reçu la visite des képis. L'enquête était relancée ? Sur une nouvelle piste ? Gildas se félicita quand même d'avoir eu l'intuition de s'assurer du silence de Samuel. À seize ans, on pouvait paraît-il rendre compte d'un incendie criminel devant une cour d'assises, de la même façon qu'à dix-huit. Dans cette affaire, il était aussi innocent qu'un nouveau-né, mais que pèserait son démenti, si Samuel se mettait à parler ?

En longeant l'église, il se couvrait d'injures. Voilà plus de six mois que ce malentendu lui empoisonnait l'existence. Un moment, il s'était cru hors de danger. La vie avait même commencé à lui sourire, avant que le père de Sandra foute tout par terre. Son ch'tit frangin lui avait-il transmis sa lettre ? L'avait-elle lue ? Gildas n'avait encore reçu aucune réponse. Il errait dans les ruelles silencieuses. À ses angoisses de gendarmes se mêlait une frustration dévorante. Il était hanté par le souvenir de Sandra, nue devant le feu. Sa peau, la rondeur de ses seins, le roulis de ses hanches. Un désir d'elle cognait sans cesse dans ses entrailles – Sandra, Sandra, Sandra ! Il traversa la grand-place en donnant des coups de pied dans les flaques d'eau. Les tilleuls, même les tilleuls lui soufflaient son prénom !

Il fit comme ça le tour du village, à grands pas, se fuyant lui-même. En passant pour la seconde fois devant le bureau de poste, le feulement d'un chat le fit sursauter – deux yeux phosphoriques le dévisageaient dans les ténèbres. Gildas se baissa pour attraper un caillou, mais le matou décampa avant qu'il ne parvienne à le viser. « La prochaine fois, j'te crève », grommela-t-il. Un sentiment de haine se levait en lui, une houle de fiel, à l'endroit de sa mère, des copains, du village entier. « Je vous pisse à la raie, tous autant que vous êtes ! » Et, disant cela, il arrêta son regard sur la mobylette du facteur, garée dans la petite venelle jouxtant le bureau de poste, qui lui faisait de l'œil, toute jaune, avec ses grosses sacoches. « Faut pas me chercher trop longtemps, ce soir. »

Il avait déjà songé plusieurs fois à l'emprunter, cette mobylette. Le facteur ne l'attachait jamais. Il se contentait de tourner la vanne du carburateur, comme si ça pouvait dissuader de quoi que ce soit. Gildas s'approcha. Les graviers craquaient sous ses pas. Il remonta la béquille et poussa la mobylette hors de la venelle. Grimpant sur la selle, il descendit en roue libre la rue de l'école, en direction du monument aux morts. Cette accélération silencieuse lui arracha un sourire ; et, enclenchant soudain les gaz, il partit en trombe vers la sortie du village.

Il n'avait rien prévu et roulait droit devant lui, les cheveux au vent, dans de grands éclats de rire. La route montait en sinuant vers les collines. Il la connaissait par cœur. Le moteur lui emplissait la poitrine d'un vrombissement libérateur. Après les vignes, il prit la route des Chaumes, qui traversait la forêt. La pluie se remit à tomber. Il s'en foutait. Les gouttes qui éclataient sur son visage le remplissaient d'une joie féroce. Il exultait, les yeux plissés, bravant l'averse, dans les ténèbres de la forêt. Son phare accrochait l'herbe du bas-côté dans les virages. Il avalait les kilomètres, secoué de rire, sur la route détrempée, évitant au dernier moment des flaques d'eau noire et des ornières boueuses. Il faisait le tour de la vallée, ralentissant sur les chemins agricoles, accélérant sur les routes goudronnées, la tête dans le guidon, poignée en bas, trempé jusqu'aux os, haletant, hilare, couché dans les courbes. La pluie se mit à tomber plus violemment. Une sensation d'immortalité fusait dans ses veines. Il traversait la tempête comme une balle, comme un oiseau, comme si la mobylette du facteur, entre ses cuisses, était emportée par les battements de son propre cœur.

À la sortie d'un virage, la roue avant glissa dans une fondrière, et la mobylette, stoppée dans sa course, se transforma en catapulte. Gildas, réalisant en l'air ce qui était en train de lui arriver, eut le réflexe de se mettre en boule et, la seconde suivante, une flaque de boue, sur le bas-côté, accueillit sa chute. Il se releva, tâtant ses bras, son crâne, ses jambes, et fut tout à coup secoué d'un grand rire terrifié. La mort n'avait pas voulu de lui ! Il ramassa la mobylette. La fourche était faussée, mais le moteur repartit après deux coups de kick. Le phare fonctionnait encore. Il regagna le village au ralenti, gelé, livide, grelottant de tous ses membres. Dans le dernier virage, il éteignit les gaz et se laissa descendre en roue libre.

La mob s'immobilisa dans un couinement de tambour. Ses mâchoires tremblaient, s'entrechoquant comme des osselets. Hébété, saisi de frissons, Gildas abandonna sa monture contre un mur.

Rendu chez lui, il se déchaussa dans le garage, se couvrit d'un vieux manteau, grimpa l'escalier sur la pointe des pieds et fila s'enfermer dans sa chambre.

VI

Le père Berthelot contemplait la vallée du haut de sa parcelle, mi-souriant, mi-grimaçant. Il avait passé la matinée courbé dans les rangs, de cep en cep, à donner les derniers coups de sécateur ; son échine le faisait souffrir, mais le printemps était bel et bien là. La vigne se réveillait en douceur. Au niveau des plaies de taille, les sarments pleuraient sans excès, joliment, comme il faut. Dans le pinot comme dans le chardonnay, les premiers bourgeons commençaient à pointer le bout de leur nez, d'un vert tendre, annonçant une belle floraison. « Voilà bien quatre ans, songea-t-il, qu'on n'a pas vu un débourrement gentil comme celui-là. »

Il grimpa sur son nouvel enjambeur et mit le cap sur le village. En entrant dans sa cour, il trouva le père Roque en discussion avec la Jeannine, parmi les poules. On échangea des saluts. Le curé allait partir, il était passé en coup de vent, comme ça, pour rien, histoire de dire bonjour, mais le père Berthelot insista pour le retenir à déjeuner.

Par un soleil pareil, on hésita à s'installer sur le balcon, mais le fond de l'air était encore un peu frais. La Jeannine avait sur le feu un civet de lapin, dépecé de la veille ; elle dressa la table de la salle à manger. Le curé ne cachait pas son plaisir, tirant gaiement sur sa pipe, les mains dans le dos, allant ici et là en dispersant dans la pièce des petits nuages gris. Le père Berthelot tenait enfin l'occasion de mettre sur la table le sujet qui le préoccupait, depuis quelque temps.

— Jeannine, dit-il, apporte une bouteille.

Et on trinqua à cette belle journée d'avril. Le curé lança la conversation sur les dernières nouvelles de la paroisse, tandis que le père Berthelot cherchait une façon d'amener son affaire. On avait célébré les Rameaux le dimanche précédent, il allait l'entreprendre sur les Pâques, en guise de préambule, mais le curé se rappela soudain quelque chose, à propos du facteur ; quelqu'un avait emprunté sa mobylette pendant la nuit. Le pauvre homme l'avait retrouvée à l'aube, près du monument aux morts – inutilisable. Elle était toute crottée. La fourche avait du jeu. Plus une goutte dans le réservoir. Prévenante, l'institutrice lui avait prêté son vélo pour sa tournée du matin.

La Jeannine se demanda qui ça pouvait bien être. Le père Berthelot avait là-dessus son opinion, dont il s'ouvrit sans détour. Encore un coup du fils Lefranc, il en mettrait sa main au feu ! Qui d'autre, au village, était assez corniaud pour faire une chose pareille ? Ce criquet malfaisant, cette crapule de Gildas, ne savait plus quoi inventer pour contrarier son monde ! Du reste, ça n'était pas pour rien si on le suspectait pour l'incendie de la grange.

Mais le père Roque n'était pas d'humeur à calomnier.

— Il n'y a pas eu mort d'homme, dit-il en finissant son verre.

Le père Berthelot le resservit, s'avisant qu'il s'était emporté ; et puis, son sujet patientait toujours, il fallut bien se lancer.

— Dites-moi, mon père, vous souvenez-vous de cette histoire de bicentenaire ? Je vous en avais touché trois mots…

— Bien sûr, que je m'en souviens. Le père Comuzzi serait à la manœuvre, si j'en crois les on-dit. Mais tant qu'il ne se met pas en tête de faire flotter des drapeaux soviétiques sur la grand-place, on ne peut guère le lui reprocher.

La plaisanterie égaya la Jeannine.

— Ma foi, vous avez raison, enchaîna le père Berthelot. Mais faut quand même que j'vous dise, il a obtenu du maire de rogner sur le budget de la Saint-Jean, pour alimenter celui du 14 Juillet.

Le père Roque sembla d'abord contrarié, mais son visage s'éclaira d'un sourire blagueur.

— Et par l'intercession de quel saint a-t-il obtenu ce miracle ? Saint Trotski ? Saint Staline ? Saint Brejnev ?

La Jeannine trouvait ça très drôle. Le père Berthelot ravala ses scrupules. Après tout, si le curé le prenait à la blague, il n'y avait plus qu'à laisser couler. Il n'allait pas se plier en quatre, tout seul, pour défendre les traditionnelles réjouissances de la Saint-Jean. Le maire avait déjà quitté le navire, cédant sur toute la ligne. Et lorsqu'il avait voulu discuter du fond de l'affaire, en tête à tête, l'édile avait botté en touche ; ce fut soudain comme si leur arrangement pour les pâtures n'avait jamais existé ; il ne voulait se souvenir de rien, surtout pas de son profit, balayant les inquiétudes du père Berthelot par de grands revers de main, le verbe haut, s'énervant presque :

« De quoi que tu causes, Berthelot ? Le père Comuzzi, tu le connais mieux que moi, c'est un bavard, un flatteur, il bluffait, comme toujours ! Allons, ne remue donc point inutilement les choses. Tes pâtures, c'est une affaire classée. »

Sauf que oui, justement, le père Berthelot le connaissait mieux que personne, ce renard de Comuzzi. Il avait flairé quelque chose, c'était probable. Mais quoi, au juste ? Il ne leur restait plus qu'à faire profil bas, lui payer son bicentenaire, et prier pour qu'on en reste là.

VII

Alex et Samuel glandaient à la décharge. Ils venaient de réduire en miettes une cuvette de WC à coups de pied de parasol, et visaient à présent le hublot d'un lave-linge, à dix mètres de distance, en se servant tour à tour dans un carton de piles usagées. Quand on mettait dans le mille, les munitions rebondissaient à l'intérieur du tambour en produisant un boucan formidable.

Samuel était un peu vexé, parce qu'Alex, menant six à deux, se moquait de sa maladresse. Quand la réserve de piles fut épuisée, sa défaite était cinglante – quinze à six. Alex paradait, il n'avait pas souvent l'occasion de mettre Samuel en difficulté. Au foot, à l'école, leur amitié s'était construite selon une évidente répartition des rôles, et Alex, pour prendre la lumière, se contentait souvent de celui du préposé aux pitreries.

— Viens, dit Samuel pour changer de sujet, faut qu'on répare la cabane. Y a presque plus de mousse.

— Comment tu sais ?

— J'suis venu y a pas longtemps.

— T'es venu tout seul ?

Samuel avait fait un serment à Delphine : leur baiser resterait à jamais secret – tout particulièrement vis-à-vis d'Alex, avait-elle insisté. Seulement la tentation était trop grande. La veille, il s'était retenu *in extremis* d'en parler à son grand frère.

— Je suis venu avec Delphine, annonça-t-il dans un sourire.

Une ombre passa sur le visage d'Alex.

— On avait dit que cette cabane devait rester secrète.

— De toute façon, tout le monde sait où elle est.

— C'est pas une raison. Qu'est-ce que tu faisais avec elle ?

— Je l'ai embrassée sur la bouche.

— Je croyais que t'étais plus amoureux d'elle.

— Bah si, en fait. Je l'ai emmenée à la cabane pour être tranquille.

— Tu lui as roulé une pelle ?

— Bah non, pas vraiment.

— Alors, ça compte pas.

— Pourquoi tu dis, ça ? T'es jaloux ?

Alex lâcha un bref ricanement, puis ramassa au hasard un morceau de parpaing qu'il balança en direction du lave-linge. Raté. Le projectile rebondit sur un bidon, avant de s'échouer mollement dans la boue.

— Allez, on se tire, dit-il. J'ai pas le temps d'aller à la cabane.

VIII

Après avoir chargé la bétonnière sur le plateau du camion, Didier verrouilla la ridelle, grimpa dans la cabine et mit le contact.

Deux minutes plus tard, il entrait dans le lotissement. Une demi-douzaine de maisons identiques se jaugeaient de part et d'autre d'une allée goudronnée, les unes exhibant leurs rangées de rosiers ou leurs parterres de crocus, les autres un gazon irréprochable. Il y avait même un palmier, que Didier fut tenté d'aller voir de plus près, histoire de vérifier qu'il s'agissait d'un vrai.

Devant la maison du client rutilait une Honda Civic CRX, qui semblait revenir du futur. Didier gara son camion derrière. En sautant de la cabine, il jeta un œil à l'intérieur ; l'habitacle avait des airs d'engin spatial. Les phares, le pare-brise, les vitres, le toit panoramique étaient immaculés. Pas un seul moustique écrasé. Il découvrit entre les deux fauteuils avant un combiné de téléphone Radiocom 2000. On avait envie, en reluquant ce prodige, de s'installer aux commandes et de partir à l'aventure, fenêtres ouvertes, cheveux au vent, en poussant à fond le système stéréo. Didier se voyait bien sur une route de montagne, son Leica à portée de main,

251

enchaînant souplement les virages, libre, seul, dans les infinies nuances du couchant.

— Entrez, je vous en prie ! l'accueillit le client. Votre père n'est pas là ? Appelez-moi Guy, ce sera plus commode. Et vous, c'est comment déjà ?

— Didier.

— Parfait Didier, un coup de main ? C'est pas trop lourd cette sacoche ?

Guy portait un pantalon à pinces, des mocassins à glands et un polo saumon. Toutes les vingt secondes environ, il rectifiait sa frange, puis faisait redescendre sa montre d'un mouvement de poignet. Son âge était difficile à estimer ; il avait quelques rides d'expression autour de la bouche, une pincée de cheveux gris sur chaque tempe, mais son bronzage brouillait les pistes. On l'imaginait facilement boire un bourbon glacé au bord d'une piscine, dans un feuilleton américain.

Didier fit des allers-retours entre la terrasse et le camion pour transporter les sacs de ciment. Guy avait pris sa matinée, et il semblait décidé à la rentabiliser en surgissant opportunément sur son passage, lui rappelant tel ou tel détail du devis, s'enquérant de la marque du ciment ou prenant des nouvelles de son père, comme s'il regrettait d'écoper du fils.

Chaque fois qu'il déchargeait sa brouette, Didier jetait de brefs regards en direction des fenêtres, se demandant si la fille de l'autre fois était présente. Il gardait d'elle le souvenir d'une beauté inquiète. Quel âge pouvait-elle avoir ? L'idée de travailler sous son regard l'intimidait, comme l'avait toujours intimidé le regard des femmes.

Le chantier installé, il commença à remplir la bétonnière à petites pelletées, sèches et précises. Il allait couler une semelle avec un peu de ferraille, à l'emplacement du futur barbecue, et il mettait un point d'honneur à ne rien saloper.

Vers 11 heures, Guy lui offrit une tasse de café. Il s'était affublé de Ray-Ban d'aviateur qui lui mangeaient la moitié du visage et donnaient à ses sourires un éclat carnassier. Didier lui expliqua qu'il n'en avait plus guère que pour une heure. Ensuite, il faudrait attendre trois jours que le mortier sèche. Guy acquiesça doctement, puis l'avisa qu'il partait travailler à Chalon.

— Vous avez tout ce qu'il vous faut ? De l'eau ? Du courant ? Je ferme la maison derrière moi ! dit-il en tirant la baie vitrée.

Le mélange tournait dans la bétonnière, un mortier bien crémeux que Didier fit couler à l'emplacement de la semelle, entre trois planches de coffrage. La tâche achevée, il lava au jet d'eau la toupie, l'auge et les outils, avant de céder à une impérieuse envie de pisser ; la haie de troènes, abritée du vis-à-vis, lui tendait les bras. Or, au moment de descendre sa braguette, il entendit une fenêtre s'ouvrir dans son dos.

— Vous cherchez les toilettes ?

Se retournant, il découvrit la fille, à l'étage, qui le regardait en souriant. Il remonta sa braguette aussi sec. Confus, rougissant, les jambes molles, il resta sans voix devant cette apparition. Elle était debout à sa fenêtre, toute seule, une main en visière, l'autre posée sur l'huisserie. Pas bien âgée, dix-neuf ans peut-être.

— Je descends vous ouvrir, dit-elle avant de disparaître.

L'instant suivant, sa silhouette se matérialisait derrière le reflet de Didier, sur la baie vitrée, qu'elle ouvrit en grand. Elle portait un jean et un tee-shirt floqué. Ses gestes étaient vifs, pleins de force, son teint rayonnait, ses yeux souriaient ; et Didier se demanda s'il s'agissait bien de la même fille. Peut-être était-ce sa sœur, la dernière fois ? Il n'avait pas osé trop la regarder.

Il se déchaussa avant d'entrer dans le salon. Les WC se trouvaient près de l'entrée. Il s'enferma. Le silence devint embarrassant. Que faisait-elle, de l'autre côté de la porte ? Plus aucun bruit ne lui parvenait. Il urina méthodiquement, prenant soin de viser l'émail de la cuvette. Lorsqu'il revint dans le salon, elle farfouillait dans le tiroir d'un buffet blanc, couvert de babioles design. Elle en sortit un paquet de Marlboro tout neuf.

— Vous en voulez une ?

— C'est gentil de votre part, dit-il, je ne fume que des Gauloises.

— Et moi que des menthols.

Elle continuait d'explorer le tiroir, la taille cambrée, faussement indifférente. Didier la regardait, cherchant à dire quelque chose. Elle trouva finalement un paquet de menthol, glissa une cigarette entre ses lèvres. Le frottement du briquet fut suivi d'un long silence, durant lequel ils restèrent l'un comme l'autre immobiles, lui désœuvré, elle observant les volutes de fumée s'enrouler en direction du plafond. Didier réalisa qu'il avait le souffle court ; cette intimité soudaine, intense, pesait sur sa poitrine.

— Vous ressemblez à votre mère, déclara-t-il un peu au hasard.

Elle répondit d'un petit rire embarrassé.

— C'est un compliment ?

— Ma foi, qu'est-ce que j'en sais, après tout…

Sur cette hésitation, il gagna la baie vitrée et s'accroupit pour se rechausser.

— Vous la trouvez jolie, ma mère ?

Didier se racla la gorge, faisant mine de n'avoir pas entendu la question. Lorsqu'il se releva, elle le fixait d'un regard inquiet, qui lui ôta ses derniers doutes ; c'était bien elle qu'il avait croisée sur la terrasse, la dernière fois.

— Merci, dit-il, bonne journée mademoiselle.

— Vous revenez quand ?

— Ma foi… lundi, si tout va bien.

Et il sortit pour inspirer une grande bouffée d'air frais, avant de filer vers son camion.

IX

Samuel avait été invité à dormir chez Alex. On était samedi. Ils jouaient dans la chambre, à l'étage, sautant d'une distraction à l'autre, sans parvenir à épuiser le fantastique capharnaüm au milieu duquel vivait Alex. Samuel en avait le tournis. Son copain possédait des déguisements de Spiderman, Albator, Superman, Lucky Luke, des piles de la revue *Strange*, un Action Joe, deux Big Jim, un circuit TCR, des caisses entières de Playmobil, un bateau pirate, une station spatiale, et des tas de jouets que Samuel n'imaginait même pas en rêve.

On frappa à la porte.

— C'est maman, je peux entrer ?

Ça aussi, c'était le comble de la chance, une mère qui frappe pour s'annoncer.

— On mange dans cinq minutes, dit-elle en apparaissant dans l'encadrement de la porte. Vous n'oublierez pas de vous laver les mains.

Samuel hocha la tête, gêné par cette apparition.

— Oui, madame.

Elle laissa échapper un bref éclat de rire.

— Enfin Samuel ! Tu ne vas pas m'appeler *madame*. Moi, c'est Marianne. Et je te prie de me tutoyer, entendu ?

Sa voix chuintait sensuellement. Elle portait des bas fumés et une jupe de flanelle qui lui marquait la taille ; les derniers boutons de son chemisier n'étaient pas fermés ; et elle continuait de le regarder, l'œil amusé, un sourire de tendresse illuminant son visage d'actrice de cinéma – une actrice qu'il avait vue toute nue sur une plage tropicale.

En se lavant les mains dans la salle de bains, il se demandait si la grande sœur d'Alex dînerait avec eux, ce qu'il espérait et redoutait à la fois. Le souvenir de sa colère, après qu'elle eut découvert qu'ils avaient fureté dans sa penderie, était encore frais à son esprit.

— Au fait, elle dîne avec nous ta sœur ?

— Bah oui, où tu veux qu'elle mange ? ricana Alex. Je te rappelle qu'elle est punie. Interdiction de sortir jusqu'à nouvel ordre.

Dans le salon, le père fumait un cigarillo devant la télé, un verre d'alcool à la main.

— Salut les copains, dit-il gaiement. On passe à table ?

Il se leva, éteignit le poste, avant de serrer la main de Samuel.

— Moi c'est Guy, diminutif de Guillaume le Conquérant, hé hé ! Appelle-moi Guy, c'est plus commode. Et toi, mon grand ?

Son teint était hâlé, presque orange, une couleur étonnante.

— Voyons, Guy ! s'émut sa femme dans la cuisine. Je te l'ai répété trois fois, il s'appelle Samuel.

— Ah ! Où ai-je la tête ? dit-il théâtralement, avant de vider son verre. Samuel, je peux t'appeler Sam ?

— Arrête un peu ! protesta encore sa femme. Appelle-le par son prénom, tu vas le mettre mal à l'aise.

— Viens voir, mon petit Sam, chuchota-t-il en l'entraînant vers la baie vitrée.

Il appuya sur un interrupteur et le jardin s'illumina d'une rangée de mini-lampadaires. Un autre interrupteur commandait l'éclairage de la terrasse.

— La prochaine fois que tu viendras dîner à la maison, c'est moi qui te ferai à manger. Regarde, là, tu vois la dalle de ciment ? Eh bien, la semaine prochaine un barbecue va pousser dessus. Tu aimes les grillades ?

— Oui.

— Ah ! Parfait p'tit bonhomme ! se réjouit-il. Tape là, on va se régaler !

Samuel obtempéra.

— Ralentis un peu sur le whisky, tu seras gentil, fit la voix de sa femme depuis la cuisine.

Ils s'installèrent à table. Quatre convives pour cinq couverts, mais personne ne semblait s'étonner de la situation. Marianne apporta une salade de crevettes-agrumes-avocats, un plat que Samuel, en plus de détester, s'étonna de voir servir en cette saison. Ça commençait mal. Il se força tout de même, faisant passer chaque bouchée d'une grande gorgée d'eau gazeuse.

Le père se resservait régulièrement du vin, déclenchant chez sa femme des séries de soupirs. La discussion s'engagea sur l'école, la maîtresse, les devoirs, les sanctions. Le père voulut connaître la moyenne de Samuel. À côté de lui, les doigts d'Alex réduisaient en miettes un croûton de pain.

— Arrête un peu, intercéda sa mère. C'est pas le moment, Guy.

— Mais pourquoi donc ? On tient la preuve vivante que c'est possible d'avoir dix-huit de moyenne avec cette instit. N'est-ce pas Samuel ? Tu travailles à la maison, j'imagine, pour t'en sortir aussi bien. Tu ne passes pas ton temps à regarder la télé, le mercredi ? Ta maman surveille tes devoirs ?

— Arrête ! dit Marianne en tapant du poing sur la table.

Guy leva les mains en l'air, comme dans les films.

— Moi ? Mais qu'est-ce que j'ai fait ? Qu'est-ce que j'ai dit ?

Toutes ses dents resplendirent dans un grand sourire factice. Sa femme poussa un soupir d'exaspération, plus belle que jamais. D'un revers de main, Alex escamota discrètement une larme. Sa sœur – comme dans un film, elle aussi – choisit ce moment pour faire son entrée dans le living. Sans un mot, sans un regard, elle posa ses fesses sur la chaise vide, son coude sur la table, sa joue dans sa main.

— Mais dis-moi, Sandra, on peut savoir ce qui te rend si heureuse ? demanda son père.

— Très drôle, maugréa-t-elle.

Marianne tâcha de détendre l'atmosphère en demandant à Samuel s'il aimait la sole. C'était sa spécialité, la sole meunière, il lui en dirait des nouvelles. Samuel se demandait bien de quoi elle parlait, il n'aurait su dire s'il s'agissait d'une viande ou d'un légume. À tout hasard, il acquiesça.

Quand elle revint de la cuisine, tenant un plat bouillant entre deux maniques en forme de grenouilles, il échoua à masquer sa déception. Après les crevettes au pamplemousse, du poisson !

— Tu n'aimes pas ça ? s'inquiéta Marianne.

— Si, si… protesta-t-il dans un filet de voix.

— Ne te force pas, Samuel. Vraiment, tu pourras te rattraper sur le dessert.

Elle tira sur ses bas nylon avant de se rasseoir. Son pendentif se balançait dans son décolleté. Samuel chassa en vain le souvenir de la photo. Il avait chaud. Alex adorait la sole meunière. Sa sœur aussi. Samuel tendit à son tour son assiette. Ce n'était pas si dégueulasse, en fin de compte ; et il mangea de bonne grâce.

La discussion roulait maintenant sur les vacances de Pâques, qu'ils allaient passer en famille à Tignes, où on pouvait skier toute l'année sur un glacier. Sandra demanda ironiquement si on lui accorderait la permission de sortir de l'appartement.

— Mais pourquoi pas ? feignit de s'interroger son père.

Sandra lui lança un regard noir.

— Ah, mais j'y pense ! s'enthousiasma Marianne pour changer de sujet. Samuel, j'ai discuté avec ta maman, tout à l'heure, au téléphone. Elle m'a dit que vous étiez gardés de temps à autre, toi et tes frères, par une babysitteuse. Alors, je lui ai parlé de Sandra. Elle cherche à se faire un peu d'argent de poche. C'est pratique, c'est pas loin, tout le monde est d'accord ! N'est-ce pas, Sandra ?

L'intéressée serra les dents :

— C'est pas moi qui cherche à me faire de l'argent de poche. C'est quelqu'un qui m'y oblige.

— On parle de moi ? plaisanta Guy, en se resservant du vin.

— Tu vas garder Samuel ? s'enquit Alex, médusé.

Sandra haussa les épaules. Samuel piquait un fard, ne sachant plus quoi faire de ses mains, tout à coup. Les choses allaient trop vite, là.

— Eh oui, mes enfants ! se désola Guy dans un nouveau sourire. L'argent ne pousse pas dans les arbres. Je crois qu'il est temps que vous en preniez bonne note. On vous a trop gâtés !

Le repas avançait péniblement. Marianne ne renonçait pas à ses sourires, mais ça se voyait qu'elle se forçait. Elle demanda à Samuel, ravie par avance, ce qu'il allait faire pendant les vacances. Hélas, rien qu'il ne pût avouer à cette table : un stage de danse au centre aéré de Givry et un week-end catéchisme avec, cerise sur le gâteau, sa mère en accompagnatrice.

— Je vais chez des cousins, improvisa-t-il. On va visiter des châteaux et des grottes préhistoriques.

À l'unanimité, on trouva ça formidable. Mais Alex, sans doute par jalousie, lui souhaita dans un gloussement de ne pas se taper trop de messes pendant ces vacances.

— Alex ! intervint Marianne. Pourquoi te moques-tu ?

— J'me moque pas. Pas vrai, Samuel ? Tes parents, ils t'emmènent tous les dimanches à l'église !

— C'est stupide de ricaner comme ça, insista Marianne. Chacun est libre de croire en ce qu'il veut.

L'unanimité familiale, tout à coup, était moins flagrante. Alex se renfrogna. Sa sœur regardait sa mère d'un œil rond, comme si elle venait de prétendre que la Terre était plate. Le père se resservit des pommes de terre en mastiquant bruyamment.

Alors la mère, s'enfonçant dans ses politesses et tirant sur une fine cigarette, soumit Samuel à un feu roulant de questions sur les rites, la liturgie, la décoration de l'église, ébahie d'apprendre que saint Vincent était le patron des vignerons ou qu'il y avait six enfants de chœur dans la paroisse. Sandra prétendit soudain que les prêtres versaient du sang d'agneau dans le vin de messe, le jour de Pâques ; la mère émit des doutes ; le père s'en mêla. D'une digression à l'autre, on s'aventura dans les Évangiles, et Samuel passa le dessert à arbitrer les ignorances de cette étrange tribu païenne.

Pour la nuit, Marianne lui installa un matelas, à côté du lit d'Alex. Elle le borda et, avant de quitter la pénombre de la chambre, déposa sur son front une bise sonore, laissant flotter autour d'elle un troublant nuage, où se mêlaient l'aigreur du vin, la lourdeur du tabac et l'onction d'un parfum de femme.

X

Le soleil clignotait à travers le feuillage d'un saule. Allongé sur l'herbe, au bord de la Jatte, Gildas offrait son visage aux rayons, paupières mi-closes, mains croisées derrière la nuque. Toutes les cinq minutes, il se levait pour sortir de l'eau sa nasse à écrevisses. La pêche était bonne. Une demi-douzaine de prises, d'un gabarit honorable pour la saison, escaladaient en pure perte les parois du seau en plastique. Il les entendait dégringoler les unes sur les autres, avec un bruit de quincaillerie.

Soudain, quelqu'un siffla derrière lui. Tout proche. Gildas se redressa aussitôt. Tournant le cou, les nerfs à vif, il scruta les environs.

— Je t'ai reconnu Sylvain, hasarda-t-il. Sors de là.

Pas de réponse. Incrédule, Gildas ouvrait de grands yeux sur le taillis clairsemé, d'où avait fusé le sifflement. Personne. Rien que des branches, des feuilles, du vide. Pas même un battement d'ailes. Gildas commençait à douter, quand il reçut sur le crâne un bout de bois. Il se retourna. Une silhouette surgit de derrière un arbre. Gildas en resta bouche bée. Pas possible. Francis ! Un sourire lui embrasa le visage.

— Putain, j'y crois pas. C'est bien toi !

Il se précipita vers son frangin pour le serrer dans ses bras.

— Pourquoi t'as pas prévenu ? T'es là... c'est dingue !

Francis était vêtu d'un jean décoloré et d'un tee-shirt de camouflage, sur lequel brillait une chaîne d'acier. Il lui rendit une étreinte joyeuse, parfumée, pleine de muscles. Ils s'écartèrent pour mieux se regarder.

— Tu sens le propre, dit Gildas. T'es là pour combien de temps ?

— Je repars demain.

— Tu fais chier, comme toujours.

— J'suis venu embrasser la mère. Je décolle pour l'Afrique dans deux jours.

— Nom de Dieu, tu déconnes ?

— Opération Épervier. Trois mois au Tchad.

Gildas siffla d'admiration. En vérité, cette nouvelle lui tombait dans l'estomac comme une louche de soupe froide. Francis lui ébouriffa les cheveux, on ne pouvait rien lui cacher.

— T'inquiète pas, va, c'est rien que de la logistique. Il lui envoya une petite claque fraternelle sur la joue. Oh là là !... T'as pris des épaules, toi. Tu deviens un homme ! J'savais que je te trouverais ici. Pourquoi t'as pas emmené les cannes du vieux ?

— Je pêche l'écrevisse.

Francis jeta un œil dans le seau.

— T'as pris quoi comme appât ?

— Des tripes, qu'est-ce que tu crois.

C'était toute leur enfance, les souvenirs de pêche en compagnie de leur père. Francis avait été initié à six ans, par droit d'aînesse, avant que Gildas soit en âge de se joindre à eux. La question des appâts était de la plus haute importance. Brèmes, gardons, volaille, tripes, ou mêmes croquettes décongelées, tout dépendait de la période, du courant, des aléas de la météo. Le père avait là-dessus des théories savantes, définitives, que ses fils continuaient d'honorer après sa mort, comme un legs sacré.

Francis releva la nasse. Deux écrevisses gigotaient à l'intérieur.

— On va se régaler.

Gildas le dévisagea, étonné, prêt à sourire. Il se demandait si son frère avait volontairement imité la voix de leur père. Mais non, Francis balançait les écrevisses dans le seau, le plus naturellement du monde ; il ne s'était même pas rendu compte qu'il venait de prononcer sa phrase rituelle, sur le même ton.

— Alors, qu'est-ce tu branles, ces temps-ci ?

— Rien de spécial, répondit Gildas.

Francis s'éclaircit la gorge et le regarda droit dans les yeux.

— Y paraît que t'aurais mis le feu à la grange Berthelot.

Gildas cracha dans l'eau.

— C'est des conneries. Pourquoi t'écoutes ce que raconte la vieille folle ?

— J'sais pas. Y me semble que t'en serais bien capable.

— Je m'suis rangé, figure-toi. J'ai rien fauché depuis deux ans.

— Alors c'est qui, si c'est pas toi ?

— Qu'est-ce que j'en sais ! s'emporta Gildas. Personne. Les gendarmes ont dit que c'était accidentel.

— Détends-toi, j'suis pas venu pour qu'on s'engueule. Et arrête un peu de cracher dans l'eau, tu vas faire fuir les écrevisses.

— Qu'est-ce qu'elle t'a raconté la mère ?

— Oh, tu t'en doutes bien. Elle attend qu'une seule chose, c'est que tu te tires à ton tour de la baraque. Y paraît que tu fais pas vraiment des étincelles au lycée.

— Qu'est-ce que ça peut lui foutre ?

— Si tu veux devancer l'appel, faudrait quand même que tu décroches un CAP. Sinon, ils vont t'affecter dans un régiment d'infanterie tout pourri en Forêt-Noire, à récurer les chiottes pendant un an.

— T'inquiète.

— Bah oui, je m'inquiète. Tu veux toujours t'engager ?

— On verra.

— On verra quoi ?

— On verra bien, j'te dis.

Francis lui envoya son poing sur l'épaule.

— Tu serais pas amoureux, des fois ?

— T'es con.

— C'est la fille du lotissement ?

Gildas ne put retenir sa surprise.

— D'où tu sors ça ?

— J'ai croisé le Sylvain. Ce trouduc m'a raconté que t'avais niqué une gonzesse, une nouvelle du lotissement, dans les collines.

— Et alors ?

— Alors rien.

Gildas entreprit de recharger la nasse en appât, avant de s'éloigner le long de la berge, pour l'immerger en aval. La situation le forçait à réfléchir. Non, il n'était plus aussi enthousiaste à l'idée de s'engager.

Il fit descendre la nasse derrière une pierre, abritée du courant. Sandra ne répondrait probablement jamais à sa lettre. Il cracha dans l'herbe. Elle n'était pas amoureuse de lui. Elle ne le serait jamais.

Peut-être qu'il valait mieux devancer l'appel. Disparaître sans attendre. Aller récurer la merde en Forêt-Noire.

La vie était une chienne.

XI

Lundi, Sandra sécha son dernier cours pour attraper le car de 16 h 30. Elle n'était pas sûre de son coup, mais le jeu en valait la chandelle ; depuis deux semaines, son père l'autorisait à rentrer seule du lycée. Le trajet fut interminable. Lorsque les portières s'ouvrirent devant la cabine téléphonique, elle dégringola dehors et courut jusqu'au lotissement. Le camion-benne était garé devant le pavillon – elle arrivait à temps. Tout le week-end, elle avait pensé à lui.

Elle entra dans la maison sans faire de bruit. Il était là, sur la terrasse. Les voilages du salon étaient tirés devant la baie vitrée, de sorte qu'il ne pouvait pas la voir. Elle posa son sac et l'observa qui nettoyait ses outils. Elle s'entendait respirer dans le silence de la maison, le cœur précipité. Il s'essuya les mains sur son pantalon taché de plâtre et, tout à coup, tourna la tête en direction de la vitre. Un frisson la traversa. Mais il regardait simplement son propre reflet, pour se passer la main dans les cheveux. Puis, tirant de sa poche une barre de Nuts, il se mit à contempler son travail en mastiquant lentement. Sandra prenait la mesure de cet homme. Tranquille, puissant, sûr de ses gestes. Le barbecue prenait forme. Le chantier était propre, les outils rangés, les sacs de ciment rassemblés sous une bâche. Elle fit quelques pas et, tirant un pan de mousseline, se dévoila à sa vue. Il sursauta. Elle éclata de rire derrière le double vitrage. Il rit à son tour. Elle ouvrit en grand.

— Bonjour, moi c'est Sandra.

Il s'excusa en désignant d'une main sa bouche pleine de noisettes et de caramel. La mastication lui gonflait les mâchoires. Leurs regards se croisaient, se décroisaient, suspendus à cette légère attente.

— Moi c'est Didier, dit-il enfin.

Sandra fit quelques pas sur la terrasse et se mit à contempler le barbecue.

— C'est joli.

— Merci.

Elle lui tournait le dos, inspectant l'assemblage de briques et de ciment, lorsqu'elle surprit son reflet dans la vitre – Didier la dévorait des yeux. Elle resta en arrêt devant cette vision ; il s'en aperçut.

— Faut qu'j'y aille, dit-il en se détournant. Vous direz à votre père que je reviens demain, vers 8 heures, comme prévu.

Il allait partir. Elle agita les mains.

— Quelqu'un vous attend ? demanda-t-elle tout à trac.

— Non, pas vraiment.

— Ah… d'accord.

Et, s'encourageant à l'idée qu'il devait passer près d'elle pour regagner son camion, elle cambra la taille en rectifiant sa queue-de-cheval.

— Moi non plus, dit-elle, personne ne m'attend.

Elle s'étonnait de sa propre audace, c'était grisant. Il avait l'air hébété, pris au dépourvu.

— Vous avez quel âge ?

— Dix-sept ans, pourquoi ?

Elle aurait dû mentir, son cœur se mit à cogner sérieusement. Le regard de Didier glissa sur sa silhouette.

— À demain, dit-il un peu sèchement, avant de prendre le chemin de son camion.

— Demain, y aura mon père.

Il s'arrêta. Elle lui tendit une main. Il hésita une seconde avant de la prendre dans la sienne. Ses doigts étaient épais, sa paume râpeuse. Elle pressa doucement en cherchant son regard. Alors, il l'attira vers son torse. Un bras s'enroula dans son dos, une main glissa sur ses hanches, et leurs bouches se rencontrèrent dans un baiser abrupt, plein de salive. Arôme noisette et caramel.

Ensuite, après un laps de temps indiscernable, il recula, lui sourit bizarrement et chaloupa vers son camion.

Sandra restait là, sidérée, la bouche ouverte. Un air tiède lui chatouillait le palais. C'était étonnant comme elle prenait conscience, tout à coup, des odeurs qui flottaient dans le jardin, le gazon humide, les troènes en fleur, le jasmin d'hiver, les effluves de sulfate qui descendaient des vignes.

XII

Le père Comuzzi sentait le printemps lui grimper partout dans les veines. La famille était là, au complet, agrandie depuis trois semaines de cette petite chose rondelette, légère comme une caille, qu'il tenait sur ses genoux : son premier petit-fils.

On avait dressé la table dans la cour, pour la première fois depuis l'automne. Des hirondelles zigzaguaient d'excitation sur un ciel éclatant. La chaleur du bébé, traversant la toile de son pantalon, lui entrait dans la chair. À la maternité, les larmes s'étaient mises à couler toutes seules au contact de cette frêle créature, que Fabien avait posée dans ses bras.

La Michèle couvait son bébé d'un regard inquiet ; il se libéra d'un petit rot ; elle se détendit.

— Bravo, mon ch'tit ! s'émut le père Comuzzi en le faisant sauter sur ses genoux.

Sa joie était à son comble. On attaquait la tarte aux pommes. Seule ombre au tableau, Didier semblait ailleurs, pas concerné pour un sou. Il roulait des boulettes de mie de pain qu'il envoyait d'une pichenette en direction des poules.

— Dis donc, le tonton ! fit le père Comuzzi en brandissant son petit-fils. T'y trouves pas un air de ressemblance ? Ma parole, j'ai l'impression de te voir, y a trente ans. Tu gazouillais tout pareil, avec ces mêmes yeux de lapin de garenne !

Didier haussa les épaules.

— Si tu le dis.

Le père Comuzzi avait tout lieu de croire que son cadet cultivait une sourde jalousie à l'endroit de son grand frère. Fabien avait une épouse belle comme tout, une maison à Chalon, une affaire de plomberie, et maintenant un fils, tandis que Didier vivait là, en vieux garçon, derrière ses géraniums.

— Tu veux pas faire une photo ? lui demanda la Michèle.

— C'est pas mon truc, les portraits.

— Tu préfères photographier les nuages ? plaisanta Fabien.

— Allons, parlons d'autre chose ! lança le père Comuzzi. Regardez-moi ce bambin qu'a eu la bonne idée de naître en 1989 ! Vous l'amènerez au bicentenaire, hein Michèle ? Les citoyens du millésime seront à l'honneur !

Le bébé commençait à râler. Le père Comuzzi le rendit à sa mère en songeant que le moment était venu d'instruire ses fils de ses démarches.

Il avait écrit au département. Fabien s'en étonna. Didier dressait l'oreille. Il leur expliqua qu'il avait pris conseil à la section. On lui avait recommandé de s'adresser directement au président du conseil départemental, puisque ce cacique du PS devait son siège à un accord avec le PC, qui s'était effacé à la faveur d'une triangulaire. Il s'y était donc collé, rédigeant une lettre bien sentie ; en préambule, il rappelait le sacrifice de son père, fusillé par les Allemands, les hommages officiels, la lettre autographe de Thorez, avant de confesser les difficultés dans lesquelles se trouvait présentement sa commune pour célébrer un 14 Juillet digne des circonstances, en raison des atermoiements du maire. Et il demandait, outre un appui républicain, une petite contribution sonnante et trébuchante, oh pas grand-chose, deux ou trois mille francs, à peine un demi-Smic, pour soutenir les efforts de son comité de citoyens.

— Si j'obtiens cette subvention, me v'là plus riche que le conseil municipal ! À moins de se ridiculiser, ils devront doubler la mise ! Il se frottait les mains, ravi, triomphant. Qu'est-ce que t'en penses Didier ? T'étais là, chez le maire, avec le père Berthelot, t'as bien vu comme ils se tordaient les doigts.

Didier se contenta d'acquiescer d'un hochement de tête.

— Tu te souviens un peu de la grimace qu'ils ont faite, quand j'ai causé du lotissement ? M'est avis qu'ils cachent quelque chose. Faudrait voir à creuser le dossier, mais j'attends mon heure, je garde ça sous le coude. En attendant, j'ai aussi causé avec l'institutrice. L'idée d'un spectacle avec les gosses l'a tout de suite enchantée. Le seul souci, c'est que ça tombe pendant les vacances. Elle va voir ce qu'elle peut faire, la plupart des gamins seront encore au village, tout est possible.

Le bébé se mit à brailler. C'était l'heure de sa sieste, à en croire la Michèle, qui demanda à Fabien d'installer le couffin dans la chambre d'ami. La mère était partie en cuisine. Et Didier continuait de nourrir les poules, lui tournant le dos, l'esprit ailleurs, décidément indifférent à ses projets.

XIII

Delphine s'appliquait, piquant l'aiguille à intervalles bien réguliers, tirant sur le fil sans faire de pli, d'un geste ample et délicat. Un grand silence régnait dans la salle de classe. Atelier couture. Chaque élève était penché sur ses pièces de feutrine qui, théoriquement, formeraient une fois assemblées un tricorne de garde-suisse, une coiffe de lavandière, un ourson de grenadier ou un bonnet phrygien ; on préparait un spectacle sur la Révolution. Delphine adorait la couture, sa coiffe lui valut des compliments, elle fut même montrée en exemple.

Au moment de partir en récréation, Alex essuya quant à lui les reproches de Mme Marrot.

— Qu'est-ce que c'est que ce travail de cochon ? Non, mais regarde-moi ça, ton bonnet phrygien ressemble à une vieille chaussette !

Des rires fusèrent dans les rangs. Alex baissait la tête, vexé à mort.

— Avant de sortir dans la cour, ajouta la maîtresse, tu vas me défaire tout ça. Delphine, s'il te plaît, tu veux bien lui montrer comment procéder ?

Elle se força à sourire.

— D'accord.

La classe se vida dans un grand chahut de chaises. Delphine prit le bonnet d'Alex ; c'était tout de traviole, ça ne ressemblait même pas à une chaussette.

— Regarde, dit-elle. Tu retires le fil de l'aiguille, et après tu attrapes les points un par un.

— J'suis pas débile.

Elle reposa l'ouvrage sur son pupitre sans parvenir à réprimer un rictus.

— Bah, vas-y alors !

Et elle resta un instant à le regarder, les bras croisés sur le ventre. Alex ne semblait pas décidé à s'exécuter. Il considérait ses pièces de feutrine en serrant les dents, les yeux brillant de colère.

— De toute façon, j'sais qui a tué tes biquettes.

— Hein ?

— J'sais qui a foutu le feu à la grange.

— Pourquoi tu dis ça ?

— Parce que j'le sais, c'est tout.

— Ah oui ? Et c'est qui alors ?

— C'est Gildas.

— Comment tu peux être sûr ?

— C'est Samuel qui me l'a dit.

Delphine sentit comme un glaçon lui descendre dans la gorge.

— Samuel ? répéta-t-elle d'une voix éraillée.

— Ouais.

Elle se leva de sa chaise. Ses jambes peinèrent à suivre la ligne droite qui menait à la porte. Elle sentait dans son dos le regard triomphant de ce débile d'Alex. Dehors, elle traversa la cour, droit sur Samuel. Il fallait en avoir le cœur net.

— Samuel, je peux te parler ?

— D'accord.

Il demanda à un copain de le remplacer au goal, et suivit Delphine sous le préau.

— Alex m'a dit que tu savais qui avait tué mes biquettes.

Il ricana un peu bêtement, remonta sa mèche sur son front et poussa un soupir.

— Alors ? insista-t-elle.

— C'est des conneries.

— Tu mens. Ça se voit que tu mens. Tu sais pas mentir.

— Je te jure, j'sais pas qui a fait ça.

— Y paraît que c'est Gildas.

À ces mots, Samuel se figea. Il devenait blême. Delphine se sentit faiblir ; autour d'elle, les enfants continuaient de s'agiter, mais le son était coupé.

— Comment tu sais que c'est lui ?

Le regard de Samuel tomba sur ses chaussures, rebondit vers le mur, puis rencontra celui de Delphine.

— Tout ce que je sais, c'est que j'ai croisé Gildas près du lavoir, au moment de l'incendie.

— Pourquoi tu m'as rien dit ?

— Mais j'en sais rien…

— J'te déteste !

Un sanglot lui monta dans la gorge. Elle se mit à courir vers les toilettes. Une fois la porte refermée, elle s'assit sur la cuvette et pleura dans ses mains. Ses biquettes mortes lui piétinaient la poitrine. Elle pleurait tout son saoul, prise de spasmes, les doigts trempés, saisie d'une rage océanique. Gildas Lefranc ! C'était donc lui le coupable, son père avait raison ! Et Samuel, son amoureux, un traître ! Elle se vida ainsi longuement, hoquetant, retenant ses râles, dévidant des mètres de papier toilette pour s'essuyer les joues et se moucher le nez, jusqu'à se sentir lasse et chancelante, à court de larmes.

Quand la maîtresse sonna la cloche, Delphine avait retrouvé un semblant de contenance ; les yeux rougis, le front bas, elle regagna son pupitre. L'aiguille tremblait entre ses doigts. Elle se piqua à plusieurs reprises, suçant avidement les gouttes de sang qui perlaient sous l'ongle. La maîtresse s'en inquiéta. Sans lever les yeux de sa coiffe de lavandière, Delphine lui répondit que tout allait bien, que ce n'était qu'une petite piqûre de rien du tout. Jusqu'à la fin de la journée, elle n'adressa autour d'elle aucun regard et, le soir venu, dans la pénombre de sa chambre, pressant entre ses molaires son index meurtri, calme et savourant sa douleur, elle se promit d'aller dès le lendemain sonner chez les Lefranc.

XIV

Didier avait menti. Au prétexte que les nuits étaient encore froides, il avait assuré au père de Sandra qu'il était préférable de laisser le mortier prendre encore quelques jours, avant la première passe d'enduit. Auprès de son propre père, il avait prétexté un changement de dernière minute sur un autre chantier, qui l'aurait contraint à modifier son organisation – une précaution bien inutile, vu que son paternel, s'étonnant à chaque instant d'être devenu le grand-père Comuzzi, et pressé de se mettre en retraite, se désintéressait insolemment de la boîte, dont il comptait désormais léguer au plus vite la conduite à son fils.

Didier avait donc attendu le lundi suivant pour revenir au pavillon dans des conditions similaires, espérait-il, à celles qui avaient provoqué sa rencontre avec Sandra ; et, maintenant qu'il était 17 heures, il attendait sur la terrasse, désœuvré, faisant mine de contempler le rendu de son enduit, sa taloche et son plâtroir baignant par acquit de conscience dans une auge. Mais sous cette posture nonchalante, son ventre faisait des tours. Il se sentait le cœur dans la gorge. Sandra allait peut-être apparaître d'un instant à l'autre. Ils s'étaient embrassés comme deux adolescents, une semaine plus tôt, et ensuite il avait disparu dans son camion, comme un con, sans rien dire. Qu'attendait-il, au juste, à trente ans passés, sur cette terrasse, devant ce barbecue ? Mieux valait ne pas trop se poser la question, il était déjà bien embrouillé comme ça.

L'heure tournait. Un enjambeur, précédé de son bourdonnement caractéristique, fit son apparition sur le coteau, en face du jardin – le père Berthelot. Didier s'affaira aussitôt dans son auge. L'engin se mit à sulfater généreusement dans les rangs, ça sentait jusqu'ici. Du coin de l'œil, Didier l'observait monter la parcelle, quand quelque chose se mit à bouger derrière la baie vitrée. Il sentit son souffle se précipiter. C'était elle, la même apparition, le même sourire de lycéenne. Elle sortit sur la terrasse.

Ils échangèrent un timide bonjour. Dans sa vigne, le père Berthelot approchait du bout de son rang, il allait bientôt faire demi-tour et se retrouver en plein dans l'axe de la terrasse. Didier eut un moment de flottement. Qu'est-ce qu'il foutait là ? Un puits d'incertitude s'ouvrait sous ses pieds.

— Je peux entrer ? demanda-t-il. Faudrait que je me lave les mains, si c'est possible.

Sandra eut l'air déconcerté. Elle l'accompagna dans la cuisine. C'était moderne, design, d'une propreté irréprochable. Les chromes de l'évier luisaient dans la lumière oblique de l'après-midi. Il se lava les mains en silence. Sandra était appuyée contre le plan de travail, les bras croisés sous la poitrine.

— Vous allez encore disparaître dans votre camion ? demanda-t-elle, d'un ton de reproche.

Il chercha quelque chose à dire.

— Ben, j'en sais rien.

— Je ne vous plais pas ?

— Ah, mais si... voyons. Qu'est-ce qui vous fait dire ça ?

Réalisant qu'il continuait de s'essuyer frénétiquement les mains, il reposa le torchon.

— Je ne sais pas, répondit-elle dans un demi-sourire. Vous êtes bizarre.

— J'ai pas vraiment votre âge, vous savez.

Le sourire de Sandra s'agrandit, illuminant son regard d'une lueur impertinente.

— Mais qu'est-ce que ça peut faire ?

Alors, la suite se déroula pour ainsi dire sans lui. Ses jambes firent quelques pas dans la direction de Sandra. Ils s'embrassèrent avec précipitation, comme deux affamés se rassasiant à même la gamelle. Didier frissonnait sous les caresses de Sandra, qui explorait son dos sous sa cotte. Il sentait son désir vibrer dans tous ses nerfs. Un poids, une force le saisit à l'encolure. Il était à deux doigts de lui baisser le pantalon pour la prendre là, sur le plan de travail. Il sentait qu'elle se laisserait faire, elle n'attendait que ça, elle s'abandonnait. Haletant, effaré, il se dégagea de cette étreinte.

Le désir avait assombri le regard de Sandra. Elle suffoquait presque, la bouche entrouverte, les lèvres luisantes. Sa main le retenait par la bretelle de sa cotte.

— Ne partez pas, dit-elle, avant de chercher sa bouche.

Elle se collait à lui, ondulant sur son ventre. Il cédait à ses baisers, se dérobait, l'embrassait de nouveau.

— On peut monter dans ma chambre, souffla-t-elle entre deux apnées.

— Dans ta chambre ?... Mais ta mère, ton père ?...

— Ils ne reviennent pas avant 19 heures.

— T'es sûre ?

Elle le tira par la manche. Ils gravirent l'escalier sans échanger un mot. Elle ouvrit la porte de sa chambre. Un monde pastel, parfumé, agencé avec soin. Il se dit tout à coup qu'il était en train de faire une énorme connerie. Qu'un jour ou l'autre, il en paierait les conséquences – cher, très cher. La fenêtre donnait sur le coteau ; l'enjambeur du père Berthelot glissait sur un rang, laissant flotter dans son sillage un nuage turquoise. Sandra ferma la porte à clé et, sans attendre, s'étendit sur le lit. Ses hanches s'épanouissaient dans son jean. Il avait des palpitations dans la gorge. Elle ouvrit les bras en croix.

— Tu viens ?

Il hésitait. Elle insista. Il la rejoignit sur le lit, lui ôta son pull. Elle portait un soutien-gorge de dentelle blanche, qu'il contempla un moment, sans rien dire. Sa peau dégageait une tiède odeur de lait. Il s'enfonça dans son cou, elle se tordit de soupirs. Il ne répondait plus de rien.

De retour chez lui, il tomba sur son père qui sirotait une Kanter dans les derniers rayons du soleil.

— Salut fiston. Comment ça se fait que tu rentres si tard ?

— Ma foi, c'est pas une mince affaire de talocher à six mètres, j'aurais dû prévoir l'échafaudage.

— Pourquoi que tu l'as pas apporté ?

Didier haussa les épaules. Des merles s'interpellaient à pleine gorge, de part et d'autre de la rue ; ils fêtaient le retour des insectes, la saison des amours. Son père tira une bière du carton, qu'il avait sorti en prévision de la venue de son fils.

— Tiens, assieds-toi… Si c'est pas l'été qui pointe le
bout de son nez ! Mais dis-moi voir, t'as les joues bril-
lantes comme des pommes. Tu serais pas en train de
nous couver quelque chose, des fois ?

— Pas que je sache, tout va bien.

Didier accepta la bière et s'assit de l'autre côté de la
table.

— Comment ça avance, ce barbecue ?

— Impeccable. Tiens, j'ai aperçu le père Berthelot
dans ses vignes. M'a semblé qu'il sulfatait à outrance,
cette année.

— Grand bien lui fasse. À la tienne !

Leurs canettes tintèrent dans l'air tiède de la cour ; des
petits nuages mauves criblaient l'horizon, au-dessus des
chaumes ; et Didier, délassé, les yeux mi-clos, songeait
au regard de Sandra, quand il avait tiré sur son jean, à
l'éclat soyeux de son pubis, à cette odeur âcre et saline
qui s'attardait sur ses doigts, à la promesse qu'il avait
faite avant de partir.

De l'autre côté de la table, son père levait le coude à
intervalles réguliers.

Tout près, si loin.

XV

Gildas devait bien l'admettre, il commençait à dérailler sec. À la maison, au lycée, il était tour à tour anxieux, agressif, absent. Pour se passer les nerfs, il faisait des exercices de musculation isométrique pendant des heures, enfermé dans sa chambre. C'était un tel bordel dans sa tête qu'il se défiait de tout, en premier lieu de lui-même. Il n'allait plus à la cabine téléphonique. Parfois, il se dévisageait dans le miroir de la salle de bains, sans cligner des yeux, le plus longtemps possible, jusqu'à voir apparaître des étoiles.

D'autres fois, il allait se soulager dans la nature en songeant à Sandra. Il se repassait mentalement la soirée dans les collines, de son prélude à son apothéose. Ça devenait une maladie. Elle ne prenait toujours pas le car du matin, c'est à peine s'il la croisait, de temps à autre, dans celui du retour, mais elle évitait tout le monde et s'installait juste derrière le chauffeur, dans une bulle de silence, son casque de Walkman vissé sur les oreilles. Il choisissait alors un siège à proximité, et lorsqu'elle se levait, il examinait avidement sa chute de reins, ravagé par le désir. Une nuit, il avait occupé son insomnie à noircir de son prénom toutes les pages de son cahier de géométrie.

À son dépit amoureux s'ajoutait aussi, depuis quelques jours, la peur des gendarmes. Parce qu'il était arrivé quelque chose d'extraordinaire. Samedi matin, la ch'tite Berthelot était venue sonner à la porte. Jean-Claude avait ouvert. Elle voulait voir Gildas. On était venu le tirer de son lit, parce que la gamine insistait. Évidemment, tout le monde dans la baraque devait penser comme lui à l'incendie de la grange. Il était sorti dans l'air frais du matin, en tee-shirt, les yeux collés de sommeil. Elle lui avait dit tout à trac qu'elle était au courant : Samuel l'avait surpris près de la grange, le jour de l'incendie. Il en était resté comme deux ronds de flan, à se gratter la nuque, les bras couverts de chair de poule. « Pourquoi t'as fait ça ? » avait-elle demandé, bien droite sur ses petites guibolles, les yeux noirs de colère. Il s'était reculé, ne trouvant sur le coup rien d'autre à faire que s'éclaircir la gorge. Cette ch'tite gamine, d'habitude si mignonne, lui avait foutu les jetons tout à coup. Elle avait l'air si sûre de son fait qu'un bref instant il s'était senti coupable. « Mais c'est n'importe nawak ! avait-il répondu, soudain hilare. Vous déconnez complètement, les mômes ! Faudrait redescendre sur Terre. » Elle avait pourtant insisté, rigide comme une statue : « Je sais que c'est toi. Tu ferais mieux de te dénoncer, parce que sinon je vais le dire à mon père. » Et elle était partie d'un pas rapide en direction de l'église, les poings au fond des poches, sa natte rebondissant entre ses omoplates.

Dans quel pétrin se trouvait-il désormais ? Cette gamine allait raconter son histoire à son père, tout le village serait au courant, les gendarmes l'apprendraient dans la foulée. C'était à perdre la tête. Obligé de mentir pour prouver son innocence ! Il repensait à l'épisode de la luge, au billet de cinquante francs, au ch'tit Samuel qui ne savait pas tenir sa langue. Comment se dédouaner à présent ? Tout jouait contre lui. Plus il s'agitait, plus il s'enfonçait dans les sables du soupçon. En allant voir Samuel, il s'accuserait encore !

Alors, n'y tenant plus, il se résolut à faire comprendre à ce maudit gamin de quel bois il se chaufferait, s'il continuait à cafarder. Dans le fourbi du garage, il dénicha le piège à renard, un souvenir du Michel, son ci-devant beau-père ; Gildas ne le détestait pas celui-là, dommage qu'il se soit tiré un beau matin de novembre, emportant dans le coffre de sa R5 le poste de télé et le gibier du congélateur.

Le piège à renard était rouillé. Il commença par frotter le mécanisme à la brosse métallique, puis graissa le ressort. Il tenait son idée, hésitant encore sur les détails. Le ch'tit Samuel devrait en être quitte pour une bonne pétoche. Gildas enfourna le piège dans un sac de toile et ouvrit le congélateur. Sous les sachets de pommes frites, il dénicha un lièvre. L'animal était raide comme une bûche, écorché des pattes aux oreilles, couvert de givre.

On était dimanche, la moitié du village assistait à la messe. Gildas gagna la grand-rue, son sac de toile sur l'épaule. En passant devant l'église, il entendit la rumeur d'une chorale. Drôle de mystère, Gildas n'avait jamais cessé de s'en étonner. Une centaine de possédés imploraient la miséricorde de leur Seigneur. Ils avaient pourtant l'air presque normal, le reste de la semaine.

À la sortie du village, il bifurqua vers le lavoir. Samuel s'était construit avec le frangin de Sandra une sorte de cabane, du côté de la décharge ; Gildas les avait repérés un jour, à l'automne, qui se faufilaient dans les buis.

La curiosité l'avait poussé à suivre leurs traces, peut-être cachaient-ils là-dedans des bricoles intéressantes. Mais non, il n'avait trouvé qu'une espèce de tipi mal ficelé, couvert de mousse.

Parvenu au calvaire, il obliqua vers l'est, à travers une prairie. Des touffes de muguet fleurissaient à l'orée du bois. Il s'engouffra dans la muraille de buis. Les branches craquaient sous ses pas. Affadi par le feuillage, le soleil découpait l'air de ses raies verticales. Une odeur d'humus tiède annonçait l'arrivée des cèpes et des bolets. La silhouette branlante du tipi se dressa devant lui. Gildas s'accroupit à l'intérieur et ouvrit son sac de toile. Il posa le piège sur le sol, en écarta délicatement les mâchoires, glissa le fil de fer sous la tige d'armement, puis installa l'animal sur la palette, la tête et les pattes dépassant de chaque côté.

Il dénicha une branche morte à proximité du tipi et, d'un coup sec, frappa le lièvre congelé. Le piège sauta en l'air, les mâchoires s'entrechoquèrent dans un claquement d'acier ; la tête de l'animal roula dans les feuilles mortes. Parfait. Ainsi coincé, le cadavre allait décongeler tranquillement, en attendant que Samuel le découvre. Avant de déguerpir, Gildas pissa sur le tipi, histoire d'éloigner les renards.

Le soir, une autre idée lui vint. Il faisait doux ; la nuit était tombée ; il sortit de la maison pour prendre la direction du camping. Dans le virage, sous la fenêtre de la vieille Derain, il ralentit pour s'assurer qu'il n'y avait personne à la cabine téléphonique. La voie était dégagée. Il poursuivit son chemin, traversa le halo du réverbère et franchit la barrière pour s'engouffrer dans les ténèbres désertes du camping. Le clapotis de la piscine emplissait la nuit d'une rumeur presque estivale. Il se figura Sandra en maillot deux-pièces, alanguie sur le ciment brûlant, et s'envoya une paire de taloches pour chasser cette vision.

Dans le haut du camping, une petite porte grillagée s'ouvrait sur la route des vignes ; elle n'était jamais verrouillée. Il marcha en cherchant à identifier les constellations qui s'allumaient au-dessus de la vallée, ravi de sa petite excursion. À choisir, il préférerait passer toute son existence la nuit, dans la nature, les collines, plutôt que le jour, à se farcir en pleine lumière la gueule de ses contemporains. Ça faisait un bien fou de se remplir la carcasse de toutes ces odeurs et ces bruissements nocturnes. La route sinuait à flanc de coteau. En contrebas, les lampadaires du lotissement éclairaient inutilement le bitume de l'allée centrale. Il obliqua dans un rang de vigne et mit le cap sur la maison de Sandra. La terre humide collait à ses semelles. Parfois, il trébuchait sur un caillou. Une forte odeur de fongicide lui piquait les narines.

À l'approche du jardin, il se baissa, progressant en canard à l'abri des pampres. Le pavillon baignait dans l'obscurité, à l'exception d'un volet roulant, au rez-de-chaussée, d'où filtrait de la lumière. Il s'arrêta, ému.

Elle était là, dans cette maison. Sandra.

Il avança encore et s'embusqua derrière une haie de troènes. Cinq minutes s'écoulèrent, puis dix, sans qu'il se passe rien. Aucun son ne s'échappait de la maison. Une nappe de silence pesait sur la vallée. À un moment, une plainte aiguë, lointaine, s'éleva du côté de Givry. Un moteur de 2 CV. Deux faisceaux jaunes fusèrent sur la grand-route. Gildas commençait à avoir mal aux cuisses. Un instant, l'idée de franchir la haie lui chatouilla l'esprit, mais il se raisonna. Après tout, il était bien, là, seul dans la nuit, si proche d'elle.

Sur ces considérations, la lumière de la baie vitrée s'éteignit. Un instant plus tard, une fenêtre s'illuminait sur le pignon de la maison, suivie d'une autre, à l'étage, juste en face. Une chambre de fille ! Il écarquilla les yeux sur le rayonnage de flacons de parfum qui s'offrait à sa vue.

Alors, il l'aperçut. Seule dans sa chambre – un bref passage devant la fenêtre. Son cœur manqua un battement. Il allait la revoir, il le fallait ! Il trépignait, le regard fixe, la nuque frémissante. Et puis voilà qu'elle réapparut ! Vêtue d'une chemise de nuit, en toute simplicité. Elle s'immobilisa dans l'encadrement. C'était inespéré. Depuis les troènes, Gildas dévorait du regard le rebond de ses seins, bien découpés sous l'étoffe. Alors, elle ouvrit la fenêtre et se pencha, en contre-jour, pour fermer les volets. Un signe. Un miracle. Il ne devait pas rater cette occasion.

— Pssst !

Sandra interrompit son geste, à l'affût du silence.

— Y a quelqu'un ?

Gildas se leva. Sandra poussa un cri.

— Chut ! murmura-t-il. C'est moi !… Gildas !…

Elle referma la fenêtre aussi sec. La panique le saisit. Elle allait appeler son père. On le prendrait pour un fou. Plutôt crever ! Il pivota sur ses talons et fonça tête baissée dans la vigne. Il courait au jugé, dans la nuit, rebondissant entre les ceps. Les feuilles lui giflaient le visage. Une sueur froide lui trempait le dos. Il atteignit la route et fila vers le camping. Au lieu de franchir la petite porte, il continua tout droit, le long de la clôture.

À l'approche du lavoir, il se mit à trotter, ralentit, puis décida de s'asseoir au bord du chemin. Il haletait. Un vent froid se levait sur la vallée. Son cœur lui cognait dans les orbites. Et alors, sans raison, il se mit à rire. Un rire bref et perché. Puis un autre, en saccade. Il était gagné par le fou rire, c'était irrépressible. Il emplissait la nuit de son hilarité et, malgré les gifles qu'il s'envoyait à pleine volée, malgré le sentiment de couler à pic, malgré la haine de soi qui lui griffait les entrailles, malgré son amour en mille morceaux, il riait encore, tordu, roulant dans l'herbe, se tapant en pure perte le front contre les cailloux.

XVI

La nuit était tombée. Le vent se levait. Le câble des PTT rebondissait contre la gouttière. Dans les combles, au-dessus de la chambre, la charpente se plaignait dans un couinement discontinu. Après s'être acquitté d'une prière sommaire devant son icône de la Vierge à l'Enfant, Samuel se sentait gagné par la peur. Les bruits commençaient à converser entre eux. Ils devenaient des voix, un rire, une lamentation. Leur brouhaha rebondissait à l'intérieur de sa tête. Il ouvrit les yeux dans la demi-pénombre de sa chambre.

Jésus avait pas mal de choses à lui reprocher, ces derniers temps. À commencer par cette prière dépourvue de ferveur qu'il venait d'expédier avant de se glisser sous la couette – mais aussi, surtout, ce billet de cinquante francs, craquant, presque neuf, qu'il avait glissé dans la fente d'une poutre, au-dessus de la porte, et qu'il dépliait de temps à autre, juste pour l'admirer.

Ce soir, il était malade à l'idée de ce billet. Que fallait-il en faire ? Il devait se débrouiller seul avec sa conscience. Si l'amour du Seigneur était infini, sa patience avait des limites, c'était en substance ce que le père Roque lui avait expliqué la semaine dernière ; une fois par mois, le curé intervenait dans le cours de catéchisme, chez Mme Genvrain, pour répondre aux interrogations des enfants. Samuel avait toujours des tas de questions à lui poser, seulement la plupart d'entre elles étaient impossibles à formuler publiquement. Le père Roque avait semblé s'en douter, puisqu'il avait déclaré à Samuel, qui demandait simplement s'il arrivait à Jésus de dormir, qu'il était temps pour lui, à dix ans, de s'initier au sacrement du pardon.

Dehors, le vent se levait, tombait, se levait encore. À la peur se mêlaient l'amertume, la honte, le chagrin. Tout partait de travers, depuis quelques jours. Il s'en voulait à mort d'avoir confié son secret à Alex. Ce traître avait tout répété à Delphine. Et maintenant, elle ne lui adressait plus la parole. Chaque matin, il se promettait de lui écrire une lettre d'explication, accompagnée du briquet qu'il avait oublié de lui offrir, et chaque soir, il remettait sa promesse au lendemain.

Le câble des PTT cognait de plus en plus fort contre la gouttière. C'était comme si la vengeance de Gildas s'annonçait dans la nuit. N'y tenant plus, il alluma sa lampe de chevet et sortit de son lit. Il fallait faire quelque chose. Ce billet de cinquante francs, caché dans la poutre, commençait à le rendre dingue. Il grimpa sur une chaise. Le billet était là. Il le déplia, le contempla un moment, le replia, avant de le remettre à sa place. Il n'allait pas le déchirer non plus. Et puis, si Gildas racontait cette histoire, qui le croirait ? À cette pensée, Samuel se rassura.

De retour sous sa couette, il se dit que la meilleure chose à faire était d'oublier ce billet, compter les moutons, et, surtout, ne pas penser à Jésus.

XVII

En sortant du car, Sandra prit comme d'habitude le chemin du lotissement. Dans son Walkman, Bono envoyait les premières mesures de sa nouvelle chanson préférée, *I Still Haven't Found What I'm Looking For*, un beat syncopé, des riffs cosmiques et saturés de réverb', une attaque de guitare à te retourner les tripes, l'irruption de la batterie, et cette voix volcanique qui soulevait par vagues le paysage autour d'elle, les maisons, les arbres, les vignes, toute la surface de la terre ensemencée par le soleil, cette voix divine, ce big-bang intérieur : « *I have climbed the... highest mountains !* » Elle se retourna. Personne ne la suivait. La veille, Gildas était venu l'espionner sous sa fenêtre, dans la nuit. Ce mec était vraiment givré – à en croire son petit frère, c'était d'ailleurs lui qui avait mis le feu à la grange. Dans le car du retour, elle l'avait ignoré, ni plus ni moins que d'habitude. À l'arrêt du village, elle était descendue la première, un peu inquiète quand même. Mais non, il ne l'avait pas suivie – devant, derrière, personne à l'horizon.

Alors, les pouces glissés dans les bretelles de son sac, elle s'engouffra dans le chemin des potagers. « *I have ru-un... through the fields !...* » Le chemin filait droit entre deux murs de pierres sèches, derrière les maisons

299

du bas, comme on les appelait au village. « *Only to be with you !...* » Didier tiendrait parole, elle en était certaine, il l'attendait ! Une semaine qu'elle fermentait d'impatience, se retournant la nuit dans son lit, s'épuisant le jour à égrener les heures, les minutes, les secondes. « *Only to be with you !...* »

Ils s'étaient donné rendez-vous au fond des potagers, dans le cabanon de la famille Comuzzi, une petite bicoque moitié en pierre, moitié en bois, où la mère remisait ses outils de jardinage. Didier lui avait juré qu'il n'y avait aucun risque de s'y faire surprendre un lundi après-midi. Au village, chaque famille possédait un petit lopin, et les Comuzzi, établis avant-guerre dans une maison du bas, avaient conservé le leur, un peu à l'écart, dans les terres mal exposées, allotiés aux gens de peu.

« *I have run... I have crawled !...* » Elle stoppa la cassette. Bono se tut. Le cabanon se dressait là. Une émotion animale lui souleva la poitrine. Elle pouvait sentir la présence de Didier, à travers la paroi. Il n'y avait plus, entre eux, que quelques planches de bois et un carré de légumes à traverser, ce qu'elle fit en retenant sa respiration. La porte du cabanon gémit sur ses gonds.

Il n'était pas là.

Rien ! Personne.

Une fenêtre minuscule, barbouillée de toiles d'araignée, jetait son demi-jour sur un fourbi d'outils. Elle referma la porte et s'assit sur une pierre, la tête brouillée, toute parcourue de frissons. Elle s'imaginait déjà rebrousser chemin quand un froissement de feuilles, quelque part, lui fit tourner la tête.

— Sandra !... Psst !... Sandra !...

C'était sa voix. Elle le cherchait du regard, affolée, soulevée de joie.

— Oh, j'suis par là !... Qu'est-ce que tu fais ?...

Didier l'appelait depuis une petite fenêtre, d'un autre cabanon. Elle s'était trompée. Elle s'était tout bonnement gourée de potager !

Didier lui entrouvrit la porte. Elle pénétra dans un antre obscur, qui sentait l'essence, le moisi, la terre battue.

— Personne ne t'a vue ? demanda-t-il d'une voix inquiète. T'es bien certaine ?

Les yeux de Didier, rétrécis par l'obscurité, fouillaient les environs à travers la fenêtre. Elle l'embrassa sur la joue. Il eut un tressaillement. Elle l'embrassa sur les lèvres. Il l'étreignit alors, brusquement, à pleine bouche, et, dans ce baiser, tout à coup, sa vie entière lui sembla s'évanouir. Elle était amoureuse – follement amoureuse ! Ils s'embrassaient comme s'ils faisaient déjà l'amour. Elle eut un flash : les caresses de Gildas dans la nuit, sous les arbres, près du feu. Des années-lumière la séparaient de ce mauvais souvenir. Elle exultait. Des ondes chaudes lui traversaient le ventre. Ses doigts couraient sur le torse de Didier. Il avait enfilé une chemise, il s'était apprêté. Sa vigoureuse odeur d'homme se mêlait aux effluves de son après-rasage. Elle se recula pour le contempler tout entier. Il la considérait, les joues en feu, avec un air qui donnait envie de se déshabiller. Elle lui rendit un regard éperdu de consentement. Leurs yeux s'acclimataient à la pénombre. Par une succession de gestes précis, il se mit à exaucer son impatience. Elle regardait, passive, émerveillée, ses mains de maçon qui l'effeuillaient méthodiquement. Quand elle ne fut plus vêtue que de ses chaussettes et de sa culotte, il se débarrassa à son tour de sa chemise, puis déboucla sa ceinture. Elle détourna le regard.

Dehors, dans l'encadrement de la fenêtre, on pouvait apercevoir quantité de plantes, d'un vert tendre, poussant en lignes régulières. Des patates ? Des carottes ? La question lui traversa l'esprit en même temps que se dressait dans la pénombre ce que ses yeux s'interdisaient de regarder, et que ses doigts brûlaient de toucher.

XVIII

Le gel ! Bon Dieu de merde, la vigne avait gelé. Le
père Berthelot, claudiquant d'un rang à l'autre, en
avait les larmes aux yeux. En plein mai, après la Saint-
Mamert, le fléau avait frappé. Sa sciatique le reprenait de
plus belle, ses reins faisaient des courts-jus, ça lui remontait jusqu'aux épaules.

Pendant la nuit, l'anticyclone des Açores avait déjoué
les pronostics de la météo nationale, se repliant sous l'assaut d'un front froid, venu du Grand Nord. Le père
Berthelot, abusé par sa confiance, avait dormi sur ses
deux oreilles, tandis qu'un fort vent d'ouest balayait la
vallée. Seulement, au beau milieu de la nuit, les masses
d'air s'étaient inversées.

Et maintenant, au jugé, un quart de la récolte était
fichue ! En fond de coteau, c'était un désastre. Il découvrait partout des bourgeons pris dans le givre. Les plus
exposés, à l'extrémité des pousses fruitières, n'avaient
aucune chance de repartir. Par acquit de conscience, il
en cueillait un tous les dix mètres et l'ouvrait d'un coup
de canif. Chaque fois, il y découvrait cette trace brune et
ligneuse, au point d'insertion sur la grappe.

À quoi servaient tous ces radars et tous ces satel-
lites, si les ingénieurs de la météo n'étaient pas fichus

de prévoir ça ? Là-dessus, le maire avait raison ; on pouvait se demander comment étaient dilapidés les deniers publics, avec toutes ces taxes qu'on lui retranchait de chaque bouteille. Les anciens, eux, ne se seraient pas fait blouser par ce mauvais vent d'ouest, chargé d'humidité, qui s'était levé la veille. L'expérience les aurait exhortés à embraser des fagots de sarments au pied de chaque parcelle, et le diable aurait passé sa route.

Hier encore, la vallée se réchauffait sous les éclaircies. La terre se gonflait de vie ; il suffisait d'en saisir une poignée, au hasard d'un rang, pour sentir sous les doigts tous les sucs du printemps. Les grappes s'épanouissaient comme de juste, surtout dans les parcelles de chardonnay, plus précoce que le pinot. Or depuis vingt ans, le père Berthelot investissait tout dans le chardonnay. La mode était au blanc. Il fournissait des restaurants de fruits de mer à Paris, en Suisse, en Grande-Bretagne, et jusqu'en Yougoslavie.

Il était bientôt 7 heures. Arrivé en haut d'une parcelle, il se retourna vers la vallée. Le soleil pointait derrière l'horizon. Ses rayons allaient frapper les bourgeons à travers leur gangue de givre ; et, instantanément, l'effet loupe leur serait fatal. Il ôta son béret et se gratta longuement la nuque. Sous ses yeux, le long du coteau, cinq parcelles de chardonnay, exposées plein est, allaient dérouiller dans moins de cinq minutes. Il s'abîmait en calculs. Après la vente des pâtures, il avait engagé presque tout son capital dans des biens-fonds. L'acquisition de ses cuves inox, puis d'un nouvel enjambeur, lui avait mangé le reste. Il n'avait plus un radis. Ses traites le prenaient chaque mois à la gorge. S'il faisait une mauvaise récolte, il était bon pour une procédure de recouvrement, et tout

ce qui s'ensuivrait. Au cimetière, ses aïeux se retourne-
raient dans leur tombe.

À cette pensée, son esprit s'égara dans le souvenir des
obsèques du Riri. Il revoyait le trou béant, creusé dans
cette bonne terre à vignes, au fond duquel on avait descendu le cercueil de son frère. Il y avait eu comme un
bruit de frottement à l'intérieur, une maladresse des
croque-morts, la dépouille s'était probablement tassée
sur elle-même, du côté de la tête. Cette idée le tour-
mentait souvent le soir, au moment de s'endormir. Il ne
pouvait s'empêcher de se demander ce qui se passait là-
dessous, à quoi ressemblait le cadavre de son frère après
tout ce temps. Il en avait des frissons. Ses acouphènes se
réveillaient. À côté, la Jeannine ronflait doucement. Il se
perdait en remords, en suspicions. Il revoyait les flammes
léchant les tuiles de sa grange. Après tout, c'était peut-
être bien son frère qui avait voulu se venger de son naufrage et de ses humiliations. Les yeux grands ouverts sur
les ténèbres de la chambre conjugale, il entendait bruisser tous les non-dits de son existence. La peur le gagnait.
Il lui venait alors un immense besoin de pardon. Avant
de rejoindre son frère dans l'au-delà, avant de rendre
compte de ses péchés au Tout-Puissant, il lui faudrait
se confesser.

Or ce matin, du haut de sa vigne, au milieu du
désastre, en face du lotissement, ses doutes et ses
remords tournoyaient comme des oiseaux de mauvais
augure. La vente des pâtures, le promoteur de Chalon,
l'incendie, la mort de Riri, le chantage à peine voilé du
père Comuzzi, et, maintenant, la floraison frappée par
le gel… Ne fallait-il pas y voir un ultime avertissement ?

XIX

Depuis quelques jours, Jeannine se faisait du mouron. Sa fille ne se ressemblait plus, elle était triste et irritable. Il avait dû se passer quelque chose dans la classe, puisque ce changement d'humeur s'était opéré d'un coup, au retour de l'école. Quelque chose, mais quoi ? Le mystère restait entier. Delphine s'était fermée comme une huître, ne répondant aux questions de sa mère que par des haussements d'épaules et des regards noirs. On aurait dit une adolescente. Jeannine avait parlé à son institutrice, qui s'inquiétait pour les mêmes raisons, sans pouvoir avancer la moindre explication.

Quant à son mari, il grimpait dès l'aube sur son enjambeur pour ne revenir qu'à la nuit tombée. Le gel avait hypothéqué la moitié de la récolte. Face au désastre, chaque vigneron avait sa méthode. Les uns ne juraient que par le sécateur, prétendant qu'il fallait aérer le feuillage et sacrifier les pampres inférieurs, afin de concentrer le flux de sève dans les rameaux de tête. Les autres misaient sur une pulvérisation phytosanitaire massive et un épandage d'azote. Mais son mari, paniqué, recru de fatigue et refusant de choisir, avait opté pour une combinaison singulière. Il taillerait au cas par cas, selon l'exposition, et sulfaterait dans la foulée. Jeannine avait insisté pour le soulager à la taille, mais il ne voulait rien savoir. Sa sciatique le rendait coléreux. Il n'en dormait plus la nuit.

Un matin, alors qu'elle s'occupait dans la grange de la traite des biquettes, la cloche tinta.

— Me v'là ! cria-t-elle.

Elle traversa la cour et ouvrit la porte. C'était M. le curé.

— Eh bien mon père, quel bon vent vous amène ? fit-elle en s'essuyant les mains sur son tablier.

— Oh, je passais prendre des nouvelles. On m'a dit que le père Berthelot avait bien du souci. Je ne vous dérange pas au moins ?

Il avait la figure sanguine et l'haleine courte, comme s'il venait de courir.

— Non, vous ne me dérangez point. Mais pour mon mari, faudra revenir, il passe toutes ses journées dans les vignes.

— Ah, bien sûr… et vous Jeannine, comment vous portez-vous ?

— Ma foi, on fait aller. Mais dites-moi, vous m'avez l'air un brin fatigué.

— Oh, j'ai des digestions un peu lourdes, voilà tout.

Ils se turent. Leurs regards s'évitaient. Il y avait comme une gêne.

— Je vous proposerais bien un café, dit-elle finalement, mais j'ai encore les biquettes à traire.

On les entendait qui bêlaient d'impatience, depuis la grange.

— Je peux vous tenir compagnie, le temps de finir, si vous n'y voyez pas d'inconvénient.

C'est drôle, la Jeannine s'y attendait. Elle accepta. Le père Roque ferma la porte derrière lui et ils gagnèrent la grange sans échanger un mot.

— Bien le bonjour, mesdames ! plaisanta le curé en entrant.

Les chèvres se turent, intriguées par l'arrivée de cet étranger. Elles l'observaient fixement, dans la pénombre, de leurs pupilles sévères. Jeannine s'assit devant la Juliette, l'aînée de ses quatre chèvres, qui avait encore les mamelles à demi-pleines. Ses doigts pressaient en rythme les deux trayons, remplissant de giclées aiguës un seau de fer-blanc. Le père Roque s'approcha.

— Je peux m'asseoir ?

— J'vous en prie.

Dans un craquement de genoux, il s'installa sur le petit tabouret qu'utilisait Delphine, quand elle aidait sa mère à la traite. Soupçonneuses, les chèvres ne le quittaient pas des yeux. Il formula un compliment sur les fromages de la Jeannine, qui avaient égayé certains de ses déjeuners, au presbytère, en tête à tête avec lui-même. Puis il se mit à causer du gel, des vignes, du printemps, de tout et de rien dans un étonnant flot d'enthousiasme. Ils étaient tout proches, l'un et l'autre. Leurs genoux se frôlaient. Elle l'écoutait, hochant la tête. À tout moment, il tirait de sa poche un mouchoir pour s'éponger le front, alors qu'il faisait plutôt frais dans la grange. Insensiblement, sa voix descendait dans les graves. Il adopta un ton d'intimité. Son discours glissait vers les confidences. La Jeannine sentit le rouge lui monter aux joues. Le père Roque se trouvait bien seul, quelquefois, disait-il, et ça lui faisait plaisir de causer avec elle, loin de son sacerdoce, en civil. Elle avait bientôt fini de traire la Juliette. Les dernières gouttes formaient de brefs cercles concentriques, à la surface du lait. Le père Roque s'interrompit. Il la cherchait du regard. La Jeannine se détourna, l'air de rien, mais elle n'était pas dupe. Elle connaissait les hommes. Ça faisait déjà quelques mois qu'elle devinait ce trouble dans le regard du père Roque, une lueur interdite, flatteuse, piquante. Elle ne savait qu'en faire, et elle restait là, sans réaction, aussi muette que ses chèvres, qui emplissaient de leur hébétude le clair-obscur de la grange.

XX

L'incendie, plus personne n'en parlait – sauf la morue,
qui flairait tout, comme toutes les mères, depuis que la
ch'tite Berthelot l'avait tirée du lit un beau matin. À
la maison, l'atmosphère devenait irrespirable. Les difficultés financières s'accumulaient. On avait reçu une
lettre d'huissier. Le boulanger ne voulait plus faire crédit, l'épicier non plus, le boucher ça faisait déjà un bail.
La morue parlait de vendre la carcasse de la 2 CV qui
sommeillait dans le garage, répétant à Gildas qu'il était
un bon à rien, un délinquant, un criminel, et qu'il pourrait au moins remettre en état cette foutue bagnole, afin
qu'elle éponge ses dettes. Gildas bottait en touche, se
demandant à voix haute pourquoi Jean-Claude, plutôt
que d'entamer l'apéritif dès 9 heures, ne s'y mettait pas,
lui. Après tout, c'était un ancien flic de choc. Les scènes
s'achevaient toujours en claquements de porte, chacun
gardant à l'esprit qu'une bagarre générale n'était dans
l'intérêt de personne.

Le soir, pourtant, à 20 heures pétantes, ils s'installaient tous ensemble, les petits, la mère, le beau-père
et Gildas lui-même, devant le poste, pour un nouveau
rituel. Le JT d'Antenne 2. Un frisson familial. La mère
était convaincue que le jour approchait où elle verrait

Francis à la télé. On guettait pieusement le moment où Christine Ockrent annoncerait un reportage sur l'opération Épervier. Quand ça se produisait, la mère faisait taire tout le monde et mangeait le poste des yeux, comme s'il s'agissait des résultats du tirage, et que Francis, surgissant pareil à une boule de loto, rachèterait d'un coup de baguette magique la famille, son honneur et ses dettes.

Au fond, Gildas ne savait pas trop s'il voulait voir son frère passer à la télé. À sa fierté se mêlerait inévitablement, par contraste, un sentiment de nullité. Mais il restait saisi devant les panoramas désolés du Sahel, les colonnes de blindés talonnés par leur panache de poussière, les jaguars décollant de l'aéroport de N'Djamena dans les ondulations de la brume de chaleur, les légionnaires en short se versant sur la tête des litres d'eau qui s'évaporaient avant même de toucher le sol.

Un soir, on reconnut sur l'épaule d'un soldat l'emblème du régiment de Francis. Le miracle était sur le point de se produire. Le temps se suspendit dans le salon, dans l'attente de voir surgir le fils prodige, mais le reportage s'acheva sur une immense déception. Une fois de plus, sa mère se leva du canapé en récriminant contre ces foutus journalistes, et Gildas l'imita, déclarant qu'il allait faire un tour à la cabine.

Ils étaient là, Fabrice, Maude, Sylvain, Audrey, à siroter des bières dans le jour qui se délitait. Gildas se joignait à eux pour la première fois depuis des semaines, leur étonnement fut palpable.

— Ça va pas être possible, mec, plaisanta Sylvain. On est complet.

Fabrice fut le seul à rigoler ; il offrit une canette à Gildas, qui en vida la moitié d'un trait, sans même dire merci.

— Vous avez pas des nouvelles de Sandra, par hasard ?

Les quatre compères échangèrent des regards faussement interrogatifs. Nul ne voulait prendre le risque d'émettre un commentaire, vu que Gildas ne semblait pas dans un bon jour. Maude céda tout de même à l'envie de dégoiser un brin. Le sujet l'intéressait. Sandra n'était rien qu'une pimbêche doublée d'une menteuse, parce que ça faisait des lustres que son père avait levé sa punition, mais qu'elle continuait de les éviter, tous autant qu'ils étaient, comme s'ils avaient la gale.

Gildas acquiesçait sans rien dire. Il vida le reste de sa canette, qu'il balança ensuite par-dessus le grillage. Elle disparut dans une petite gerbe d'eau, à la surface de la piscine. Personne ne moufta. C'était pourtant sacrilège, ce qu'il venait de faire. Ça pouvait leur coûter le droit de squatter là, si quelqu'un retrouvait des ordures au fond de la piscine.

— Vous savez quoi, déclara-t-il solennellement. C'est décidé, je vais m'engager.

— Tu déconnes ?

— Nan. Je vais devancer l'appel. Je suis convoqué à Dijon le mois prochain. Je vais signer pour un an.

— Sans dec' !

— Ouais. Je vise les paras. P't'être même les commandos de marine.

Sylvain siffla d'admiration. Fabrice objecta que les commandos de marine, c'était quand même la crème de la crème, qu'il avait vu un reportage, et que Gildas devait s'attendre à passer cinq jours dans un trou profond comme ça, sans bouger, sans manger, à se retenir de chier, s'il voulait réussir les tests de sélection. La discussion roula ensuite sur toutes les dingueries qu'on faisait endurer aux forces spéciales pendant leurs entraînements, et les filles émirent des petits cris de protestation quand Gildas leur assura que certains théâtres d'opérations étaient interdits aux femmes soldats parce que l'odeur de leurs menstruations pouvait les faire repérer par les chiens à plusieurs kilomètres.

Là-dessus, Sylvain déclara qu'il était l'heure de rentrer. Il démarra sa meule d'un coup de kick, pendant que Maude, sans casque, grimpait sur le porte-bagages. Ils étaient donc encore ensemble ces deux-là. On échangea des saluts. La mobylette s'ébroua dans une plainte stridente, non pas en direction de la grand-place, mais vers Givry, sur la grand-route. Ils allaient s'offrir un petit détour coquin du côté de la carrière, et Gildas sentit sa poitrine se creuser en les regardant s'éloigner pleins gaz, emboîtés l'un dans l'autre, la tête dans le guidon, les cheveux au vent.

XXI

Quel jour sommes-nous ? Il fait si beau. Déjà l'été ?
Il n'y a donc plus de saison. De sa vieille main tavelée, Denise chasse une mouche. Ses articulations la font
moins souffrir, depuis le retour du soleil. C'est sa nuque,
à présent, raide comme un cep, qu'elle aimerait pouvoir oublier. Mais avant tout, ce qui la tracasse, c'est la
fenêtre. Elle n'a plus la force de l'ouvrir. Sa belle-fille
vient de partir, et elle a oublié de lui demander ce petit
service. Il doit faire si bon, là dehors.

De son poste d'observation, elle peut quand même
suivre le vol des insectes, qui vibrionnent dans les potagers. C'est le grand retour de la vie. Les abeilles sont
faciles à distinguer, minuscules points noirs rebondissant autour des fleurs. Les faux-bourdons ont l'air
d'avoir bu un coup de trop. De temps à autre, la lourde
silhouette d'un hanneton traverse le paysage en ligne
droite. Et puis, comment s'appellent-ils déjà, ces gros
nuisibles, qui se gobergent de racines pendant l'hiver, et
puis qui s'envolent à la verticale, l'été venant, dans un
vrombissement militaire, pour aller semer leur vermine
ailleurs... Ah oui, elle se souvient maintenant, les dory-
phores, ce doit être l'un d'entre eux qu'elle vient de voir
jaillir d'un rang de patates, la voisine va tirer une de ces

têtes en découvrant les dégâts… Mais voilà autre chose, c'est-y pas le fils Comuzzi qui pénètre dans le potager du fond ? Ma foi, on dirait bien. Qu'est-ce qu'il fait là ? D'habitude, c'est la mère, et rien qu'elle, qui s'occupe des légumes. Il entre dans le cabanon, courbé comme un voleur. Quelle intrigue ! Elle en rigole, toute seule devant sa fenêtre.

Il se passe quoi, un quart d'heure, une demi-heure, et puis voilà qu'il ressort. Mais dites voir… Non, ce n'est pas lui ! C'est une fille. « Ah ! Vingt dieux ! » Denise laisse éclater sa surprise. Qui ça peut bien être que cette jeune fille ? Elle ne la reconnaît pas. Ça monte si vite en graine, désormais, les gamines du village. La silhouette s'éclipse par les maisons du bas, et puis le fils Comuzzi sort à son tour du cabanon, il traverse les potagers en sens inverse et disparaît.

Ça lui a donné du baume au cœur, cet amour clandestin, ça lui rappelle tant de souvenirs. Elle était sage-femme, autrefois. Faiseuse d'anges, aussi, il fallait bien s'occuper de ces choses-là. C'est quand même une drôle d'affaire la mémoire, elle ne se souvient plus de ce qu'elles se sont dit, avec sa belle-fille, y a pas une demi-heure, mais elle peut faire défiler toutes les naissances du village sur un demi-siècle. Comme c'est étrange, elle se met à penser au Riri, à présent. Quand est-il mort, déjà ? Elle revoit sa bière dans l'église, et puis le père Roque, au cimetière, pontifiant devant la tombe fraîche. Le Riri, elle l'a vu naître. C'était quoi, vers 1932 ? 1933 ? Le père l'avait requise en urgence, en janvier, en pleine nuit. Elle avait remonté la grand-rue au pas de course, échevelée, pieds nus dans ses bottines. La mère Berthelot était assise sur une chaise, dans la salle à manger, livide. Le père s'était agenouillé devant l'âtre pour ranimer les braises. Tout lui revient. *La mère cherche à se lever. Le père lui demande de rester tranquille, et la pauvre parturiente, frappée par une contraction, les yeux exorbités, tombe à genoux, déchirant la nuit d'un cri de bête. Elle est en train d'accoucher, là, sur les tomettes de la salle à manger. Oh, cette misère... Le bébé se présente par le siège. Et l'auteur de ses jours, derrière, devant le feu, tourne de l'œil, pendant que Denise, qui connaît son affaire, plonge la main dans les entrailles de la mère Berthelot, pour remettre le ch'tit d'aplomb, et qui dit, comme ça, pour divertir son monde, que c'est un garçon, qu'elle peut en jurer, que tout se passera bien, tandis que la pauvre mère Berthelot, entre deux hurlements, invoque le diable tellement qu'elle veut en finir, et puis soudain, au milieu de ce chantier, la porte s'ouvre, et le visage de l'aîné, du haut de ses cinq ans, tout chamboulé de terreur, apparaît dans l'embrasure. Son père, reprenant ses esprits, va lui coller un soufflet, avant de le faire remonter dans sa chambre. Au même moment, le bébé sort par le bon bout. La mère a perdu connaissance. Et le Riri, tout fripé, petite chose tremblotante, pousse son premier cri devant la cheminée, sur l'épaule de Denise, à la lueur des flammes.*

La plainte d'une mobylette l'arrache à ses souvenirs. Elle s'y accroche quand même un peu. Qu'est-ce qu'il lui reste ? Oh, trois fois rien... Tout qui s'efface.

XXII

Pendant des semaines, on avait pu croire que l'idée, au grand soulagement de Samuel, était tombée aux oubliettes, et puis soudain, entre le fromage et le dessert, sa mère déclara que samedi prochain, en raison d'une invitation à dîner, les trois frères seraient gardés par la grande sœur d'Alex.

Le soir, il médita l'information dans la pénombre de sa chambre. L'heure était grave. Dans trois jours, Sandra allait faire la connaissance de son intimité, de l'indigence de ses jouets, des escaliers pas finis, de la salle de bains glaciale, de ses pyjamas trop courts, mais surtout, elle ferait la connaissance d'Antoine, son grand frère, qui avait frémi de plaisir à l'annonce de cette nouvelle, le nez dans sa blanquette. Samuel imaginait déjà la scène – Antoine révélant à Sandra, pour se faire mousser, que son petit frère pisse encore au lit. Alex serait probablement mis dans la confidence, et ce traître était bien capable d'en parler à Delphine, comme il l'avait fait pour Gildas.

Alors, il se mit à penser au billet de cinquante francs. Par précaution, il ne priait plus Jésus en semaine. Il ne fallait pas tout mélanger. Pour la prière, il y avait le dimanche. Et puis c'était compliqué, il préférait prendre sa décision seul avec lui-même, avant d'en référer au Christ. Cinquante francs, c'était excessif, mais si c'était le prix à payer pour le sauver de cette humiliation, peut-être fallait-il en faire tout de suite son deuil.

Trois jours passèrent dans la préoccupation incessante de cette soirée de baby-sitting. Il hésitait maintenant à acheter le silence de son frère, pour disons quinze francs chez Martinon, l'épicier du village, seulement l'idée de s'aplatir sans lutter lui répugnait, il fallait trouver autre chose.

Le samedi après-midi, faute de solution, il se résolut à donner rendez-vous à Alex, pour le goûter, au pied du calvaire. Ils ne s'adressaient plus la parole depuis deux semaines. Sans doute était-il plus prudent de se rabibocher avec lui, avant que sa sœur débarque à la maison.

Réjoui par ce brusque changement d'humeur, Alex se pointa avec du Yop, des cookies, une gourde et un sachet de Tang. Samuel n'avait eu droit qu'à son morceau de baguette réglementaire, fourré de quatre carrés de chocolat et emballé dans du papier aluminium.

— Viens, on va manger à la cabane, déclara-t-il d'un ton qui se voulait encore distant.

Ils traversèrent la prairie et s'engouffrèrent dans la muraille de buis. Une lumière hachée par le feuillage leur tombait sur la tête. La fraîcheur de l'humus s'enroulait le long des mollets, jusque dans le bermuda. Au moment d'entrer dans la cabane, ils eurent un mouvement de recul. Une charogne gisait au milieu. Elle grouillait de vermine, prise dans les mâchoires d'un piège. Ça avait tout l'air d'être un lapin. La tête était séparée du corps. À la place des yeux, deux trous béants. Alex eut un haut-le-cœur.

— Je suis sûr que c'est Gildas, lâcha Samuel.

— Pourquoi tu dis ça ?

— Tu sais très bien pourquoi.

— Viens, on se tire.

— Non, attends.

Samuel était hypnotisé par le spectacle. Il ramassa une branche et commença à fouiller les entrailles putréfiées de l'animal. Les vers se débinèrent en catastrophe, les uns s'enfouissant sous la terre, les autres trouvant refuge dans les replis gluants de la charogne. Alors, sans raison, il se mit à taper dans le tas, histoire d'achever les larves. Une violente odeur leur montait aux narines.

— Arrête ! C'est dégueulasse, fit Alex, la main sur le nez.

Samuel balança sa branche au loin, dans le taillis.

— T'as raison. On se tire.

De retour au pied du calvaire, ils restèrent un moment sans parler. Samuel fixait l'horizon en songeant qu'après tout, cette charogne tombait à point nommé.

— À mon avis, avança-t-il, Gildas sait que t'es au courant. C'est pour ça qu'il a foutu ça dans notre cabane.

— Je vois pas le rapport, se défendit Alex.

Samuel s'énerva, forçant le trait.

— Tu plaisantes ? T'as raconté à Delphine que Gildas avait tué ses biquettes, et maintenant, comme par hasard, y a un lapin crevé au milieu de notre cabane.

Au lieu de répondre Alex fit la moue et déchira son sachet de Tang pour le verser dans sa gourde. Samuel insista :

— Pourquoi t'es allé répéter à Delphine ce que je t'avais dit ?

— Elle m'avait cherché.

On s'aventurait en terrain dangereux. Samuel, qui s'était toujours évertué à cloisonner l'amour et l'amitié, sentait qu'en poursuivant dans cette voie, il ne sauverait ni l'un ni l'autre. Alex s'excitait comme un dératé sur sa gourde pour faire son mélange. Il céda ensuite tous ses cookies à Samuel, au prétexte que la charogne lui avait coupé l'appétit. Tout portait à croire qu'il éprouvait des remords et que dorénavant, il tiendrait sa langue.

Ils redescendirent vers le village, silencieux, en shootant dans les cailloux. Restait quand même à s'assurer qu'Antoine ne raconte pas à Sandra qu'il pissait encore au lit.

Alors qu'ils arrivaient au lavoir, il eut une illumination.

— Tu veux bien me passer ta gourde de Tang, s'te plaît. Je te la rends lundi.

Alex eut l'air ravi d'accepter. De retour chez lui, Samuel s'enferma dans les toilettes. Il ouvrit sa braguette et, pesant avec une pointe d'inquiétude ses chances de réussite, urina dans la gourde.

Son affaire terminée, il monta à l'étage. Antoine écoutait de la musique dans sa chambre – sa cassette de Renaud, *Mistral gagnant*, toujours la même. Il frappa à la porte.

— C'est qui ?

— Moi.

— Dégage.

— S'te plaît.

— Va jouer ailleurs, j'écoute de la musique.

Renaud, c'était une affaire grave. Son frère l'écoutait religieusement, en boucle, le soir, quand il avait fini ses devoirs.

— S't'eup, Antoine ! Tu peux me prêter du gel ?

Derrière la porte, un ricanement couvrit la voix de Renaud.

— Tu prends tes désirs pour la réalité ?

— Vas-y, juste un peu. J'ai du Tang.

La cassette s'interrompit. L'instant suivant, la porte s'ouvrait.

— Fais voir. T'as eu ça où ?

— C'est Alex, il m'a filé un sachet. On a presque rien bu.

Antoine était dingue de Tang. Leur mère refusait d'en acheter ; c'était trop sucré, trop chimique, trop cher.

— Donne.

— Hé ! File-moi du gel !

Antoine ouvrit la gourde, en renifla le contenu. Samuel sentit son cœur s'emballer. Mais son frère, abusé par la puissance des arômes synthétiques, s'envoya une longue rasade.

— Putain, trop bon.

Le soulagement était violent. La transaction fut acceptée. Samuel plongea les doigts dans le pot de gel de son frère et disparut dans la salle de bains. Leur mère finissait de se préparer dans la chambre parentale. Sandra n'allait pas tarder à débarquer. Il s'appliqua devant le miroir, redressant délicatement sa mèche en houppette, précis, concentré. Mais il n'en menait pas large.

Ensuite, il attendit cinq bonnes minutes, assis sur les toilettes, histoire que son frère ait eu le temps d'assouvir sa fringale de Tang. Alors, il sortit. Son estomac faisait des pirouettes, un mélange de peur et d'excitation. Il entra sans frapper dans la chambre d'Antoine.

— Qu'est-ce tu fous !

— J'ai pissé dans la gourde.

— Hein ? Quoi ?

Une grimace déformait le visage de son frère.

— J'ai pissé dans le Tang, répéta Samuel en se forçant à sourire.

Alors, d'un seul coup, là, devant ce sourire, Antoine comprit. Samuel ne plaisantait pas. Il dévissa le bouchon de la gourde et huma profondément. La fureur assombrit son regard. Il hésitait à cogner tout de suite. Samuel était prêt, il continuait de sourire, le teint livide.

— Pourquoi t'as fait ça ? fit Antoine entre ses dents.

Samuel ne répondit rien, il était secoué d'un rire nerveux. Antoine se jeta sur lui. Les coups se mirent à pleuvoir. Ils roulèrent au sol. Samuel continuait de rire en se protégeant comme il pouvait. Son frère avait deux ans de plus, il était ceinture verte de judo. Il l'écrasait de tout son poids, un genou enfoncé dans les côtes, mais le plaisir de la vengeance était émoussé par la docilité de Samuel, qui gloussait, rouge et suffoquant, la face déformée contre la moquette.

— Pourquoi t'as fait ça, espèce de p'tit enculé !

Samuel laissa échapper un cri de douleur. Antoine s'arrêta, il voulait entendre la réponse.

— Si tu dis à Sandra que je mouille encore mon lit, je lui raconte comment je t'ai fait boire ma pisse.

XXIII

Quand le téléphone se mit à sonner, Didier égouttait une photo au-dessus du bain de révélateur. Il était 23 heures. Ça ne pouvait être qu'elle, songea-t-il, avant de quitter la chambre noire.

L'appareil continuait à sonner sur le guéridon de l'entrée. Il décrocha. C'était bien elle. Sa voix chuchotait, pleine d'excitation, à l'autre bout du fil. Il fallait faire vite, dit-elle dans un souffle. Elle terminait un baby-sitting, les parents arrivaient, elle allait raccrocher. Didier ne comprenait rien à cette urgence. Elle lui donna rendez-vous au camping, maintenant, tout de suite.

— Tu me manques, dit-elle, avant de raccrocher.

Didier passa une chemise propre et se donna un coup de peigne devant le miroir. Derrière la fenêtre, la maison de ses parents était baignée d'obscurité. Il traversa la cour, se demandant bien ce qu'il raconterait, s'il croisait un voisin ainsi vêtu. La chemise était sans doute de trop. Tant pis, trop tard, il poursuivit sa route, rempli d'impatience.

Après le bureau de poste, il bifurqua sur le chemin de terre, entre les dernières maisons du haut. La nuit était claire. La fraîcheur descendait des collines. Parvenu à la petite porte grillagée, il se demanda où l'attendre. Le camping était désert. Enfant, il y venait souvent, hors saison, avec les autres gamins du village, pour faire un foot, jouer près de la mare, emmerder les canards ; on racontait déjà que les amoureux venaient y faire des choses, la nuit. Les emplacements de caravanes, délimités par des haies de seringas, offraient le confort d'une herbe grasse à l'abri des regards.

Il prit la direction de la buvette, cette masse claire, trapue, aux volets clos, qui semblait flotter sous la lune. La probabilité que quelqu'un le surprenne ici était si faible qu'il se repaissait de cette promenade solitaire, le nez en l'air, les mains au fond des poches. Alors, il l'aperçut. Une silhouette élastique, chevelue, pressée, qui se faufila sous la barrière ; la seconde suivante, elle était dans ses bras. Ils échangèrent un baiser sommaire. Elle avait plein de choses à lui dire. Cinq jours s'étaient écoulés depuis leur dernière rencontre, dans le cabanon. Une éternité. Elle souriait en parlant, enveloppée d'un halo argenté. Didier se perdait dans la ligne souple de ses lèvres. Il avait envie d'elle. Il l'écoutait à moitié. Elle l'embrassa de nouveau, un baiser mouillé, rempli d'électricité.

— Viens, dit-il, en l'attirant vers les emplacements de caravanes.

Elle lui racontait son baby-sitting. Trois frères. Une catastrophe. Ils n'avaient pas cessé de se battre. L'aîné n'avait pas encore mué qu'il se prenait déjà pour un homme. Samuel, le copain de son petit frère, était mignon au premier abord, mais il faisait ses coups en douce, tantôt avec l'aîné, tantôt avec le dernier. Quant au petit, justement, il se mettait dans des colères pas possibles, pour un rien, et transformait en projectile tout ce qui lui tombait sous la main. Fallait voir l'état de la cuisine, à la fin du repas.

Didier coupa court à la discussion, ces histoires de petits frères le mettaient mal à l'aise, ça lui rappelait leur écart d'âge – Sandra redoublait sa seconde, elle avait tout juste dix-sept ans. Si on s'en tenait au Code pénal, il risquait la correctionnelle en s'allongeant dans l'herbe avec elle, une pensée vite chassée par les mots qu'elle lui susurrait à l'oreille.

Ils se déshabillèrent. Sandra avait la chair de poule. Ses bras se hérissaient d'un duvet tendre. En même temps, son ventre était brûlant. Didier en suffoquait. Elle ondulait d'impatience sous l'assaut de ses caresses. Il voulait la regarder, se saouler de son corps, ses creux, sa rondeur, cette blancheur céleste, mais Sandra l'attira sur elle, et il se glissa sans prévenir, de toute sa garde, dans le feu trempé de son entrejambe.

Ensuite, les semaines s'écoulèrent, dépourvues de contours, remplies d'insomnies, rythmées seulement par les rendez-vous qu'ils se donnaient la nuit. Sandra prenait des risques. Elle faisait le mur. Son père lui interdisait de monter le combiné du téléphone dans sa chambre. Il épluchait chaque mois la facture des PTT. Alors, quand ils se quittaient au clair de lune, repus, étourdis, ils se fixaient un prochain rendez-vous et, le jour dit, Didier trépignait dans son canapé, une bière à la main, fumant Gauloise sur Gauloise, en attendant que Sandra l'appelle depuis la cabine téléphonique du camping.

Quand ils se reposaient après l'amour, Sandra s'étendait la tête sur sa poitrine, les yeux au ciel, contemplant les étoiles. Ou bien, couchés sur le ventre, l'un contre l'autre, ils devisaient en arrachant des brins d'herbe. Didier ne se reconnaissait plus, il ressentait le besoin de se confier. Un bonheur bavard, liquide. Sandra répondait par des gloussements, des sourires muets, touchée par sa sincérité. Entre deux baisers, deux caresses, il laissait échapper des petits mots bêtes et délicieux. Sa propre niaiserie le faisait rire. Sandra semblait aimer ça, cette intimité, ses confidences, sa façon de s'en moquer. Elle était de plus en plus belle. Parfois, ils restaient là, étendus dans l'herbe, tournés l'un vers l'autre, à se regarder en silence.

Et puis, un jour, ils se donnèrent rendez-vous dans la forêt, en fin d'après-midi. L'été n'était pas loin, le raisin gonflait dans les vignes. Sandra avait profité d'un déplacement professionnel de son père pour abuser de l'indulgence de sa mère. Elle avait la permission de 23 heures. Au moment de partir, pesant le pour, pesant le contre, Didier se décida finalement à emporter son Leica. Il allait la voir nue dans la nature, en pleine lumière.

Sandra l'attendait derrière le lavoir. Ils s'embrassèrent sans dire un mot, avant de filer à travers bois. Didier connaissait par cœur les esquisses de sentier tracées par les chevreuils, les impasses, les mauvaises racines, les bauges de sangliers. Il lui tenait les branches pour que ses cheveux ne s'emmêlent pas dans les feuilles ; elle sursautait à chaque froissement d'aile – une grive ou un faisan s'arrachant au taillis.

Ils atteignirent l'affût de chasseur. Didier avait choisi l'endroit pour la vue. Il venait là, parfois, au plus fort de l'orage, pour essayer de piéger la foudre dans le boîtier de son Leica. Sandra voulut qu'il la photographie tout de suite, l'idée l'excitait. Elle fit tomber de son épaule une bretelle de débardeur, prit des pauses, suggéra des angles. Didier tiquait, riant un peu bêtement. Il aurait voulu la photographier à son insu, dans sa grâce naturelle. Elle se déshabilla en se tenant à une branche, avant de s'allonger sur l'herbe. Didier se concentrait dans l'œilleton, mais la séance tourna court, balayée par leur désir.

Plus tard, ils se rhabillèrent, s'assirent sur un tronc mort. Ils avaient faim. Le soleil sombrait derrière les Chaumes. Les hirondelles faisaient des loopings au-dessus des vignes.

— Si je devais me réincarner, déclara-t-elle, je choisirais de devenir un oiseau.

Didier ne s'était jamais posé la question. Il réfléchit un instant.

— Moi aussi.

— Tricheur ! dit-elle en riant. Puis, sans transition : Tu crois en Dieu ?

Il eut un moment d'hésitation.

— J'sais pas trop.

— Je croyais que t'étais communiste.

— L'un n'empêche pas l'autre. À mon sens, si Dieu existe, il est partout, sauf peut-être dans les églises.

Sandra pressa sa main dans la sienne, trouvant qu'il avait bien raison. L'ombre du soir s'allongeait sur la vallée, et Didier ressentit quelque chose d'étrange, à l'intérieur de sa poitrine, comme s'il se délestait d'un poids dont il n'avait jamais pris conscience, et que ses poumons, pour la première fois, trouvaient un espace pour s'ouvrir à leur mesure.

XXIV

Dans son costume de lavandière, Delphine peinait à suivre le rythme de *La Carmagnole,* tournant tantôt à droite, tantôt à gauche, en s'emmêlant dans les paroles. Alex se tenait au milieu de la ronde, relégué par la maîtresse au rôle de piquet ; il tenait une hampe, en haut de laquelle étaient fixés une vingtaine de rubans tricolores que les élèves, à l'autre extrémité, faisaient tourner en rythme. Jacques, le mari de la maîtresse, les accompagnait à l'accordéon.

Il s'interrompit.

— Va se mettre à pleuvoir, plaisanta-t-il, si vous continuez de chanter si faux.

La maîtresse suggéra de laisser tomber la farandole pour le moment et de se concentrer sur la chanson. Alex poussa un soupir de soulagement. Du coin de l'œil, Delphine le regarda poser sa hampe et se diriger vers Samuel ; il lui murmura quelque chose à l'oreille, les yeux comme deux fentes, le visage déformé par un sourire de vaurien. Leur complicité la mettait en rage. Elle aurait juré qu'Alex était en train de se moquer d'elle. Depuis qu'il avait prétendu savoir que Gildas avait mis le feu à la grange, elle le voyait comme le diable. Elle était perdue. Il avait réussi à lui faire croire qu'elle tenait enfin le coupable, mais elle soupçonnait désormais cette confidence de n'avoir été qu'une simple ruse, destinée à l'éloigner de Samuel. Chaque fois qu'elle repensait à leur baiser, dans la cabane, c'était comme un coup de couteau dans le ventre. Elle avait tout gâché. Son ignorance la dévorait. Qu'est-ce que Samuel avait vu, au juste, le jour de l'incendie ? Elle brûlait de lui demander. Gildas lui-même avait éclaté de rire, lorsqu'elle avait osé sonner chez lui.

Elle se perdait ainsi en conjectures, quand Samuel se tourna vers elle. La chanson allait reprendre. Son regard était difficile à déchiffrer. L'instant suivant, Alex la dévisagea à son tour, avec son air de Judas ; elle se détourna – elle l'aurait giflé.

XXV

Se tirer une balle dans la tête, Gildas y avait déjà pensé. Par défiance. Pour faire chier. Par plaisir. Mais depuis son retour de Dijon, il y songeait le plus sérieusement du monde.

On l'avait réformé.

Une crevure de médecin militaire avait brisé son rêve d'un coup de tampon – « G7 », inapte à tous les corps d'armée, à cause d'une allergie aux piqûres d'abeille. Un simple coup de tampon, bref et mat, répercuté entre les murs du cabinet médical, qui lui vrillait encore l'estomac. Adieu les paras, les commandos de marine, les voyages au long cours. En toute hypothèse, il allait pourrir sur place pour le restant de ses jours.

Quand il ne pensait pas à se brûler la cervelle, il caressait le souvenir de Sandra. Concupiscent, déboussolé, il se décida un soir à l'appeler.

— Allô ? Oui, j'écoute… Allô ?

C'était la voix de sa mère. Gildas raccrocha.

Les jours suivants, il fut incapable de se retenir. Il passait chaque soir un coup de fil dans l'espoir que Sandra décroche et, invariablement, il tombait sur sa mère. À croire qu'elle était la préposée au téléphone. « Allô ? Oui, j'écoute… Allô ? » Ça en devenait presque excitant, cette voix de femme mûre, avec ce chuintement de tabac au fond de la gorge.

Un samedi après-midi, le père décrocha.

— Qui que vous soyez, vous êtes un lâche ! Et si vous croyez nous faire peur, sachez que je vais déposer plainte à la gendarmerie. Ils ont des méthodes très efficaces pour établir la provenance d'un appel. Croyez-moi, je sais de quoi je parle !

La tonalité du dérangement se mit à tinter dans le combiné. Gildas raccrocha. Une giclée d'adrénaline lui monta au cerveau. Il se passait enfin quelque chose. On le mettait au défi. Il souriait, le ventre empli de chaleur, des fourmillements au bout des doigts. Des menaces ? Cet enculé ne perdait rien pour attendre. Après tout, si Sandra n'avait jamais donné suite à leur nuit d'amour dans les collines, c'était la faute de son père. Il ne faudrait pas qu'il s'étonne, s'il découvrait un matin sa Honda Civic à plat sur les quatre jantes.

La vie se remettait à circuler méchamment dans ses veines. Gildas voulut célébrer ça. Sa mère était on ne savait où, et Jean-Claude prenait l'air, à côté de ses pompes, la bouche ouverte, sur la terrasse. Gildas exécuta un raid dans la cuisine, fouillant sommairement chaque fond de placard, en quête d'un truc à boire. Ce vieux poivrot avait de l'imagination pour les planques, mais Gildas, chanceux, dénicha une bouteille de gnôle sans étiquette, derrière la Cocotte-Minute. Il grimpa dans sa chambre et passa l'après-midi dans les vapeurs d'alcool à brûler, à griller les Gitanes de Jean-Claude en se demandant comment s'y prendre avec l'ordure qui venait de lui raccrocher au nez. De temps à autre, il exécutait une série de pompes. De toute façon, Sandra détestait son père. Elle lui saurait gré de lui avoir administré une bonne leçon. D'une pierre deux coups, comme on dit ! Il s'excitait ainsi la volonté. Puis il se mit à envoyer des *jabs* et des *side kicks* à travers les rayons du soleil, qui tombaient de biais dans sa chambre. Tiens, prends ça, face de rat. Il sautait, esquivait, contre-attaquait avec souplesse. Parfois, il perdait l'équilibre et s'étalait sur le lino. La morue était rentrée. Elle se mit à gueuler depuis le rez-de-chaussée.

— C'est quoi ce bordel ! Tu vas finir par me casser la baraque !

Il s'affala sur son lit pour s'envoyer une nouvelle rasade. Il n'avait pas faim. Bientôt, la bouteille fut vide. Quand le crépuscule eut avalé le jardin, il alluma la lumière et son reflet lui apparut sur la vitre. Un rictus de défi lui grimpa aux lèvres. Il envoya devant lui une série de crochets. Ses gestes étaient vifs, mais approximatifs. Ça l'énerva. Il continua un moment de s'échauffer les bras, puis tout à coup, basculant sur sa jambe d'appui, il envoya d'un geste circulaire son talon frapper la tête de son reflet, qui disparut dans une explosion de verre.

ÉTÉ

I

À mesure que les semaines passaient, les rapports entre Didier et Sandra se modifiaient. Il commença par lui écrire des lettres pleines de tendresse passionnée, qu'elle lut d'abord avec ébahissement. Des mots simples, une syntaxe maladroite. Elle lui manquait. Pas une minute ne s'écoulait sans qu'il pensât à elle. Sa beauté le hantait. Il voulait encore et encore caresser sa peau, ses jambes, son ventre, plonger sa tête dans sa poitrine parfumée... Des choses comme ça, qu'elle lisait dans des bouffées de chaleur, seule dans sa chambre.

Insensiblement, il se mit à se confier plus avant. Il fut question de souvenirs d'enfance, de solitude, des colères que lui inspirait son père. Elle en était touchée, elle en était gênée, elle ne savait plus trop. Il y avait comme un hiatus entre ces épanchements intimes et l'homme velu, musclé, qui la prenait dans la nature pour sa chose, sa propriété, ce qui n'était pas pour lui déplaire. Elle refermait ses lettres un peu refroidie, déçue, mais cette déception s'effaçait à chaque nouveau rendez-vous, où elle revenait à lui plus affamée.

La répétition de leurs étreintes la plongeait dans un désir compulsif, une addiction. L'été était là. Les nuits tiédissaient. Sa pudeur se délitait. C'étaient des ébats sans fin, des caresses sans retenue. Et ils restaient long-temps, ensuite, à reprendre leur souffle, la gorge sèche, les cheveux encollés de sueur. Didier, alors, s'allumait une Gauloise. En dehors de l'herbe, des arbres et des étoiles, il n'y avait plus rien, il n'y avait plus qu'eux, et elle s'imaginait une vie d'amour dans l'éternité de ses dix-sept ans. La Révolution française fêtait ses deux cents ans. L'année suivante, on changerait de décennie, bien-tôt de millénaire. Quel vertige. Une nouvelle vie com-mençait. Elle n'était pas mécontente de mettre fin à la précédente, c'était le moins qu'on puisse dire. Un amou-reux, un vrai, son homme respirait à côté d'elle, et per-sonne, dans l'univers entier, n'était au courant. Ce secret la grandissait à ses propres yeux. Elle était l'héroïne d'un roman interdit. Il y avait quelque chose d'irréel, et même d'un peu effrayant, à s'attarder dans ces rêveries. Alors elle s'ébrouait, lui mordait l'épaule, remontait sur son ventre.

Le lycée avait fermé ses portes pour l'organisation du bac. Elle était en vacances désormais. Au village, on se préparait à fêter un 14 Juillet historique. Le père de Didier s'était démené pour obtenir des crédits muni-cipaux. On parlait d'un défilé en costume d'époque, d'auto-tamponneuses, de mâts de cocagne, d'une soi-rée dansante et d'un grand feu d'artifice. Le camping allait bientôt ouvrir ses portes. Didier et Sandra ne pour-raient plus s'y retrouver la nuit, mais il y avait toujours les collines. Ce qui l'inquiétait, c'étaient les projets de sa mère, concernant les vacances ; elle avait inscrit Alex en colonie, la première quinzaine de juillet, et insistait pour que Sandra parte elle aussi – un stage d'équitation, un séjour en club ado, des conneries de ce genre, qu'elle était parvenue à esquiver, au prétexte de vouloir assister à la célébration du bicentenaire. Ensuite, on verrait, il faudrait bien se séparer le temps des vacances. Le sujet ne semblait pas intéresser Didier. Il vivait au présent. Cela dit, elle le sentait un peu soucieux. Son regard se perdait parfois dans le vague, son visage se fermait, il lui faisait répéter ses propos.

Et puis, un soir, dans les collines, il lui offrit une montre. Une Lip en acier doré, avec un boîtier rond, sobre, monté sur un bracelet en maille milanaise. Un look glamour et rétro qu'aurait adoré sa mère, mais sur elle, bof, ça la vieillissait à mort. Elle sourit quand même, l'embrassant pour la forme. Et Didier, attendri, empêtré, retenant peut-être une larme, lui confia qu'avec cette montre au poignet, pendant les longues vacances qui s'annonçaient, Sandra penserait à lui chaque fois qu'elle regarderait l'heure. Son émotion l'étonna. Elle vit se peindre sur son visage le ton de ses lettres, cette intimité confuse, esquissant tout un monde secret, révolu, enfantin, avec lequel elle n'avait aucune envie de faire connaissance.

Alors elle se mit à jouer un peu la comédie, histoire de le détourner de cette pente. Elle prétexta une indisposition pour remettre à plus tard les caresses qu'il commençait à lui prodiguer sous son justaucorps. Il protesta. Elle tenait bon. Une ombre d'amertume passa dans son regard. Il abdiqua pourtant, ravalant avec difficulté son désir. C'était un peu grisant, et elle s'étonnait encore, sur le chemin du retour, du plaisir que cette capitulation avait soulevé en elle.

Les jours suivants, elle continua de tester ce nouveau pouvoir. Elle se trémoussait sous ses caresses, docile, rétive, avant de se dérober *in extremis* : « Hé ! Bas les pattes ! » Didier riait jaune, cette comédie lui plaisait à moitié. Elle, au contraire, s'émerveillait secrètement de son dépit, mesurant dans son regard la violence du désir qu'elle venait d'éconduire. Pour la première fois, elle menait un homme par le bout du nez, c'était cruel et délicieux.

Un soir, tandis qu'elle rentrait chez elle après avoir passé avec lui un moment dans les collines, elle aperçut Gildas, qui buvait une bière, seul, assis devant la mare du camping. Les canards se disputaient les chips qu'il balançait dans l'eau. Elle pressa le pas.

— Hé ! J'vais pas te manger. Qu'est-ce que tu fous là ?

Elle lui jeta un coup d'œil, sans ralentir.

— Je rentre chez moi.

— Attends, deux secondes ! Regarde, j'vais pas te courir après.

Il levait la jambe pour lui montrer un bandage, autour de sa cheville droite.

— Je m'suis niqué le pied. Boum ! À travers la fenêtre de ma chambre... T'imagines pas le bordel, y avait du verre partout sur la terrasse, et du sang sur la moquette. Il rigolait, ravi de son histoire. Ma mère veut plus me voir, alors je passe mes journées dehors, comme un clodo. Tu veux une bière ? J'en ai d'autres, elles prennent le frais dans la mare.

Sandra s'approcha. Il avait l'air inoffensif, de bonne humeur. Une paire de béquilles gisait dans les herbes hautes.

— Ça te fait mal ?

— Pas de trop, ça va mieux.

Il se leva péniblement, s'approcha à cloche-pied. Elle eut un mouvement de recul. Il perdit l'équilibre et s'écroula dans l'herbe.

— Pardon ! s'excusa-t-elle, échouant à retenir un éclat de rire. Ça va ? Rien de grave ?

Mais il riait de bon cœur, lui aussi. Elle lui tendit la main. Il l'accepta, referma ses doigts sur les siens et tira de toutes ses forces. Elle tomba sur lui. Il riait de plus belle, sa bouche sentait la bière.

— Ma p'tite Sandra ! Ma p'tite chérie ! s'esclaffait-il, les bras en étau, en lui criblant le cou de petits baisers.

— Ça va pas ! Lâche-moi, putain ! T'es dingue !

Il cherchait sa bouche à présent. Elle lui envoya une gifle et parvint à se dégager. Une colère sauvage lui déferlait dans les veines, elle s'empara d'une béquille et la dressa en l'air, au-dessus de Gildas, prête à lui fendre le crâne.

— J'déconnais ! gloussa-t-il. Ça va, c'est de la blague ! Après ce qu'on a fait dans les collines, tous les deux… tu va pas t'exciter comme ça pour un baiser dans le cou !

Il se marrait, l'enfoiré, il était tout secoué de rire. Sandra hésita, amorçant un geste. Par réflexe, Gildas se protégea la tête ; et, dans un soupir de rage, elle balança la béquille au milieu de la mare.

On entendit un *plouf*, et puis plus rien. Elle décampa, encore furax, à grandes enjambées. En passant la barrière du camping, elle l'entendait encore rire dans son dos : « Reviens ma petite chérie, que je te lèche un peu les seins !… Tu sens bon !… T'es trop bonne !… J'suis qu'un pauvre éclopé qu'a besoin d'un gros câlin !… »

II

Le maire avait tenu à le voir, seul à seul, dans son bureau, et le père Berthelot descendait la grand-place en claudiquant. On devait déjà en causer un peu partout, au village, de ses malheurs. Réfugié dans sa dignité, grimaçant à chaque pas, et se révoltant contre les bavardages de la Jeannine, qui voulait lui mettre une canne au bout du bras, il ne se déplaçait plus qu'au prix d'immenses souffrances. Sa sciatique lui pétrifiait tout le revers du corps, un handicap qu'il aurait bravé sans ciller, si n'était venue se greffer sur cette infortune une toux du diable, flanquée de migraines à se cogner la tête contre les murs. Chaque fois qu'il était pris d'une quinte, il avait l'impression qu'on lui brisait l'échine en deux.

Seulement c'était sa faute, il battait sa coulpe. Après le gel tardif, il s'était esquinté le dos à tailler ses vignes en dépit du bon sens. Et ensuite, encore, affolé par le désastre, et jaloux des autres vignerons qui s'en tiraient à meilleur compte, il avait fait d'ultimes débours, à Chalon, chez Bayer, pour se procurer un nouveau produit phytosanitaire – Melody, qu'il s'appelait. Un remède dernier cri inventé par les boches, baptisé en anglais, et vendu en Bourgogne. La CEE, décidément, ça devenait une drôle de tour de Babel. Mais le commis lui avait promis qu'avec ça, il dormirait enfin sur ses deux oreilles : un demi-bidon de Melody par hectare, et le tour serait joué – adieu l'oïdium, le rougeot parasitaire, l'excoriose de la vigne, et bonjour les grappes de concours ! Preuve à l'appui, le commis avait feuilleté sous son nez un catalogue où on découvrait une parcelle ayant subi un gel tardif, pâle et dégarnie, exactement comme les siennes, et puis la même parcelle, trois mois plus tard, arborant des grappes lourdes comme des mamelles, toutes gorgées de jus, et des feuilles à l'avenant. « Craquantes comme de la bonne laitue », avait précisé le commis.

La formule de Melody, à base de trifloxystrobine, impliquait certes quelques petites précautions d'utilisation, comme le port de gants, d'une combinaison étanche, de lunettes de protection et d'un masque à cartouches, seulement le père Berthelot, impatient, éperdu, s'était précipité dans ses vignes au volant de son enjambeur, vêtu seulement de sa cotte et de son béret.

Trois jours plus tard, il crachait du sang.

Las, il avait fini par accepter que la Jeannine l'emmène chez le médecin pour lui parler de son dos, sa gorge, ses migraines, son estomac ; et, depuis lors, elle exigeait qu'il avale ses prescriptions devant elle, raison pour laquelle il pénétra dans la mairie complètement ensuqué par un mélange de codéine, de paracétamol et d'antihistaminiques.

— Qu'est-ce qui t'arrive ? s'étonna le maire en découvrant son état.

— Tout qui déraille, l'échine, la tête, les poumons…

Mais il fut interrompu par une quinte de toux qui le plia en deux. D'une main, il se tenait au dossier de la chaise, de l'autre il écrasait un mouchoir sur sa bouche ; et, derrière son bureau, l'édile ouvrait de grands yeux inquiets, se demandant du fond de son fauteuil si le père Berthelot n'allait pas claquer là, du sang plein son mouchoir, étouffé dans ses glaires, avant de s'aviser qu'il devrait se lever pour le secourir.

— Ça va, ça va ! protesta le père Berthelot, qui ne voulait pas s'étendre sur la question. Ne t'en fais pas, j'ai sulfaté par un jour de vent, la cabine ouverte.

Le maire se tassa derechef dans son fauteuil, jugeant que le père Berthelot était sorti d'affaire.

— Ma foi, le temps n'est plus ce qu'il était, se navra-t-il.

— À qui le dis-tu, confirma le père Berthelot en rangeant dans sa poche ses glaires ensanglantées.

— Tiens ! Tu vas pas me refuser un ch'tit canon, Berthelot ! dit le maire en débouchant une bouteille entamée. Ça va te requinquer, une attention du fils Mangin, tu m'en diras des nouvelles !

Le père Berthelot accepta de bonne grâce. En remplissant les verres, l'édile se félicitait de l'été qui s'installait. On trinqua aux prochaines vendanges.

— Alors voilà, si je t'ai fait venir, Berthelot, c'est pour t'annoncer une bonne nouvelle. Figure-toi que j'ai eu le préfet au téléphone. Il a eu vent des manigances du père Comuzzi, de son comité, tout le tintouin, et ça ne lui plaît pas trop, ce communiste à la manœuvre. Il m'a d'ailleurs fait remarquer qu'on n'était pas la seule commune dans cette situation, loin s'en faut. Le PC tente de noyauter les commémorations partout où il le peut. Mais le préfet a sa méthode et, crois-moi si tu veux, m'est avis qu'elle a été concoctée en haut lieu, cette méthode, disons a minima place Beauvau, si ce n'est par Mitterrand lui-même.

Le maire s'interrompit, savourant son effet, espérant une question, mais il en fut pour ses frais ; le père Berthelot, étourdi par ce cocktail de vin et de médicaments, ne lui accordait qu'une attention vaseuse, plus préoccupé de ses vignes que de cet astucieux préfet.

— La méthode, reprit le maire à mi-voix, penché sur son bureau, consiste à faire voter *in extremis* un projet de commémoration *ad hoc*, subventionné par le conseil général, pour couper l'herbe sous le pied des communistes. Alors, voilà, le projet est prêt, ficelé, y a plus qu'à passer au vote ! On va pas faire dans la demi-mesure, Berthelot ! Je vais avoir besoin de ton aide. On va faire venir des forains, organiser un grand gymkhana, dans le genre d'*Intervilles*, avec course de cochons, toboggan géant, atterrissage dans une piscine, on va se payer une vedette, mélanger les gens du pays avec ceux du camping, je t'en passe et des meilleures... Berthelot ? Tu m'écoutes ? Ça va pas ?

Le père Berthelot toussa dans son coude et, redressant la tête, concentra toute son attention sur le visage du maire.

— Tout va bien, t'en fais pas. Qu'est-ce que tu disais ?

— Je vois... soupira le maire. Si c'est à notre arrangement que tu songes, oublie tout ça. Le père Comuzzi n'a fait que bluffer, la dernière fois. Ma main au feu ! Et puis, tu vois bien, il est passé à autre chose, il s'excite du matin au soir sur son 14 Juillet, il cite Saint-Just chez le boulanger, il donne du « citoyen » à la moitié du village, faut pas s'en faire à son propos… Et tu verras, la tête qu'il va faire, quand il apprendra notre coup de Jarnac !

Épanoui par cette tirade, le maire remit les verres à niveau, mais le père Berthelot était ailleurs, il voyait flou, les murs se rapprochaient. Il n'aurait pas dû accepter ce canon. Et ces histoires de pâtures lui rappelaient les visions qui l'assaillaient la nuit, depuis quelque temps, dans l'obscurité de la chambre conjugale. Ça se produisait à heure fixe, après les médicaments du soir. Jeannine ne tardait pas à s'endormir à ses côtés, sous l'édredon, et lui dressait l'oreille, décelant chaque fois les mêmes craquements dans l'escalier, puis dans le couloir. On aurait juré des pas, une présence, la foulée légère d'un enfant – ou peut-être celle d'un spectre. Et il se figurait alors que le Riri, son frère déchu, venait hanter de sa rancune la maison de ses ancêtres.

Brusquement, il se leva, offrit au maire une poignée de main et prit congé. Le décor vacillait, mais son dos ne lui faisait plus mal. Il gagna la sortie avec une sensation d'apesanteur. Dehors, il chemina en zigzaguant un peu, frappé par l'éclat du soleil, le moelleux du goudron, cette radieuse vibration qui enveloppait les tilleuls, les maisons, le village tout entier.

III

Sandra était revenue. Les trois frères finissaient sous son autorité leur assiette de coquillettes, dociles et silencieux, déjà en pyjama. La cuisine n'avait jamais été si calme, on entendait seulement leurs bruits de mastication. C'est que Sandra n'y était pas allée de main morte. Elle avait accepté ce second baby-sitting à une condition : il était hors de question que les garçons mettent le même bordel que la dernière fois. Un pacte avait été conclu. Avant de quitter la maison, les parents avaient été très clairs là-dessus. Au premier incident, Sandra passerait un coup de fil et le père rappliquerait sur-le-champ, d'une humeur facile à se représenter.

À la fin du repas, en récompense de cette première étape couronnée de succès, ils eurent droit à un Esquimau. C'était une idée de Sandra. Elle avait apporté un paquet de Gervais pistache-chocolat. Samuel ne raffolait pas de ce parfum, mais manger un Esquimau dans la cuisine familiale, avec Sandra en face de lui, sublime, gourmande et parfumée, représentait une expérience si singulière que la pistache, ce soir, avait un goût divin.

Bizarrement, elle s'était mise sur son trente-et-un pour venir les garder. Bras et jambes nus, elle était simplement vêtue d'un débardeur imprimé, très échancré, et d'une jupe bleue. Le flot de ses cheveux lui caressait les épaules. Ses yeux noisette, aux reflets de miel, étaient soulignés d'un trait de crayon qui rendait son regard difficile à soutenir plus d'une seconde. Elle était à couper le souffle. Antoine non plus, du haut de ses treize ans, dans son pyjama trop court, ne faisait pas le malin. A un moment, Sandra s'était baissée pour ramasser un truc sous sa chaise et son tee-shirt s'était mis à bâiller en grand sur sa poitrine ; deux seins lourds, enveloppés de dentelle blanche, se balancèrent brièvement sous les yeux de Samuel, avant qu'elle se redresse.

— Dis donc, qu'est-ce que tu regardes comme ça, toi ?

Samuel sentit le feu lui monter au visage. Il ne disait rien, incapable de s'arracher à sa stupeur. Par chance, Sandra se fendit d'un large sourire et, d'une main taquine, lui ébouriffa les cheveux. Elle rougissait, elle aussi.

Après avoir débarrassé la table et s'être sagement brossé les dents, les trois frères gagnèrent chacun leur chambre. Samuel, étendu sous sa couette, les mains derrière la nuque, fixait le plafond en écoutant la voix de Sandra à travers la cloison, qui lisait à son petit frère l'histoire de Barbe bleue. Il avait éteint la lumière du plafond, allumé sa lampe de chevet, pour installer une ambiance feutrée. Sandra allait venir lui souhaiter bonne nuit ; et, qui sait, il aurait peut-être droit à une bise. Elle se pencherait alors sur son lit, l'enveloppant de son parfum vanillé, et ses seins, sublime souvenir encore tout chaud, se suspendraient le temps de ce baiser, juste au-dessus de son visage. Il en frissonnait par avance.

Mais rien ne se passa comme prévu, Sandra se contenta d'entrouvrir la porte.

— Bonne nuit, Samuel. Éteins ta lampe.

Il resta un long moment à méditer sur son infortune. Alex ne mesurait pas sa veine d'avoir pour sœur une reine de beauté. Lui, il se fadait un grand frère qui lui faisait mordre la poussière quand ça lui chantait, et un petit qui caftait à la moindre occasion. Il fixait le plafond, troublé, jaloux, déçu, refusant d'éteindre sa lampe dans l'espoir que Sandra vienne le lui reprocher ; et, gagné par l'amertume, il se mit à songer à Delphine. La fin de l'année scolaire approchait à grands pas. Les vacances avaient d'avance un goût d'échec. Deux mois sans la voir, un tunnel de remords avant la rentrée prochaine, au collège, en sixième, à Givry, sans aucune garantie de se retrouver dans la même classe.

Il en était là de ses divagations, lorsqu'il entendit, depuis le rez-de-chaussée, monter un éclat de rire. Il dressa l'oreille. Sandra était en train de parler à quelqu'un, à voix basse, chuchotant presque. Il ne distinguait pas ses paroles, mais dans le grand silence de la maison, à travers le conduit de cheminée, ça ne faisait aucun doute, on parlait au salon, peut-être dans la cuisine. Samuel ne fut pas long à comprendre qu'elle était au téléphone. Sa curiosité redoubla. Quel culot, quand même, d'utiliser en catimini la ligne de ses parents. Elle ne manquait vraiment pas d'air, cette Sandra, avec sa jupe, son maquillage, ses Esquimaux… Et c'était tout à son honneur, en fin de compte – belle, chic, effrontée, elle avait tout pour lui plaire. Mais à qui pouvait-elle bien parler ?

La réponse lui tendait les bras depuis la chambre de ses parents. Il sortit de son lit, traversa le couloir à pas de loup, poussa la porte et décrocha le combiné.

Sandra parlait avec un homme, une voix familière. Samuel pressait l'écouteur contre son oreille, à l'affût de la moindre intonation, son cœur lui battant dans les tempes. Sandra racontait que les trois frères étaient couchés, qu'elle avait du temps, qu'elle était impatiente de le voir. À l'autre bout du fil, l'inconnu lui reprochait d'utiliser le téléphone de la maison, redoutant que les enfants la surprennent. Sandra gloussa dans l'appareil, aucun risque, les mômes dormaient comme des loirs… Et soudain, elle prononça son prénom : « Didier. » C'était donc Didier Comuzzi à l'autre bout du fil ! Samuel n'en revenait pas. Quel âge avait-il, celui-là ? C'était dingue, les secrets que recelait le village ! Mais il fallait rester concentré, la voix de Sandra était descendue d'un ton, se faisant plus lente aussi, plus caressante. Elle demandait à Didier comment il était habillé, ce qu'il était en train de faire. Lui semblait vouloir écourter la conversation, ce qui rendait Sandra encore plus câline, Samuel en blêmissait, son rythme cardiaque s'emballait. Elle décrivait à présent sa tenue, la couleur de ses sous-vêtements, elle se demandait ce qu'il allait lui retirer en premier, s'impatientait de sentir ses mains sur sa peau, ses lèvres dans son cou, son ventre sur le sien. Elle lui fit promettre qu'il l'aimait toujours aussi fort et, avant de raccrocher, conclut d'un murmure : « À tout à l'heure. »

Samuel raccrocha à son tour. Dans son lit, son cœur continua longtemps sa fanfare. La texture de l'air avait changé. Tout à l'heure, quelque part, dans un endroit secret, Sandra et Didier allaient donner suite à ce qu'il venait d'entendre, pour de vrai, en ce bas monde, et c'était une révélation si pleine de mystères, si effarante de promesses, qu'il s'endormit en s'imaginant seul avec Delphine, dans la cabane, à répéter ces mots magiques : « Mes mains sur ta peau, mes lèvres dans ton cou, mon ventre sur le tien. »

IV

Quelle heure est-il ? Le soleil est déjà haut, ses rayons caressent son visage, y creusent des plis. À travers ses lunettes, ça lui chauffe les paupières. Tiens, voilà le ch'tit voisin, comment s'appelle-t-il déjà, avec son bidon de lait au bout du bras ? Ça pousse si vite à cet âge-là.

— Entre donc !

Il grimpe l'escalier – mais comment s'appelle-t-il, sapristi ? Le voilà. Il dit bonjour, c'est un autre rayon de soleil, ce gamin dans sa cuisine. Elle sourit dans le vague. Il remplit son pot de lait, ses gestes sont précis.

— Dis-moi, mon grand, quel jour sommes-nous ?

— On est samedi, madame Derain.

— Pour sûr qu'on est samedi, puisque tu m'apportes mon lait. Mais quel samedi, au juste ?

— Le 1er juillet.

— Ah ! Déjà ? Mais dis-moi voir, c'est que l'école est finie, alors ?

— Oui, depuis hier.

— Ça n'a pourtant pas l'air de te faire plaisir.

Il hausse les épaules. Si c'est pas malheureux, un gentil garçon de cet âge, triste comme un homme. Une mouche tourbillonne dans la pièce. Et soudain, son prénom lui revient.

— Ça te fait quel âge, Samuel ?

— Onze ans.

— Onze ans, répète-t-elle, songeuse. Bientôt le collège, avec les grands ?

Il acquiesce. Décidément, c'est pas l'école qui va lui user la langue. Une idée lui vient, elle se redresse dans son fauteuil.

— Tiens, tu seras gentil de me donner ma canne. Je voudrais te faire voir quelque chose. C'est par là-bas, dans le fond du couloir, l'atelier d'André. Y a des bricoles pour toi, si ça t'intéresse.

— Je sais, vous me l'avez déjà montré, madame Derain.

— Ah bon ? Mais quand donc ? Personne n'y met jamais les pieds.

— C'était l'hiver dernier. Vous m'avez même offert le briquet de votre mari, celui de la bataille de Verdun.

— Oh, mais c'est merveilleux alors. Le briquet d'André ? Vraiment ?

— Je l'ai encore, vous savez.

— J'en doute pas ! Tiens, aide-moi donc à me lever, tu vas choisir autre chose, c'est les vacances, ça mérite bien un petit cadeau, et puis tu sais, moi, pour ce que ça va me servir, ce fourbi...

Il s'approche, l'aide à sortir du fauteuil. Quelles douleurs ! L'impression d'avoir du sable dans toutes les articulations. Elle reprend son souffle, la pièce roule d'un bord à l'autre. Heureusement, elle a sa canne d'un côté, le ch'tit Samuel de l'autre, pour se tenir d'aplomb, le temps que le roulis passe.

Il l'accompagne dans le couloir. Elle s'applique, une jambe après l'autre, à petits pas.

— Voilà, c'est pas fermé. Ouvre donc !

Il pousse la porte. Les volets sont clos. Il allume la lumière.

— Fais pas attention aux toiles d'araignées, va, choisis ce que tu veux.

Samuel détaille les outils sur les murs. Il n'a pourtant pas l'air de se réjouir. Elle se souvient, maintenant, par contraste, de son regard émerveillé, la première fois.

— Y a donc rien qui te fait envie ?

— Vous n'auriez pas plutôt un petit bijou, une bague, un collier ?

Elle se met à glousser, sa canne tremble dans sa main.

— Mais fallait le dire ! Un cadeau pour une fille ?

Il se détourne, renifle, acquiesce.

— Bien sûr, mon grand ! Viens, on va te trouver un ch'tit quelque chose. Regarde, c'est par là.

Ils traversent le couloir en sens inverse. Sa chambre est ouverte. Samuel semble un peu gêné, il s'immobilise sur le pas de la porte.

— Entre ! N'aie pas peur, c'est rien qu'une chambre de vieille femme, faut pas t'en faire.

Il entre dans la pièce, détaillant d'un œil rond les motifs du papier peint, posé par André après la Libération, des scènes bucoliques se répétant à l'infini sur les quatre murs. Elle s'appuie sur la commode, histoire de se reposer un peu.

— Regarde donc dans l'armoire, y a ma boîte à bijoux.

— Ça sent bon, s'étonne-t-il en ouvrant les battants.

— C'est l'odeur de la lavande.

Des piles de draps occupent deux étagères. Ils ne servent plus depuis longtemps, mais elle les fait laver par sa belle-fille, deux fois l'an, par habitude. Il y a aussi son linceul, qu'elle conserve là, propre et parfumé. Un jour, il faudra bien qu'il serve, celui-là.

— Je peux ?

Samuel a déjà une main sur la boîte à bijoux. Elle acquiesce, l'encourage, pleine de joie. Il soulève le couvercle. Ses yeux, ni tout à fait bleus ni tout à fait gris, se piquent de reflets dorés. Il y a tout l'été, tout le soleil, dans ce regard.

— Prends ce que tu veux.

Ses doigts d'enfant fouillent dans le bric-à-brac de broches, bagues, médaillons, bracelets, épingles, boucles d'oreilles. Rien de grande valeur. Un peu d'or, beaucoup de souvenirs, un siècle de verroterie. Ce garçon a l'œil, il déniche un joli petit médaillon de baptême, le sien, offert par sa grand-mère, qui avait été baptisée, elle, sous Louis-Philippe.

Elle lui dit qu'il a fait le bon choix, que ce médaillon n'aurait pas trouvé meilleur usage, et il a l'air si comblé qu'il sourit, enfin, de toutes ses dents.

V

Au tournant de midi, chez les Comuzzi, on attaquait l'apéritif. L'heure était grave. Le père avait déployé le parasol, réuni la famille et mis au frais une caisse de chardonnay ; la mère avait préparé une terrine de faisan, des bouchées à la reine, du boudin aux pommes ; et, chargé du dessert, l'aîné s'était présenté avec un fraisier de pâtissier, accompagné de trois bouteilles de crémant. Le soleil tapait dru dans la petite cour. On attendait des invités, une demi-douzaine de camarades, dépêchés depuis Chalon pour apporter l'éclairage du parti sur l'attitude à adopter face à la félonie du maire.

Didier, assombri, buvant à petites lampées, consultait régulièrement sa montre d'un œil inquiet. Il avait donné rendez-vous à Sandra, près de l'affût de chasse, sur les coups de 14 heures. Les invités arrivèrent en convoi, six à la fois, rien que des hommes. Didier les connaissait depuis sa plus tendre enfance, des ouvriers de Kodak pour la plupart ; certains ne quittaient jamais leurs pompes de sécurité, y compris le samedi. On se serra la pince. Le père servit les verres. La discussion commença par rouler sur les derniers évènements à l'usine, le plan de reclassement, la grève en ligne de mire, les mauvaises nouvelles tombant en cascade depuis Rochester, qui poussaient la CGT à durcir le ton. La stratégie du groupe n'était pas claire. Il était question de délocaliser la production des pellicules de cinéma en Espagne, peut-être au Portugal. Les machines étaient en sursis. On parlait de trois cents postes menacés. Un camarade porta un toast à la grève. Les esprits s'échauffaient.

En bout de table, Didier écoutait d'une oreille amère. Il en avait soupé de ces rodomontades contre les patrons, le capitalisme, les banquiers, la finance. À force, ces grands mots s'étaient vidés de leur sens, au même titre que la Révolution, le prolétariat, la lutte des classes, qui sonnaient à ses oreilles comme les cloches de l'église, stupides et désaccordées. Son père, au contraire, les jetait dans tous les coins de la discussion, tour à tour grave et enjoué, comme s'il voulait donner des gages à ses vieux camarades de section, lui qui s'était mis à son propre compte voilà quinze ans, et à qui personne autour de cette table n'aurait osé rappeler qu'il possédait désormais son outil de travail, dont son fils, tassé sur sa chaise, hériterait un jour.

À 14 heures, ils avaient à peine entamé les bouchées à la reine. Du chardonnay, on était passé au grand ordinaire. Didier regardait tourner l'heure avec désespoir. Il avait déjà trop bu. Aucun prétexte ne lui venait à l'esprit pour leur fausser compagnie. Son père se délectait de bonne chère et de dialectique ; il semblait avoir complètement oublié son bicentenaire, emporté dans une controverse échevelée autour de la *glasnost* et de la *perestroïka*, qui selon son avis annonçaient non seulement la défaite finale de l'impérialisme américain, mais préfiguraient aussi ce à quoi devrait ressembler, un jour, bientôt, le communisme tricolore, enfin délesté de la dictature du prolétariat. À ces derniers mots, quelqu'un protesta. La discussion s'envenimait. Didier se leva.

— Je vais aux toilettes.

Il traversa la cour en titubant, entra chez lui et ressortit aussitôt par la porte de la buanderie, qui donnait sur le sentier, derrière le bureau de poste.

Il arriva dans la clairière avec une demi-heure de retard. La tête lui tournait. Il avait soif. Sandra fumait une cigarette, alanguie dans l'herbe.

— J'ai pas pu me libérer plus tôt.

— Viens te faire pardonner, dit-elle d'une voix câline.

— Merde, j'ai soif, t'imagines pas. J'aurais dû penser à prendre de l'eau. À la maison, y avait tout le comité central de Chalon.

— Viens, allonge-toi.

Elle était vêtue tout de blanc – un chemisier sans manche, ce qui ressemblait à une jupe de tennis, une paire de baskets neuves. Didier avait besoin de s'asseoir un peu, changer d'état d'esprit.

— Ça fait longtemps que t'es là ?

— Pfff… Elle l'embrassa sur la joue, puis s'éloigna d'une roulade dans la prairie : Regarde, j'ai une surprise pour toi.

Ses jambes s'ouvrirent un peu, elle ne portait pas culotte. Il se détourna.

— Ça te gêne maintenant ?

— J'aurais pas dû boire comme ça.

Didier avait arraché un brin d'herbe qu'il mastiquait en silence, le regard flottant sur l'horizon, à travers le feuillage. Au lieu de l'exciter, ce cinéma lui courait sur les nerfs. Qu'est-ce qui lui prenait de l'allumer ainsi ? Et cette chaleur, c'était insupportable.

— Faudrait p't'être qu'on cause de choses pratiques, Sandra.

— Qu'est-ce que tu racontes ?

Il avait la bouche pâteuse, la libido à plat. Elle vint s'asseoir près de lui, posa une main sur son torse, descendit le long de son ventre, cherchant à le mettre en selle. C'était trop. Il se leva, fit quelques pas dans la clairière.

— T'as raison, reprit-elle d'un ton glacial. T'aurais pas dû boire.

Elle s'allongea sur le dos, les yeux au ciel, vexée. Didier ne savait plus quoi dire, il transpirait, ses aisselles lui piquaient.

— Tu sais, dit-elle au bout d'un moment, j'ai croisé Gildas l'autre jour, près de la mare. Il s'est pété la cheville en donnant un coup de pied dans la fenêtre de sa chambre.

— Et alors ?

— Et alors, il a essayé de m'embrasser.

— Tu cherches à me dire quoi, là ?

— Rien, je te raconte juste. Il m'a renversée par terre et il a essayé de m'embrasser. Heureusement qu'il est éclopé. J'ai réussi à me tirer, et j'ai balancé sa béquille dans la mare.

Didier la regarda longuement. Elle attendait sa réaction, faussement naïve.

— Pourquoi tu me dis ça ? demanda-t-il. Tu me caches quelque chose ? T'as eu une histoire avec Gildas ?

Elle haussa les épaules.

— T'aurais pas couché avec ce pauvre cinglé, des fois ?

364

Elle ne répondit rien. Didier sentit ses mâchoires s'écraser l'une sur l'autre. Une ombre lui tomba devant les yeux.

— Tu te fous de ma gueule ?

Sandra se mit à blêmir, la brutalité de la question l'effrayait. Elle chercha ses mots.

— Mais non… Il ne s'est rien passé. J'te jure… Rien du tout !

Didier se massait le front, les paupières closes, la tête lourde. Elle mentait, il en était maintenant convaincu. Gildas entre les cuisses de Sandra ? L'envie d'écraser son poing sur quelque chose le submergeait. Il avait trop bu. Le vin lui cognait dans les veines. Il fallait partir. Sans un mot, il s'éloigna dans les sous-bois. Derrière, la voix de Sandra insistait – il ne s'était rien passé, absolument rien ! Il accéléra. Sa gorge était en feu. Parvenu au lavoir, il se désaltéra à grandes gorgées, la tête dans la flotte, puis obliqua vers le camping. On entendait au loin résonner des cris, au bord de la piscine. C'était le jour d'ouverture. Tous les gosses du village devaient s'y être donné rendez-vous – sans doute aussi les jeunes de la cabine. Didier se dit que ça ne coûtait rien d'aller y faire un tour. Qui sait, il en aurait peut-être le cœur net.

VI

Le soleil tombait à pic sur le ciment de la piscine. Estropié, impuissant, Gildas cuisait tout seul contre le grillage, sa serviette sous les fesses, comme un con, pendant que les autres se jetaient à l'eau dans des hurlements de joie. En plus de la chaleur, il fallait supporter le spectacle offert par Maude et Audrey, qui batifolaient à moitié nues. Elles se laissaient balancer dans l'eau par Fabrice et Sylvain, qui en profitaient pour les tripoter au passage. Ils les prenaient par la taille, les installaient à califourchon sur leurs épaules, et devaient sentir contre leur nuque la chaleur de leur sexe.

Avide, fasciné, Gildas se torturait l'esprit à se rappeler ce qu'il avait fait avec l'une, puis avec l'autre, quelques années plus tôt, à quoi elles ressemblaient sans leur maillot, offertes à son regard, mais sa défaite était criante. Il n'arrivait à rien. Ses souvenirs s'évaporaient comme l'eau de la piscine sur la dalle de ciment. Il en était réduit à regarder rebondir leurs fesses, leurs seins, en se disant qu'elles avaient bien changé toutes les deux. Audrey, surtout. Un avion de chasse dans un deux-pièces à lacets. Ses cheveux trempés lui tombaient sur les reins. Elle les essorait comme une serviette, la tête penchée sur le côté, chaque fois qu'elle sortait de l'eau. On voyait tous ses muscles se tendre sous la peau. Son maillot lui rentrait dans les fesses. Et Gildas, embarrassé de l'effet qu'elle produisait sur lui, relevait sa jambe valide le long de son ventre. Il en était donc là – bander en pure perte au bord de la piscine, dans cette lumière impitoyable.

Mis bout à bout, les derniers évènements de son existence l'écrasaient de leur verdict. L'échec était la seule et unique vérité. L'armée ne voulait pas de lui. Sandra, n'en parlons pas. Sa cheville était entaillée jusqu'à l'os. Un morceau de Polyane avait remplacé la vitre brisée de sa chambre. Sa mère ne voulait plus le croiser dans la baraque. Les grandes vacances s'annonçaient comme un enfer de solitude.

Il explora le sac de Fabrice pour lui taxer une clope. Dans les vapeurs de chlore, la fumée avait un goût de maladie. Sylvain sortit du bassin, attrapa Audrey par les jambes et la balança pour la centième fois dans l'eau. La surface creva sous son poids et s'éleva en geyser. On la vit exécuter quelques brasses sous-marines, svelte, floutée, pour s'éloigner du bord. Avant qu'elle remonte à la surface, Gildas fut distrait par une voix qui l'appelait. Il se retourna. De l'autre côté du grillage, Didier Comuzzi le dévisageait, les yeux plissés par le soleil. Qu'est-ce qu'il lui voulait, celui-là ?

— Oh, Gildas ! T'as deux minutes ? Viens voir un peu, s'te plaît.

— Qu'est-ce qu'y a ?

— Un truc. Faut que j'te parle.

— Là ? Maintenant ?

— Ouais, tout de suite.

Ils avaient dû s'adresser la parole quoi, trois fois en dix ans, avec le fils Comuzzi. Ça ne lui inspirait rien d'engageant, cette manière qu'il avait de le presser comme ça, devant tout le monde. Mais après tout, qu'est-ce qu'il en avait à foutre ? Il demanda à Sylvain de lui filer un coup de main pour se lever, puis claudiqua en direction de la sortie, muni de son unique béquille. L'autre l'attendait, une Gauloise au bec.

— Viens, dit-il, en désignant d'un coup de menton les sanitaires du camping.

Il puait la vinasse.

— Qu'est-ce qui se passe ?

— Faut que j'te cause.

— Bah, je t'écoute.

— Là-bas derrière, on sera plus tranquilles.

Il respirait fort, le front bas, les yeux par en dessous, le cou raide et frémissant. Gildas moulinait intérieurement. Qu'est-ce qu'il pouvait bien lui reprocher, le fils Comuzzi ?

— Je préfère qu'on cause ici.

— Elle est où, ton autre béquille ? siffla-t-il en écrasant sa clope.

Alors là, d'un seul coup, Gildas comprit.

— Sans blague ! Tu sautes Sandra ?

Le coup partit sans prévenir – une droite, en plein sur le menton. Gildas vacilla. Le choc se répercuta sous son crâne, tournant comme un écho. Quelque chose avait craqué dans sa bouche. Il rétablit son équilibre en s'accrochant à sa béquille.

— Répète voir ! Répète voir !

Le fils Comuzzi ne se ressemblait plus. Il sautillait maladroitement, serrant les poings, prêt à frapper encore, et Gildas, étourdi, vacillant, éclata de rire. C'était nerveux, irrépressible.

Le deuxième coup fut encore plus brutal que le premier. La douleur lui explosa dans le nez, sur les lèvres, à la racine des dents. Un troisième coup l'atteignit à la tempe et Gildas partit à la renverse. Tout se passa au ralenti. La piscine, les arbres, le ciel défilèrent devant ses yeux, cul par-dessus tête, avant de s'évaporer dans un trou noir.

Quand il reprit ses esprits, le fils Comuzzi avait disparu. À la place, une foule de visages se penchait sur lui, dans une pénible promiscuité. Leurs paroles étaient inaudibles, couvertes par un sifflement continu, qui passait d'une oreille à l'autre, de manière circulaire, comme un train fou cherchant une issue. Un liquide chaud, au goût de métal, lui emplissait la bouche. Il voulut se redresser, on l'aida. Ça allait, il pouvait bouger ses membres. Il commençait à distinguer des voix. Il reconnut le visage d'Audrey, qui serrait sa serviette autour de sa poitrine. Au-delà, le paysage commençait à se stabiliser. Il passa sa langue sur ses dents.

Il en manquait une.

Putain, cet enculé lui avait pété une dent.

VII

Samuel en frémissait encore. Il avait tout vu, tout suivi, allongé sur sa serviette, depuis le moment où Didier Comuzzi était apparu derrière le grillage. Il s'enfilait des bonbons avec Alex, en prenant son premier coup de soleil. Avant d'aller à la piscine, il s'était pointé à la boulangerie avec son billet de cinquante francs pour en dépenser dix en Carambar, boules coco, fraises Tagada et distributeurs Petz à tête de Mickey. Il espérait croiser Delphine au bord du bassin. Les bonbons auraient offert un prétexte d'approche, mais elle n'était pas venue, et il se consolait en se gavant méthodiquement avec Alex.

Quand Gildas avait fait son entrée en sautillant sur sa béquille, ils avaient déplacé leurs serviettes près du maître-nageur. On n'était jamais trop prudent. Mais Gildas ne leur avait prêté aucune attention, se préoccupant plutôt des fourmis qui lui grimpaient sur les mollets et, surtout, chaque fois qu'elle lui tournait le dos, des fesses d'Audrey.

Et puis Didier Comuzzi était venu s'agripper au grillage. Samuel avait senti sa gorge se serrer en entendant sa voix interpeller Gildas, cette voix qu'il avait entendue dans le téléphone, quelques jours plus tôt. Une fois encore, la réalité entrait en collision avec son monde intérieur. Il n'avait rien dit à Alex, au sujet de ce coup de fil. Il commençait à le regretter. Gildas s'était levé. Il avait rejoint Didier Comuzzi. En les voyant se parler en tête à tête, à l'entrée de la piscine, Samuel s'était penché vers son copain, la bouche pleine de boule coco, pour se libérer de son secret, mais un coup de poing était parti. Gildas avait éclaté de rire. Pas longtemps. Deux autres coups avaient suivi, l'envoyant au tapis, et Didier Comuzzi s'était enfui.

À présent, Gildas reprenait connaissance, la lèvre fendue, un œil multicolore, du sang plein la bouche. Un attroupement s'était formé autour de lui. Alex et Samuel observaient la scène, effarés, un peu en retrait. Tout le monde s'excitait pour savoir ce qui s'était passé.

— Pourquoi il t'a frappé ?

— Ouais, Putain ! Chié ! Pourquoi qu'il t'a boxé comme ça ?

— Il est maboul, ce gars !

Gildas se redressa, une grimace de douleur lui déformait le visage. Il cracha de côté, un peu de sang mêlé de grumeaux.

— Qu'est-ce que j'en sais… pourquoi qu'il m'a frappé ? Aucune idée.

Les autres continuaient à le questionner. On voulait comprendre. Il y avait forcément une raison, mais Gildas s'obstina à prétendre qu'il n'en savait rien. Samuel, lui, avait sa petite idée. Il se sentait flapi ; tout à coup, il avait mal au ventre.

— J'crois que j'ai mangé trop de bonbecs, dit-il à Alex, j'vais rentrer.

De retour chez lui, il grimpa dans sa chambre et s'allongea sur son lit, encore en maillot de bain. Il faisait lourd. Une bouillie de regrets lui tournait dans l'estomac. Dix francs de bonbons. Il était bien puni à présent. La violence de la scène lui revenait en boucle, elle se mêlait au souvenir du coup de téléphone, au décolleté de Sandra, à son chagrin d'amour. Delphine n'était pas venue à la piscine. L'école était finie. Il voulait réfléchir. Une chaleur féroce pesait sur sa poitrine. Dans deux semaines, il partirait en colonie de vacances. D'ici là, aucune perspective de la revoir, avant le spectacle du 14 Juillet. C'était sa dernière chance. Il fallait s'en saisir. Des filets de sueur lui coulaient sur les tempes. Il devait se comporter comme un homme, lui écrire une lettre, la revoir à tout prix.

Elle devait savoir à quel point il l'aimait.

Il se leva. Farfouillant entre le matelas et le sommier, il mit la main sur le médaillon en or, offert par la mère Derain. Delphine ne pourrait pas lui refuser ce cadeau. Il ne l'avait pas volé, celui-là. Il l'avait choisi pour elle. Au recto, le visage de la Vierge scintillait dans un faisceau de rayons dorés. Au verso, était gravé le prénom de Mme Derain, Denise, coiffé d'une date : 11-X-1897.

La tête lui tournait un peu. Il s'installa à son bureau, mû par une sève nouvelle. Les mots de Sandra, dans le combiné de téléphone, lui revinrent à l'esprit ; et, d'une traite, saisi d'inspiration, il rédigea ce qu'il considérait déjà comme un chef-d'œuvre de passion.

Le soir, un orage éclata, ensevelissant la vallée sous un déluge. Il s'endormit tard, l'esprit lavé par les trombes d'eau qui ruisselaient sur les tuiles, au-dessus de sa tête. Le lendemain, il pleuvait moins fort. Le ciel était bas. La température avait perdu vingt degrés. Samuel enfila son K-way, glissa la lettre dans une enveloppe, y joignit le médaillon et prit le chemin de la grand-place. Son cœur cognait fort, le K-way lui collait à la peau. Parvenu devant la cave Berthelot, il vérifia que personne ne l'observait et glissa l'enveloppe dans la fente de la boîte.

VIII

Le père Comuzzi soupirait devant la fenêtre en se
grattant la nuque. Dehors, c'était comme si toute la tristesse du monde s'était recroquevillée dans la petite cour.
Il pleuvait depuis deux jours. Didier était enfermé chez
lui, derrière ses volets clos.

— Arrête de tournailler comme ça dans le salon,
insista sa femme. C'est comme j'te dis, faut que t'ailles
le voir.

— Qu'est-ce que je pourrais bien lui raconter ? Après
tout, il est majeur et vacciné.

— Tu veux que j'y aille à ta place ?

— Te mêle pas, va.

— Alors ! Qu'est-ce que t'attends ?

— Bah, t'as raison, dit-il. Ça me fend le cœur, j'peux
pas le laisser comme ça.

Il enfila un anorak et traversa la cour détrempée.

— Didier ! appela-t-il en toquant à la porte. C'est
moi ! Ouvre donc, j'suis sous l'averse !

La porte s'entrebâilla.

— Qu'est-ce que tu me veux ?

— Ma foi, t'as quand même deux sous de jugeote, tu
te figures bien de quoi il s'agit.

Didier fit entrer son père, avant de rejoindre le canapé, traînant des pieds.

— J'peux m'asseoir ?

Son fils lui désigna le fauteuil d'un geste las. Le père Comuzzi hésita à enlever son anorak et finit par s'asseoir tel qu'il était vêtu.

— T'as fait quelque chose de propre, Didier. Tout le village en cause.

Son fils ruminait, le regard perdu dans le feuillage de son ficus, à l'autre bout de la pièce.

— Je me suis excusé auprès de la mère Lefranc. Qu'est-ce qui te faut de plus ?

— C'est pas pour dire, mais y m'semble que ce serait plutôt auprès de Gildas, qu'il faudrait t'excuser.

— Il n'a pas voulu me voir. Il sort plus de sa chambre, à ce qu'elle m'a dit.

— Tu lui as donné un ch'tit quelque chose ?

— Quelques billets. Elle ne les a pas refusés.

— Tant mieux.

— C'est ce que tu voulais savoir ? demanda Didier en le regardant droit dans les yeux.

— Non. Je suis ton père, malgré tout, et je me fais du souci.

— Du souci pour quoi ? J'avais trop bu, comme vous autres à table. Je n'sais pas ce qui m'a pris, un coup de chaud, voilà tout.

— Y a une rumeur qui court.

— Quoi ? Quelle rumeur ?

— Une rumeur comme quoi t'aurais fait ça à cause de la fille du client, dans le lotissement.

— Et alors ? Tu gobes tous les ragots qui circulent dans le village, à présent ?

— Je préférerais que ce soient des ragots, comme tu dis. Comment qu'elle s'appelle déjà ?

Didier tiqua, émit un long soupir.

— Sandra, j'crois bien.

Il rougissait comme une vierge ; c'était donc vrai, cette histoire. Le père Comuzzi se mordait les lèvres, cherchant quelque chose à dire. Certains souvenirs s'éclairaient à présent d'une lumière nouvelle : l'attitude de Didier sur le chantier du barbecue, les changements de dernière minute dans son planning, tout un tas de détails que son père avait trouvés suspects.

— T'aurais pas flirté avec elle, des fois ?

— Ça ! Jamais, par exemple !

— Elle est encore mineure, à ce qu'on dit.

— Et alors ? En quoi ça me regarde ?

Le père Comuzzi se leva.

— Si c'est qu'une rumeur, y a donc rien à craindre ?

Didier restait sans réaction, le regard fuyant, attendant que son père débarrasse le plancher.

— C'est-y pas vrai ? insista tout de même le père Comuzzi. Y a rien à craindre ?

— Rien, j'te dis. Absolument rien.

— Alors, tant mieux. J'te laisse. Si c'est ainsi, cette affaire va se tasser toute seule. Il en a reçu d'autres, des giroflées, le fils Lefranc.

IX

Dans sa chambre, sur son lit, Sandra pleurait sans
désemparer, le ventre empli de serpents, les yeux rougis,
depuis trois jours. De temps à autre, son désespoir était
distrait par la voix de sa mère, timide et terrifiée, qui lui
demandait depuis le palier si elle ne voulait pas manger un petit quelque chose. Elle ne comprenait rien à ce
qui arrivait à sa fille ; la rumeur ne lui était pas encore
parvenue aux oreilles, et elle déposait devant la porte
de sa chambre des assiettes de pâtes, du poulet rôti, des
parts de gâteau, qui finissaient invariablement dans la
poubelle.

Le temps ne s'écoulait plus. Sandra se perdait dans
l'amplitude des nuits, luttant contre une douleur sans
contours, convaincue qu'elle subirait ce châtiment
jusqu'à la fin des temps, puisqu'elle était déjà morte. Son
cœur se nécrosait, son foie était en train de pourrir, son
estomac sentait la mort, ses poumons se desséchaient…
elle s'auscultait mentalement, du matin au soir, organe
après organe, non sans une certaine délectation.

Dehors, il pleuvait depuis des siècles. L'été n'était
qu'un vague souvenir, la réminiscence d'une vie anté-
rieure, celle qu'elle avait brièvement vécue avant que
Didier, d'un coup de fil, la condamne à perpétuité.

Il l'avait quittée.

D'un mot, il l'avait jetée comme une malpropre !

Et ensuite, il avait raccroché. Sandra s'était acharnée sur son répondeur, vingt fois, trente fois – « Bonjour, vous êtes bien chez Didier Comuzzi… » – jusqu'à ce qu'il décroche. D'emblée, elle l'avait menacé de tout raconter à ses parents, histoire d'obtenir un sursis, une explication, un rendez-vous. D'une voix d'outre-tombe, il avait fini par accepter. Une demi-heure plus tard, ils s'étaient retrouvés près de l'affût de chasse. Il pleuvait. Sandra avait fait le chemin sous un grand parapluie de golf, emprunté à son père. Elle avait séché ses larmes, s'était maquillée avec soin, avait enfilé une tenue sexy. Didier n'osait pas la regarder dans les yeux ; il se terrait sous la capuche d'un ciré de régiment. Les premiers mots qu'il avait prononcés semblaient vouloir clore leur entrevue. Il n'était venu que pour lui dire en face ce qu'elle savait déjà. Entre eux, c'était fini.

— Alors, regarde-moi, avait-elle imploré, la voix prête à se briser.

Il lui avait concédé un coup d'œil, juste une seconde, avant de se détourner. Elle s'était approchée.

— Pourquoi tu t'es battu avec Gildas ?

— Pour rien, avait-il protesté en reculant d'un pas. Oublie cette histoire, j'ai déconné, voilà tout.

— J'aimerais juste que tu m'expliques ce qui s'est passé.

— Y a rien à expliquer.

— Si tu l'as frappé, c'est bien que tu m'aimes.

— Arrête. C'est fini. Je m'en vais maintenant.

— Non ! Reste là !

Elle l'avait agrippé. Il s'était laissé faire. Elle avait cru que le cauchemar prenait fin. Qu'il suffirait d'un baiser.

Elle s'était coulée contre son ciré, lascive et suppliante, mais il l'avait repoussée d'un geste brusque. Alors, elle avait sorti de sa poche deux plaquettes de Tranxène, qu'elle avait piquées dans la table de chevet de sa mère, et elle avait menacé Didier d'en avaler le contenu, là, devant lui, pour en finir avec cette vie de merde, où les hommes n'étaient que des monstres pathétiques, capables de simuler des sentiments, alors qu'ils n'avaient au fond qu'une chose en tête, sauter le plus de filles possible, fourrer leur queue partout, quitte à se battre entre eux, comme des chiens, pour la récompense d'une femelle.

Ce salopard avait simplement haussé les épaules, mais ça crevait les yeux, il l'aimait encore. Son numéro d'indifférent était surjoué ; elle avait décelé au fond de son regard la même tristesse, le même désespoir que celui dans lequel elle se consumait depuis trois jours. Comment faisait-il, lui, pour tenir encore debout ? Où trouvait-il la force de donner le change ? Elle restait pétrifiée sous la pluie, n'ayant plus conscience d'elle-même que par les bonds de son cœur dans sa poitrine, et elle le regardait s'éloigner, exactement comme lors de leur dernier rendez-vous, éplorée, impuissante, les yeux brouillés par les larmes, bégayant des phrases sans queue ni tête, des mots baveux jetés dans le néant, et elle comprenait confusément, à la vue de cet homme, son amant, sa douleur incarnée s'éloignant à jamais dans les bois, elle comprenait qu'il n'y avait nulle force d'âme derrière cette détermination, nul mystère masculin, mais seulement, à l'évidence, une immense lâcheté.

X

Cinq jours qu'il pleuvait sans interruption. Un cho-
léra. Le père Berthelot restait des heures entières devant
la fenêtre, à maudire le ciel. Les médicaments le tenaient
debout dans un perpétuel état de demi-veille. Lorsque
son dos le faisait trop souffrir, il s'allongeait sur le lit,
à l'étage. Ses quintes de toux résonnaient dans toute la
maison, où ni sa fille ni sa femme n'osaient plus émettre
un commentaire. Quelquefois, un regain de force le
poussait vers la grange ; il grimpait sur son enjambeur
et partait dans ses vignes. La terre détrempée s'enfonçait
sous ses bottes. Il arpentait un rang, le dos courbé, les
semelles encollées de cette glaise si épaisse qu'on pouvait à peine y planter la lame d'un couteau. Avec ça, il
faisait un froid de novembre. La vallée baignait dans un
éternel crépuscule. Sur les rares pampres sauvés du gel,
de pauvres grappes chétives grelottaient au vent. C'était
une désolation comme personne n'avait le souvenir d'en
avoir connu.

La nuit, son désespoir laissait place à d'horribles
visions, d'étranges cauchemars, au cours desquels il
recevait la visite du Riri. Au matin, il n'était jamais sûr
– avait-il rêvé ? Il n'osait pas en parler à la Jeannine.
À force, il s'enfonçait dans un état de nerf où le bas

monde, tel qu'il l'avait toujours envisagé, lui apparaissait de moins en moins étanche aux mystères de l'au-delà. Tous ces fléaux tombés du ciel, cette année, c'était quand même à se demander. Et puis le spectre du Riri qui rôdait autour du lit conjugal, avec toujours cet air bizarre, mâchonnant d'incompréhensibles reproches et cherchant à tâtons quelque chose dans la pièce, ou peut-être quelqu'un…

Un matin, il décida que l'heure était venue d'en parler avec M. le curé. En ouvrant la porte de son presbytère, le père Roque ne semblait pas ravi de le voir.

— Je ne dérange pas, au moins ? demanda le père Berthelot.

— Pensez-vous ! Entrez donc, vous êtes toujours le bienvenu, se récria le curé. Asseyez-vous, Berthelot. Un café ?

— Oh non, c'est gentil, mon père, le médecin me l'interdit. La santé me lâche, ces derniers temps.

— C'est vrai que vous n'avez pas l'air en forme.

Le père Berthelot posa une fesse sur une chaise, un coude sur la table, comme s'il devait décamper d'une minute à l'autre.

— J'suis venu vous entretenir d'un grand souci, mon père. Voilà, j'aimerais savoir ce que vous y connaissez, en tant qu'ecclésiastique, à la malemort.

Le curé fronça les sourcils.

— Qu'est-ce que vous entendez par là ?

— Oh, vous savez bien, la mauvaise mort, celle qui vous fauche pas comme il faudrait – les meurtres, les accidents de la route, les malheureux qui se suppriment de leur propre chef, ce genre de choses… Quand j'étais gosse, les anciens racontaient que dans ces cas d'espèce, la mort ne réglait pas tout, si vous voyez ce que je veux dire.

— Vous voulez parler de fantômes ?

— Pour ce que j'en sais, moi. C'est un bien grand mot, les fantômes… Disons que ces morts-là, ceux dont je vous parle, ils pourraient peut-être se manifester à nous, revenir dans notre vie, sous une forme ou une autre. Qu'est-ce que vous en dites ?

— Les revenants n'existent pas, Berthelot. Quel motif vous pousse à de telles superstitions ?

— Eh bien voilà, ça se passe la nuit, toujours à l'identique. J'ai comme qui dirait des visions.

— Des cauchemars ?

— Pour être franc, je ne sais plus trop, le matin, si c'était un rêve ou autre chose. Toujours est-il que je vois le Riri entrer dans notre chambre… Il s'approche sans faire de bruit, il tourne autour du lit en causant dans sa barbe, le regard rebondissant un peu partout, comme s'il cherchait quelque chose. Il vient toujours quand la Jeannine dort et que je l'entends ronfler paisiblement à côté de moi…

— Qu'est-ce que vous voulez que je vous dise ? s'agaça le père Roque. C'est votre conscience qui vous tourmente, Berthelot. Vous n'en avez pas fini avec le deuil de votre frère, voilà tout. Est-ce que vous priez pour lui ? Est-ce que vous fleurissez sa tombe ? Il est enterré près de votre première épouse, me semble-t-il.

— Justement, je n'ose plus mettre les pieds au cimetière. C'est aussi pour ça que j'suis venu vous voir… Ma conscience me pèse, comme vous dites. M'est avis qu'il s'est passé quelque chose… J'en sais rien… je n'ai pas de preuve, mais j'crois qu'il s'est passé un ch'tit quelque chose entre le Riri et l'Hélène, avant que je l'épouse, y a bien quarante ans de ça. M'est avis que le Riri vient me tourmenter à ce propos, la nuit, autour du lit, comme s'il cherchait, je ne sais pas… je n'ai pas de mots… comme s'il cherchait le fantôme de l'Hélène.

— Vous me paraissez un peu désorienté, Berthelot. Le médecin a dû vous faire une ordonnance longue comme le bras. Vous respectez bien les doses ?

— Oh oui, pour ça ! Ne vous en faites pas, la Jeannine y veille. C'est elle qui garde le pilulier.

— Et qu'est-ce qu'elle en dit, Jeannine, de vos histoires de fantômes ?

— Oh, elle en ignore tout. Elle se fait déjà bien du mauvais sang pour ma santé et pour mes vignes. Quand le Riri rôde dans la chambre, ma plus grande peur, c'est qu'il la réveille, qu'il la confonde avec l'Hélène… Alors je me blottis contre son flanc, et sa chaleur m'apaise, ça me soulage un peu de la tenir dans mes bras.

Le père Roque parut perdre patience. Il regarda sa montre, débarrassa la tasse à café vide et, après quelques paroles glaciales, congédia le père Berthelot.

De retour chez lui, il trouva la Jeannine assise devant la table de la salle à manger. Elle était livide. Une lettre était dépliée devant elle.

— Tu vas pas en croire tes yeux, mon pauvre.

— Qu'est-ce qu'y a encore ?

Le père Berthelot avait un très mauvais pressentiment ; il sentait la main de Dieu s'appesantir encore sur lui.

— Une lettre adressée à ta fille, si tu veux savoir. Une lettre écrite par le ch'tit Samuel. Écoute voir, c'est pas piqué des vers. « Ma chérie », qu'il commence, rien que ça ! Mais attends un peu la suite : « Je t'offre ce médaillon pour te prouver que je t'aime de tout mon cœur. C'est Mme Derain qui me l'a donné pour faire un cadeau à mon amoureuse. Je ne te mens pas. Tu peux lui demander. Je voudrais te voir avant le 14 Juillet. On pourrait se retrouver à la cabane, comme la dernière fois. Si tu viens, j'aimerais t'embrasser. Je m'impatiente de sentir mes mains sur ta peau, mes lèvres dans ton cou, mon ventre sur le tien. »

Jeannine s'interrompit pour consulter son mari du regard.

— Où t'as trouvé c'te lettre ? demanda-t-il d'une voix ralentie par les médicaments.

— Dans sa chambre, pardi. Alors, qu'est-ce que t'en dis ?

Ce charabia avait quelque chose d'inconvenant, fallait bien reconnaître, mais il n'avait pas tout suivi. Qu'est-ce que la vieille Derain avait à y voir ? Quant au reste de la lettre, les mots lui étaient passés d'une oreille à l'autre.

— Ce que j'en dis ? Ma foi, ce n'est pas à moi qu'il faut demander. Et Delphine, elle sait que tu lis son courrier ?

Jeannine poussa un soupir d'exaspération.

— Mon pauvre, tu sais bien qu'elle est à Givry, chez ma mère !

— Quel besoin as-tu de crier ?

— Je ne crie pas ! N'importe comment, elle va m'entendre, parce que je t'ai gardé le meilleur pour la fin. Ouvre bien grand tes écoutilles : « Je sais que tu m'en veux pour cette histoire avec Gildas. J'aurais dû t'en parler. C'est vrai que je l'ai croisé le jour de l'incendie près de la grange, mais je pense que c'était un hasard. De toute façon, les gendarmes ont dit que c'était un accident. Et puis si c'est lui le coupable, le voilà puni, je peux te l'assurer. Je l'ai vu se faire dérouiller à la piscine par Didier Comuzzi. Crois-moi, il est drôlement amoché. Je t'en prie, ne m'en veux pas. Et ne répète pas cette histoire à tes parents. Je risque des ennuis, si Gildas apprend que j'ai mouchardé. »

— Ah ! Je le savais ! s'emporta le père Berthelot. Je le savais ! Je l'avais bien dit ! Personne m'a cru !

Mais il fut interrompu par une quinte de toux, qui lui harponna les lombaires. Dans un râle de douleur, il s'assit sur une chaise, soutenu par la Jeannine.

— T'énerve pas, c'est mauvais pour ta santé. On va tirer cette affaire au clair, va, dès que la ch'tiote sera de retour.

— Tout de suite ! articula-t-il en toussant. On va aller le voir tout de suite, le ch'tit Samuel. On va lui dire son fait !

— Tu n'as plus ta tête. Regarde donc, tu craches du sang. Ma parole, c'est chez le docteur que je devrais t'emmener tout de suite !

XI

Delphine ne pouvait s'empêcher de trouver que sa mamie, à côté de son père, faisait plus jeune. Il allait mourir avant elle, c'était évident. Surtout depuis qu'il toussait à se déchirer les poumons. Ils étaient là, tous les deux, à se faire des politesses sur le pas de la porte, tandis que sa mère chargeait une caisse de vin dans la 4L. Delphine détestait ce genre de scène. Les sourires étaient faux, les paroles poissées d'embarras. Sa mamie, qu'elle aimait tant, se mettait en présence de son père à lui parler d'une voix béate, comme font certaines petites vieilles avec leur chien.

— Tu seras bien sage avec ton père, ma ch'tite Delphine, n'est-ce pas ? Il a besoin de repos, ces temps-ci.

Elle lui déposa une bise sonore sur le front et souhaita à son vieux gendre un prompt rétablissement, avant de s'installer au volant de sa 4L.

Delphine avait le moral en chute libre. Après trois jours chez sa mamie à dévorer des tartes aux pommes, grimper dans le cerisier, lire des Picsou et regarder la télé, elle se retrouvait à nouveau en tête à tête avec ses parents. La 4L quitta la cour dans une morne pétarade ; sa mère remontait l'escalier de pierre ; et, à son regard,

Delphine comprit que quelque chose ne tournait pas rond.

— Entre, faut qu'on parle.

Elle suivit sa mère à l'intérieur.

— Assieds-toi.

Elle étouffa un cri – sur la table, dépliée, s'exhibait la lettre de Samuel.

— Va falloir que tu nous éclaires un peu sur ce courrier.

Sa mère la couvait d'un regard qu'elle ne lui connaissait pas, deux prunelles fixes et incendiaires. Delphine se détourna. Son père n'avait toujours pas ouvert la bouche ; elle devinait, à la périphérie de son champ de vision, sa silhouette raide et déplumée.

— Vous n'avez pas le droit de lire mon courrier, dit-elle à toute allure, avant de tourner les talons.

— Reste là ! ordonna sa mère, d'une voix survoltée.

Delphine se figea sur place.

— C'est quoi cette histoire ? Samuel a croisé le fils Lefranc près de la grange, le jour de l'incendie ?

Delphine serrait les dents.

— Parle ! C'est Gildas qu'a mis le feu à la grange ? C'est pour ça que le fils Comuzzi s'est battu avec lui ? Parce qu'il avait été accusé à sa place par les gendarmes ?

Mais Delphine restait là, silencieuse, absorbée en elle-même, prêtant plutôt l'oreille aux folles percussions de son cœur.

— J'te préviens, on va aller voir les parents de Samuel, si tu ne veux rien nous dire. On va leur montrer cette lettre.

Ses yeux se mouillaient de larmes. Elle serra les poings, retenant un cri dans sa poitrine.

— Si vous faites ça, je ne vous parlerai plus jamais.

— Ma foi, quelle nouvelle ! C'est peut-être les cochon-neries qu'il t'a écrites, qui te causent de l'embarras ?

Delphine sentit ses mâchoires se mettre à trembler.

— Vous comprenez rien ! cria-t-elle en détalant vers l'escalier. Vous êtes trop vieux ! J'vous déteste !

Elle acheva sa phrase à l'étage. L'instant suivant, elle claquait la porte de sa chambre et se jetait en pleurs sur son lit.

XII

Sandra se regardait depuis si longtemps dans le miroir que son reflet devenait flou. Elle avait ouvert la fenêtre de la salle de bains ; le soleil matinal se déversait à grands flots. Dehors, elle entendait son père faire des bonds dans l'allée en maudissant le connard qui avait crevé les quatre pneus de sa bagnole et arraché son antenne de téléphone.

Sandra n'avait aucun doute sur l'identité du coupable, mais elle caressa l'idée, le temps d'un mauvais frisson, de fabuler à l'oreille de son père qu'elle avait surpris Didier Comuzzi, la nuit dernière, à rôder dans les vignes du coteau – juste pour voir. Didier lui manquait à un point, c'était au-delà de la douleur. Le soleil de juillet pouvait inonder la vallée autant qu'il voulait, Sandra vivait recluse dans un purgatoire bien à elle, un sous-sol intime, où ne brillait plus que le sombre rayonnement de son absence. Elle s'y dissolvait dans le désir de le voir souffrir autant qu'elle, tout en s'accrochant à l'idée qu'un miracle était encore possible – Didier l'appellerait d'un instant à l'autre, fou de désir, pour implorer son amour et son pardon.

Entre ces deux extrêmes, sa raison se perdait. Elle continuait de sentir ses organes pourrir en son sein. La citation d'un savant célèbre, dont elle avait oublié le nom, lui revenait en boucle, une phrase écrite par sa prof de bio sur un polycopié : « La vie est l'ensemble des fonctions qui résistent à la mort. » Son corps mourait et résistait tout à la fois. Elle était condamnée à rendre l'âme éternellement. La cloche de l'église sonna 11 heures.

Dehors, son père ne voulait pas se calmer. Il parlait d'appeler les flics. Les voisins s'en mêlaient. Sandra ouvrit l'armoire à pharmacie et s'empara des ciseaux à ongles. Le regard perdu dans le reflet mort et flouté de son visage, elle enfonça les deux pointes d'aciers au-dessus de son genou ; et, lentement, les dents serrées, retenant au fond de sa gorge un cri de douleur, elle remonta le long de sa cuisse.

Lunettes sur le nez, le père Comuzzi buvait un petit blanc au milieu de la cour, sous le parasol, en lisant *L'Humanité* dans la muette compagnie de son fils. Depuis qu'il avait mis son compte à Gildas, Didier évitait de se montrer dans le village. Tout l'ennuyait, on ne pouvait plus lui soutirer la moindre parole, mais à la surprise de son père, il n'avait pas refusé, ce dimanche matin, le petit canon de 11 heures.

— Jaurès n'aurait jamais accepté ça ! dit-il en frappant la page de son journal. Une Américaine pour chanter la Marseillaise, non mais, tu vois un peu ? Ces socialos, ils ne ratent aucune occasion de nous emmerder… Un parti de profs et de fonctionnaires, voilà ce que ça donne !

Didier acquiesçait vaguement, le visage fermé, en sirotant son verre de chardonnay. On entendit le son étouffé de l'orgue électrique, à l'intérieur de l'église, attaquer le premier chant de messe. Les fidèles s'y mirent à leur tour, de bon cœur, à pleins poumons. Chaque dimanche, il fallait se fader les incantations et les fausses notes de cette superstition sans âge.

— C'est encore un coup de Jack Lang ! insista le père Comuzzi. Écoute-moi ça : « Enveloppé dans un drapeau tricolore, la cantatrice noire Jessye Norman, Marianne d'un soir, interprétera *La Marseillaise* au pied de l'obélisque de la Concorde. » Quel rapport avec le 14 Juillet ? On se demande bien ! Ils nous reprochent matin et soir, à nous autres, de prendre nos ordres à Moscou, et voilà qu'on nous parachute une Américaine en plein milieu de la prise de la Bastille ! Une Noire, pour faire bonne mesure. Ils n'ont qu'une idée en tête, faire monter le FN pour siphonner le PC ! C'est comme le maire, tu crois qu'il l'a trouvé comment, cet argent pour son gymkhana ?

Didier haussa les épaules. Au moins, il faisait semblant d'écouter.

Dans la fraîcheur de l'église, Samuel commençait à s'inquiéter. Chaque fois qu'il essayait de glisser un œil en direction de Delphine, il se heurtait à Jeannine, qui le fusillait du regard. C'était à se demander si elle n'avait pas intercepté sa lettre. Cessant de se retourner, il s'abîma dans un gouffre de honte et d'épouvante. Jeannine et le père Berthelot lisant ses mots d'amour ? Cette éventualité rendait l'air irrespirable. Un mélange de paraffine brûlée, d'encens refroidi et d'effluves de vieilles bigotes lui donnait des haut-le-cœur. Il fallait penser à autre chose. Le curé entama la lecture de l'Évangile selon saint

Marc ; Samuel dressa l'oreille, il aimait bien ce passage, la parabole de la tempête sur le lac de Tibériade.

— Jésus monta dans la barque, racontait le père Roque, la voix un peu chevrotante, et ses disciples Le suivirent. Et voici qu'il s'éleva sur la mer une si grande tempête que la barque était couverte par les flots. Et Lui, Il dormait. Les disciples s'étant approchés Le réveillèrent, et dirent : « Seigneur, sauve-nous, nous périssons ! » Il leur dit : « Pourquoi avez-vous peur, gens de peu de foi ? » Alors Il se leva, menaça les vents et la mer, et il y eut un grand calme. Ces hommes furent saisis d'étonnement : « Quel est Celui-ci, disaient-ils, à qui obéissent même les vents et la mer ? »

Le père de Samuel se pencha pour chuchoter à l'oreille de sa femme.

— Il n'a pas l'air dans son assiette, le père Roque, tu ne trouves pas ? Son regard, sa voix, toute cette sueur… Il n'est plus le même homme. On t'a parlé de quelque chose ?

— Je n'en sais rien, tout le monde s'inquiète. Il ne reçoit plus de visites.

— Tu devrais aller lui parler, après la messe…

— Chut ! On verra ça plus tard.

Jeannine écoutait le sermon en regardant ses souliers. La parabole de la tempête inspirait au père Roque d'étranges digressions sur la tentation, l'adultère, les faiblesses de la chair. Elle se sentait gagnée par l'embarras. Qu'est-ce que l'infidélité venait faire dans cette homélie ? Elle avait toujours trouvé étrange, presque déplacé, d'entendre un homme d'Église raisonner sur l'intimité conjugale. Ses orteils se rétractaient dans ses souliers.

Depuis quand n'avait-elle pas fait l'amour ? Ça devait remonter à l'automne. À côté, son mari piquait du nez, engourdi par les cachets du matin.

— La tentation frappe à la porte ? insistait le père Roque, cramponné à son lutrin. Persuadez-vous d'abord que cette épreuve a été jetée sur le chemin de votre salut par une très sage Providence, qu'il n'appartient à personne de sonder. Nul ne sait par avance ce que le Très-Haut espère de nous, mais chacun doit se souvenir qu'au-dessus de tous les commandements, Jésus a placé celui-ci : « Aimez-vous les uns les autres. »

Le curé s'interrompit. Ses dernières paroles s'éteignirent dans un silence étonné. Que voulait-il dire, au juste ? Il avait le souffle court, l'œil allumé, les joues rubicondes, exactement comme le jour où il était venu s'asseoir auprès de Jeannine, dans la grange, au moment de la traite des biquettes. Elle sentait le sang lui monter aux joues. Le moment de l'Eucharistie était venu. Il y eut comme un flottement dans les rangs.

Jeannine chemina lentement vers la travée centrale, soudain rendue à ses soucis. Avec son mari, ils s'étaient mis d'accord ; Jeannine irait parler à Samuel après la messe. À chaque pas, elle sentait pourtant sa résolution s'amollir. Delphine n'avait pas ouvert la bouche depuis deux jours, pas même pour manger. Ses yeux étaient cernés, ses lèvres se desséchaient. Il y avait quand même de quoi se faire du souci. Après tout, rien ne pressait, le ch'tit Samuel n'allait pas s'envoler. La file avançait. Jeannine arriva. Rendue devant le père Roque, elle évita de croiser son regard.

— Le corps du Christ.

— Amen.

Elle reçut l'hostie et s'effaça d'un pas de côté. Le pain azyme fondait sur sa langue. Un désir d'indulgence se répandit dans sa poitrine. Il était encore temps de se réconcilier avec sa fille.

Gildas traînait au lit, les yeux mi-clos, la tête comme un chaudron. Une vague envie de mourir, mêlée au fracas de la lumière, aggravait sa gueule de bois. Tâtonnant sur la table de chevet, il alluma le radio-réveil. NRJ à plein volume. C'était encore pire. Il arracha le fil de la prise et ramassa près de son lit le rétroviseur démonté de la 2 CV. Il ouvrit un œil. Le soleil embrasait le Polyane de la fenêtre. Il se frotta les paupières. Les formes se précisaient. Son visage lui apparut dans le petit miroir, c'était fascinant comme il se transformait. Les variations bleues, jaunes et mauves de son cocard dessinaient des paysages chaque jour différents. Le sang refluait de son œil. Sous certains angles, la cornée prenait des reflets irisés, comme la surface d'une flaque d'essence.

Face, trois-quarts, il se mira un moment en se menaçant du regard, avant de retrousser les lèvres dans un rictus. Une incisive manquait. Un trou béant. Ça lui faisait une tête de clochard ahuri, de misérable sans-dents, qu'on avait envie de cogner. De rage, il cracha à la gueule de son reflet, avant de balancer le rétroviseur à l'autre bout de sa chambre. Cet enculé de Didier ne perdait rien pour attendre. Gildas se voyait bien lacérer tous les pneus de son camion, avant de lui régler son compte proprement. Sandra saurait alors qui des deux, sans béquille, d'homme à homme, savait se servir de ses poings.

Soudain, des pas se précipitèrent dans l'escalier – des pas reconnaissables entre mille. Il allait sortir de son lit, lorsqu'un coup de pied ouvrit la porte. Francis fit son apparition, les yeux prêts à lui sortir des orbites. Il y eut un silence. On se dévisagea. Leurs deux figures étaient suspendues, l'une de colère, l'autre d'effarement.

— T'es là ? demanda finalement Gildas. Tu devais pas rentrer après le 14 juillet ?

Francis se cramponnait au chambranle de la porte, comme s'il se retenait de lui sauter à la gorge. Il s'était délesté de cinq kilos, au bas mot, dans le désert tchadien. Son nez était brûlé par le soleil, ses avant-bras aussi. Entre les deux, les biceps et les épaules, émergeant d'un débardeur kaki, étonnaient l'œil par leur blancheur – un paquet de muscles immaculés, parcourus de veines mauves et palpitantes.

— Il t'a pas loupé, siffla-t-il. T'as une tronche de fiotte, mon pauvre. Tu ressembles plus à rien.

Gildas se détourna.

— Pourquoi tu t'es pas défendu ? insista Francis.

Gildas regardait le mur sans ciller, les lèvres scellées.

— Réponds-moi ! Pourquoi tu l'as pas cogné ?

— J'ai une guibolle en vrac.

— Et alors ? Y paraît que tu t'es laissé faire comme une lope ! Y paraît même que ça te faisait marrer ! Que tu rigolais comme une baleine, pendant qu'il t'envoyait des beignes !

— Et alors ? Qu'est-ce que ça peut te foutre ?

— J'ai honte de mon frangin, voilà ce que ça peut me foutre. T'as baisé sa nana, c'est ça ? La fille du lotissement ? C'est quoi ces conneries ?

— Laisse béton, c'est pas tes histoires. Y a rien à dire.

— Qu'est-ce qu'on va faire de toi ? T'es vraiment la dernière des merdes, lâcha Francis, avant de claquer la porte.

À la sortie de l'église, Delphine se sentit faiblir. Sa mère la serrait de près. Son père promenait des regards inquisiteurs un peu partout dans la foule. Deux jours qu'elle ne leur avait pas adressé la parole. Muette et immobile, elle fixait la jupe de sa mère, tombant pudiquement à mi-mollet. Sur son talon, un morceau de sparadrap dépassait du mocassin. « T'es moche, pensait-elle. T'es vieille, tu me dégoûtes. » Le parvis bruissait de conversations. Delphine luttait contre l'envie de s'enfuir à toutes jambes. Une quinte de toux monumentale figea la foule un instant. Son père crachait ses poumons. « Toi, je te déteste encore plus, et si tu meurs, je ne verserai pas une larme. » Les secondes s'égrenaient avec une lenteur insoutenable. Elle redoutait le moment où sa mère mettrait le grappin sur Samuel. « Vous me le paierez très cher. Si ça trouve, je ferai une fugue, et vous n'aurez plus qu'à aller pleurer chez les gendarmes. Ce sera votre faute. »

Tout à coup, elle l'aperçut. Corseté dans une chemise trop chaude pour la saison, les mains au fond des poches, Samuel trompait son ennui en shootant avec son grand frère dans un vieux paquet de cigarettes, à l'ombre d'un tilleul. Un frisson lui courut sous la peau, mais par chance, le maire choisit ce moment pour venir saluer ses parents, leur proposant de se joindre à l'apéritif qui s'improvisait dans la salle du conseil municipal. On saluerait au passage les forains, qui s'installaient sur la grand-place. Le maire se réjouissait par avance,

400

les services de la météo étaient optimistes, on pouvait s'attendre à un superbe 14 Juillet. Le camping se remplissait. Les costumes étaient prêts. Bref, les planètes s'alignaient.

— Et toi, ma ch'tite Delphine ? demanda-t-il tout à coup. Te v'là en vacances, tu dois être bien contente !

Delphine acquiesça poliment.

— Bientôt le collège, insista le maire en lui flattant l'épaule. Tu vas prendre le car de Givry tous les matins. C'est quelque chose, ça, dis donc ! Ça te fait pas peur ?

Elle haussa les épaules. Sa gorge faisait des nœuds. Samuel et son frère revenaient vers le parvis. Elle aurait voulu se liquéfier, disparaître, fondre dans le goudron chaud qui collait à ses semelles, et puis soudain, comme un ange, la mère de Samuel, surgissant de nulle part, emporta ses trois fils vers le monument aux morts et, suivie de son mari, disparut à l'angle de la grand-rue.

Le maire lança bientôt le signal de l'apéritif. On se mit en route. Tout le monde était content, sauf peut-être son vieux père, qui se raclait bruyamment la gorge, éberlué, une main sur sa canne, l'autre sur ses lombaires.

Rendu à la mairie, le père Berthelot commença par s'asseoir sur une chaise pour reposer son dos. Il était contrarié. La Jeannine n'avait pas tenu sa promesse. On achalanda la table du conseil municipal ; une vingtaine de paroissiens avaient répondu à l'invitation. Fourbu, un peu groggy, le père Berthelot se plongea dans l'examen de la Marianne de plâtre. Il n'avait jamais remarqué ce petit sourire en coin, on aurait juré qu'elle s'égayait d'avoir un peu de compagnie, par ce beau dimanche de juillet.

— Alors Berthelot ! Comment va la santé ?

C'était le boucher, jovial, déjà muni d'un verre.

— Oh, couci-couça, se navra-t-il.

— Tiens, bois donc un ch'tit canon, au lieu de rester les bras croisés !

Le boucher lui servit un ballon de blanc. On trinqua.

— À la tienne, fit le père Berthelot. Comment vont les affaires ?

— Ma foi, on n'a pas à se plaindre. Et puis tiens, écoute ça, v'là-t-y pas qu'hier matin, la mère Lefranc est venue éponger ses dettes à la boutique, d'un coup d'un seul ! Trois mois d'arriérés. Elle avait les mains pleines de billets. Je me suis laissé dire que c'était le fils Comuzzi qui l'avait dédommagée d'un joli petit pactole pour avoir corrigé son fils. Si c'est pas cocasse ! Ce voyou aura trouvé une honnête manière de subvenir à ses besoins !

À ces mots, le père Berthelot fut pris d'une quinte de toux. Le boucher riait de sa propre plaisanterie. Des convives se retournèrent ; on voulait connaître la cause de cette joyeuse humeur, persuadé que le père Berthelot s'étouffait de rire, ce qui représentait en soi un évènement communal. Le boucher répéta sa blague. Les rires fusèrent. Il fallut cependant se rendre à l'évidence, le pauvre vigneron s'étranglait. On s'était trompé.

La Jeannine se porta à sa rescousse.

— Viens faire un tour dehors, va. T'as besoin de prendre un peu l'air.

Le père Berthelot refusa la main qu'elle lui offrait.

— J'peux encore me débrouiller tout seul.

Il attrapa sa canne et sortit au soleil, sa femme en remorque.

— Pourquoi que t'es pas allée parler au ch'tit Samuel ? maugréa-t-il.

— On a bien le temps pour ça. Regarde ta fille, elle ne mange plus, elle est toute pâle.

— Bien sûr, qu'elle est toute pâle ! Tu ne le serais pas à sa place ? Elle n'avait qu'à nous dire la vérité !

— Chut… Calme-toi. C'est pas le moment.

— Ça te gêne donc ?

La Jeannine leva les yeux au ciel, avant de tourner les talons. Le père Berthelot la regarda s'éloigner, l'œil noir, la gorge sèche, en se promettant de tirer les choses au clair par lui-même. On verrait si ça l'embarrasse lui, de faire éclater la vérité !

XIII

Le 13 juillet 1989 tombait un jeudi. Gildas s'en foutait complètement, mais il tenait les comptes. Francis partait dimanche. Restaient donc trois jours à poireauter, avant de le voir enfin disparaître de la baraque. En attendant, il ne quittait plus sa chambre. Il écoutait la radio, fumait des cigarettes et se perdait dans la contemplation de son œil au beurre noir, qui s'estompait de jour en jour. Sa cheville aussi se remettait doucement. L'entaille cicatrisait, le tendon lui faisait moins mal. Bientôt 15 heures. Gildas se demandait s'il n'allait pas faire un tour à la piscine, quand même, pour passer le temps ailleurs qu'entre ces quatre murs. Francis était parti casser la croûte chez Prieur. Après avoir forcé sur le pastis, il allait se rincer la dalle au grand ordinaire. À son retour, il serait probablement d'humeur à venir l'emmerder dans sa chambre.

— Gildas !

C'était la morue, depuis le rez-de-chaussée.

— J'suis occupé !

— Descends voir, y a quelqu'un pour toi.

— Qui donc ?

— Le père Berthelot. Il veut te causer.

Gildas se leva de son lit. Sa cheville, c'était pas encore ça, se navra-t-il en descendant l'escalier. Sa mère l'attendait, seule dans le salon.

— Où qu'il est ? Qu'est-ce qu'y me veut ?

— Il t'attend dehors.

Gildas traversa la semi-pénombre du garage. Dehors, le soleil blessait les yeux. La silhouette noire du vieux Berthelot trépignait d'impatience, soutenue par une canne. Gildas se planta devant lui, la main en visière.

— Qu'est-ce que vous me voulez ?

— Tu dois bien avoir ta petite idée.

Il avait l'élocution un peu lourde. Un reste de salive séchait à la commissure de ses lèvres. Du fond de leur cavité, deux prunelles ardentes le guettaient fixement. Gildas ne répondit rien.

— On t'a vu rôder près de la grange, le jour de l'incendie.

— Vous pouvez croire tous les ragots que vous voudrez, monsieur Berthelot. Mais souvenez-vous quand même de ce qu'ont dit les gendarmes : c'était un accident. Point final.

Le père Berthelot sortit un papier de sa poche, qu'il déplia sous le nez de Gildas.

— Écoute-moi ça, au lieu de faire le malin. C'est une lettre du ch'tit Samuel, écrite à ma fille : « Je sais que tu m'en veux pour cette histoire avec Gildas. J'aurais dû t'en parler. C'est vrai que je l'ai croisé le jour de l'incendie près de la grange. » Et puis attends, écoute voir un peu ça : « Ne répète pas cette histoire à tes parents. Je risque des ennuis, si Gildas apprend que j'ai mouchardé. » Le père Berthelot repliait la lettre, les narines frémissantes. Voilà à quoi il ressemble, à présent, ton accident !

Gildas lui arracha le papier des mains. Le père Berthelot, perdant l'équilibre, lâcha une pelletée de jurons, avant de se stabiliser sur sa canne. Gildas lut les premières lignes, les mains tremblantes, en s'éloignant de quelques pas : « Ma chérie, je t'offre ce médaillon pour te prouver que je t'aime de tout mon cœur... » Son sang se ruait dans sa poitrine. Il fit volte-face.

— T'as pas honte, Berthelot ! Une lettre d'amour ! Tu viens sonner chez moi pour me jeter à la face une lettre d'amour ? Tu lis le courrier de ta fille ? C'est du propre ! Et qu'est-ce que ça prouve ? Rien, ma parole ! Ça prouve juste que t'as pas d'honneur. Rentre chez toi, va. Et commence par demander pardon à ta fille !

Gildas jeta la lettre à ses pieds et fila droit dans le garage. La fureur lui faisait une cheville toute neuve ; il courait presque. Dans le salon, sa mère se mit en travers de son chemin.

— J'ai tout entendu !

Elle lui agrippait le poignet, du défi dans le regard. Gildas était à deux doigts de la cogner.

— Je le savais ! hurlait-elle. Depuis le début ! Je le savais ! En prison ! Voilà où est ta place ! Si c'est pas les flics qui s'en chargent, je t'y emmènerai moi-même !

Il essaya de se dégager, tirant sur sa manche, privé de mots ; et, alors qu'il la dévisageait, elle, sa propre mère, cette vieille folle prête à lui sauter à la gorge, il comprit qu'il avait peur. Il se retenait de la frapper. Elle le sentait, elle le toisait, du venin plein les yeux.

— T'as de la chance que ton frère soit pas là. Attends un peu qu'il revienne !

Il recula d'un pas. Horrifié par cet air de triomphe qui fleurissait sur le visage de sa mère, il fut soudain secoué d'un rire nerveux et, emporté par une rage venue du fond des âges, il la gifla à toute volée.

L'instant suivant, il claquait la porte de sa chambre. Des frissons lui couraient dans le dos. Il se roula en boule sur son lit et se cogna le front contre les genoux, les yeux fermés, comme un aliéné.

Une fois calmé, il s'assit sur le bord du matelas. Un grand silence régnait dans la maison. Il venait de frapper sa mère. Dans sa bouche, sa langue fouillait compulsivement le trou béant de sa dent cassée. Putain, il venait de frapper sa mère. Le bruit de la gifle sifflait encore dans ses oreilles.

Qu'allait-il devenir, à présent ?

La question laissa place à un grand vide glacé. Sa raison s'égarait. Il ouvrit le tiroir de sa table de chevet. Que faire d'autre ? se demanda-t-il en s'emparant de son couteau papillon. Il l'ouvrit d'un geste sec. L'histoire se terminait. Après tout, ce n'était pas une surprise. Combien de fois y avait-il songé, au cours des derniers mois ? Ça tombait bien, en fin de compte, que son frère soit rentré. Il faut une fin à tout. La sienne s'annonçait sanglante, spectaculaire, et Francis en serait sans doute le premier spectateur. Tant pis pour lui. Il l'avait bien cherché.

Gildas appuya la lame sur l'intérieur de son poignet. Ses veines dessinaient des petits fleuves bleus sous la peau. Il les regarda battre tranquillement, innocentes, vulnérables. La fenêtre était grande ouverte. Dehors, on entendait résonner les coups de maillet des forains, depuis la grand-place, qui finissaient probablement l'installation des auto-tamponneuses.

Cette idée arrêta Gildas dans son geste. Maintenant qu'il était décidé, pourquoi se précipiter ? Il referma son couteau. Après tout, même un vaurien, même un sans-dents, même la dernière des merdes avait droit à sa minute de gloire.

XIV

Ah ça, pour sûr, on est le 14 juillet ! Denise sursaute à
chaque explosion de pétard. Les rayons du soleil tapent
droit sur l'appui de fenêtre, sans déborder d'un cheveu
sur les tomettes. Dehors, les potagers se gorgent de cette
touffeur estivale, on aperçoit même quelques tomates
qui commencent à rougir, tandis que les haut-parleurs
des forains annoncent l'ouverture des festivités.

Sa fille doit venir la chercher ce tantôt, à quelle heure
au juste, elle ne sait plus, pour le discours du maire et le
spectacle des gosses de l'école. En attendant, elle regarde
passer les touristes du camping, qui remontent en famille
vers la fête foraine. Certains causent en allemand, et c'est
chaque fois le même tressaillement, la même décharge
derrière la nuque. Pendant l'Occupation, elle travaillait
à l'hôpital de Chalon. Il fallait traverser chaque matin
la ligne de démarcation, que les boches avaient eu l'idée
d'installer sur la Saône. Denise montrait patte blanche
devant une petite guérite, sur le pont Saint-Laurent, à
des soldats qui posaient sur son uniforme d'infirmière
leurs regards de maquignon, échangeant des commentaires probablement graveleux dans cet idiome à jamais
haïssable. Désormais, ils viennent passer leurs vacances

au camping, visiter les caves de la vallée et remplir de bouteilles le coffre de leur Volkswagen.

Ce qui restait des cinquante francs de Gildas, Samuel les avait dépensés en pétards. Il s'était pointé avec Alex dans la boutique de M. Martinon pour y faire une razzia – Mammouths, boîtes de mitraillettes, feux d'artifice, batteries de mini-fusées, Bisons, Tigres par poignées.

La représentation était annoncée à 18 heures. En attendant, ils avaient quartier libre. Affublés chacun de leur costume de scène, ils semaient la terreur dans les ruelles du village en épuisant méthodiquement leur stock de munitions. Alex, déguisé en sans-culotte, était armé d'une faux en carton. Samuel, plus chanceux, avait décroché un rôle de garde national ; il transpirait certes sous son bonnet à poil, mais c'était le prix à payer pour porter un fusil – une crosse de bois, sur laquelle il avait rivé une chute de tuyau de cuivre. Il suffisait de glisser une fusée dans la bouche du canon, allumer la mèche, viser, et on pouvait atteindre une cible à vingt-cinq mètres. Résultat, plus aucun matou à l'horizon. Les chiens chouinaient de terreur, aplatis au fond des cours. Et les vieilles mémés, à leur fenêtre, menaçaient d'appeler les gendarmes. Alex et Samuel se tordaient de rire, courant d'un bout à l'autre du village, sautant des murets, enfilant des venelles, des raccourcis, des sentes de potagers. Leurs itinéraires étaient contraints par les barrières métalliques et les bottes de foin, installées pour la course de cochons, qui condamnaient une partie de la grand-rue, depuis le monument aux morts jusqu'à la grand-place. Ils faisaient d'immenses détours tactiques, c'était grisant. Avec tous ces pétards qui résonnaient dans la vallée, on se serait cru en pleine guerre, à raser les murs, courber l'échine, d'un objectif à l'autre.

« Oyé ! Oyé ! annonça une voix criarde dans les haut-parleurs. La course de cochons va bientôt commencer, rendez-vous sur la grand-place ! Vingt-deux gaillards s'apprêtent à se disputer le podium. Un téléviseur Thomson, un vélo tout-terrain et un panier garni sont à gagner ! »

Alex et Samuel étaient en train de ramper derrière les sanitaires du camping, ils venaient d'attaquer une caravane.

— Grouillons-nous, dit Samuel. Je veux pas rater ça.

La grand-place fourmillait de monde. Les stands forains, alignés sous les tilleuls, encadraient une foule bigarrée où les villageois coudoyaient des touristes, des campeurs par familles entières, ici des Allemands en bermuda, là des Hollandais enduits de crème solaire. Une odeur de barbe à papa et de saucisse grillée flottait déjà dans l'air. On entendait des tirs de carabine, la sonnerie du punching-ball, des cris de joie, de la musique, des larsens, et ce joyeux tapage faisait monter l'excitation dans les poitrines. La mairie était décorée de guirlandes tricolores ; des drapeaux et des cocardes pavoisaient les arbres, la fontaine, les maisons ; et, sur le triangle de terre battue, à la croisée des rues, on avait dressé l'estrade sur laquelle se dérouleraient les différentes animations. Samuel eut un pincement au cœur en considérant l'ampleur de la foule qui assisterait au spectacle de l'école.

Au pied de l'estrade était installé un bassin rempli de cinquante centimètres de flotte, dans lequel plongeait un grand toboggan, ou plutôt un précaire échafaudage de planches enduites de savon noir, qui achevait le parcours de la course de cochons.

« Votre attention, s'il vous plaît ! hurla dans le micro le président du comité des fêtes. La course va commencer d'une minute à l'autre ! Les concurrents se tiennent sur la ligne de départ, devant le monument aux morts, avec chacun dans les bras un porcelet de l'année. La règle est simple : au coup de sifflet, ils s'élanceront sur le parcours et enjamberont les obstacles les uns après les autres. Le premier qui atterrit dans cette piscine avec son cochon encore dans les bras remportera le premier prix ! »

Sous le feuillage d'un tilleul, au grand complet, la famille Comuzzi se préparait au spectacle. Le père avait enfilé une veste écrue sur une chemise blanche ; un chapeau de paille ombrageait le visage de la mère ; l'aîné, venu de Chalon, faisait des gazouillis à son bébé, que sa femme remontait sans cesse sur sa hanche. Et Didier, buvant une bière, tirant sur sa Gauloise, se désolait d'être là. Il se serait volontiers dispensé de ces festivités, mais il n'avait pas eu le cran d'affronter son père. À l'entendre, ce 14 Juillet, c'était un peu son grand œuvre, bien que le maire, ayant d'abord cédé sur la fusion des budgets, eût ensuite repris en main toute l'organisation des réjouissances. Au final, le père Comuzzi n'avait guère arraché qu'une maigre concession : la promesse d'un hommage, dans son discours, à son paternel fusillé par les boches.

Ils étaient bien placés pour assister à la fin de la course, en face de chez Prieur, même si la vespasienne de l'abribus, cuisant au soleil, commençait à dégorger ses effluves d'urine. Didier se désaltérait compulsivement au goulot de sa Kronenbourg, craignant de croiser parmi la foule le visage de Gildas – ou pire, celui de Sandra. Il fallait s'attendre à tout. Du reste, la petite bande de la cabine téléphonique rôdait dans les parages depuis un bon quart d'heure, les garçons rotant de l'Orangina, les filles gloussant comme des dindons. Didier avait surpris à plusieurs reprises les regards en coin de Maude, cette déplorable vipère, attifée comme une actrice américaine, dont Sandra lui avait dit tout le mal du monde.

Depuis le haut du village, un coup de sifflet se fit entendre. Les concurrents s'élancèrent. D'ici, on ne voyait rien, mais on ne tarda pas à entendre les cochons, qui hurlaient comme si on les égorgeait. L'année précédente, un porcelet avait réussi à s'échapper dans les collines, on ne l'avait jamais retrouvé. Didier songeait que ce divertissement avait tout de même quelque chose de barbare, quand il s'aperçut que la bande d'adolescents s'était regroupée derrière lui. Ils n'avaient pas bu que de l'Orangina, à en croire leurs ricanements. Sylvain se porta à sa hauteur. Il sentait le gel et la transpiration. Avec son visage grêlé d'acné et sa coupe de balai à chiottes, il plongea Didier dans la honte et la consternation d'avoir entretenu une liaison avec une fille de son âge.

— Fait chaud, p'tain ! dit Sylvain en s'essuyant le front avec son bracelet éponge. Puis, d'une voix contrefaite, et faisant mine d'ignorer Didier : J'me demande bien où est Sandra.

À côté, Maude pouffa dans sa main. Didier écrasa sa Gauloise sous sa semelle et vida sa bière d'une traite.

— Je reviens, glissa-t-il à sa belle-sœur.

— T'en va pas comme ça, ils arrivent !

On entendait en effet les cris de cochons qui se rapprochaient.

— Faut que j'aille pisser.

En voulant s'éclipser, il se heurta à Maude, qui se ventilait les aisselles en le toisant de la tête aux pieds ; Didier était vêtu pour l'occasion d'une chemisette à carreaux, d'un jean presque neuf, et d'une paire de mocassins qu'il avait tartinée de cirage pour lui redonner de l'éclat.

— Tu crois que c'est la mode en Union soviétique ? s'étonna-t-elle en se tournant vers son copain.

Ils éclatèrent de rire. Didier s'éloigna à grandes foulées. Son père, le regard dans le vide, n'avait rien perdu de cette comédie. Il pesait en silence les conséquences du scandale, au cas où ces crétins en goguette continueraient de l'éventer.

Les premiers concurrents apparurent. Ils enjambaient maladroitement les bottes de foin, étouffant de leurs bras des cochonnets aux abois. Le père Comuzzi reconnut le fils Mangin, pompier volontaire. Il menait la course en tête, écarlate, luisant de sueur, avec facile vingt mètres d'avance sur les autres. Les spectateurs se mirent à battre des mains : « Man-gin !… Man-gin !… » Parvenu devant chez Prieur, il trébucha sur un obstacle, vacilla, faillit tomber, se rétablit sur ses deux jambes, acclamé par la foule, seulement son cochon en profita pour lui échapper des mains. Après une culbute, la pauvre bête s'enfuit en sens inverse, les yeux exorbités ; ses pattes griffaient le goudron, elle courait après son salut à une vitesse extraordinaire. Le concurrent suivant prit la tête de la course. Alors seulement, le père Comuzzi remit un nom sur ce visage. Il avait changé depuis tout ce temps, mais le doute n'était pas permis. Cheveux rasés,

épaules larges, torse moulé dans un tee-shirt de camouflage, c'était l'aîné Lefranc, qui profitait probablement
des festivités en permissionnaire. La foule, soudain, se
montra moins enthousiaste.

Au pied de l'estrade, Samuel n'en croyait pas ses yeux.
Il reconnut à son tour le grand gaillard, qui se hissait en
haut du toboggan, son cochon sous le bras. De sa main
libre, il agrippait un à un les barreaux de l'échelle. On
voyait saillir ses muscles au soleil. Il portait des vêtements militaires. Une force animale se dégageait de cette
ascension brutale et méthodique. Avec son bonnet de
poil et son fusil en bandoulière, Samuel se sentait rapetisser de peur et d'admiration. Parvenu au sommet de
l'échelle, le grand frère Lefranc poussa un cri de guerre
en brandissant son poing en l'air et, cramponné à son
porcelet, dévala le toboggan sur les fesses. Il acheva sa
course dans une explosion d'eau, de joie, d'applaudissements – principalement nourris par les touristes du
camping, lesquels ignoraient tout de ce garçon, à qui la
réputation de voyou du village avait longtemps collé à la
peau, jusqu'à ce que Gildas prenne la relève.
    Les autres concurrents plongèrent un à un dans le bas-
sin. Impressionné par tant de bravoure, Samuel les regardait enjamber le rebord, hors d'haleine, dégoulinants,
pendant qu'un éleveur bressan repêchait ses pauvres
bêtes.
    La remise des prix eut lieu dans la foulée. Un podium
avait été dressé pour accueillir les trois lauréats. Le président du comité des fêtes commença par attribuer le
panier garni, puis le vélo tout-terrain, sous les vivats de
la foule. Quand arriva le tour du vainqueur, l'ambiance

s'était refroidie, mais Francis Lefranc, peut-être parce qu'il ne l'avait pas senti, peut-être au contraire par bravade, remercia chaleureusement le président, lui broyant au passage la main dans une poigne de parachutiste, puis il descendit de l'estrade, ravi, trempé, en tenant dans ses bras non plus son petit porcelet paniqué, mais une grosse télé couleur.

Ensuite, le maire enfila son écharpe tricolore. C'était l'heure du discours. La curiosité des touristes étrangers s'aiguisa sensiblement, à la vue de cet exotisme. On en parlait jusqu'en Chine, du bicentenaire. Mais au lieu de monter directement à la tribune, l'édile s'offrit un bain de foule. Il distribuait à la volée quantité de poignées de main, adressant à chacun un petit mot personnel et à tous un sourire triomphant.

— Il se prend pour le préfet, maugréa le père Comuzzi.

— Pour une vedette de variété, tu veux dire ! renchérit sa femme.

Enfin, le maire grimpa sur l'estrade. La foule se pressait. Des retardataires, depuis le camping, venaient encore grossir les rangs des spectateurs. Le père Comuzzi aperçut la vieille Derain, qui arrivait au bras de sa fille. Les forains furent priés de mettre en sourdine leurs machines. On éteignit la musique.

Le maire tapota sur le micro. Il commença par se réjouir de voir autant de monde réuni sur la grand-place. C'était pour lui un insigne honneur de présider à cet évènement. Il se tut un instant, levant le front, la main en visière ; et, d'un ton farceur, il remercia le bon Dieu d'offrir au village un si beau ciel pour l'occasion. On entendit quelques rires circuler dans les rangs. Le père Comuzzi s'agaça. Il avait aperçu le curé, tout à l'heure, qui discutait avec le père Berthelot, en haut de la place, en promenant sur la foule un regard empli de mépris apostolique.

— Non mais, tu l'entends ? siffla-t-il en donnant un coup de coude à Didier. Il peut donc pas s'empêcher de nous provoquer !

Mais son fils n'écoutait rien. Il avait probablement d'autres soucis en tête, à regarder de la sorte ses mocassins.

À la tribune, le maire se vautrait à présent dans les lieux communs, honorant avec emphase, dans un grand écart dialectique, tout autant la France éternelle que la Révolution française. Ce polichinelle commençait vraiment à lui courir. Le père Comuzzi l'avait vu naître, puis monter en graine sur les brisées de son paternel, arrogant, séducteur, tout en miel, comme s'il avait commencé dès la communale à guigner la mairie. Enfin, après moult détours et quelques plaisanteries de son cru, il en arriva à la Seconde Guerre.

— Si c'est pas malheureux, cette époque-là ! s'émut-il dans les haut-parleurs. Une drôle d'affaire. Le village a payé le prix du sang…

S'interrompant, il chercha le père Comuzzi dans la foule.

— Ton père est mort pour l'honneur de la France, mon cher Comuzzi ! Et tous les anciens, ici présents, me sont témoins qu'aucun de mes prédécesseurs, depuis la Libération, n'a manqué au devoir de célébrer sa mémoire.

Cette remarque, lâchée sur un tel ton, contenait à elle seule trois générations de querelles municipales, et le père Comuzzi, écartelé entre colère et fierté, fut un instant démangé par l'envie de grimper à la tribune pour rappeler deux-trois bricoles à propos du maquis, des FTP, des camarades morts pour la France.

Au lieu de ça, le maire convoqua l'Occupation, la ligne de démarcation, la Gestapo de Chalon, à seule fin de dénoncer sans distinction tous les totalitarismes qui avaient entaché – et entachaient encore – ce siècle finissant. La suite était cousue de fil blanc. Ce bicentenaire, il le dédiait à tous les peuples opprimés, toutes les nations asservies, qui regardaient la France comme un phare dans la nuit despotique, comme un berger de la liberté, comme le porte-drapeau des droits de l'homme, mais le père Comuzzi n'écoutait plus. Il se faufilait dans la foule à petits pas rapides, pressé de noyer sa fureur dans une tournée chez Prieur.

Sans y prendre garde, il bouscula sur son passage la petite Delphine Berthelot, qui se rongeait les ongles, assise sur une botte de foin, en robe de lavandière. Elle se demandait ce qui lui arrivait. Le trac, probablement. La maîtresse avait prévenu, à l'approche du spectacle, certains élèves ressentiraient comme un vertige. Rien de grave, ce serait plutôt bon signe – seuls les cancres demeuraient indifférents à leur sort, en pareille circonstance.

Le maire achevait son discours. L'heure était venue. Delphine rejoignit la maîtresse de l'autre côté de l'estrade. Samuel était là, dans son costume un peu trop grand, un chapeau de soldat sur la tête, une ébauche de fusil à la main. Leurs regards se croisèrent. Elle sentit comme une flamme lui lécher l'estomac. C'était ça, aussi, qui la mettait dans ce drôle d'état. Samuel. La lettre. Gildas. La veille, son père était allé frapper chez les Lefranc. Delphine avait surpris une conversation dans la cuisine, avec sa mère. Ils s'étaient expliqués violemment. Elle lui reprochait d'avoir montré à Gildas la lettre de Samuel. Lui se justifiait, hurlant presque, interrompu par ses quintes de toux, et jurant sur ses grands dieux qu'il irait voir les gendarmes dès lundi, puisque personne ne songeait à le faire.

La maîtresse était méconnaissable. Elle avait abandonné sa raideur coutumière. Euphorique, angoissée, papillonnant entre les élèves, elle distribuait ses derniers conseils, rectifiant ici une coiffe, là un costume débraillé.

— Salut.

C'était Samuel. Manifestement, il n'en menait pas large, lui non plus. Il était blême. Sans l'avoir prémédité, Delphine vida son sac d'un seul souffle. Elle s'excusait, elle bégayait. Si elle n'avait pas répondu à sa lettre, c'était parce que ses parents l'avaient découverte. Elle ne lui en voulait pas. Elle s'excusait encore. Ses mots s'entrechoquaient. Difficile de savoir si Samuel comprenait ce qu'elle voulait dire, mais quand elle lui raconta que son père avait brandi sa lettre sous le nez de Gildas, il se décomposa.

— C'est l'heure, les enfants ! On monte sur scène !

La maîtresse ne se retenait plus de joie. C'était un peu son heure de gloire, à elle aussi. Jacques, son mari, était déjà sur l'estrade. Il ouvrit en grand le soufflet de son accordéon pour lancer les premières mesures de *La Prise de la Bastille*, soutenue bientôt par le chœur des enfants : « D'un pas ferme et triomphant !... R'li r'lan r'lan tan plan !... Tire lire en plan !... »

La suite du spectacle se déroula hors du temps. Samuel livra bataille, déclama ses deux répliques, enjamba le cadavre d'un garde-suisse, prit d'assaut le décor de carton-pâte, puis tournoya autour d'Alex au son de *La Carmagnole*, avec la grâce d'un automate, l'esprit détaché du corps. À la fin, quand la foule se mit à applaudir, il aurait juré qu'une minute à peine s'était écoulée depuis les révélations de Delphine.

Le soleil glissait vers les Chaumes. Seul sous un chêne, derrière le lavoir, Gildas taillait un morceau de bois avec son couteau papillon. Pour rien, par désœuvrement. Au loin, les applaudissements cessèrent. Le silence retomba sur la vallée. De temps à autre, il portait à ses lèvres le goulot d'une bouteille de Valstar et se désaltérait d'une longue gorgée. Trois autres bouteilles prenaient le frais dans le lavoir. Il n'était pas pressé. Il avait tout son temps.

Tous ces connards, sur la grand-place, ne perdaient rien pour attendre.

Une poussière d'or, hachée par les derniers rayons, flottait entre les arbres. Après avoir fini la bouteille, il la balança dans le taillis. Elle disparut presque sans bruit. La fin était si proche que tout devenait irréel. Il ouvrit son Zippo, actionna la molette et se perdit en contemplation sur la flamme. Elle semblait léviter au-dessus de la mèche, comme par enchantement – une petite pointe jaune, prolongée d'une fumée noire, parce qu'il n'avait rien trouvé d'autre, pour remplir son briquet, que du mélange pour mobylette.

Les forains rallumèrent la musique. On s'égaillait en direction des buvettes, c'était officiellement l'heure de l'apéritif, même si d'aucuns, titubant, parlant fort, s'étaient déjà désaltérés plus que de raison. Les ados s'autorisèrent à commander des bières sans se cacher. Fabrice et Sylvain avaient jeté leur dévolu sur la même campeuse, une Hollandaise tout en longueur ; ils jouèrent à pile ou face celui qui se taperait sa copine moche, sachant l'un comme l'autre qu'ils nageaient en plein fantasme. Maude se moquait pour la forme, jalouse dans le fond, et cherchait à retenir l'attention d'un pompier volontaire qu'elle n'avait jamais vu, un nouveau dans la brigade, sec et mignon, qui riait à pleines dents à toutes les blagues de ses collègues.

La mère Lefranc, en haut de la place, chaperonnait son permissionnaire, à qui de vieux copains payaient des tournées en écoutant le récit de ses aventures africaines. Auréolé de sa victoire à la course de cochons, il attirait des curieux ; son humeur ne cessait de s'engaillardir ; il régalait la compagnie d'histoires de désert, de cobras, de missions nocturnes et de bleds aux noms imprononçables. Jean-Claude, à côté, buvait ses paroles en écarquillant les yeux – à quand remontait sa dernière occasion, à lui, de conter ses hauts faits de CRS ? La question méritait bien une autre tournée, mais la mère Lefranc lui fit comprendre d'une tape sur la main que le moment était venu d'y aller mollo sur le pastis. Elle s'inquiétait aussi de la descente de Francis, parce que, au-delà d'un certain seuil, il avait la querelle facile. La situation était précaire. Elle venait de redorer son blason dans le village, en effaçant ses ardoises chez les commerçants. D'un coup de sang, Francis était bien capable de ruiner tous ses efforts.

Un peu plus loin, le père Roque conversait avec une poignée de vieilles bigotes et, de l'autre côté de la rue,

sur la terrasse de chez Prieur, le père Comuzzi se scanda-
lisait encore du discours du maire, seul avec sa bru, qui
l'écoutait d'une oreille fatiguée en donnant le biberon à
son fils. Didier était introuvable, on avait perdu sa trace
depuis la course de cochons.

Assise sur le rebord de la fontaine, Denise Derain
tirait sur le pavillon de son oreille pour écouter le père
Berthelot, qui s'évertuait à lui faire un brin de conversation dans le brouhaha général. Elle hochait la tête,
réjouie, têtue, répétant à sa fille que si, si, elle avait bien
compris ce qu'on lui racontait, en dépit de ses réponses
qui tombaient chaque fois à côté de la plaque. Ils furent
interrompus par le boucher, qui avait réservé une table
sur la piste de bal, et proposait à ces messieurs-dames de
se taper la cloche tous ensemble.

Le dîner fut long, bruyant, gargantuesque ; le boucher avait prévu des agapes : terrines de faisan, pâtés
en croûte, vol-au-vent, champignons farcis, pommes
macaires, œufs en gelée, qu'on arrosait de santenay.
Autour, les autres tablées n'étaient pas en reste ; touristes et villageois commençaient même à se mélanger, le discours du maire avait allumé dans les cœurs
un sentiment national, des envies de réconciliation, qui
semblaient contaminer jusqu'à un couple de retraités
anglais. Ça sentait la frite, la merguez, la terre battue,
une bonne odeur de fête et d'embrassades. Le soir tombait. Les gosses se couraient après d'un stand à l'autre.
L'alcool commençait à dissoudre les vieilles rancœurs,
certains villageois s'adressant leur premier sourire depuis
plusieurs années.

En bout de table, la Jeannine surveillait du coin de
l'œil sa Delphine, moins par inquiétude que pour se

donner de l'occupation. Ces grandes beuveries collectives ne lui disaient rien qui vaille. Elle avait bu un verre, par convenance, mais le niveau du suivant ne baissait plus depuis une heure. Elle se méfiait de l'alcool. Il suffisait de voir la tête de son frère, à Givry, et les deux dates sur la tombe de son père, pour la comprendre. Mais surtout, elle guettait le moment où il faudrait ramener gentiment son mari à la maison. Le père Berthelot n'avait pas la réputation d'un soûlard, loin s'en faut, mais il lui arrivait, sans prévenir, de s'oublier dans le vin, et le résultat, ma foi, n'était pas beau à voir. Sans compter qu'avec tous ses médicaments, l'ivresse pouvait le cueillir avant même qu'il s'en aperçoive. Leur maison était juste en face, de l'autre côté de la grand-rue, il n'y aurait que quelques pas à faire pour l'exfiltrer en souplesse, en cas de force majeure, si par exemple Gildas paraissait dans le décor – parce que Jeannine avait bien vu comme le regard de son mari s'était enflammé à la vue de l'aîné Lefranc grimpant sur le podium. Elle avait le sentiment d'être assise sur un baril de poudre. Une étincelle, et il serait capable de faire un scandale auquel personne ne comprendrait rien.

Cette surveillance de la Jeannine, ces regards furtifs, Samuel les sentait le traverser de part en part, depuis l'autre bout de la place. Il déambulait avec Alex, sa besace de pétards et son fusil en bandoulière, l'air de rien, l'estomac noué. L'heure du feu d'artifice approchait.

— Vas-y, répétait Alex, on va faire un tour ! Il nous reste plein de pétards. Pourquoi on reste là ?

Mais Samuel, prétextant l'obligation de chaperonner son petit frère, ne voulait rien entendre. Au fond, il espérait un miracle. Lequel exactement, il n'en avait aucune idée, mais il tenait à rester dans l'orbite de Delphine, déchiré à l'idée de ne plus la voir jusqu'en septembre. Dans le ciel, les premières étoiles commençaient à scintiller. On alluma les lampions. La fête battait son plein.

Sandra était assise dans le canapé, sa mère à gauche, son père à droite. Dehors, on entendait résonner dans les collines l'écho des pétards et de la musique. Totalement déprimant. Elle se rongeait les ongles en regardant sur Antenne 2 le résumé de la journée. Mitterrand venait de présider un G7 dans la nouvelle Arche de la Défense. Jean-Paul Goude avait organisé un défilé tout moche sur les Champs-Élysées. Yvette Horner faisait danser les Parisiens place de la Bastille, là où Renaud, quelques jours plus tôt, déguisé en sans-culotte, avait donné un concert-manifestation contre la dette, l'apartheid, les colonies. On aurait eu envie de se scarifier pour moins que ça. D'ailleurs, elle n'était pas folle, c'était bien pour cette raison que ses parents lui avaient interdit de passer la soirée seule dans sa chambre. Ils se faisaient du mauvais sang, les cons. Ils avaient tort. Sandra n'était plus d'humeur à s'automutiler. Elle se sentait un peu revivre, loin de la foule, et surtout loin de Didier, dont le souvenir la harcelait un peu moins chaque matin.

Ça avait commencé le week-end précédent. Sa mère, découvrant avec horreur les marques de lacération sur ses cuisses, s'était ruée sur son père. Elle l'insultait, l'accablait, il serait responsable du suicide de leur fille, il était un monstre, un despote, des choses dans ce goût, qu'elle hurlait en lui martelant la poitrine. Résultat, depuis ce jour, son père ne savait plus quoi faire pour se repentir, il avait l'air complètement perdu, buvait du whisky tous les soirs, et s'adressait à Sandra comme à une enfant. Sa mère, elle, s'était mise au Prozac – raison pour laquelle, sans doute, elle était en train de s'extasier devant le génie de Jean-Paul Goude ou l'éternelle jeunesse d'Yvette Horner.

— Oh ! s'exclama-t-elle soudain en contemplant sa montre. C'est l'heure ! Guy, je vais chercher Alex !

La porte d'entrée se referma sur elle. Sandra se retrouvait seule avec son père. Une gêne s'installa dans le salon. Il hésitait visiblement à se resservir, faisant tourner ses glaçons au fond de son verre vide.

— Tu devrais aller faire un tour à la fête, dit-il finalement. Ça te ferait du bien de voir du monde, le feu d'artifice va bientôt commencer. Tu veux que je t'accompagne ?

— Non. Merci. Ça va.

Il se leva pour attraper la bouteille de whisky sur le minibar en osier. Ce matin, il avait passé deux heures à démonter le téléphone de sa bagnole, au cas où. Les pneus crevés et l'antenne arrachée l'avaient échaudé. Sandra le regardait différemment, lui aussi, depuis quelques jours. Elle oscillait, quelque part entre la tendresse et la pitié.

— Mais toi, vas-y, dit-elle. T'as l'air d'en avoir envie. Je vais pas faire de bêtise, si c'est ça qui t'inquiète.

Il avala une gorgée sans rien dire. Un ange passa, et on entendit le feu d'artifice qui commençait. Le ciel s'illumina au-dessus du village. La baie vitrée était grande ouverte. Son père alla se poster sur la terrasse, son whisky à la main. À la télé, Henri Sannier annonça Jessye Norman. La place de la Concorde était plongée dans l'obscurité. Des drapeaux flottaient au vent, au-dessus d'une foule fantomatique. On avait d'abord l'impression d'assister à une messe d'enterrement, avec ce chœur qui entamait une sorte de requiem un peu crispant, tandis que la silhouette de Jessye Norman se dessinait à peine, drapée comme un spectre, au pied de l'Obélisque. Des torches, tenues par des tirailleurs sénégalais, ajoutaient à cette ambiance de veillée funèbre. Et soudain, la lumière enveloppa la cantatrice. Elle ressemblait à une madone, avec son voile bleu lui tombant sur les épaules. Elle ouvrit la bouche, leva un bras, sa robe monumentale ondulait dans la brise : « Amour sacré de la Patrie !... » Sa voix était un prodige. Une tempête. Un orage. Et cette façon de rouler les r, comme des falaises qui s'écroulaient... Sandra sentit des frissons lui courir sous la peau. « Liberté !... Liberté chérie !... » Ses poils se hérissaient, elle avait la chair de poule, c'était bouleversant.

— Monte le son ! demanda son père, ému, depuis la terrasse.

Elle attrapa la télécommande et mit le volume à fond. Jessye Norman glissait autour de l'Obélisque, suivie de sa longue traîne rouge. Sa bouche s'ouvrait et se refermait, grande comme l'Amérique, sur une voix qui vous transperçait la poitrine. « Aux armes, citoyens !... Formez vos bataillons !... » Sandra la trouvait belle à pleurer. D'ailleurs, elle pleurait. Des larmes silencieuses, incompréhensibles, qu'elle effaçait du revers de la main. Sur l'écran, des vues aériennes de la Concorde alternaient en fondu avec des plans serrés sur le visage de la cantatrice, son rouge à lèvres, ses dents blanches, l'opulence de sa gorge, cette peau noire et satinée, dans laquelle on avait envie d'enfoncer son visage pour se consoler de toute la tristesse du monde.

Dehors, c'était le bouquet final. Des gerbes de fusées zébraient la nuit, avant d'éclater en pluie dorée. Quelque part dans le village, Didier devait lever les yeux au ciel. Elle se figura son visage, illuminé par intermittence. La courbure de ses épaules. Le gris bleu de ses yeux, embué, liquide, où scintilleraient mille remords.

Son père se mit à fredonner les paroles de *La Marseillaise* en battant la mesure. Jessye Norman déployait sa robe, ouvrait les bras, embrasait les cœurs. Son père, à son tour, s'enflamma. Il chantait à gorge déployée. Mais il s'interrompit tout à coup et recula d'un pas.

— Merde.

Il s'était foutu du whisky plein le pantalon.

Sandra éclata de rire. Un rire inondé de larmes, par lequel s'échappaient en désordre, à gros bouillon, des flots de chagrin.

Gildas avait trop bu, il s'en rendait bien compte. D'un côté, ce n'était pas plus mal, puisqu'il ne sentait presque plus la douleur de sa cheville. Mais d'un autre, il peinait à marcher droit dans les ruelles du village, trébuchait sur les cailloux, et pestait chaque fois qu'il se cognait contre un mur. Toute la soirée, il avait attendu le feu d'artifice, seul sous son chêne, à siffler ses bouteilles de Valstar. La nuit était tombée. Tactiquement, c'était le meilleur moment. Les rues baignaient dans l'obscurité. Tout le village avait le nez en l'air pour admirer le spectacle pyrotechnique. Il fallait quand même se grouiller, parce que, à en juger par le crescendo de détonations, c'était déjà le bouquet final.

Gildas enfila la dernière venelle. Il n'était plus qu'à quelques mètres de la grand-place. Des clameurs s'élevaient à chaque crépitement de mitraille. Il pouvait sentir la présence de la foule. Un mur le séparait de la cour des Berthelot. Il agrippa le sommet, planta son pied valide dans un interstice, rassembla ses forces et donna un coup de reins. C'était bon. Presque bon. Ses épaules basculèrent au-dessus du mur, il fallut quand même s'aider du pied gauche. Un éclair de douleur lui parcourut le mollet. Il retint un cri, imprima une dernière poussée, et dégringola de l'autre côté dans un piaillement de poules affolées.

De toute façon, Delphine aurait désobéi à sa mère. Le feu d'artifice était terminé, on annonça l'ouverture du bal ; elle voulait voir Samuel. Où était-il passé ? Les gens se pressaient en haut de la grand-place. Quelques volontaires débarrassaient les tables de la piste de danse. Il y avait des types ivres qui titubaient un peu partout, la musique se faisait attendre, et dans ce moment de flottement, la foule était traversée de mouvements contradictoires. Des pétards explosaient, quelque part dans le village. Elle profita de cette confusion pour s'éclipser. Ça semblait provenir de l'église. Elle enfila la ruelle des Pierres-Tombées, préférant faire un détour, plutôt que de se montrer dans la grand-rue. Son cœur battait fort. Dans la pénombre, elle fut surprise par une silhouette. Un touriste, tout seul, de dos, était en train de pisser contre un mur. Manifestement, il avait du mal à tenir debout, occupé qu'il était à épargner ses chaussures en massacrant d'une voix désaccordée *Les*

Démons de minuit. Elle hésita à poursuivre son chemin. Il finissait son affaire. C'était à la fois dégoûtant et troublant, cette manière qu'avaient les garçons de se secouer le machin, avant de remonter leur braguette.

Elle le dépassa à toute allure. L'inconnu bredouilla des excuses, mais elle était déjà loin. Un autre pétard se fit entendre. Elle chauffait. Au bout de la ruelle, elle bifurqua sur la gauche, contourna l'école et, derrière l'église, dans les ténèbres, tomba sur une bande de garçons. Elle reconnut Samuel parmi eux – son petit frère aussi, ce qui n'était pas prévu.

— Vous faites quoi ?

— Rien, on s'éclate, répondit une voix.

— Je voudrais parler à Samuel.

Il s'avança de quelques pas dans la lumière du lampadaire. Elle le trouvait beau, avec son visage à demi éclairé et son fusil sur l'épaule – un faux air d'Albator, peut-être.

— Je reviens, dit-il à ses copains.

Delphine n'avait rien prévu de particulier. Elle voulait voir Samuel, elle sentait que c'était réciproque, mais pour le reste, elle s'en remettait au destin. Et lui, il se contentait d'attendre – comme ses copains, en arrière-plan.

— Tu viens ? demanda-t-elle.

Au hasard, elle prit la direction du bureau de poste. Samuel la suivait sans rien dire, il n'était décidément d'aucun secours. Leurs semelles raclaient les graviers, toutes les maisons étaient plongées dans le noir. Ils longèrent la propriété des Comuzzi, où une fenêtre solitaire, garnie de géraniums, jetait un rectangle jaune sur le ciment de la cour.

— On va où ? demanda Samuel.

Elle s'arrêta. Une grande nuit moite enveloppait la vallée, le sentier, leurs silhouettes. Elle ne sut quoi répondre. Il s'approcha d'elle et l'embrassa sur la joue. Elle eut un petit rire. Rien d'intentionnel, juste un réflexe d'embarras.

— Qu'est-ce qu'y a ? dit-il en s'éclaircissant la gorge.

— Rien.

Il s'approcha de nouveau, l'embrassa sur la bouche. Un long baiser, qui lui sembla durer des heures. C'était agréable, mais un peu bizarre, quand même. Elle se recula.

— Je m'y prends mal ? s'informa-t-il en remontant sur son épaule la ficelle de son fusil.

Il était devenu sérieux, tout à coup. Ça la refroidit. Elle répondit que si, c'était bien. Leurs regards s'évitaient. Sans autre commentaire, ils rebroussèrent chemin.

Au coin de la grand-rue, elle lui demanda de la laisser partir devant, afin qu'on ne les voie pas revenir ensemble. Une précaution bien inspirée, puisque l'instant suivant, elle aperçut en contrebas son père qui traversait la grand-rue, à petits pas obliques.

Contre l'avis de sa femme, le père Berthelot allait chercher dans sa cave une dernière bouteille pour rincer la table des anciens. Il entra dans la cour. Elle lui sembla plus pentue que d'habitude. La porte du cellier était entrouverte, il se reprocha d'avoir oublié de la fermer. Décidément, il avait bu un coup de trop. L'instant suivant, il se figea, comme foudroyé. La porte était fracturée. Arrachée du chambranle, la gâche gisait par terre. Il franchit le seuil, appuya sur l'interrupteur.

— Foutre ! Que je sois pendu !

En face de lui, en pleine lumière, les battants du râtelier à fusils bâillaient en grand. Il s'approcha. Une arme manquait. Les boîtes de chevrotines étaient renversées en désordre autour des crosses. Quelqu'un lui avait volé un fusil de chasse, un seul sur les trois qu'il possédait, et ce voleur avait choisi précisément celui que le père Berthelot n'avait pas déclaré aux gendarmes, c'est-à-dire le fusil du Riri. Alors, défait, choqué, mû par une force étrange, il se mit à remettre de l'ordre dans le râtelier, excluant d'emblée l'idée d'en parler à quiconque, ressassant ces visions, ces craquements suspects, ces bruits de pas dans l'escalier, et redoutant déjà de voir surgir un soir le fantôme du Riri, son fusil à la main.

Quand il traversa la rue dans l'autre sens, les anciens lui demandèrent pourquoi il revenait les mains vides. Le père Berthelot, ahuri, contempla ses paumes l'une après l'autre. Le boucher lança en rigolant qu'il l'avait bue en chemin, sa bouteille. Mais le père Berthelot, ça ne le fit pas rire. Il ajusta son béret et resta là, les poings sur les hanches, à osciller lentement sur lui-même.

Quelques mètres en retrait, Samuel observait la scène. Les vieux autour de la table continuaient de réclamer leur bouteille, lançaient des plaisanteries, et le père Berthelot regardait toujours dans le vide. Elle n'avait pas de chance, Delphine, d'avoir un papa si décati. Samuel s'arracha à ce désolant spectacle. La ficelle de son fusil commençait à lui scier l'épaule. Il s'avança vers la piste du bal. Ce baiser derrière la poste l'avait plongé dans un drôle d'état. Quelque chose de nouveau lui gonflait la poitrine, un mélange de peur et d'importance. Il avait onze ans. Fini l'école primaire. Une nouvelle vie s'annonçait. Il se demandait quand même s'il s'était montré à la hauteur avec Delphine. Les mains au fond des poches, il déambula dans la foule. Les ados s'étaient regroupés dans un coin, au bord de la piste, et dodelinaient de la tête en regardant danser les plus âgés, sans échanger un mot. Ils donnaient envie, comme ça, avec leurs têtes d'enterrement, leurs boutons d'acné et leurs épaules voûtées, de sauter directement à l'âge adulte.

Samuel sursauta.

Un énorme pétard venait d'exploser, tout près. Des cris d'effrois s'élevèrent du côté de la fontaine. Des gens se mirent à courir, libérant un vaste espace, en bas de la place, au milieu duquel s'avançait la silhouette de Gildas. Samuel réalisa que ce n'était pas un pétard qu'il venait d'entendre. Gildas marchait sans se hâter en direction du bal, un fusil à la main. Il zigzaguait un peu, le front bas, le regard buté. Des cris fusaient, certains se cachaient sous les tables. Quand Gildas arriva devant la piste, son grand frère fendit la foule ; il titubait lui aussi.

— Qu'est-ce tu fous ? Donne-moi ce flingot.

Gildas le mit en joue.

— Recule ou j'te crève !

— Arrête tes conneries. Baisse ce canon.

Gildas visait le torse de son frère. Il releva la mire de quelques centimètres et appuya sur la détente. La détonation fut suivie d'un hurlement général. Francis, en se baissant, manqua se casser la gueule. Une bonne moitié des spectateurs se couchèrent au sol. Gildas en profita pour casser le fusil et chambrer deux nouvelles cartouches. Il était ivre, ça lui prit un temps fou, mais personne ne bronchait – pas même Francis, un genou à terre, qui tremblait de toute sa carcasse.

— Didier Comuzzi ! hurla Gildas, en refermant le canon. Où qu'il est c't'enculé ? Viens donc causer un peu !

Samuel ne pouvait détacher son regard du visage de Gildas. Il lui manquait une dent. Dans le halo des sunlights, son œil au beurre noir lui faisait une tête de clown triste. Il avait épaulé son arme, tenant en joue la foule.

— Allez me le chercher ! Je l'attends ! C'est p't'être bien lui qu'a foutu le feu à la grange… Vous m'accusez, tous autant que vous êtes, mais j'ai rien fait ! Rien du tout !

Un coup de fusil partit. Nouvelle clameur. Les plombs emportèrent la boule à facette et deux spots s'éteignirent dans une pluie d'étincelles. Gildas éclata de rire. Un rire atroce, édenté, frénétique.

— Vous en voulez encore ? Ça vous suffit pas ? Vous aimez le spectacle ? Bah, tenez voir ! Regardez ! Ouvrez bien grand vos mirettes, bande de charognes !

Il retourna le fusil et enfonça le canon dans sa bouche. Des cris s'échappèrent de la foule. Ivre, malhabile, Gildas se contorsionnait pour atteindre la détente à bout de bras. Une grimace lui déformait le visage. Son frère, soudain rendu à ses réflexes, se jeta sur lui.

Ce n'est pas un bruit de pétard, ça ! Dans sa chambre, sous son édredon, Denise est formelle. Pas plus que les deux explosions précédentes. Elle n'est pas née d'hier. Des coups de chevrotine, voilà ce que c'est ! Elle repousse l'édredon, allume sa lampe de chevet, attrape sa canne. Des bals qui tournent au pugilat, elle en a vu. Mais des qui s'achèvent à coups de fusil, c'est tout de même moins courant. Elle ouvre la porte. L'inquiétude commence à la gagner, elle est bien réveillée à présent. Elle avance dans le couloir à petits pas pressés. Que se passe-t-il donc là-bas ? Fichtre, pourvu qu'il ne soit pas arrivé un malheur ! Sa chaussure heurte une lame de parquet disjointe, elle perd l'équilibre. Elle va tomber. Elle tombe. Tout se passe lentement, au ralenti. Cette lame de parquet, elle s'en méfie pourtant depuis un demi-siècle. Faut-il qu'elle soit étourdie ! Elle s'étale de tout son long. Sa tête heurte le sol, mais c'est dans la hanche que la douleur explose. Un court-jus qui se répand le long de sa colonne vertébrale. Son corps tout entier est pris de convulsions. Et puis les tremblements cessent. Elle est figée dans la douleur. Elle a envie de vomir. Le temps s'écoule comme ça un bon moment. Cinq minutes ? Une demi-heure ? Dehors, elle n'entend plus rien. Il faut dire que ses oreilles sont emplies d'un sifflement, on jurerait qu'un train lui traverse le crâne. Elle pousse un grand soupir essoufflé. « Eh ben ma vieille… » murmure-t-elle. Mais elle n'a pas la force d'achever sa phrase. Elle sent que son heure est arrivée. Quel âge a-t-elle, déjà ? Elle ne se souvient plus. Sa tête est si lourde, sa hanche lui fait si mal. Elle ferme les yeux. Elle voudrait penser à André, mais son esprit bat la campagne. Des fils se nouent au hasard, d'une idée à l'autre, et, du fond de sa jeunesse, des images accourent pêle-mêle. *Elle est une petite fille. La lumière du printemps caresse la vallée. Ses boucles blondes virevoltent sur ses joues. Elle se promène la robe au vent dans les collines, le sabot léger, la poitrine emplie d'azur, et elle adresse au ciel, à l'horizon, aux fleurs, aux vignes, aux arbres, à la carriole de son père qui s'éloigne, tirée par un vieux cheval, des adieux sans remords.*

Le coup était parti. Les deux frères s'effondrèrent ensemble sur la terre battue. Immédiatement, Francis se redressa sur ses genoux, jeta le fusil dans la poussière. Entre ses cuisses, Gildas ne bougeait plus. Samuel n'avait jamais vu autant de sang.

— Gildas ! criait Francis en lui envoyant des petites tapes désespérées. Gildas, réveille-toi ! À l'aide ! Un médecin !

Un jeune pompier volontaire se précipita, suivi d'un second, puis d'un troisième. La foule, comme un seul homme, se rapprochait en cercle de la scène.

— Reculez ! Reculez ! lançait le jeune pompier.

Ses collègues saisirent Francis par les aisselles, pour l'éloigner de son frère. Il se laissait faire, tremblant, bégayant d'incompréhensibles supplications. Les soldats du feu s'agenouillèrent de part et d'autre du corps inerte. La foule était suspendue à leurs gestes. En se retournant pour demander de l'eau, un pompier leva une main trempée de sang. Samuel détourna le regard.

— Il respire, déclara son collègue.

On apporta une cruche d'eau. L'ambulance de la caserne était en route, elle serait là dans moins de dix minutes. À première vue, d'après le pompier, ce con avait eu de la chance, la volée de plomb lui avait seulement scalpé une partie des cheveux, rien d'alarmant. Son haleine sentait l'alcool, il s'était mis son compte bien proprement, et maintenant il était dans les vapes.

Samuel respira un grand coup, avant d'affronter à nouveau la scène. Le pompier leva la tête à ce moment-là, leurs regards se croisèrent.

— Il va s'en remettre, va. Rentre chez toi, c'est pas un spectacle pour les gosses.

SEPTEMBRE

I

Le plaisir est intact. Samuel fume une liane au volant
de la Simca 1000, dans cette bonne odeur de rouille
et de caoutchoucs recuits. Il fait grincer la ferraille des
sièges. La manette de vitesse joue dans le vide. Le volant
revient tout seul à la sortie des virages. Pour l'éternité,
l'aiguille du tableau de bord est bloquée sur soixante
kilomètres-heure. Le plaisir est intact, mais il y a quand
même cette boule dans le ventre, qui ne cesse de grossir.
Demain, c'est la rentrée des classes. Le collège. Givry.
Le saut dans le vide.

En attendant, il faut bien passer le temps. Les grandes
vacances ont été prodigues en rebuts. Alex et Samuel ont
employé une partie de l'après-midi à détruire un frigo,
courir après un pneu de tracteur, réduire en miettes
un canapé. Par désœuvrement, ils ont aussi abattu leur
cabane, du moins ce qu'il en restait.

Au volant de la voiture, Samuel fume en silence, pendant qu'Alex dépouille un tourne-disque de ses derniers
composants. Il pense à Delphine, ce qui n'arrange rien
du côté de son estomac. La fumée de la liane prend un
goût de vase, il l'écrase sur le tableau de bord.

— On se tire ?

Alex acquiesce et balance son tourne-disque dans l'eau verte du congélateur. Sur le chemin du retour, Samuel suggère de passer par le cimetière.

La tombe du Riri est fleurie d'une gerbe fraîche. Ils s'y arrêtent quelques instants, étonnés par le visage souriant, imprimé sur une plaque, qui ne lui ressemble pas du tout.

— Viens, on va voir celle de Mme Derain.

Samuel est venu pour ça. Il est un peu déçu, sa tombe se résume à un tas de terre, sur lequel fane une couronne mortuaire. Les obsèques ont eu lieu pendant les vacances.

— J'espère qu'ils vont lui mettre une pierre tombale.

Alex hoche la tête, pensif.

— Pour ma grand-mère, dit-il, c'était pareil. Il paraît qu'on peut pas poser une pierre tout de suite, faut attendre que la terre se tasse.

Samuel médite l'information. C'est étrange de savoir que le cercueil est juste là, sous leurs pieds, à quoi, un mètre de profondeur. Il s'imagine Mme Derain, allongée à l'intérieur, les yeux fermés, vêtue de sa blouse bleu ciel.

— Tu crois qu'ils l'ont enterrée avec ses lunettes ? demande-t-il.

Alex se marre.

— C'est pas drôle, pourquoi tu rigoles ?

— J'sais pas, je pensais que tu déconnais.

— Je l'aimais bien. Je trouve ça bizarre de l'imaginer là-dessous.

Sur ces mots, ils quittent le cimetière. Samuel repense au briquet qu'elle lui a offert, au médaillon. Il devrait lui cueillir des fleurs, à l'occasion. La route serpente, deux lacets, avant de plonger vers le village.

— Tu passes par où ?

— Par le camping, répond Alex. C'est plus court.

— D'accord. À demain.

Samuel regarde son copain s'éloigner sur le chemin agricole, en direction du lavoir. Demain. Ce mot lui reste sur l'estomac. Il a déjà préparé son cartable, ses fournitures pour le collège. Il paraît que les troisièmes s'amusent dans les couloirs à faire des balayettes aux sixièmes. Qu'ils rackettent leurs frites à la cantine. Qu'ils leur glissent du yaourt dans le slip. Samuel descend vers l'entrée du village, s'accrochant à l'idée qu'il sera dans la même classe qu'Alex.

Au loin, on entend le ronron d'un enjambeur. Aucun nuage à l'horizon. Cette année, on dit que les vendanges vont commencer plus tôt, à cause de la canicule du mois d'août. À choisir, il préférerait quand même se retrouver dans la même classe que Delphine. Il passe devant le monument aux morts, les mains au fond des poches, livré tout entier à cet inquiétant bonheur de grandir. Le soleil lui chauffe la nuque. L'été ne veut pas finir. Sans prévenir, les cloches de l'église se mettent en branle, quatre coups amples, tonitruants, répercutés dans le ciel de la vallée.

II

Sandra quitte le lotissement, la gorge serrée. C'est la rentrée. Ses Reebok blanches l'emportent mécaniquement vers la cabine téléphonique. Son sac barbouillé de Tipp-Ex se balance derrière son épaule. Dans son casque de Walkman, Alain Souchon fredonne *Quand je serai K.O.*, mais le charme est rompu. Tout l'été, elle s'est étourdie du spleen lumineux de cette chanson, et maintenant ça lui remue tout une bile de mauvais souvenirs.

Quatre silhouettes patientent près de la cabine – Maude, Sylvain, Audrey, Fabrice.

Gildas n'est pas là.

Le soulagement est brutal. Elle ouvre grand les poumons, y laisse entrer l'haleine fraîche de la vallée, chargée d'odeurs désormais familières, de sous-bois lointains, de vignes encore humides, d'un fond de gasole. Son cœur consent à ralentir.

— Salut.

Les garçons se réjouissent de son arrivée. Maude, c'est moins flagrant. On échange quelques bises sommaires. Les regards s'évitent. Audrey lui demande comment c'était les vacances et Sandra hausse les épaules.

— Mouais, pas mal, un peu chiant.

Le mensonge est si gros que ses lèvres, malgré elle, se rejoignent dans un sourire paradoxal. Elle a rencontré un garçon à Hossegor. Mickaël. Un surfeur. Une semaine de flirt bercée par le ressac des vagues. Le dernier soir, ils ont fait l'amour sous les pins, derrière la dune, dans les effluves de résine. Maude s'attarde sur son sourire, une lueur de défi dans le regard.

— T'étais où ?

— Dans les Landes, au bord de la mer.

Un silence s'installe, s'étire, puis s'alourdit.

— Vous avez des nouvelles de Gildas ?

— Il est resté trois jours à l'hôpital, annonce Sylvain.

— Ça, je savais, merci. Il en garde des séquelles ?

— À ce qu'il paraît, il lui manque une partie des cheveux, mais c'est tout. Rien de grave. Les plombs ont ripé sur son crâne.

— Vous ne l'avez pas revu ?

— Non. Je suis passé chez sa mère, j'te raconte pas l'accueil. C'était comme si je venais prendre des nouvelles du diable.

Fabrice ricane un peu bêtement. Audrey lève les yeux au ciel. Maude crache entre ses dents.

— Il va plus au lycée ? demande Sandra.

— Il habite même plus là, c'est tout ce que j'sais. Sa vieille n'a rien voulu me dire. Mais d'après mon père, il va passer chez un juge, au tribunal de Dijon.

— Pour la grange ?

— Mais non, t'es conne ou quoi ? Pour les coups de fusil.

Sandra n'y avait pas pensé. Pas une seconde. Gildas a manqué se brûler la cervelle en public, et il va passer chez un juge. Les coups de feu, elle les a entendus depuis la terrasse, avec son père. Ils l'ont cueillie dans la nuit, au milieu d'un fou rire secoué de sanglots. Elle reste comme ça, un long moment, à dévisager Sylvain. À la réflexion, c'est révoltant.

La plainte grave d'un diesel l'arrache à ses pensées. C'est le car du collège qui descend de la grand-place, apparaît dans le virage, passe devant eux. Le temps d'un éclair, elle aperçoit derrière une vitre la silhouette de son petit frère. Alex fait son entrée en sixième. C'est drôle, elle n'a vu qu'une ombre, la ligne d'un profil derrière le reflet d'un nuage, et pourtant elle pourrait décrire en détails son visage, ce masque bravache, le regard insolent, son perpétuel sourire de tricheur, qui dissimulent si mal sa peur.

Delphine est aux premières loges, assise près de la portière. La honte. Sa mère a insisté pour l'accompagner à l'abribus. Elle a demandé au chauffeur de la laisser s'installer là. Lui n'y voyait aucun inconvénient, mais sa mère a tenu à se répandre en explications, comme quoi sa fille était souvent malade en voiture, que c'était un jour particulier, qu'elle avait mal au ventre, pendant que les autres collégiens attendaient que le car démarre.

On vient de passer le lotissement. Sur les sièges du fond, elle entend les troisièmes qui chahutent. Elle se sent bien seule. Dorothée lui a préféré la compagnie d'une autre copine, à une place plus discrète. Delphine fixe la grand-route, droit devant elle, à travers l'immensité du pare-brise.

Deux virages. Le pont de la Jatte. On dépasse la carrière, là où la route est couverte d'une poussière blanche qui s'envole derrière les roues des voitures. Elle se tourne vers la vitre. Le car file maintenant à vive allure. Elle voit la ligne des collines. Elle voit les chaumes baignés par les rayons du matin. Elle voit les vignes dégringolant sur le village. Elle voit l'apogée solitaire du clocher. Et puis un rideau de peupliers lui barre la vue. La route s'éloigne de la rivière. Le soleil clignote entre les arbres et le car roule vers le sud, vers Givry.

Photocomposition PCA
Achevé d'imprimer en octobre 2022
par Dupliprint à Domont (95)
pour le compte des éditions Calmann-Lévy
21, rue du Montparnasse 75006 Paris

Pour l'éditeur, le principe est d'utiliser des papiers composés de fibres naturelles, renouvelables, recyclables et fabriquées à partir de bois issus de forêts qui adoptent un système d'aménagement durable. En outre, l'éditeur attend de ses fournisseurs de papier qu'ils inscrivent dans une démarche de certification environnementale reconnue.

N° d'éditeur : 4885258
N° d'imprimeur : 2022093987
Dépôt légal : janvier 2023
Imprimé en France